The Girl with the Make-Believe Husband
by Julia Quinn

偽りの結婚は恋のはじまり

ジュリア・クイン著
村山美雪・訳

ラズベリーブックス

ムーヴメントを起こしてくれたナナ・ヴァス・デ・カストロに。

ここアメリカ合衆国では〈ボブズ〉のオヴォマルティーネ・シェイクが飲めないのは、わたしにとって幸いなのかも。

そしてまた、ポールにも。

あなたがエヴェレスト登山で三カ月留守にしていたあいだに、わたしが偽りの夫の物語を書いていたなんて、ちょっとした皮肉なめぐり合わせではないかしら。

でも、その山は本物。もちろん、あなたも。

そしてもちろん、わたしたちも。

偽りの結婚は恋のはじまり

主な登場人物

セシリア・ハーコート……………………英国良家の令嬢。負傷した兄のためニューヨークに渡る。

エドワード・ロークズビー………………英国陸軍大尉。マンストン伯爵家の次男。貴族。

トーマス・ハーコート……………………英国陸軍大尉。セシリアの兄。

スタッブズ大佐……………………………エドワードとトーマスの上官。

マーガレット・トライオン………………ニューヨーク総督夫人。エドワードの教母。

ウィルキンズ少佐…………………………ニューヨークの英国陸軍駐屯地の要職にある士官。

ホレス………………………………………セシリアとトーマスの従兄。地所の次期相続人。

1

一七七九年六月、マンハッタン島

頭が痛む。

もとい、頭がすこぶる痛む。

ただし、どのように痛むのかは説明しづらい。もしやマスケット銃の銃弾に頭を撃ち抜かれでもしたのだろうか。ここニューヨーク（いや、コネティカットなのか？）で大英帝国の陸軍大尉を務めているからには、そのようなことがあったとしても、なんらふしぎはないだろう。

念のため付け加えておくなら、戦争の只中《ただなか》にある。

とはいうものの、この尋常ではない痛み――大砲（ちなみに言っておくと砲丸のみならず大砲そのものだ）を脳天に叩きつけられているかのようだ――からすれば、銃弾よりも鈍重な武器で襲われたとも考えられる。

たとえば、鉄床《かなとこ》を二階の窓から落とされたというような。

だがあえて良いほうに考えるなら、これほどの痛みを感じているのは、状況からして撃たれた可能性が高く、そうだとすれば迎えて当然の死はまぬがれた結果とも解釈できるわけだ。

繰り返しになるが、いまは戦争の只中で……死者が出ている。

ゆゆしき頻度で。

つまり自分は死んでいない。さいわいにも。とはいえ、ここがどこなのかも判然としない。ならばむろん目をあけるべきなのだが、閉じていても瞼《まぶた》を通して日中の光があきらかに感じられるし、これまた良いほうに考えられる兆しではあるものの、文字どおりまぶしい思いをさせられるのは間違いない。

だから目は閉じていた。

代わりに耳を澄ました。

自分ひとりきりではない。会話が聞きとれるわけではないが、人の話し声や気配が低いざわめきとなって漂うように響いている。人々が動いていて、何かがテーブルに置かれ、たぶん床の上で椅子が引かれた。

誰かが痛みにうめいている。

ほとんど男の声ばかりだが、少なくともひとりは女性が近くにいる。息遣いが聞きとれるほどそばに。何か作業をしている静かな物音がして、ほどなく自分に毛布がしっかりと引き寄せられるのがわかり、額《ひたい》にその女性の手の甲があてがわれた。

そうした静かな物音や、女性がおそらくは無意識に洩《も》らしているほんのかすかな声や吐息が耳に快い。それにほんのりとレモンと石鹼《せっけん》の混じった芳《かぐわ》しい匂いがする。

さらにはわずかながら労働の匂いも。

身におぼえのある匂いだ。たいがいはつんと鼻につく悪臭に変わる前に、ほんのいっときだが自分のそんな匂いに気づくことがある。

けれどもこの女性の香りはただ好ましいというだけではない。どことなく素朴な温かみが感じられた。それにしても、これほど親身に自分を世話してくれている女性とはいったい誰なのか。

「きょうはどんな具合だろう？」

エドワードは固唾《かたず》を呑んだ。いきなり新たな男の声を耳にして、すでに目覚めていることを明かしてよいものか判断がつかなかった。

なぜ躊躇《ちゅうちょ》してしまうのかもよくわからないのだが。

「変わりありません」女性の声がした。

「案じられるな。そろそろ目を覚ましてもらわぬことには……」

「ええ」女性が応じた。その声にいくらかいらだちが聞きとれたのがエドワードには気にかかった。

「煮出し汁《ブロス》は飲ませているのか？」

「ほんの何匙《なんさじ》かは。それ以上は喉《のど》を詰まらせてしまうおそれがあるので」

男が了承の相槌《あいづち》らしきものを洩らした。「もうどのくらい、この状態が続いていたのだったかな？」

「一週間になります。わたしが来たときには四日経っていて、それから三日ですので」

一週間。エドワードはそう聞いて考えてみた。一週間が経ったということは……いまは三月、それとも四月だろうか？

いや、きっとまだ二月だ。そしてここはやはりコネティカットではなく、ニューヨークなのだろう。

そうだとしても、やはりこれほど頭が痛む理由はわからない。きっと何か事故のようなものに遭《あ》ったのだろう。それとも敵に襲われでもしたのか？

「その間、まったく変化はないのか？」男は先ほど女性が答えたことをまたも尋ねた。

だが女性はエドワードよりはるかに辛抱強いとみえて、静かにはっきりと答えた。「変わりありません。まったく」

男は不満げというわけでもなさそうな唸《うな》り声を洩らした。エドワードにはどう解釈すべきかわからなかった。

「それで……」女性が軽く咳払いをした。「兄について何か情報は入ってませんでしょうか？」

兄？　この女性の兄とは誰なのだろう？

「残念ながら入っていない、ロークズビー夫人」

ロークズビー夫人？

「もう三カ月近くになります」女性が静かに言った。

ロークズビー夫人？　その点についてエドワードはさらに詳しく聞きたかった。自分の知るかぎり、この北アメリカにいるロークズビーといえばただひとり、自分だけだ。それなのにこの女性がロークズビー夫人だということは……。

「いまは」男が続けた。「ご主人の看病に力を注がれたほうがよろしいのでは」

ご主人だと？

「もちろん」女性の声にはまたもいくらかいらだちが滲《にじ》んでいた。「精いっぱい尽くしていますわ」

ご主人。つまり、ぼくがこの女性の夫だというのか？　結婚したと？　そんな憶えはない。結婚したのに憶えていないなどということがありうるのか？

そもそも、この女性は誰なんだ？

エドワードの鼓動が大きな音を響かせはじめた。いったいこの身に何が起きてるんだ？

「いま何か声が聞こえなかっただろうか？」男が訊いた。

「いえ……わたしには何も」

女性はそう言うなり動きだし、エドワードの頰、それから胸に触れた。あきらかに気遣わしげながらも心なぐさめられる、まぎれもなく適切なしぐさだった。

「エドワード？」女性が問いかけて手を取った。指をそっと肌に滑らせて何度か撫《な》でた。

「聞こえる？」

答えるべきなのだろう。心配されている。紳士たる者、ご婦人の不安を取り払ってやらずに放ってなどおけるだろうか？

「こちら側に果たして戻ってこられるのだろうか」男の口ぶりはエドワードからすればだい

ぶ親切みに欠けていた。

「呼吸は安定しています」女性が凛《りん》とした声で言った。

男は答えなかったが、気の毒がる顔でもしたのか、女性がまた今度は声を大きくして繰り返した。

「呼吸は安定しています」

「ロークズビー夫人……」

女性がエドワードの手をしっかりとつかんだ。さらにもう片方の手もその上に重ね、指を指関節のそれぞれに添わせた。いうなれば、きわめてささやかな抱擁だったが、エドワードの心の奥にまで沁《し》み入った。

「呼吸は安定していますわ、大佐」決意のこもった静かな声だった。「それに、わたしがずっとここで付き添っています。たとえ兄は、トーマスは助けられなくても――」

トーマス。トーマス・ハーコート。接点はそこだったのか。ならばこの女性はトーマスの妹ということになる。セシリア。その女性のことならよく知っている。

いや、そうとまでは言えないだろう。実際に対面したことはなく、よく知っている気がしているだけのことだ。この女性の兄ほど同じ連隊のなかで頻繁に手紙を届けられていた者はいなかった。トーマスは四人も兄妹がいるエドワードの二倍もの手紙をたったひとりの妹から受けとっていた。

セシリア・ハーコート。彼女がいったいこの北アメリカで何をしているんだ？　トーマスがどうにかして離れたがっていたダービーシャーの小さな町で暮らしていたはずだ。そこには鉱泉がいくつもあるという。マトロック。いや、マトロック・バスだ。

エドワードは一度も訪れたことがなかったが、なかなかよいところなのだろうと想像していた。当然ながらトーマスの話からというわけではない。この友人はなにしろ忙《せわ》しない都会暮らしを好み、将校の任命辞令を得て生まれ育った村を出るのが待ちきれずにいた男だ。だがセシリアは違う。兄への手紙に書かれたダービーシャーの小さな町は生きいきとしていて、もし訪れる機会があれば、エドワードにもうそこの住人たちを見分けられそうに思えたほどだった。

セシリアは機知に富んだ女性だ。こればかりは間違いない。トーマスが妹の手紙を読んでそれはいつも愉快そうに笑うので、とうとうエドワードは声に出して読んでくれと頼まずにはいられなかった。

そうしてある日、トーマスは妹に返事を書いていてエドワードから幾度となく茶々を入れられ、ついには椅子から立って、羽根ペンを差しだした。

「きみが書いてくれ」

だからエドワードは書いた。

むろん新たな手紙をではない。セシリア宛てにまる一通の手紙を書いたことはなかった。そんなことは不謹慎きわまりない行為だし、そうした無礼を働いてセシリアを侮辱するなど、もってのほかだ。それでもトーマスが書いた手紙の最後に数行だけ書き添えるようになると、セシリアも兄への手紙の最後に必ず数行の返信を付け加えてくれた。

トーマスは妹の細密画を携帯していて、何年か前の姿とのことだったが、エドワードは気がつけばつい、その年若い女性の小さな肖像画に目をやり、髪はほんとうにそれほどきわだって鮮やかな金色なのかとか、ほんとうにそんなふうに唇を閉じたまま謎めいた笑みを浮かべるのだろうかと想像していた。

どういうわけか実際にそうだとは思えなかった。秘密の多い女性といった感じはしない。明るく屈託のない笑みを浮かべていそうだ。この凄惨な戦争が終わったらすぐにぜひとも会いに行きたいとまで考えるようになった。そのようなことはトーマスにはいっさい言わなかったが。

おかしなことに違いなかったからだ。

そしていま、そのセシリアがここにいる。北アメリカの大英帝国領の植民地に。まったくわけがわからないが、それよりもまずは自分の身にいったい何が起こったのかだ。頭を負傷し、しかもトーマスは行方不明のようだし……。

エドワードは考え込んだ。

……しかも、自分とセシリア・ハーコートはどうやら結婚したらしい。

目をあけ、こちらをじっと見おろしている緑色の瞳の女性に焦点を合わせようとした。

「セシリア？」

セシリアはこの三日間、エドワード・ロークズビーがついに目を覚ましたら真っ先に何を言うのだろうかと想像していた。思いつく言葉はいくつかあったが、なかでもいちばん可能性が高そうなのが「きみはいったい誰だ?」だった。

けっして的外れな問いかけではない。

スタッブズ大佐や、この見るからに設備の乏しい陸軍病院にいる誰もがどう思っていたとしても、自分の名前はセシリア・ロークズビーではなく、セシリア・ハーコートで、傍《かたわ》らのベッドに身を横たえた、黒っぽい髪のひときわ端正な顔立ちの男性と結婚していようはずもなかったからだ。

どういうわけで、そのような誤解が生じたのかというと……。

当の人物の上官ひとりに兵士ふたり、さらには事務官の前で、妻だと名乗ってしまったのが発端と言えるだろう。

そのときは名案に思えた。

軽々しくニューヨークまでやって来られはしない。波風の荒れやすい北大西洋の航海については言うに及ばず、戦争で荒れ果てた植民地へ赴《おもむ》くのがどれほど危険なことなのかはじゅうぶん承知していた。けれど父を亡くし、兄のトーマスが負傷したとの知らせが届き、いまいましい従兄がさっそく地所マースウェルを手に入れようと画策しはじめ……。

セシリアはもはやダービーシャーにとどまってはいられなかった。

でも行く当てがない。

そんなわけで、おそらくは一生に一度の向こう見ずな決断に至り、家具調度を整理して、銀食器は裏庭に埋め、リヴァプールからニューヨークへ向かう船の切符を手に入れた。ところが、着いてみれば、トーマスの姿はどこにも見当たらなかった。

所属連隊を探しあてはしたものの、兄の行方を答えてくれる人はなく、それでもしつこく尋ね歩いていると、煩《わずら》わしい小蠅《こばえ》のごとく陸軍の高官たちに追い払われた。相手にされず、蔑《さげす》まれ、たぶん嘘《うそ》をつかれもした。所持金が底をつきかけ、一日一食となり、どうにか身を落ち着けたのは隣りに娼婦なのかどうかも定かでない女性（というのも男性たちと関係を持っているのは確かでも金銭が支払われている様子が窺《うかが》えなかったからだ。セシリアからすればむしろ娼婦であってほしいくらいだった。どのようなことをしているのであれ、大変な労力を費やしているのに違いなかったのだから）が住む下宿屋の一室だった。

そうして何ひとつ手がかりをつかめないまま一週間近くが経ったある日、数日前にひとりの男性が病院に搬送されてきたとの兵士同士の会話を耳にした。その男性は頭を打って意識がなく、名はロークズビーだという。

エドワード・ロークズビー。そうに違いなかった。

会ったことこそないものの、兄の親友で、セシリアにとってもうすっかり知人のように感じられていた人物だ。ケント出身、マンストン伯爵の次男で、弟たちのひとりは海軍に入隊し、もうひとりはイートン校で学んでいるという。妹は嫁いだがまだ子はなく、エドワードにとって家を離れてなにより恋しいのは、料理人がこしらえるグズベリーフールだ。

長男である兄はジョージと呼ばれていて、その後継ぎの立場をエドワードがまるでうらやんではいないことにセシリアは驚かされていた。伯爵位を受け継いで自由を奪われる運命などぞっとすると手紙に書き添えてきたのだ。自分がすべきは軍隊で王と国家のために戦うことだとエドワードは思い定めていた。

そこまで立ち入ったやりとりを手紙でするとは傍目《はため》には信じがたいことなのかもしれないが、戦争が男たちを哲学者に変えることをセシリアはすでに学んでいた。エドワード・ロークズビーがトーマスの妹宛ての手紙に自身のことを少し書き添えるようになったのも同じ理由からだったのかもしれない。見知らぬ相手に考えを明かして得られる安らぎもある。食卓を囲んで、あるいは客間で顔を合わせて話すときとは違って思いきって語りやすいからだ。

でもこれはあくまでセシリアの仮説に過ぎない。エドワードはケントの家族や友人たちにもまったく同じことを書いていたのかもしれない。トーマスによれば、エドワードには故郷の隣人で〝事実上の婚約状態にある〟女性がいるのだという。その女性にもきっと同じような手紙を書いていたのだろう。

それにエドワードはセシリア宛てに手紙を書いてくれていたわけではなかった。そもそも兄がこんな添え書きをしてきたのが始まりだ。〝エドワードがあれこれ口を出す〟とか〝ロークズビー大尉にうるさく指摘されて……〟云々《うんぬん》。

初めの頃にエドワードがいくつか記してきた添え書きがなんとも愉快で、請求書の山と無関心な父と地所マースウェルにこもりきりだったセシリアには、思いがけず笑みをもたらしてくれた言葉が心からありがたかった。それでこちらからも同じようにちょっとしたことを書き添えて返した。〝ロークズビー大尉にこうお伝えして……〟というように。そのうちに〝ロークズビー大尉ならきっと面白がってくださるのではと思うのだけれど……〟などと書くようになった。

そんなある日、兄から届いた手紙にべつの筆跡の添え書きを目にした。野花の描写程度のことを加えた短い挨拶《あいさつ》に過ぎなかったが、エドワードからだった。署名も付けられていた。

心を込めて
エドワード・ロークズビー大尉

心を込めて。
心を込めて、だなんて。

セシリアはたちまち顔がにっこりほころんで、それからはっと、どうかしていると恥じた。会ったこともない男性の言葉に舞い上がってしまうなんて。

今後もきっと会うことはないだろう。

それでもセシリアは心浮かれずにはいられなかった。湖が夏の陽光に照り輝いているときですら、兄が去ったダービーシャーの暮らしはつねにどんよりと影に覆われていようとも。ほとんど変化のない日々が淡々と繰り返されていた。屋敷の手入れをして、家計をやりくりし、まるで気にかけてもくれない父の身の周りの世話をする。たまに地元で社交の催しが開かれても、同年代の男性たちの半分以上が将校の任命辞令を購入するか、手に入らずとも入隊し、舞踏場にはいつでも紳士に比して二倍もの人数の女性たちが詰めかけていた。

そんなところに、伯爵の子息から野花についてでも書き送られてくれば……。

ちょっぴり胸がときめいた。

正直に言ってしまうなら、何年かぶりにすぐにも恋にうつつを抜かしてしまいそうなほど。

けれどニューヨーク行きを決めたときにセシリアの頭のなかを占めていたのはエドワード・ロークズビーではなく、兄トーマスのことだった。兄の連隊の指揮官から使者によって知らせが届けられ……。

これまで生きてきて、いちばんつらい日となった。

もちろん、届けられた書付は父親宛てだった。セシリアは使者に礼を述べ、期せずして三日前にウォルター・ハーコートが亡くなったことにはいっさい触れず、食事をしていってもらえるよう手配した。折りたたんで封じられた書付は自分の部屋まで持っていき、ドアを閉じて鍵を掛け、ふるえながら一分は見つめたのち勇気を奮い起こし、指を滑り込ませて封蠟《ふうろう》を解いた。

とっさに胸に抱いたのはひとまずの安堵《あんど》だった。おそらくはトーマスの死亡を、つまりこの世でほんとうに愛する人は誰もいなくなってしまったことを知らされるものと覚悟していた。だからこそ、その時点では負傷ならまだ幸いであるかに思えた。

ところがそこに、系図上では最も近い男性親族にあたるホレスが到着した。

父の葬儀に出席するためホレスがやって来てもなんらふしぎはなかった。さして親交があったわけではなくても、親類が弔《とむら》いに現われるのはしごく当然のことだ。だがホレスはその後も居坐った。しかも何にもましてうっとうしい男性ときている。尊大な態度であまり口を利こうともしないくせに、セシリアの身を深く案じているとの理由で、どこに行くにもぴたりと張りついてこようとした。

そのうえトーマスの話ばかり持ちだし、新世界の大英帝国領で戦う兵士がいかに危険であるかを説いた。マースウェルの領主として然るべき立場に戻ってきてくれれば、親族一同がどれほど胸をなでおろすことか、と。

当然ながら、トーマスが戻ってこなければホレス自身がすべてを引き継ぐことを言外に含ませていた。

もとを正せば、まったくもってばかげた限嗣《げんし》相続が定められているせいだ。先祖を敬わなければいけないことはセシリアも承知していたけれど、もし時代を遡《さかのぼ》って高祖父を見つけられたなら、まず間違いなくその首を絞め上げていただろう。高祖父こそがあの土地を買い、屋敷を建て、名門ぶった誇大妄想で厳格な限嗣相続を強いた張本人なのだから。マースウェルは父から息子へ受け継がれ、それが叶《かな》わぬ場合には、男性親族が代わって相続する。生まれながらにそこに住み、隅々まで知り尽くし、使用人たちから信頼され敬意を払われているセシリアがいようとも。トーマスが死ねば、血筋の最も近い男性親族、ホレスがランカシャーからすぐさま駆けつけて、すべてをその手中に収めることとなる。

セシリアはトーマスの負傷をホレスには伏せようとしたが、そのような知らせを隠し通せるはずもなかった。近隣の誰かが悪気なく洩らしてしまったに違いなく、ホレスはウォルター・ハーコートの葬儀が終わって一日も経たないうちに、最も近い男性親族としてセシリアの今後にみずからが責任を負わねばならないと切りだした。

ふたりは結婚しなければと宣言したわけだ。

いやよ。セシリアは衝撃のあまり口が利けずに胸のうちでそう反論した。いいえ、そんなことをする必要はないでしょう。

「現実と向きあわなくてはいけない」ホレスはセシリアのほうに踏みだして言った。「きみはひとりきりだ。マースウェルに付添人《シャペロン》なしでいつまでもとどまることはできない」

「大おばのところへ行きます」セシリアは告げた。

「ソフィーのところへ？」ホレスは呆れ顔で返した。「とてもきみをまかせられない」

「もうひとりの大おばです。ドーカスおばさま」

ホレスがいぶかしげに目を狭めた。「聞きおぼえのない名だ」

「当然ですわ」セシリアは言った。「母方のおばなので」

「それでどちらにお住まいかな？」

と言われても、まるきりセシリアの想像の産物でどちらにお住まいでもなかったが、祖母はスコットランド人だったので、こう答えた。「エディンバラ」

「故郷を離れるのか？」

離れればホレスとの結婚を避けられるのなら、そういうことになる。

「道理をわからせてやる」ホレスは唸るようにつぶやき、セシリアには何をされようとしているのかわからないうちに、唇を覆いかぶせてきた。

唇が離されるやセシリアは息を吸い込み、ホレスの顔を平手打ちした。

ホレスに顔を叩き返され、その一週間後、セシリアはニューヨークへ旅立った。

旅路は五週間に及び、この決断をあらためてどころか、みたびじっくり省みる時間はたっぷりあった。それでもやはりほかに手立てがあったとは思えない。いずれにしても、マースウェルを相続する最良の機会を得たからといって、なぜホレスがあれほど結婚にこだわったのかは定かでない。じつは困窮していて、住む場所を求めていたとしか考えようがなかった。セシリアと結婚すれば、すぐに越してこられるので、あとはトーマスがもう帰らないよう祈ればいいとでも思ったのだろうか。

親類との結婚が理に適《かな》った選択なのはセシリアにもわかっていた。たとえ兄が死んでしまったとしても、愛着のある生家にとどまり、いつかわが子にそこを引き継ぐこともできる。だけど、ああ、つまりその子供たちはホレスの子ということになり、あの人とベッドをともにするのかと思うと……それどころか、あの人と暮らすだけですら……。

耐えがたい。所領マースウェルにそこまでして守る価値はない。

とはいえ、セシリアの立場は危うかった。ホレスには結婚を無理強いすることはできないにしても、このままではきわめて暮らしづらくなるのは必然で、その言いぶんにもただひとつ正しい点はある——シャペロンなしでいつまでもマースウェルにとどまることはできない。まだ二十二歳になったばかりで、状況からすれば友人や近隣の人々にはいくぶん寛容に見てもらえるかもしれないが、若い女性の一人暮らしは何かと噂話を招きやすい。評判を気にかけるなら、去る以外にないだろう。

叫びたくなるくらい皮肉な成り行きだ。ひとりで海を渡れば評判は守られるにしろ、そうせざるをえなかったことなどダービーシャーの誰にもわかりはしないのだから。

けれどセシリアにとってトーマスはたったひとりの兄で、庇護者《ひごしゃ》で、最も信頼できる友でもある。たとえ無謀でも、徒労に終わるかもしれないとしても、兄のため旅立つことに迷いはなかった。戦場での負傷以上にたちの悪い病への感染により、はるかに多くの人々が命を落としている。自分がニューヨークに到着するまでに兄が死んでいるかもしれない可能性も覚悟せざるをえなかった。

文字どおり、兄が消えてしまっているとは考えもしなかったが。

そうしたもどかしさとやるせなさで心揺れるなか、エドワード・ロークズビーの負傷を耳にしたのだった。ともかく誰かを助けたいという猛烈な衝動に駆られ、セシリアは陸軍病院に乗り込んだ。兄を看病できないのなら、せめて兄の親友の世話をさせてほしかった。新世界までやって来た航海を無駄にしないためにも。

大英帝国陸軍が教会を借り受けて病院にしていたことにまず驚かされたのも束の間、エドワードへの面会を求めると、けんもほろろに門前払いされてしまった。ロークズビー大尉は将校なのだと、やけに鼻先の尖った歩哨《ほしょう》から告げられた。伯爵のご子息で、誰彼かまわず訪問を受けられるお方ではないのだと。

それでもセシリアがつまりどういうことなのかと食いさがると、歩哨は見下した面持ちで、ロークズビー大尉に面会できるのは軍人か、もしくはご家族にかぎられると答えた。

それを聞いてセシリアは思わず口走った。「わたしは妻です！」

口に出してしまったからにはあとに引けなくなった。

いまにして思えば、よくも逃げださずにいられたものだと自分に感心させられる。エドワードの上官が居合わせなければ、叩きだされていたかもしれない。スタッブズ大佐はことさら親切な男性というわけでもなかったが、エドワードとトーマスの友人関係を知っていて、エドワードが友人の妹と結婚していると聞かされても疑いはしなかった。

セシリアはさして考えもせず、手紙のやりとりから求婚され、船上で代理結婚したとの物語をとりつくろった。

驚くなかれ、誰もがその作り話を信じた。

だからといって嘘をついたことを後悔してはいない。エドワードがセシリアの看病により快方に向かっているのは否定しようがなかった。熱が上がれば、海綿で額をぬぐい、床《とこ》ずれしないよう、できるかぎり身体の向きを変えさせもした。未婚の良家の子女がこれほど長く男性を間近で見ているのはたしかに不適切なことであれ、戦争中なら平時の社会規範もとりあえずさしおいてもらえるのではないだろうか。

第一、誰にもわかりはしない。

誰にもわかりはしないのだからと、ほぼ一時間おきに自分に言い聞かせた。ダービーシャーから五千マイルも離れている。知人の誰もがセシリアは老嬢の大おばのもとを訪れているものと思っている。さらに言うなら、ハーコート家とロークズビー家に相通じる交友関係はない。エドワードは社交界の噂好きのあいだでも関心の的なのかもしれないが、自分はそうなりえないし、マンストン伯爵の次男にかかわる噂話が小さな町マトロック・バスにまで伝わるとは想像しづらい。

エドワードがいよいよ目覚めたときにどうすればよいかについては……。

正直なところ、ほんとうにまったくその答えは見つからなかった。でもいまとなってはもう考えても仕方がない。ありとあらゆる可能性を頭にめぐらせてはいたものの、よもやひと目で正体を見分けられてしまうとは考えもしなかった。

「セシリア？」エドワードが言った。瞬きをして見上げられ、セシリアはしばし呆然と、なんて青い瞳をしているのかしらと魅入られた。

とうに知っていて当然のことなのに。

でもすぐに、何をばかげたことを考えているのかと気づいた。エドワードの瞳の色をもともと知っていたはずがないでしょう。

それでもやはり、どうしてなのか……。

知っていて当然のことのように思えた。

「気がついたのね」と言ったつもりが声にならなかった。言葉を口に出そうとしても、喉の奥につかえた。セシリアは思いがけない感情の高ぶりに胸が詰まり、ただひたすら息をしようとした。ふるえてしまう手を伸ばし、身をかがめ、エドワードの額に触れる。もう二日近く発熱していないのだから、どうしてそのようなことをしてしまったのかわからない。でもどうしても、いま目に見えているものに触れ、じかに確かめずにはいられなかった。

エドワードが目覚めた。

生きている。

「大尉の診察の用意を」スタッブズ大佐が指示した。「医者を呼んできてくれ」

「あなたがお医者様を呼んできてください」セシリアはようやくいくらか正気づいて、すかさず言い返した。「わたしはこの人の――」

声が途切れた。嘘を口にできなかった。エドワード本人を前にしては。

だがスタッブズ大佐はセシリアが言葉にしなかったところまで読みとり、文句らしきものをつぶやいて、堂々とした足どりで医者を探しに向かった。

「セシリア？」エドワードがふたたび呼びかけた。「ここで何をしているんだ？」

「のちほどすべてご説明します」セシリアはひそひそ声で口早に答えた。大佐はすぐに戻ってくるはずで、ほかの人々の前では説明できない。といってここを離れるわけにもいかないので、すぐさま言葉を継いだ。「いまはとりあえず――」

「ここはどこなんだ？」エドワードが遮《さえぎ》って問いかけた。

セシリアは予備の毛布をつかんだ。ほんとうはもっと枕が必要なのだけれど不足しているので毛布で代用するしかない。エドワードを支えて上体を少し起こさせ、腰の後ろに毛布を押し込みながら答えた。「病院です」

エドワードは疑わしげに部屋のなかを見まわした。いかにも教会らしい造りの建物だ。

「ステンドグラスの窓があるのか」

「教会ですもの。いえ、教会だったので。いまは病院です」

「だがどこの？」エドワードがいくぶんせっかちに尋ねた。

セシリアは手をとめた。何かがおかしい。エドワードの目がどうにか見える程度に顔を振り向けた。「ニューヨークの街なかよ」

エドワードが眉をひそめた。「ぼくはてっきり……」

セシリアは待ったが、そのあとの言葉は聞けなかった。「あなたはてっきり、どこだと思ってらしたの？」

エドワードはいっときぼんやり宙を見つめてから、口を開いた。「わからない。ぼくは……」声が消え入り、顔をゆがめた。深く考えようとすると痛みを伴うとでもいうように。

「コネティカットへ行くことになっていた」しばしの間をおいてそう言い終えた。

セシリアはゆっくりと背を起こした。「あなたはコネティカットへ行ったのよ」

エドワードがふっと唇を開いた。「行ったのか？」

「ええ。一カ月以上も滞在していたと」

「そうなのか？」エドワードの目に何かがよぎった。恐れなのかもしれないとセシリアは読みとった。

「憶えてないの？」尋ねた。

エドワードは尋常ではないほど忙しく目をまたたかせはじめた。

「そうお聞きしたわ。わたしは少し前に来たばかりなの」

「一カ月以上も」エドワードは繰り返した。今度は首を振りはじめた。「一カ月以上も？」

……」

「無理なさらないほうがいいわ」セシリアはもう一度片腕を伸ばしてエドワードの手を取った。すると落ち着いたらしい。エドワードはもちろん、セシリア自身も。

「憶えていない……ぼくはコネティカットにいたのか」エドワードがさっと顔を上げ、セシリアをとまどわせるほど強く手をつかみ返してきた。「どうやってニューヨークに戻ってきたんだ？」

セシリアは困惑して小さく肩をすくめた。問われている答えを知らない。「わからないわ。わたしはトーマスを探しに来て、あなたがここにいると聞いたの。キップス湾のそばで頭から血を流していたそうよ」

「きみはトーマスを探しに来たのか」エドワードは言われたことを繰り返し、その目の奥で考えが車輪のごとく慌ただしくめぐりだしたのがセシリアには目に見えるようだった。「どうしてトーマスを探しに来たんだ？」

「負傷したと知らせが届いたんだけど、いまは行方がわからなくて――」

エドワードの息遣いが苦しげになってきた。「ぼくたちはいつ結婚したんだ？」

セシリアの唇が開いた。答えようと、本心からそうしようとしたものの、もごもご意味を成さない声を絞りだすことしかできなかった。この人はわたしと結婚したと本気で信じているということ？　きょうまで一度も実際に見たこともなかった相手だというのに。

「憶えてないんだ」エドワードが言った。

セシリアは慎重に言葉を選んだ。「何を憶えてないの？」

エドワードは悩ましげな目を上げた。「わからない」

なぐさめるべきなのは知りつつ、セシリアはただ見つめ返すことしかできなかった。エドワードの目はうつろで、もとから昏睡《こんすい》状態で蒼白《あおじろ》かった顔はほとんど灰色がかっていて、ベッドを救命艇であるかのごとくしっかりとつかんでいる。セシリアも同じようにしなくてはという不可思議な焦燥に駆られた。部屋がぐるぐる回転しはじめ、狭苦しいトンネルに引き込まれていくような気がする。

呼吸がままならない。

エドワードがいまにも砕け散ってしまいそうに見えた。

セシリアは必死に目を合わせ、ただひとつ訊き残していた問いを投げかけた。

「何か憶えてることはある？」

2

ここハンプトン・コート宮殿《パレス》にある兵舎はそう悪くはなく、わが家の快適さとは比べるべくもないとはいえ、まずまずの住まいと言えるだろう。将校はふたりずつに二部屋ある一室があてがわれているので、わずかながらもひとりきりの時間も持てる。ぼくは同じ中尉のロークズビーという男と同室になった。信じられないかもしれないが、それがなんと伯爵の子息で――

――トーマス・ハーコートが妹セシリアへ宛てた手紙より

エドワードは呼吸しなければと努めた。心臓がまるでどうにかして胸から飛びだそうとでもしているように感じられ、ともかくこの簡易ベッドから起き上がらなければということだけしか考えられなかった。何が起きているのかを突きとめなければいけない。そうしなければ――

「やめて」セシリアが声をあげ、身を挺して懸命にエドワードを押しとどめようとした。「どうか気を鎮《しず》めて」

「ぼくを起き上がらせてくれ」頭の片隅の理性は行く当てなどないことをわからせようとしていたが、エドワードは抵抗した。

「お願い」セシリアがエドワードの両手首に重心を交互にかけつつなだめた。「まずは少し呼吸を整えて」

エドワードは胸を波打たせて息をしてセシリアを見上げた。「いったいどうなってるんだ？」

セシリアが唾《つば》を飲み込み、周りに視線をめぐらせた。「お医者様に診てもらってからにしましょう」

だがエドワードは興奮状態で聞く耳を持てなかった。「きょうは何日だ？」きつい調子で訊いた。

セシリアが不意を討たれたように目をまたたかせた。「金曜日よ」

「日付は」奥歯を嚙《か》みしめて言った。

すぐに返事は得られなかった。ほどなくゆっくりと慎重な口ぶりでセシリアが答えた。

「六月二十五日」

エドワードの心臓がまたも大きな音を響かせはじめた。「なんだと？」

「もう少しだけ待って――」

「ありえない」エドワードはぐいとさらに上体を起こした。「きみの勘違いだ」

セシリアがゆっくりと首を振った。「勘違いではないわ」

「違う、違うだろう」エドワードは躍起《やっき》になって部屋を見まわした。「大佐！」大声で呼んだ。「医者はどこだ！　誰でもいい！」

「エドワード、やめて！」セシリアが大きな声で制し、ベッドの片側から両脚を投げだしたエドワードをとめようと動いた。「お願いだから、お医者様に診てもらうまで待って！」

「そこのきみ！」床を掃いていた浅黒い肌の男をふるえる腕で指し示した。「きょうは何日だ？」

男は目を見開き、無言でセシリアのほうに指示を仰いだ。

「何日だ？」エドワードは繰り返した。「何月なんだ。月を教えてくれ」

またも男はちらりとセシリアを見やったが、答えた。「六月です。もうすぐ終わりますが」

「ばかな」エドワードはベッドに背を倒した。「ばかな」

目を閉じて、ずきずきする頭で必死に考えようとした。解き明かす手立ては必ずある。じゅうぶんに気持ちを集中させて、最後に憶えていることをどうにか思いだしさえすれば……。

ぱっと目を開き、セシリアをまっすぐ見つめる。「きみを憶えていない」

セシリアが喉をひくつかせ、エドワードはいまにも泣きだしそうなその顔を見て、恥じ入るべきだと悟った。相手はご婦人だ。わが妻でもある。だがきっと許してもらえるだろう。ともかくどうなっているのかがまるでわからないのでは……どうしても突きとめなければ。

「あなたはわたしの名を呼んだわ」セシリアがかすれがかった声で言った。「目覚めてすぐに」

「きみが誰かは知っている」エドワードはそう返した。「きみのことを知らないだけで」

セシリアは顔をわななかせて立ち上がり、ほつれた髪を耳の後ろにかけてから、両手をきつく握りあわせた。気を張りつめているのはあきらかに見てとれた。それからふと、なんとも場違いな考えがエドワードの頭に浮かんだ――トーマスが携帯していた妹の細密画とあまり似ていないではないかと。唇はあの絵に描かれていた艶っぽく謎めいた半月形ではなく、ふっくらとしていて大きい。それに髪も金色とは言えず、いずれにしろ画家が塗りつけていた華美な色ではない。もっと深みのある濃いブロンドだ。むしろトーマスの髪の色に似ているが、厳密に言えば、兄ほど黄銅色がかっているわけでもない。

さほど陽光を浴びていないせいなのかもしれないが。

「きみは、セシリア・ハーコートなんだよな?」エドワードは尋ねた。というのも、いまさらながら気づいたからだ――そういえば、まだきちんと本人は名乗っていなかったということに。

セシリアがうなずいた。「ええ、もちろん」

「そして、このニューヨークにいる」エドワードはじっと見据えて、その表情を窺った。

「なぜだ?」

セシリアはちらちらと部屋の向こうに目をやりつつも小さく首を振った。「込み入った話なの」

「だが、ぼくたちは結婚している」そう言いきってよいのか、問いかけのつもりで口に出たのか、エドワード自身にもよくわからなかった。

どちらのほうが自分にとって好ましいことなのかさえ定かでない。

セシリアが用心深くベッドに腰をおろした。警戒されても仕方がないだろう。つい先ほどまで罠に掛かった獣《けもの》並みに荒立っていた。そんな男を押しとどめていたのだからセシリアは相当に力強いのに違いない。

あるいは自分がずいぶんと弱ってしまっているかだ。

セシリアは喉をごくりとさせて、何か困難にでも立ち向かおうと心を決めたかのようだった。「あなたにお伝えしなければいけないことが――」

「いったいどうしたというのだ？」

セシリアがびくりと身を引き、ふたりが顔を振り向けると、スタッブズ大佐が医師を従えて礼拝堂のなかを進んできた。

「どうして床に毛布が？」大佐が語気鋭く尋ねた。

セシリアが腰を上げ、エドワードの傍らに医師が近づけるよう脇に退いた。「歩きだそうとしたんです」と説明した。「混乱しているようで」

「混乱などしていない」エドワードはきっぱり否定した。

医師がセシリアを見た。エドワードはその首につかみかかりたくなった。どうしてセシリアを見るんだ？　患者はこっちだろう。

「まだよくわからないらしくて……」セシリアが唇を嚙み、エドワードと医師の両方にちらちらと目をくれた。どう言葉を継げばよいのか迷っているらしい。無理もない。

「ロークズビー夫人？」医師がそれとなく先を促した。

問題はその呼び名だ。ロークズビー夫人。つまり自分は結婚したのだとエドワードはあらためて思い知らされた。いったい、いつの間に結婚していたんだ？

「ですから」セシリアは信じがたい状況を説明するのにふさわしい言葉を探して口ごもった。「思いだせないようなんです、その……」

「はっきり言わんか。ご婦人というのはまったく」スタッブズ大佐ががなり立てた。

エドワードは自分でも気づかぬうちにベッドから半身を乗りだしていた。「なんという言いぐさですか、大佐」唸るように咎《とが》めた。

「いえ、いいのよ」セシリアがすばやく言葉を挟んだ。「わかっています。悪気があってのことではないんですもの。気が急いているのはみな同じだわ」

エドワードは鼻息を吐き、セシリアがすかさずそっと肩に手をかけてくれなければ瞳で天を仰いでいたところだった。身に着けているシャツは薄く、擦り切れそうなほどで、冷静に静かな意志を込めてあてがわれたセシリアの指の形やふくらみが感じとれた。

気が安らいだ。腹立たしさが魔法のごとく消え失せたとまでは言えないが、呼吸が深く穏やかになり、なにはともあれ、大佐の喉につかみかかることだけは思いとどまれた。

「日付がわからなくなっているんです」セシリアは自信がついてきた口ぶりで続けた。「いまはまだ……」エドワードのほうを見た。

「六月じゃない」エドワードは言い捨てた。

　医師が眉をひそめ、エドワードの手首を取り、うなずきつつ脈を測った。それから患者の片目を覗《のぞ》き込み、さらにもう片方の目も確かめた。

「目はなんともない」エドワードはつぶやいた。

「最後に憶えていることはなんですか、ロークズビー大尉？」医師が尋ねた。

　エドワードはいたって自然に答えるつもりで口をあけたが、頭のなかが無限に広がる灰色がかった霧に覆われてしまったかに思えた。異様に穏やかな鋼青色の大海原にいるかのように。さざ波ひとつ立っていない。

　考えや記憶は何ひとつ浮かばない。

　もどかしさからベッドのシーツをつかんだ。何を思いだそうとしているのかすらわからなくて、どうして記憶を呼び戻せるというんだ？

「考えるんだ、ロークズビー」スタッブズ大佐がぶっきらぼうに言った。

「考えてます」エドワードは鋭く言い返した。どれほどまぬけだと思われてるんだ？　そんなにも鈍い男だとでも？　この頭にどのようなことが起きているのか、記憶があるべきはずのところが真っ白の巨大な空間に取って代わられたように感じられることなど、誰にも想像もつかないないだろう。

「わからない」あきらめて言った。本来の自分を取り戻すほうが先決だ。自分は兵士だ。危機に際しても冷静さを保てるよう訓練されていた。「たしか……たぶん……大英帝国領植民地のコネティカットへ行くことになっていた」

「きみはコネティカットへ行ったんだ」スタッブズ大佐が言った。「憶えているか？」

エドワードは首を振った。考えようとしたし、思いだしたいのは山々だが、何も出てこない。なんとなく、そこへ行くよう誰かに求められた気がするだけのことだ。

「重要な任務だった」大佐が語気を強めた。「きみから聞きたいことが山ほどある」

「ですが、いまでなくてはいけませんか？」エドワードは辛辣《しんらつ》に訊き返した。

「お願いですから、あまり急かさないでください」セシリアが口添えした。「やっと目覚められたばかりなんですもの」

「あなたがご心配されるのはもっともなことだ」スタッブズ大佐が言う。「だが、わが軍にとってきわめて重要な事柄であり、頭痛がするからといって先延ばしにできるような話ではない」大佐はそばにいた兵士を見やり、ドアのほうへ顎《あご》をしゃくった。「ロークズビー夫人を外にお連れしろ。大尉から聞きとりを終えたら戻っていただく」

何を言ってるんだ。そんなことをさせられるものか。「妻にはそばにいてもらいます」エドワードは奥歯を嚙みしめて告げた。

「軍の機密情報を聞かせるわけにはいかんのだ」

「いまのところお伝えできることは皆無なのですから、そのようなご心配は無用かと」セシリアが大佐とベッドのあいだに踏みだした。「記憶が戻るまで、もう少しお待ちくださ い」

「ロークズビー夫人のおっしゃるとおりです」医師が言った。「このような症例はまれですが、完全にとはいかずとも、ほとんどの記憶が戻る可能性はとても高いのです」

「いつだ？」スタップブズ大佐は問いただした。

「お答えできません。まずはこうした困難な状況下でも、できるかぎり安らげる静かな環境を整えてさしあげなければ」

「いや」エドワードにとって安らげる静かな環境などなにより不要なものだった。この試練も人生のほかのすべてのことと同じであるはずだ。能力を発揮するには懸命に努力して鍛《きた》え、修練を積まなければいけない。

少しばかりの安らぎと静けさを求めてベッドに横たわってはいられない。

エドワードはセシリアを見やった。きっとわかってくれるだろう。顔は憶えていなかったとしても、一年以上も手紙をやりとりしてきた間柄ではないか。セシリアにならわかってもらえる。夫が何もせずに寝ていることなどできないのはわかっているはずだ。

「セシリア」エドワードは呼びかけた。「きみならわかってくれるだろう」

「わたしはお医者様のおっしゃるとおりだと思うわ」セシリアは静かに答えた。「少し休みさえしたら……」

だがエドワードはすでに首を振っていた。みな間違っている、誰もがだ。誰も――

何ひとつわかっちゃいない。

頭に激痛が走った。

「どうしたの？」セシリアが甲走《かんばし》った声をあげた。慌てたそぶりで医師のほうを見たセシリアを目に捉えたのを最後に、エドワードはきつく瞼を閉じた。「何が起きているんですか？」頭《ず》が」エドワードは喘ぐようにつぶやいた。急に首を振ってしまったせいなのだろう。頭蓋《がい》にまで響く痛みに襲われた。

「何か憶えていることはないのか？」スタッブズ大佐が尋ねた。

「ありません。まったくあなたは——」取り返しのつかない罵《ば》倒《とう》を吐いてしまう前にエドワードはみずから言葉を切った。「とにかく痛むんです」

「もうじゅうぶんだわ」セシリアが言い放った。「これ以上質問するのは、わたしが認めません」

「認めんだと？」スタッブズ大佐がいきり立った。「私は上官なのだぞ」

「わたしの上官ではありませんもの」とセシリアが返したときの大佐の顔はぜひとも見ておきたかったので、エドワードはどうにも目をあけられないのが口惜《くちお》しかった。

「少しよろしいでしょうか」医師が言った。

誰かがそばに来た気配がして、医師が傍らに腰をおろしたらしくマットレスが沈んだ。

「目をあけられますか？」

今度はゆっくりとエドワードは首を振った。痛みをこらえる術《すべ》は目をきつく閉じている以外になさそうだ。

「頭部を損傷した際にはこのような症状が見られることがあります」医師が静かに告げた。

「治癒には時間がかかり、それまでは激しい痛みを伴うことがほとんどなのです。失礼ながら事を急いでもなんの助けにもなりますまい」

「よくわかった」エドワードは応じた。気に入らないが、納得はした。

「われわれ医者にも判断しかねる領域なのです」医師は言い添えた。話す相手をほかの誰かに変えたかのように声が少し低くなった。「脳の損傷についてはまだ解明されていないことも多い。それどころか、すでにわかっていることよりもはるかに多いのではないかと私は考えています」

エドワードにはまるでなぐさめにならない見解だった。

「奥様はあなたをとても親身に看病なさっている」医師がエドワードの腕を軽く叩いた。「可能であれば、病院を出て、これまでどおり療養されるのが望ましいのですが」

「病院を出て？」セシリアが訊き返した。

エドワードはまだ目をあけていなかったが、その声の調子から動揺が聞きとれた。

「もう熱もありませんし」医師がセシリアに説明した。「外傷は順調に快復しています。ほかの病に感染している兆候も見られませんので」

エドワードは頭に手をやり、びくっと怯《ひる》んだ。

「私があなたならそのようなことはまだやめておきますよ」医師がたしなめた。

エドワードはようやくどうにか目をあけて自分の手を眺《なが》めおろした。もしや血がついているのではと思ったのだ。

「病院の外には連れだせません」セシリアが言った。

「ご心配はいりません」医師は励ますように請け合った。「奥様の看病にまさるものはない」

「いえ」セシリアが言う。「そうではなくて。連れて行けるところがないんです」

「ではどこに滞在しているんだ？」エドワードは尋ねた。この女性はわが妻で、その暮らしと身の安全は自分が担うべきことなのだと、いまさらながら気づかされた。

「部屋を借りています。さほど遠くないところに。でも、ベッドはひとつしかないんです」

目覚めてからはじめて、エドワードは口もとをほころばせかけた。

「それも小さなベッドで」セシリアが説明を加えた。「わたしひとりがどうにか寝られる程度なんです。あなたなら脚がはみ出してしまうわ」けれども誰もすぐには口を開かず、セシリアは目に見えて気詰りに耐えかねて続けた。「婦人用の下宿屋ですもの。男性は宿泊できませんし」

エドワードは疑念を覚えてスタッブズ大佐に顔を向けた。「妻は下宿屋に滞在していたんですか？」

「こちらに渡ってこられていたとは知らなかったのだ」大佐が弁明した。

「三日前には顔を合わせていたんですよね」

「あらかじめ滞在先を決めてこられたものと……」

エドワードの胸に冷たい苛烈な怒りが噴きだした。ニューヨークの街なかにある婦人用の下宿屋がどのようなことに用いられているところなのかは知っていた。結婚したことは思いだせなくとも、セシリアがわが妻であることに変わりはない。

それなのに軍はそのようないかがわしい下宿屋にセシリアを住まわせていたというのか？ロークズビー家に生まれ、紳士になるべく育てられたエドワードにはけっして容認できない侮辱というものがある。頭の痛みも、記憶がすっぽり抜け落ちてしまっていることもたちまち忘れた。いまはただ、わが妻が、自分が慈しみ守ると誓ったはずの女性が、この三年、ともに同じ国王のため身を捧げてきたまさに同胞の人々にないがしろにされたということしか考えられなかった。

ダイヤモンド並みに硬い声になった。「べつの住まいを探してください」

スタッブズの眉が上がった。かたや大佐で、こちらが大尉に過ぎないことは互いに承知している。

それでもエドワードは引きさがるわけにはいかなかった。軍隊では貴族の家柄についてほとんどおくびにも出さず過ごしてきたが、今回にかぎってはそうした配慮の余地はない。

「こちらのご婦人は」エドワードは言った。「名誉《オナラブル》あるエドワード・ロークズビー夫人だ」

スタッブズ大佐は何か言おうと口をあけたが、エドワードは機先を制した。「わが妻であり、マンストン伯爵の義理の娘にあたる」いかにも貴族の血筋ならではの冷然とした口ぶりで続けた。「下宿屋にいるべき女性ではない」

セシリアがいたたまれないといったそぶりで仲裁を試みた。「何も問題なく過ごせてるわ」口早に言った。「ご心配なく」

「ぼくが承服できないんだ」エドワードはスタッブズ大佐から目を離さずに返した。

「よりふさわしい滞在先を手配しよう」スタッブズ大佐が不承ぶしょう申し出た。「今夜までに」エドワードは念を入れた。

大佐の表情はあきらかに無理な要求だとの見方を物語っていたが、しばしの張りつめた沈黙ののちに口を開いた。「〈悪魔の頭《かしら》〉亭にお移りいただこう」

エドワードはうなずいた。〈悪魔の頭〉亭はおもに英国人将校を贔屓《ひいき》にしている宿屋で、ニューヨークの街なかでは最上の宿泊場所のひとつに数えられている。いうまでもないことだが、セシリアを受け入れてもらえる私邸が見つからないかぎり、それ以上の住まいはエドワードにも考えつかなかった。ニューヨークはうんざりするほど人が多く、軍隊の労力の半分は兵士たちの寝場所探しに費やされているのではないかと思うくらいだ。〈悪魔の頭〉亭も一人旅のご婦人にふさわしい滞在先とは言いがたいが、セシリアは将校の妻として敬われ安全に過ごせるはずだ。

「モンビーがあす発つ」スタッブズ大佐が言った。「あの部屋ならふたりでもじゅうぶんな広さがある」

「すぐにほかの将校の部屋に移ってもらってください」エドワードは断固求めた。「今夜から妻が泊まる部屋が必要なので」

「あすからでいいわ」セシリアが言った。

エドワードはかまわず続けた。「今夜から」

スタッブズ大佐はうなずいた。「モンビーに話してみよう」

これにもエドワードは軽いうなずきだけですませた。モンビー大尉とは面識がある。ほかのすべての将校たちと同様、淑女の身の安全にかかわることとなれば、一も二もなく部屋を明け渡してくれるだろう。

「当面は」医師が言葉を差し入れた。「安静が必要です」セシリアのほうを向いて続ける。「くれぐれも気を荒立てることなどなきよう」

「いま以上に荒立てられるとは想像しづらいが」エドワードはこぼした。

医師が笑みを浮かべた。「ユーモアをお忘れでないのはきわめてよい兆候です」

エドワードはけっして冗談ではなく言ったのを指摘するのはやめておいた。

「あすにはここを出てもらう」スタッブズ大佐がきびきびとした口ぶりで告げた。「さしあたっては本人が目覚めるまでのことを話してやってくれたまえ。記憶を呼び起こすきっかけになるやもしれない」

「名案ですな」医師が請け合った。「ロークズビー夫人、ご主人はあなたがどのようにこのニューヨークまでいらしたのかをお知りになりたいでしょうし」

セシリアは笑みをこしらえた。「そうですわね」

「それと繰り返しになりますが、気を荒立てさせぬように」医師はやさしげな目つきでちらりとエドワードを見やり、付け加えた。「いま以上には」

スタッブズ大佐がセシリアに〈悪魔の頭〉亭へ移る段どりを簡単に説明し、医師とともに立ち去ると、エドワードはまた妻とふたりきりになった。いや、正確にはたくさんの傷病兵のいる礼拝堂の一角でと注釈を付けておくべきだろうが。

エドワードはベッドの傍らにぎこちなく立っているセシリアを見やった。

わが妻、か。なんたることだ。

どういうわけでそうなったのか、いまだ理解しがたいが、事実なのだろう。スタッブズ大佐はそう信じきっているようだし、なにせ元来が何事も型どおりで融通《ゆうづう》の利く男ではない。そのうえ、当の花嫁セシリア・ハーコートは親友の妹だ。自分が会ったことも思いだせない女性と結婚していたのだとすれば、その相手は彼女以外には考えられない。

とはいえ、さすがにそれくらいは憶えていてもよさそうなものだろう。

「ぼくたちはいつ結婚したんだ？」エドワードは訊いた。

セシリアはじっと翼廊《よくろう》の向こう端を眺めている。聞こえているのかわからない。

「セシリア？」

「二カ月前よ」セシリアは答えて、向き直った。「眠ったほうがいいわ」

「疲れていない」

「そう？」セシリアは苦笑めいたものを浮かべ、ベッド脇の椅子に腰をおろした。「わたしはへとへとよ」

「申しわけない」エドワードは即座に言った。立ち上がらなくてはと、とっさに感じた。手を貸さねばと。

紳士ならば。

「考えが及ばなかった」

「そんなことが求められる機会は、これまであまりおありではなかったでしょうから」セシリアが乾いた声で言った。

エドワードははっとしてわずかに口を開いた。そしてあらためて――そこにいるのは自分のよく知るセシリア・ハーコートなのだと納得した。それとも、よく知っていると思い込んでいるだけだろうか。ほんとうにまったく、これまで顔を合わせた記憶すら呼び起こせない。それでも手紙から感じられていたとおりの女性だし、その手紙に綴《つづ》られてくる言葉をエドワードは劣悪な戦争のさなかでつねに心のなぐさめにしてきた。

自分の家族からの手紙よりトーマスのもとに妹から届く手紙を楽しみにしているとは、妙なものだと考えることもあった。

「どうか許して」セシリアが言った。「わたしのユーモア感覚はまるで的外れなのよ」

「ぼくは好きだな」

セシリアがまじまじと見つめ返し、その目にかすかに嬉しそうな表情が浮かんだように思えた。

それにしても独特な瞳の色をしている。海の泡のごとくとても淡い緑色で、時代が違えば魔女の眼とすら言われていたかもしれない。けれどもなんとなく、そぐわないことのようにも感じられた。なにしろ自分にとってはこれまで出会った誰より堅実で信頼できる相手だからだ。

いや、前に会った記憶はいまのところないわけだが。

セシリアが気にするそぶりで頬に手をやった。「わたしの顔に何かついてる？」

「見ているだけだ」エドワードは言った。

「そんなに見るほどのものではないわ」

エドワードは思わず笑みをこぼした。「そんなことはないさ」

セシリアが頬を染め、エドワードはわが妻となんと浮ついたやりとりをしているのかと気づいた。妙ではないか。

とはいうものの、考えようによっては、この日起こったどれより妙ではないことなのかもしれない。

「憶えていないのが残念だ……」自然と言葉が口をついた。

セシリアがじっとこちらを見ている。

エドワードは妻とはじめて対面したときのことを思いだしたかった。結婚式のことも。口づけを交わしたことも。

「エドワード？」セシリアがやんわりと続きを急かした。

「すべてを」意図した以上にいくらか鋭い口調になった。「すべてを思いだしたい」

「きっと思いだせるわ」セシリアはきゅっと口角を上げて笑みを浮かべたが、どことなく不自然だった。目もとが微笑んでいないし、そういえばずっとこちらの目を見ようとしない。

何か隠しているのではないかとエドワードは憶測した。もしや病状についてもっと詳しく聞かされているんじゃないのか？　といっても自分が目覚めてから妻は片時もそばを離れていないのだから、そのようなことがいつできたのかわからない。

「きみはトーマスに似ている」だし抜けに言った。

「そう思う？」セシリアはとまどいの目を向けた。「ほかには誰もそう思ってはいないみたい。もちろん、髪の色はべつにして」おそらくは無意識にセシリアは髪に触れた。むぞうさに後ろにまとめてピンで留められ、わずかにほつれた髪が頬に垂れかかっている。どれくらいの長さなのか、ほどいて背におろすとどのように見えるのだろうかと、エドワードは思いめぐらせた。

「わたしは母似なの」セシリアが言う。「というか、そう聞かされてるわ。わたしは母の顔を知らないから。兄は父似ね」

エドワードは首を振った。「顔の造作のことじゃない。ふたりの表情だ」

「どういうこと？」

「そう、まさにそれだ！」エドワードはとたんにわずかながらも活気づいて、顔をほころばせた。「きみたち兄妹はそっくりの表情をする。『どういうこと？』と言ったとき、きみはお兄さんとまったく同じ角度に頭を傾けた」

セシリアは苦笑いを浮かべた。「兄はそれほど頻繁にそんなふうに訊くの？」

「そんなことまで訊くのかというくらいに」

セシリアが声を立てて笑った。「でも、感謝するわ」目をぬぐいながら言う。「ずっと笑ってなかったんですもの……」首を振る。「いつからなのか思いだせないくらい」

エドワードは片腕を伸ばし、妻の手を取った。「笑えることがそれだけなかったということだな」静かに語りかけた。

セシリアが喉をひくつかせてうなずき、もしや泣きだすのではないかとエドワードは一瞬危惧した。それでもやはり黙ってはいられなかった。「トーマスに何があったんだ？」そう尋ねた。

セシリアは深々と息を吸い込み、ゆっくりと吐いた。「負傷して、ニューヨークの街なかで療養していると書付が届いたの。気が気でなかったわ――あなたももうよくおわかりでしょうけど」ほかの兵士たちのほうを漠然と手で示した。「負傷した兵士を看護する人手が足りてないのよ。兄を放ってはおけなかった」

エドワードは考え込んだ。「こちらまでの旅をお父上がよく許されたな」

「父は死んだわ」

そうだったのか。「失礼した」エドワードは詫《わ》びた。「気遣いまで記憶と一緒に失われてしまったんだろうか」だがじつのところ推し量りようのないことだった。セシリアはピンクのドレスをまとっていて、喪に服しているそぶりはまるで見えなかった。

セシリアが自分のくすんだ薔薇《ばら》色の袖を見られているのに気づいた。「わかってるわ」気恥ずかしげに下唇をすぼめて言う。「ほんとうは黒い服を身に着けなくてはいけないのに。でも黒のドレスは一枚しかなくて、ボンバジンの生地のものだったの。こちらでそんなものを着ていたら、鶏肉みたいに蒸し焼きになってしまいそうなんですもの」

「われわれの軍服も夏の数カ月にはとんでもなく着心地が悪い」エドワードは同調した。

「そうよね。兄も手紙に同じようなことを書いてたわ。夏の暑さについての兄の書きようからしたら、あのドレスを持ってこようとは思えなかった」

「きみにはピンク色のほうがよく似あうのは間違いない」エドワードは言った。

セシリアは褒め言葉に目をまたたいた。無理もない。こういったごくありふれたやりとりが病院のなかではやけに場違いに感じられる。

それももとは教会だ。

しかも戦争の只中にある。

そのうえ自分は記憶をなくし、いつの間にか妻を娶《めと》っていたことを知らされ、まさしくこれ以上に奇妙なことが人生に起こりうるのだろうかとエドワードは思い返した。

「ありがとう」セシリアがそう応じて、咳払いをしてから言葉を継いだ。「でも、父のことをお尋ねになったのよね。あなたの言うとおり。生きていれば、ニューヨークへの旅は許してもらえなかったでしょう。ことさら心配性の親というわけではなかったけど、きっと強硬に反対したはずよ。ただし……」きまり悪そうに短く詰まった笑いを洩らした。「わたしが消えてもすぐに気づけたかは疑問ね」

「言わせてもらえば、きみが消えたら誰でも気づく」

セシリアがやや横目遣いに見やった。「あなたは父に会ったことがないから。屋敷が――

といってもいまはもうそこに誰もいないわけだけれど——問題なく取り仕切られていれば、何ひとつ気にかけない人だったの」

エドワードはゆっくりとうなずいた。トーマスはウォルター・ハーコートについてはあまり語りたがらなかったが、たまに口にしていたのはいまのセシリアの話を裏づける言葉だった。父親がセシリアを無給の家政婦のように働かせて平然としていると一度ならずこぼしていた。妹を嫁がせなくてはとトーマスは言った。マースウェルを出て、新たな人生を歩ませてやらなければと。

ひょっとしてトーマスは妹を親友に嫁がせられないかともくろんでいたのか？　そのようにはまったく聞こえなかったのだが。

「事故に遭われたのかい？」エドワードは訊いた。

「いいえ、でも、突然だったわ。書斎でうたた寝をしていて」セシリアは哀しげに小さく肩をすくめた。「二度と目覚めなかった」

「心の臓の発作を起こされたのか」

「お医者様からは確かなことは知る術がないと言われたわ。だけど結局そんなことは重要ではないのよね、そうでしょう？」セシリアが痛ましいほど達観した顔つきでこちらを見やり、エドワードはたしかに何かを感じとれた気がした。セシリアの瞳には、その色や透明さには、とても惹きつけられるものがある。目が合うと、息を奪われてしまいそうに思えた。

いつもこんなふうになるのか？

だからこの女性と結婚したんだろうか？

「お疲れのようね」セシリアが言い、答える間を与えずに続けた。「あなたは否定なさるでしょうけど、そう見えるわ」

だがエドワードは眠りたくなかった。また何ひとつ意識できない状態に戻るのかと思うと耐えられない。もうずいぶんと時間を無駄にした。そのぶんを取り戻したい。どの瞬間も。すべての記憶を。

「トーマスに何が起こったのか、まだ聞いていない」エドワードは話を戻した。

セシリアの顔に波が打ち寄せるかのように不安げな表情がよぎった。「わからないの」喉につかえたふうな声だった。「誰も居所を知らないみたいで」

「そんなことがありうるのか？」

セシリアが力なく肩をすくめて返した。

「スタッブズ大佐とは話したのか？」

「もちろんよ」

「ガース准将とは？」

「会わせてもらえないの」

「どうして？」そのようなことは承服できない。「ぼくの妻ならば――」

「あなたの妻とは伝えていないから」

エドワードはじっと見つめた。「いったいどうして？」

「わからない」セシリアは弾かれたように椅子から立ち上がり、自分の身体を抱きしめた。「たぶん、あのときは――そう、トーマスの妹として訪ねたのよ」

「それでも、もちろん名乗ったろう」

セシリアは下唇を噛みしめてから口を開いた。「誰も結びつけられなかったのではないかしら」

「ガース准将が、エドワード・ロークスビー夫人と名乗った女性をぼくの妻とは気づかなかったと？」

「だから、その方とはお目にかかれていないと言ったでしょう」セシリアはエドワードのそばに戻ってきて、そそくさと毛布を掛け直しはじめた。「だいぶ気が立ってきてるわ。続きはあすにでも話しましょう」

「必ずあす、話そう」エドワードはしぶしぶながら応じた。

「その次の日でもいいわ」

ふたりの目が合った。

「あなたの体調をみて」

「セシリア――」

「異議は受けつけられないわ」セシリアが遮って続けた。「いますぐ兄のためにできることはないかもしれないけど、あなたの手助けならできる。そのためには、あなたが荒立つのをどうにかして落ち着かせなければいけないのなら……」

エドワードは黙って見つめ、じっくり観察した。セシリアは顎をこわばらせ、すわ飛びかからんばかりに片足をわずかに踏みだしている。いまにも叫びをあげて剣を振り上げ、立ちまわりだす姿が目に浮かぶようだった。

ジャンヌ・ダルク、はたまた古代イケニ族の女王ブーディッカか。一族を守るため戦った歴史上の女たちすべてを体現していた。

「わが勇ましき女戦士か」独りごちた。

セシリアがじろりと見返した。

エドワードは詫びなかった。

「もう行くわ」セシリアが唐突に言った。「今夜スタッブズ大佐が運びだしの手伝いに人をよこしてくれることになってるの。荷物をまとめておかないと」

セシリアが北アメリカに来てから、運びだすというほどの物を揃《そろ》えられたとはとても思えないが、エドワードはご婦人の旅行鞄《かばん》の中身に口出しするような愚かな男ではなかった。

「わたしがいなくても大丈夫ね？」

エドワードはうなずいた。

するとセシリアが眉をひそめた。「たとえそうではなくても、言ってはくださらないんでしょうけど」

エドワードは口もとをゆがめて微笑んだ。「言うわけがない」

今度はセシリアが瞳をぐるりと動かした。「あすの朝また来るわ」

「楽しみにしている」

本心だった。こんなにも何かを心待ちにするのはいつ以来なのか思いだせないくらいだ。

むろん、何も思いだせないわけだが。

だが楽しみであるのに変わりはない。

伯爵のご子息ですって？　お兄様がそんなお方といったいどんなふうにお近づきになるのかしら。なにはともあれ、鼻持ちならない方ではないことを祈るわ。

――セシリア・ハーコートが兄トーマスへ宛てた手紙より

3

数時間後、セシリアは〈悪魔の頭〉亭への案内役に派遣された若く陽気な中尉のあとについて進みながら、こんなにもどきまぎしていたら、そのうちに鼓動がとまってしまうのではないかと考えていた。ああ、罪深くも、この午後だけでも、いったいどれほどの嘘をついたのだろう。良心の呵責《かしゃく》を少しでもやわらげたかったし、すべて辻褄《つじつま》が合うよう話しつづけるのはとうてい無理だとわかっていたので、できるかぎり真実に近い返答をしようとは努めた。

エドワードには事実を伝えるべきだった。ほんとうにそうするつもりだったのに、その前にスタッブズ大佐が医師を連れて戻ってきてしまった。あのふたりが聞いているところで打ち明けられるはずもない。そんなことをすれば間違いなく病院から追いだされていたし、エドワードにはまだ付き添いが必要だ。

セシリアにもまだエドワードが必要だった。

まったく見知らぬ土地でひとりきり。所持金も底をつきかけている。これまで自分を奮い立たせる糧《かて》となっていた病人が目覚めるに至って、とうとう本心と向きあえた――気が変になりそうなくらい怯《おび》えている。

エドワードに撥《は》ねつけられたら、たちまち路頭に迷うことになる。そうなればイングランドに戻るしか選択の余地はないけれど、兄の安否を確かめられるまで帰るわけにはいかない。ここまで来るのにどれほどの犠牲を払ったことか。とことん勇気を振り絞ってやって来て、いまさらあきらめきれない。

とはいうものの、このまま嘘をつき通すことなどできるの？　エドワード・ロークズビーは善良な男性だ。こんなふうに都合よく利用されていい道理がない。兄の親友なのだからなおさらに。ふたりは陸軍の入隊時に出会い、同じ連隊の将校となり、ともに北アメリカへ派遣された。セシリアの知るかぎり、その間ずっとともに任務に就いていた。

エドワードが好意を抱いてくれているのはセシリアにも感じとれた。真実を打ち明ければ、嘘をついた事情も理解してもらえるに違いない。きっと救いの手を差し伸べてくれる。そうでしょう？

でもいまはそんなことを考えていてもどうにもならない。いずれにしても、あすまではまだ先延ばしできる猶予《ゆうよ》を与えられた。〈悪魔の頭〉亭はもう目と鼻の先で、そこまで行けば温かいベッドとお腹を満たせる食事が保証されている。その程度の恩恵は得ても許されるでしょう。

きょうの目標は、後ろめたさを忘れること。せめてまともな食事にありつけるまでは。

「もうすぐですよ」中尉が笑顔で伝えた。

セシリアはうなずきで応じた。ニューヨークはほんとうにふしぎなところだ。これまで泊まっていた下宿屋の女将《おかみ》によれば、マンハッタン島の南端のさして広くはない領域に二万人以上もの人々が寄り集まっているのだという。戦前の人口がどのくらいだったのかはわからないが、英国軍がこの街を司令部として占拠してから急激に増加したと女将は語っていた。緋色《ひいろ》の軍服をまとった兵士たちがそこらじゅうにあふれ、利用しうる建物はことごとく宿舎に取って代わられた。大陸会議の支持者たちはとうに街を去ったが、それ以上に王党派の難民たちが大英帝国の保護を求め、近隣の植民地州から逃れて押し寄せていた。

でもほかの人々にとってはどうあれ、セシリアの目になにより興味深く映ったのは、黒人たちだ。あのように肌の色の濃い人々はいままで見たことがなく、これほど多くの黒人たちが賑やかな港町に集っていることに驚かされた。

「奴隷《どれい》労働から逃れてきた人々です」中尉がセシリアの視線の先を追い、通りを挟んだ鍛冶《かじ》屋《や》から出てきた肌の色の濃い男性を見て言った。

「どういうことですか?」

「何百人も来てますよ」中尉は軽く肩をすくめた。「先月、クリントン司令官が全員を解放したんですが、国家独立軍の支配地でそんな命令に従う者などいないので、奴隷たちがわれわれのもとに逃れてきたというわけです」眉根を寄せて続ける。「正直言って、こちらにも受け入れられるほど余裕があるわけじゃない。それでも、自由を求める人々に罪はありませんから」

「ええ」セシリアは低い声で相槌を打ち、肩越しにちらりと振り返った。顔を戻したときにはすでに中尉が〈悪魔の頭〉亭の正面口に達していた。

「こちらです」中尉がドアを開いて押さえた。

「ありがとうございます」セシリアは建物のなかに入ると中尉が宿屋の主人を見つけやすいよう脇に寄った。小ぶりの旅行鞄を身体の前で握りしめ、酒場とひと続きの宿屋の食堂をつくづく眺めた。故郷の同じような宿屋とほとんど変わりなく見えた――薄暗く、やや窮屈なくらい人が多く、床はこぼれ落ちたエールの染みらしきものでべとついている。豊満な若い女性がテーブルのあいだをすばやく歩きまわって、片手でジョッキを置きつつ、もう片方の手ですばやく皿を片づけていく。バーカウンターの向こう側では、口髭《くちひげ》を豊かにたくわえた男性が樽《たる》の栓抜きに手こずっているとみえて、悪態をついていた。

緋色の軍服をまとった兵士たちでほぼ満席でなければ、国に帰ったような心地よさを感じていたかもしれない。

兵士たちのあいだにはちらほら女性の姿も見られ、その装いと物腰から上流の出であることが窺えた。将校の妻たちだろうか？　この新世界の地へ夫に同行してきた妻たちもいることはセシリアも耳にしていた。つまり自分もいまはそのうちのひとりということになる。少なくともあと一日は。

「ミス・ハーコート！」

セシリアはびくりとして中央のテーブル席のほうを振り返った。兵士のひとり——褐色の髪が薄くなりかけた中年の男性——が椅子から腰を上げた。「ミス・ハーコート」もう一度呼んだ。「ここでお目にかかるとは思わなかったな」

セシリアは小さく口をあけた。知った顔だ。腹立たしい思いをさせられた相手。兄トーマスを探すため真っ先に話を聞きに訪ねた男性で、なにしろ横柄で不親切きわまりなかった。

「ウィルキンズ少佐」内心では慌てて考えをめぐらせながらも、しとやかに軽く膝を曲げて挨拶した。またも嘘をつくことになる。それも早急にさらなる嘘を考えださなくては。

「お元気ですか？」ウィルキンズ少佐は相変わらず愛想のない調子で問いかけた。

「ええ」セシリアがちらりと視線を移すと、案内してくれた中尉はほかの兵士と何やら話し込んでいた。「おかげさまで」

「イングランドへ戻られたものと思ってました」

セシリアは答える代わりに微笑んで、小さく肩をすくめた。この男性とはとても話す気になれない。第一、ニューヨークを去るそぶりなどかけらも見せたおぼえはないのに。

「ロークズビー夫人！　さあ、こちらへどうぞ」

若き中尉に救われたとセシリアは胸のうちで感謝した。中尉は大きな真鍮《しんちゅう》の鍵を手にしてそばに戻ってきた。

「宿屋の主人と話しました」と言う。「それで——」

「ロークズビー夫人？」ウィルキンズ少佐が遮って問いかけた。

中尉は少佐に気づいて即座に姿勢を正した。「少佐」ウィルキンズは中尉を手で払いのけるようにして続けた。「あなたはいまロークズビー夫人と呼ばれたのか？」

「そのお名前に間違いはありませんよね？」中尉が尋ねた。

セシリアは心臓を握りつぶされそうな息苦しさを感じつつ必死に口を開いた。「わたしは――」

少佐がいぶかしげに眉間に皺《しわ》を寄せてあらためて見返した。「未婚のお嬢さんだとばかり思っていた」

「そうでした」セシリアは言葉をほとばしらせた。「つまり――」ああもう、これでは辻褄が合わなくなってしまう。このたった三日のあいだに結婚できたはずもないのだから。「そうだったんです。少し前までは。未婚でした。みなそうですわ。つまり、いまは結婚していても、それ以前は――」

言葉を継ぐ気力も失せた。ほんとうにもう支離滅裂《しりめつれつ》としか言いようがない。世のすべての女性の知性を貶《おとし》めてしまうだけのことだ。

「ロークズビー夫人はロークズビー大尉とご結婚されたのです」中尉が口添えした。

ウィルキンズ少佐は仰天した顔つきで見直した。「エドワード・ロークズビー大尉と？」

セシリアはうなずいた。自分の知るかぎり、ほかにロークズビー大尉はいないけれど、さっそくもう作り話をしくじりかけたので、嫌みのひとつでも返して一矢報《いっし》いるといった野望は控えるのが賢明だと判断した。

「それならなんだって最初から――」少佐は咳払いをした。「失礼。なぜそうおっしゃらなかったんです？」

セシリアはエドワードとのやりとりを思い起こした。辻褄を合わせるのよ、と自分に言い聞かせた。「兄についてお尋ねしたくて伺ったんですもの」そう説明した。「妹だとお伝えすることのほうがより重要だと思ったので」

少佐は正気を疑うようにじっと見ている。セシリアには少佐の考えがはっきりと透けて見えた。エドワード・ロークズビーは伯爵の子息だ。そちらの繋がりを伝えないとは頭がどうかしているとしか思えない、と。

重苦しい沈黙が垂れこめたかと思いきや少佐は瞬く間に敬意に近しい表情をとりつくろい、咳払いをしてから言った。「ご主人がニューヨークに戻られたとお聞きして、心より安堵いたしておりました」どこかけげんそうに眉根を寄せる。「しばらく行方知れずになっておられたんですよね？」

言外の含みが聞きとれた。なぜ夫のほうは探していなかったのか、と。

セシリアはさらに少し背筋をぴんと起こした。「兄についてお尋ねに伺ったときには、すでに夫が戻れたことを伝えられていました」事実ではないが、少佐には知る必要のないことだ。

「なるほど」少佐はわずかながらもばつの悪そうな顔をこしらえてみせた。「とんだ失礼を」

セシリアはいかにも伯爵夫人が見せそうな毅然《きぜん》としたうなずきを返した。いいえ、伯爵夫人の息子の妻と言うべきかもしれない。

ウィルキンズ少佐は空咳をして、また口を開いた。「あなたの兄上の居所についてはさらに調べてみます」

「さらに？」セシリアは訊き返した。訪ねたときには何か調べてくれようとする様子はいっさい見受けられなかったからだ。

少佐が顔を赤らめた。「ご主人は近々退院なさるのですか？」

「あす」

「あす、とおっしゃいましたか？」

「ええ」セシリアはゆっくりと答えて、我慢しきれず付け加えた。「そう申しあげましたわ」

「でしたらこの〈悪魔の頭〉亭に滞在なさるのですか？」

「ロークズビー大尉ご夫妻は、モンビー大尉がおられた部屋に移られます」中尉がそつなく言葉を差し入れた。

「おお、それはよかった。親切な取り計らいを受けられてなによりだ」

「その方にご不便をおかけしなければよいのですが」セシリアは答えた。部屋を追われたモンビー大尉がすぐそこに坐っていないかとテーブル席のほうへ目をくれた。「ぜひお礼を申しあげたいのですが」

「お譲りできて満足していますとも」ウィルキンズ少佐は確かめようのないことであるのも

かまわず断言した。

「では」セシリアは宿泊部屋に続いているはずの階段をもの欲しそうに見つめないようにして続けた。「せっかくまたお目にかかれたのですが、ほんとうに長い一日でしたので」

「そうでしょうとも」少佐は応じた。きびきびと会釈する。「またあすにでも、ご報告にあがります」

「ご報告……にあがる？」

「あなたの兄上についてです。新たなことはわからないかもしれないが、せめて調べた結果だけでも」

「おそれいります」セシリアはうってかわって親切な少佐の態度に驚きつつ答えた。

ウィルキンズ少佐が中尉に顔を向けた。「ロークズビー大尉はあすの何時頃に来られるんだ？」

どういうつもり？　なぜ中尉に尋ねてるの？「午後になります」まだ何時に迎えに行くか考えてもいなかったものの、セシリアはとっさに言葉を挟んだ。ウィルキンズ少佐がこちらに向き直るのを待って付け加えた。「中尉はそこまで詳しいことはお聞きになっていないのではないかしら」

「おっしゃるとおりです」中尉が朗《ほが》らかに答えた。「ロークズビー夫人を新たなお住まいにお送りするようにと仰せつかりました。ぼくはあす、ハーレムに戻ります」

セシリアはウィルキンズ少佐ににこやかに笑いかけた。

「まいったな」少佐はぼそりとつぶやいた。「お許しください、ロークズビー夫人」

「どうかお気になさらずに」セシリアは応じた。少佐の顔をぴしゃりとやってやりたくてたまらなかったが、目下の状況ではむげにあしらうわけにもいかないのは承知していた。少佐の職務はよくわからないが、現在この辺りの宿舎に住む兵士たちについて把握する立場にあるらしい。

「あす五時半にはロークズビー大尉とこちらにおられますか？」少佐が尋ねた。

セシリアはその目をまっすぐ見据えた。「兄について調べてきてくださるのなら、ええ、それはもちろんお待ちしています」

「承知しました。では、おやすみなさい、奥様」少佐はさっと軽く頭を垂れてから案内役にも声をかけた。「中尉」

ウィルキンズ少佐はテーブル席へ戻っていき、中尉が「あっ」と小さな声を洩らしてから言った。「忘れるところでした。お部屋の鍵です」

「ありがとう」セシリアは鍵を受けとり、手のひらの上で裏に返した。

「十二号室です」中尉が言う。

「ええ」セシリアは金属の鍵に刻まれた大きな〝十二〟の数字に視線を落として答えた。

「ひとりで行けます」

中尉はほっとしたようにうなずいた。まだ若い兵士で、既婚婦人とはいえ女性を寝室まで案内するのは見るからにばつが悪そうだった。

既婚婦人。なんてこと。そんな嘘の蜘蛛《くも》の巣を張りめぐらせて、いったいどうやって抜けだすつもり？　それ以上に問題なのはたぶん、いつ脱するかだ。あすにはできない。妻を名乗るのはエドワードが治るまで付き添って看病するためだったけれど、ただのミス・ハーコートよりロークズビー大尉の妻であるほうが、ウィルキンズ少佐を動かす力を発揮するのはもう呆れるほどにあきらかだった。

こんなばかげたお芝居はできるだけ早く終わらせなければとセシリアはエドワードに負い目を抱きながらも、いまはほかに兄の消息をつかみようがないこともわかっていた。

真実は打ち明ける。確実に。

そのうちに。

あすには言えない。あすはまだロークズビー夫人でいなくてはいけない。それからあとは……。

セシリアはため息をついて、行き着いた部屋のドアの錠前に鍵を差し入れてまわした。兄を見つけられるまでロークズビー夫人でいることになるのかと思うと恐ろしかった。

「どうか許して」小声で言った。

それまでのあいだだけでいいのだから。

エドワードはむろん、翌日にセシリアが病院に迎えに来たときには軍服姿でぴんと背を起こして退院するつもりだった。だが実際はもうどれくらい着ているのか定かでないシャツ姿のままベッドに横たわり、また昏睡状態に戻ってしまったのではとセシリアに心配されても致し方ないほどぐっすり寝入っていた。

「エドワード？」意識の狭間《はざま》からささやき声が聞こえてきた。「エドワード？」もごもごとつぶやいた。いや、唸ったと言うべきだろうか。そもそもその違いはなんなのか。たぶん、心持ちだろう。

「ああ、神よ、感謝します」セシリアが静かに唱え、ベッド脇の椅子に腰を落としたのが聞こえた、というよりその気配が感じとれた。

目を覚ますべきなのだろう。

目をあければきっとこれまでのすべてがよみがえる。いまは六月で、だからといってまったくふしぎはないと思えるはずだ。自分は結婚していて、それも当たり前のことで、相手の女性にキスをそそられた記憶が残っていればなおさら筋が通るだろう。

現にキスをしたくて仕方のない相手なのだから。昨夜エドワードはずっとそのことばかり考えていた。いや、正確にはほとんどずっとと言うべきだろう。少なくとも半分くらいはそのことを考えていた。人並みに欲望は湧き、セシリア・ハーコートと結婚しているとなればよけいになのだが、嗅覚もまた健全に働いているので、なにはともあれ、まずは入浴したかった。

神に救いを求めたくなるほど自分が臭う。

さらに数分のあいだエドワードは目を閉じて心安らかに横たわったままでいた。ただじっと思案していられるのがことのほか快かった。何もせずに考えていればいい。そんな贅沢《ぜいたく》を味わえるのはいつ以来だろう。

といってもむろん、この三カ月ほどのことはいまのところ何も思いだせないのはじゅうぶん承知している。ただし心穏やかにあれこれ考えをめぐらせていられた日々ではなかったのもまた確かだと、傍らで妻が洩らしたくぐもった音を耳にして思い返した。前日に目覚めかけたときのことが呼び起こされた。やはり女性の息遣いが聞こえてきたのだ。でも今回はその息遣いが誰のものなのかわかっている。同じような音でも、やはり違って聞こえた。

それにしても妙な気分だ。ベッドに横たわって女性の息遣いを耳にしてほっとできる日が来ようとは考えもしなかった。ところが今度はエドワードがもうおちおちしてはいられなくなるようなため息が聞こえた。セシリアは疲れているようだ。あるいは心配しているのか。両方なのだろう。

すでに目覚めていることを伝えなければ。時間切れだ。

だがそのとき、低い声が聞こえた。「これからあなたとどうすればいいの？」

そう言われてはもはやどうにも我慢できなかった。エドワードは目をあけた。「ぼくと？」

セシリアは小さな悲鳴を発し、よく天井に頭を打たずにすんだと思うくらい椅子から身体を跳ね上げた。

エドワードは笑いだした。肋骨に響いて呼吸も苦しくなるほど大笑いし、早鐘《はやがね》を打っているに違いない胸を手で押さえたセシリアに睨みつけられても、笑いつづけた。

そしてつい先ほどと同じように、これほど笑うのも久しくなかったことだと思い至った。

「起きてたのね」妻が咎める口ぶりで言った。

「そうじゃない」エドワードは否定した。「でも誰かが呼びかける声が聞こえてきたから」

「それからもうだいぶ経ってるわ」

エドワードは悪びれもせず肩をすくめた。

「顔色がよくなったみたい」と、セシリア。

エドワードは眉を上げて返した。

「きのうより……蒼白くないわ」

誰も鏡を見せずにいてくれたのは幸いだったとエドワードは察した。「鬚《ひげ》を剃《そ》らなくては」顎をさする。ここまで伸びるのに何日かかったのだろう？　二週間以上だ。三週間近くかもしれない。エドワードは眉をひそめた。

「どうしたの？」セシリアが訊いた。

「ぼくがどれくらいのあいだ、気を失っていたのか知っている人はいるんだろうか？」

セシリアが首を振った。「いないと思うわ。あなたが気を失ってからどれくらいで見つかったのかは誰にもわからないんだけど、それほど経ってはいなかったはずよ。頭の怪我がまだ新鮮だったそうだから」

エドワードは顔をしかめた。新鮮とは、人の頭ではなく、摘み立ての苺に使ってこそ生きる表現だろう。

「だから長くて八日というところではないかしら」セシリアが推測した。「どうして？」

「この鬚さ」エドワードは説明した。「これでは前に剃ってから一週間なんてものじゃないだろう」

セシリアはしばし黙って見つめた。「だからといって、どういうことになるのかがわからないんだけど」ようやくそう返した。

「ぼくもだ」エドワードもみずから認めた。「だが気に留めておく価値はある」

「近侍はいないの？」

エドワードは黙って見返した。

「そんなふうに見ないで。従者を同行させている将校も大勢いることくらい知ってるわ」

「ぼくは違う」

わずかに間をおいてセシリアが言った。「とてもお腹がすいているのではないかしら。煮出し汁《ブロス》を少し含ませてはいたけれど、それだけだもの」

エドワードは腹の辺りに手をやった。このように腰骨がくっきり突き出たのは子供のとき以来だ。「いくらか目方が減ったかな」

「きのう、わたしが帰ってからお食事は？」

「ほとんど口にしていない。空腹だったんだが、だんだん気分が悪くなってしまって」

セシリアはうなずき、手もとに視線を落としてから口を開いた。「きのうはお伝えするきっかけを逃してしまったけれど、勝手ながら、あなたのご家族に書付をお送りしておいたわ」

家族。なんと罰当たりなことだろう。いままでまったく思い起こさずにいた。

セシリアと目が合った。

「ご家族はあなたが行方知れずだと知らされていたの」セシリアが詳しく話しだした。「ガース准将が数カ月前に書付を送っていたから」

エドワードは顔に手をやり、目を覆った。母を思い浮かべずにはいられなかった。息子についてそのような知らせを受けとって平静でいられたはずもない。

「わたしはあなたが怪我を負っていることには触れたけれど、詳しいことまでは書いてないわ。あなたが見つかったことをお知らせするのがなにより大事だと思ったから」

「見つかった」エドワードはおうむ返しに言った。的確な表現だ。連れ戻されたのでも、脱出してきたのでもない。キップス湾近くで発見されたのだ。どういうわけでそこにたどり着いたのかは神ならぬ悪魔のみぞ知るだ。

「きみはいつニューヨークに?」エドワードはだし抜けに尋ねた。憶えていないことを思い煩うより知らないことを尋ねるほうが為になる。

「こちらに来て二週間になるわ」セシリアが言う。

「ぼくを探しに来たのか?」

「いいえ」セシリアは率直に答えた。「そのためではなかった――というか、行方不明の人を探しに海を渡るほど、わたしは向こう見ずではないわ」

「それでもこうして、きみはここにいる」

「兄が負傷して」セシリアは念を押すように言った。「わたしの助けを必要としていた」

「つまりきみはお兄さんのためにやって来た」エドワードは言い換えた。

セシリアは問いただされているのかといぶかるふうに目を大きく開き、まじまじと見つめ返した。「兄は病院にいるとばかり思ってたわ」

「ぼくではなく」

セシリアは下唇を噛んだ。「ええ、そうね。だってなにしろ、あなたが行方不明だとは知らなかったから」

「ガース准将はきみ宛てには書付を届けなかったのか？」

セシリアは首を振った。「結婚しているのをご存じなかったのではないかしら」

「そうか……いや待てよ」エドワードはぎゅっと目をつむり、開いた。気が急いて仕方がないが、何か腑《ふ》に落ちなかった。時系列が噛み合わない。「ぼくたちはここで結婚したのか？いや、そんなはずはないよな。ぼくは行方知れずだったのだから」

「それは――代理結婚だったから」セシリアは顔を赤らめ、恥じているようにも見えた。

「ぼくは代理を立てて、きみと結婚したのか？」エドワードは唖然となって問いかけた。

「兄がそう望んだから」セシリアが低い声で答えた。

「そもそもそんなことが法的に認められるのか？」

セシリアの目がぐんと見開かれ、エドワードはたちまちろくでなしの気分に陥った。昏睡状態だった自分を三日間も看病してくれていた妻に、ふたりの結婚は無効ではないかとほのめかしてしまったわけだ。道義にもとる非礼だろう。「いまのは忘れてくれ」エドワードは即座に言った。「その件についてはまたあとで整理するとしよう」

セシリアがほっとしたようにうなずき、あくびをした。

「夕べは休めたのか？」エドワードは尋ねた。

セシリアはほんのかすかに――それも疲れきっていて、どうにかこうにかというように――口角を上げて微笑んだ。「わたしのほうがお尋ねしたいことだわ」

エドワードは苦笑いを返した。「言わせてもらえば、ぼくのほうはもう何日も休むこと以外に何ひとつしていない」

セシリアは首を傾け、気の利いた返し文句を無言で称えた。

「まだ質問に答えてくれていない」エドワードはあらためて訊き直した。「休めたのか？」

「少しは。なかなか慣れないたちなのよ。それにまた、はじめての部屋だったし」頭の後ろで複雑に結い上げられた髪からほつれたひと房が頬にかかり、セシリアは眉をひそめて耳の後ろにかけた。「昔から、はじめての場所で寝るのは苦手なの」

「それではもう何週間もあまり眠れていないわけか」

セシリアは笑みを浮かべて返した。「じつは船ではよく眠れたわ。揺れ具合がちょうど心地よくて」

「うらやましいな。ぼくは船上ではほとんどずっと吐き気に悩まされていた」

セシリアが笑いを呑み込んだ。「お気の毒」

「きみに見られずにすんだのは幸いだ。たぶん結婚したいと思える男にはとても見えなかっただろうから」エドワードはふと考えた。「それを言うなら、いまもこのざまか」

「あら、そんなことは――」

「汚れきって、鬚も伸ばし放題で……」

「エドワード……」

「悪臭がする」エドワードは待った。「やはり否定しないんだな」

「たしかに、ええ、何か匂いはするわ」

「そのうえ、頭の一部が欠落してしまっているのもお忘れなきよう」

セシリアは急に身をこわばらせた。「そういうことを言ってはいけないわ」

エドワードは明るい口調を保ちながらも、まっすぐ目を見据えて言った。「笑い飛ばしでもしなければ、泣いてしまう」

セシリアは黙り込んだ。

「大げさに言ったまでだ」セシリアが不憫《ふびん》に見えてエドワードは言い添えた。「心配いらない。泣き崩れはしないから」

「そうなってしまったとしても」セシリアがつかえがちな声で言う。「あなたは何も変わらない。わたし――わたしは――」

「なぐさめてくれるのか？　傷を癒《いや》してくれるんだろうか。塩辛い涙の筋を乾かしてくれるとても？」

セシリアは小さく口をあけたが、呆然としてしまったというよりはただ困惑しているだけのようだ。「あなたがそんなに皮肉屋さんだとは知らなかったわ」

エドワードは肩をすくめた。「ぼくにもそんな自覚はない」

セシリアはいくらか背を伸ばし、眉間に三本の皺が寄るほど考え込んだ。それから何秒もじっと動かず、ようやく唇から小さく息が吐きだされて、呼吸をとめていたのが見てとれた。同時に洩れた低い声と相まって憂いを帯びた音となった。

「ぼくを分析しようとしているな」

セシリアは否定しなかった。「とても興味深いわ」と言う。「あなたのすることも、思いだせないことも」

「本人からすれば研究対象と捉えるのはむずかしい」エドワードは他意なく返した。「とはいえ、きみはぜひそのまま続けてみてくれ。突破口となるものが見つかれば、なによりありがたい」

セシリアは座面で腰をずらした。「新たに思いだせたことはある？」

「きのうから？」

セシリアはうなずいた。

「いや。あくまで、そんな気がするというだけだが。憶えていないことはいつから憶えていないのかすら見出しにくい。どこから記憶がないのかもよくわからないんだ」

「あなたは三月の初めにコネティカットへ向かったと聞いてるわ」セシリアは頭を片側に傾け、するとまたもいたずら好きなほつれ毛が垂れてきた。「そのことは憶えてる？」

エドワードはしばし考えてみた。「いや」と答えた。「行くよう言われたのは、というより、そうした指令が出るはずだったことはなんとなく憶えてるかな」手のひらの付け根で目を擦《こす》る。そうだとすれば、どうだというんだ？　セシリアのほうへ目を上げた。「でも、どうしてなのかはわからない」

「そのうちに思いだせるわ」セシリアが言う。「お医者様は頭に衝撃を受けた場合には、回復に時間がかかるとおっしゃってたから」

エドワードは眉をひそめた。

「あなたが目覚める前に」セシリアは説明を加えた。

「なるほど」

ひとしきり沈黙が続いたあと、セシリアが唐突にぎこちない手ぶりでエドワードの負傷した頭のほうを示した。「痛む？」

「とんでもなく」

セシリアが立ち上がろうとした。「アヘンチンキを取ってくるわね」

「いや」エドワードは即座に言った。「いいんだ。なるべく頭を明晰に保っておきたい」それからすぐに、目下の状態からすればまるで理屈に合わない発言だったと気づいた。「まあつまり、せめてきのうの出来事を思い起こせる程度にはということだが」

セシリアが口もとをひくつかせた。

「かまわない」エドワードは助け船を出した。「笑ってくれ」

「そんなつもりはないのよ」それでもセシリアは笑った。ほんのわずかに。

しかも耳に快い声だった。

そのあとにはあくびをした。

「寝てくれ」エドワードは勧めた。

「あら、そんなことはできないわ。来たばかりなのに」

「言わないから」

セシリアはじろりと見返した。「どなたに？」

「鋭い指摘だ」エドワードは認めた。「とはいうものの、どう見てもやはり寝たほうがいい」

「今夜寝るわ」セシリアは快適な姿勢を探して椅子の上でもぞもぞと動いた。「少しだけ目を休ませるわね」

エドワードは笑いを噛み殺した。

「茶化さないで」セシリアが釘を刺した。

「そうしたからといって、きみに何ができるんだ？　ぼくが近づいたとしても、きみには見えない」

セシリアが片目をあけた。「わたしの反射神経は並外れてるのよ」

エドワードは含み笑いをして、休息の表情に戻ったセシリアを見守った。またもあくびをして、今度は口もとを手で隠そうともしなかった。

これが結婚していることの証《あか》しなのだろうか？　臆面《おくめん》もなくあくびができることが？　そうだとすれば、大いに勧める価値のある制度と言えるだろう。

本人いわく目を休ませているセシリアをエドワードはつくづく眺めた。ほんとうに美しい。トーマスは妹のことを兄らしいざっくばらんな口ぶりで器量よしではあると評していた。自分にとっての妹メアリーに対するのと同じような見方をしているのだろうとエドワードは感じた。すべてがちょうどよい具合に配された好ましい顔立ちだ、と。トーマスはおそらく、妹の睫《まつげ》が髪より数段色濃いことや、目を閉じると両瞼が満ちる間近の月のごとく優美な弧を成すことには気づいていなかったのだろう。

唇は詩人たちがこぞって詩心を掻き立てられるらしい薔薇のつぼみのごときとは言えないまでも、ふっくらとしている。寝ているときもぴたりとは閉じられず、すやすやと寝息を立てるさまが目に浮かぶようだ。

「きょうの午後には〈悪魔の頭〉亭に移れそう？」セシリアが尋ねた。

「寝ているのかと思った」

「言ったでしょう、目を休ませているだけ」

たしかにそのようだ。口を動かしながらも睫ひとつ上げはしない。

「そのつもりだ」エドワードは答えた。「出ていく前にもう一度医者が診察したいそうだが。新しい部屋には満足できただろうか？」

セシリアは目を閉じたままうなずいた。「あなたには狭いかもしれないわ」

「きみにはそうではないと？」

「それほどたいそうなところは必要ないもの」

「ぼくもだ」

セシリアが目をあけた。「ごめんなさい。あなたとは違うと言いたかったわけではないの」

「もう幾晩も劣悪なところで過ごしてきた。ベッドがあるだけでもありがたい。まあ、ここの場合はまた話はべつだが」エドワードは急ごしらえの病棟を見まわした。会衆席は壁ぎわに押しやられ、乱雑に並べられた架台《かだい》やベッドに男たちが横たわっている。何人かは床にも寝かされていた。

「息が詰まるわね」セシリアが静かに言った。

エドワードはうなずいた。感謝しなくてはいけない。この肉体に失われたところはない。弱りはしていても、いつか快復する。同じ部屋のなかにはそれほど幸運ではない人々もいる。

そうだとしても、やはりここからは出たい。

「空腹だ」思わず言い放った。

セシリアが目を上げ、きょとんと見開かれたその美しい瞳をエドワードはなんとなく愉快に眺めた。

「診察なんてものはどこでだって――」エドワードは咳払いをした。「医者には〈悪魔の頭〉亭に来てもらえばいいことだ」

「大丈夫なの？」セシリアは気遣わしげな目を向けた。「念のため――」

エドワードは最後まで言わせずにそばの会衆席に積み重ねられた緋色と黄褐色の衣類を指差した。「あそこにぼくの軍服もあるはずだ。取ってきてくれないか？」

「でも、お医者様が――」

「それなら自分で取りにいく。言っておくが、このシャツの下は素っ裸だ」

セシリアの頬が緋色に染まり――軍服の上着ほど濃くはないが、つい見比べてしまうほど似た色だった――エドワードはふっと思い起こした。

代理結婚。

自分は数カ月前にコネティカットへ向かった。

セシリアは二週間前にニューヨークにやって来た。

対面した記憶がなかったのは当然だ。一度も顔を会わせてはいなかったのだから。

それでも結婚したというのか？

夫婦の契《ちぎ》りを結んでもいないのに。

ロークズビー中尉に鼻持ちならないところなどまったくない。それどころか、きわめて礼儀をわきまえている男だ。きっとおまえも会えば好感を抱くだろう。ケント出身で、隣家の娘と事実上の婚約状態にあるようだ。おまえの細密画を見せたら、とてもきれいだと言ってくれた。

——トーマス・ハーコートが妹セシリアに宛てた手紙より

4

エドワードがひとりで着替えられると言い張るので、セシリアはそのあいだにふたりで食べられるものを何か見繕いに出かけることにした。もう一週間もほとんどこの近辺で過ごしていたので、通りのどの店や軒先でどんなものが並べられているかは把握していた。いちばん安上がりなのは——だから結局だいたいここに落ち着くのだけれど——ミスター・マザーのワゴンで売られている干しブドウ入りのパンだ。まずまずおいしく食べられるが、そこまで安くできるのは、パンひとつに入れる干しブドウを三粒以下にとどめているからではないかとセシリアは憶測していた。

通りをもう少し行くとミスター・ローウェルがシナモンを利かせた渦巻き型の本物のチェルシー・バン（ロンドンのチェルシー発祥の干しブドウ入りロールパン）を売っている。そちらの干しブドウは数えられたためしがない。というのもまだ前日の売れ残りをひとつしか食べたことがなく、瞬く間にむさぼって、甘くねっとりした糖衣が舌の上でとろける喜びに吐息をついただけで終わってしまったからだ。

でもその先の角を曲がればさらにミスター……名前の発音の仕方がわからないのだけれど、オランダのパンを売る店がある。セシリアは一度だけそこに足を踏み入れたことがあったが、ひとつにはまず手を出せる値段ではないのと、さらに言えば、たとえ買えたとしても食べればあっという間に丸々太ってしまいそうだったので、眺めただけで店を出た。

けれどもし贅沢をしてもよいときがあるとするなら、エドワードが目覚められただけでなく体調の回復の兆しも見えてきた、きょうをおいてほかにない。ポケットには硬貨が二枚入っていて、上等な甘いパンを買うにはじゅうぶんだし、もう下宿屋の代金を心配する必要もない。今後またそのうちにひとりで泊まる部屋を探さざるをえなくなったときのために節約すべきなのはわかっていても、いまは出し惜しむ気になれなかった。きょうだけは。

セシリアは店の扉を押し開き、上部についた呼び鈴が小気味よい音を奏でると微笑んで、奥の厨房から漂ってくる芳しい匂いに至福の吐息を洩らした。

「何かご入り用でしょうか」勘定台の向こうから赤みがかった髪の女性が問いかけた。見たところセシリアより二、三歳上で、この辺りにオランダからの移民の店が立ち並んでいるのを知らなければたぶん気づけない程度の訛《なま》りが聞きとれた。

「ええ、ではぜひ丸いパンをいただきたいのですが」セシリアは故郷では見たことのない、ふっくらとして可愛らしい、黄金色の皮がまだら模様となっているパンが三つ並んだ棚を手ぶりで示した。「どれも同じ値段かしら？」

女性は小首をかしげた。「そうしていたんですが、こうして見るとたしかに右端のは少し小さいようですね。そちらは半ペニー、お引きします」

それならパンにつけるバターかチーズもどこかで買い足せるかもしれないとセシリアはさっそく算段しながらも、まずは訊いておかずにはいられなかった。「このおいしそうな匂いは何かしら？」

女性はぱっと顔をほころばせた。「スペキュラース。焼き立てなんです。召しあがったことはおありかしら？」

セシリアは首を振った。とてもお腹がすいている。夕べはやっとまともな食事にありつけたが、かえってどれほど我慢を強いられていたかを思い知らされたようなものだった。おかげで〈悪魔の頭〉亭のステーキ・アンド・キドニーパイはおいしかったものの、甘い物への渇望《かつぼう》をなおさらそそられている。

「焼き型から出すときにひとつ崩してしまったんです」女性が言う。「そちらを召しあがってみてください」

「いえ、そういうわけには――」

女性は撥ねのけるように手を振った。「召しあがったことがないんですもの。お試しいただくのに代金は頂戴できません」

「いいえ、ほんとうなら受けとられるべきだわ」セシリアは微笑んだ。「でも、これ以上は差し控えますわね」

「ご来店ははじめてですか」女性は厨房へ急いで戻りながら肩越しに振り返って問いかけた。

「一度来ました」セシリアは答えて、何も買わなかったことについては言わずにおいた。「先週。そのときには年配の男性がお店に出てらしたわ」

「父です」女性が納得顔で応じた。

「でしたら、あなたはミス・ルーイ――ではなくて、ルーアック――」ああ、いったい、どう発音したらいいの？

「ローイアッケルス」女性がにっこり笑って厨房から戻ってきた。「でもわたしはもうレヴァレット夫人なのですが」

「それならよかった」セシリアは安堵の笑みを浮かべた。「せっかくお名前を伺ったのに、正確に発音する自信がなかったんですもの」

「だからあなたと結婚したのよって、しじゅう夫に言うんです」レヴァレット夫人は冗談めかして返した。

セシリアは声を立てて笑い、それからふと、自分もまたその名前のためにひとりの男性に結婚を強いているのだと気づいた。ただし、ひいてはウィルキンズ少佐に本来すべき仕事をしてもらうために仕方のなかったことなのだけれど。

「オランダ語はなじみやすい言語ではありませんものね」レヴァレット夫人が言う。「でも、しばらくニューヨークに滞在なさるおつもりでしたら、いくつか憶えておくときっと重宝しますよ」

「どのくらいいることになるかわからないんです」セシリアは正直に答えた。できればあまり長居はしたくない。兄が見つかりさえすれば。

それにエドワードが体力を取り戻すまで。快復を見届けられなければここを離れがたい。

「英語がお上手ですわ」パン店を切り盛りするオランダ人女性に言った。

「わたしはこちらで生まれたんです。両親もそうなんですが、家ではオランダ語を話しています。さあ――」レヴァレット夫人はこんがりとカラメルの焼き色がついてふたつに割れた平べったいビスケットを差しだした。「――どうぞ」

セシリアはあらためて礼を述べ、ふたかけらをもとのひとつの楕円形に合わせてみてから、小さいほうのかけらを口もとに上げて齧《かじ》った。「まあ、どうしましょう！　すばらしくおいしいわ」

「つまり、お気に召していただけたのかしら」レヴァレット夫人が嬉しそうに目を見開いた。

「気に入らずにいられるものですか」カルダモンとクローヴとわずかに焦げた砂糖の味がした。間違いなくはじめて口にした味なのに、どことなく懐かしい。誰かと会話しながらビスケットを食べる行為自体がそう感じさせるだけなのかもしれないけれど。セシリアは忙しさから、もうずっと何もかもひとりでしていたことにさえ考えが及ばなくなっていた。

「薄すぎて崩れやすいとおっしゃる将校さんもいらして」レヴァレット夫人がぽつりと洩ら

した。

「どうかしてるわ」セシリアは頬張りつつもどうにか答えた。「ほんとうはお茶もあれば完璧なんでしょうけど」

「残念ながら、なかなか手に入りません」

「ええ」セシリアは口惜しい思いで同意した。当然ながらお茶は忘れずに持って家を出てきたのだが、じゅうぶんな量を詰めてこなかったために、大西洋の三分の二を渡った辺りで早くも飲みきってしまった。最後の一週間は出がらしをいつもの量の半分ずつまた煮出して飲んでいた。

「愚痴はこぼせませんわね」レヴァレット夫人が言う。「砂糖はまだ手に入りますし、パン屋にとってはそちらのほうがずっと大事ですもの」

セシリアはうなずいて、ビスケットのもう半分のかけらを齧った。このひとかけらを少しでも長く味わいたい。

「将校さんたちのところにはお茶が届いてますわ」レヴァレット夫人が続けた。「たくさんではないでしょうが、ほかのどこよりも」

エドワードは将校だとセシリアは考えた。その富の恩恵に浴するのは気が引けるけれど、いくらかでもお茶が手に入るのなら……。

至福の一杯を口にできるのなら、魂をほんの少しくらい売り渡してしまうかもしれない。

「お名前を伺ってませんでしたわ」レヴァレット夫人が言った。

「まあ、失礼しました。きょうはほんとうにぼんやりしていて。わたしはミス・ハー――ごめんなさい。ロークズビー夫人です」

パン店の女性は訳知り顔で微笑んだ。「結婚なさったばかりなんですわね？」

「最近」どれだけ最近なのかは説明のしようがない。「夫は――」セシリアは口ごもるまいとして言葉を継いだ。「――将校なんです。大尉で」

「そのようなことではないかと思ってました」レヴァレット夫人が会得して応じた。「そうでもなければ、この戦争のさなかにニューヨークの街なかにいらっしゃるはずもないでしょうから」

「なんだかふしぎで」セシリアは考え込んでつぶやいた。「戦争中だという気がしなくて。負傷した兵隊さんたちを目にしなければ……」口をつぐみ、いまの自分の言葉を反芻《はんすう》した。ここには大英帝国陸軍の前哨本部が置かれ、実戦こそ目の当たりにしていないが、戦闘や破壊の痕跡はそこかしこに見てとれる。港には囚人移送船がひしめいていて、セシリアが乗ってきた船が入港したときも、そうした船とすれ違う際には甲板に出ないよう忠告されていた。

耐えがたい悪臭がするのだという。

「お詫びします」セシリアはパン店の女性に言った。「あまりに非情なもの言いをしてしまって。戦争には前線だけでなく大変なことがいくらでもあるのに」

レヴァレット夫人は笑みを返したが、その表情には哀しみが滲んでいた。疲れて見える。

「お詫びだなんて必要ありませんわ。ここ二年、この辺りはわりあい静かでしたから。このままでいられるよう祈るばかりです」

「そうですわね」セシリアは低い声で応じた。それから、どういうわけか自然と窓の外へ目が向いた。「そろそろ行かないと。でもその前に、スペキュラースを六個、包んでくださいな」眉をひそめ、ざっと暗算をした。いまはポケットにじゅうぶんなお金がある。「いえ、十二個にしてください」

「一ダースも？」レヴァレット夫人はいたずらっぽい笑みを浮かべた。「お茶が手に入るよう祈ってますわ」

「ほんとうに手に入るといいのだけれど。お祝いなので。夫が――」またこの言葉を口に出さざるをえなかった。「――きょう病院を退院するんです」

「まあ、それは大変でしたわね。気がまわりませんで。でも、でしたら快復なさったということかしら」

「ある程度は」セシリアはいまなおだいぶ痩せていて蒼白いエドワードを思い浮かべた。まだベッドから出た姿すら見ていない。「もう少し休んで、体力を取り戻さなくてはいけないのですが」

「奥様が付き添われているのはなによりですわ」

セシリアはうなずいたが、喉が締めつけられるように感じた。スペキュラースの味見で喉がぱさついているからだと思いたいけれど、良心の呵責のせいなのはあきらかだった。

「ですがもちろん」レヴァレット夫人が言う。「戦争がこれほど身近でも、ニューヨークには楽しめることもたくさんあるんですよ。上流階級の方々はいまもパーティを催されています。もちろん、わたしは出席できませんけど、着飾ったご婦人がたを時折りお見かけします」

「そうなのですか？」セシリアは眉を上げた。

「ええ、そうなんです。それに、ジョン・ストリート劇場では来週、『マクベス』が上演されるとか」

「ご冗談でしょう」

レヴァレット夫人は片手を上げた。「父のかまどに誓って」

セシリアは思わず笑い声を立てた。「それならぜひ観劇したいものだわ。劇場には久しく行っていないから」

「お芝居の出来栄えは保証できませんけど」レヴァレット夫人が続けた。「ほとんどの役を演じるのは英国の将校さんたちなのではないかしら」

セシリアはスタッブズ大佐やウィルキンズ少佐が舞台に立つ姿を想像した。心惹かれる光景ではない。

「『オセロ』が上演されたときに妹が観に行ったんです」レヴァレット夫人が言う。「舞台背景がとても美しく描かれていたと言ってました」

それを苦心の賛辞と言わずして、何をそう呼べるのだろう。とはいうものの、選り好みしていられる身分ではなく、じつのところダービーシャーではシェイクスピア劇を観られる機会はほとんどなかった。

エドワードに観劇できるまでの元気が戻りさえしたら。

ふたりがまだ〝夫婦〟でいられたなら。

セシリアはため息をついた。

「何かおっしゃいました?」

首を振って返したが、単に念のため問いかけてみただけだったらしく、レヴァレット夫人はすでにスペキュラースを布巾でくるみはじめていた。「あいにく紙袋を切らしていて」申しわけなさそうな表情を浮かべた。「お茶と同じで、手に入りづらいんです」

「それなら布巾を返しに来ますわね」セシリアは答えた。そしてそうだとすればまた同じ年頃の女性とちょっとしたお喋《しゃべ》りができるのだと思ったとたん嬉しくなり、言葉を継いだ。

「わたしはセシリア」

「ベアトリクスです」パン店の女性が返した。

「お会いできて、ほんとうによかった」セシリアは言った。「それにありがとう――いえ、違うわ。オランダ語でありがとうはどう言うのかしら?」

ベアトリクスはにっこり笑った。「ダンク・ユー」

セシリアはきょとんとして目をまたたいた。「ほんとうに? それでいいの?」

「たまたま簡単な言葉をお尋ねになったんですわ」ベアトリクスが小さく肩をすくめた。

「たとえば、どうぞのオランダ語をお知りになりたいなら……」

「あら、知らなくていいわ」それでもベアトリクスが続けるのは承知のうえで言った。「アルステュブリーフト」ベアトリクスは得意げに微笑んだ。「くれぐれも、くしゃみみたいな音は立てずに言ってくださいね」

セシリアはくすくす笑った。「ダンク・ユーだけにしておくわ。とりあえずいまのところは」

「ではこれで」ベアトリクスが言った。「ご主人のところへお戻りにならないと」

またも夫婦を表わす言葉だ。セシリアは笑顔で別れを告げたが、心はうつろだった。妻を装っているだけだと知れたら、ベアトリクス・レヴァレットにどのように思われるのだろう？

こみあげてきた涙が流れ落ちる前に、セシリアはパン店をあとにした。


「甘いものがお好きならいいんだけど、じつは買ってきたものが――まあ」

エドワードは目を上げた。妻が小さな布巾の包みを手に、意気込みあふれる笑みを浮かべて帰ってきた。

だが、それくらいの意気込みではまだ足りなかったらしい。ベッドの端にぐったりとうなだれて坐る夫を目にして顔をわななかせ、それまでの笑みは消え去った。

「大丈夫？」妻が問いかけた。

大丈夫とまでは答えられない。どうにか着替えられはしたが、それも妻が出かける前に軍服をベッドの上に置いていってくれたからできたようなものだ。正直なところ、ひとりではそこまで歩いて取ってこられた自信はなかった。弱っているのは自覚していたが、脚を寝台の片側からおろし、立とうと試みるまで、これほどまでとは思っていなかった。

情けない。

「問題ない」つぶやいた。

「そうよね」セシリアがとうてい信じているようには思えない口ぶりで応じた。「わたし……そうよ……ビスケットはお好きかしら？」

エドワードはセシリアがほっそりとした手で布巾の包みを開くのを見つめた。

「スペキュラースか」すぐに察して言いあてた。

「食べたことがあるの？　あら、もちろん、そうよね。あなたはこちらに来て何年も経つんですもの」

「何年もではないさ」エドワードはそう言って、薄いスペキュラースをひとつつまんだ。

「一年近くマサチューセッツにいた。そのあとはロードアイランドにも」ひと口齧った。なんとじつに旨いじゃないか。目を上げる。「それから、憶えてはいないが、コネティカットにもいたんだよな」

セシリアもベッドの端に腰をおろした。いや、腰を寄りかからせたと言うほうが正確だろう。くつろぎすぎないよう気をつけているそぶりが窺えた。「オランダ人は植民地のどこにでも移住してきていたの？」

「ここにだけだ」エドワードはスペキュラースをひとつ食べ終え、さらに手を伸ばした。「ニュー・アムステルダムだったのはもう一世紀以上も前の話だが、島の統治者が替わってもオランダ人のほとんどは住みつづけた」眉根を寄せた。厳密にはほとんどが残ったのかどうかまでは知らないが、街を歩いてみたかぎりではそのように感じられた。建物正面の独特な稲妻模様の装飾から、パン店に並ぶスペキュラースというビスケットや皮の堅いパンに至るまで、オランダの影響が島の随所に見てとれる。

「オランダ語のありがとうを憶えたわ」セシリアが言った。

エドワードは口もとをほころばせた。「ずいぶんと志が高いじゃないか」

セシリアが挑むふうに見返した。「そうおっしゃるからには、あなたもご存じなのね」

エドワードはもうひとつスペキュラースをつまんだ。「ダンク・ユー、だ」

「いえいえ、どういたしまして」セシリアはちらりと目をくれた。「だけど、もっとゆっくりにしたほうがいいわ。一度にたくさん食べるのが身体にいいことのはずがないもの」

「そうなんだろうな」エドワードは同意しながらもやはり食べずにはいられなかった。

セシリアはエドワードが食べ終わるまで、その後も寝台の端に腰かけたまま力を奮い起こそうとしているあいだも、辛抱強く待ちつづけた。

わが妻は辛抱強い女性だ。そうでなければ、退屈なだけのベッド脇に三日間も坐りつづけてはいられなかっただろう。昏睡状態の夫が相手ではたいしてできることもない。

セシリアがはるばる大西洋を渡ってやって来た道のりにエドワードは思いを馳せた。兄が負傷したとの知らせを受け、何カ月滞在することになるかわからずとも看病に行こうと決意して……。

辛抱強い人間の見本としか言いようがない。

いらだってつい声をあげたくなるようなことはないのだろうか。

まだしばらくは辛抱してもらわなくてはいけないのだと、エドワードは陰鬱《いんうつ》に考えた。脚ががくがくふるえてしまい、歩くこともろくにできない。なにせ立つのにも難儀しているのだから、あらゆる意味で正式に夫婦になることについては……。

もうしばらくは待たざるをえない。

なおさら口惜しい。

とはいうものの両者が望みさえすれば、まだこの婚姻を無かったことにできるのだとエドワードは思い至った。夫婦の契りを結んでいないのを理由に婚姻の無効を申し立てるのは法的にむずかしいとしても、そもそも代理結婚だったのなら話はべつだ。こちらに結婚の意思がなかったとすれば、ほぼ間違いなく無効と認められるだろう。

「エドワード？」

意識の片隅をセシリアの声につつかれながらも、考えにふけっていて答えられなかった。

この女性にきちんと求婚したのだろうか？　そうでなかったのなら、意思を確かめもせず〈悪魔の頭〉亭へなど同行させられるわけがない。ベッドまで導く体力すらないとはいえ、部屋をともにすれば、たとえ一夜であれ、セシリアは完全に純潔を失ったものと見なされる。

「エドワード？」

ゆっくりと顔を振り向け、目の焦点を合わせようとした。セシリアが不安そうにこちらを見ているが、はっとさせられるほど澄んだ瞳にはみじんも翳《かげ》りはない。

セシリアがエドワードの手の上に手を重ねた。「ほんとうにきょう退院して大丈夫なの？お医者様を呼んできましょうか？」

エドワードはセシリアの顔を探るように見つめた。「きみはぼくと結婚していたいか？」

「なんですって？」警戒するような表情がその顔をよぎった。「どういうことかしら」

「無理にぼくと夫婦でいる必要はないんだ」エドワードは噛んで含めるように続けた。「ぼくたちはまだ夫婦の関係を結んではいない」

セシリアがわずかに口を開き、ほんのそれだけでもどういうわけか、呼吸していないのがはっきり見てとれた。「何も憶えていないのだと思ってたわ」ささやくように言う。

「憶えている必要はない。単純な論理だ。きみがこちらに到着したとき、ぼくはコネティカットにいた。きみが病院に来るまで、同じ部屋で過ごしたことはなかったわけだ」

セシリアが唾を飲み込み、エドワードはその喉へ視線を落とし、優美な曲線を目でたどり、脈づく肌を見つめた。

急激にそこに口づけたくなった。

「きみはどうしたいんだ、セシリア？」

ぼくを求めていると言ってくれ。

そんな思いが突如脳裏にひらめいた。自分のもとを去ってほしくない。ひとりでは立つことすらままならない。体力をもとの半分まで取り戻すのにも一週間では足りないだろう。きみにいてもらわなくては困る。

それに、きみを欲している。

だがそれ以上に、エドワードはセシリアに求められたかった。

何秒間も沈黙が続いた。セシリアは重ねていた手を引き、胸の前で腕を交差させて自分の身体を抱きしめた。礼拝堂の向こう側の兵士を見るようなしぐさで口を開いた。「わたしを手放してもいいとおっしゃってるの？」

「きみが望むなら」

ゆっくりとセシリアが目を合わせた。「あなたはどうなさりたいの？」

「それはいま問題じゃない」

「そんなことはないと思うわ」

「ぼくは紳士だ」エドワードはこわばった声で言った。「この件については、きみの意向を尊重する」

「わたしは……」セシリアは下唇を噛んだ。「わたしは……あなたを罠にはめたとは思われたくないの」

「そんなふうには思っていない」

「そうなの？」心から驚いているような声だった。

エドワードは肩をすくめた。「ぼくはどのみちいつか結婚しなくてはならない」

たとえ無粋な言い方だとセシリアが感じたとしても、表情からは読みとれなかった。

「ぼくがこの結婚に同意したのはあきらかだ」トーマス・ハーコートには兄弟のように親愛の情を抱いているが、望みもしない結婚を求められて承諾するかといえばそれは違う。なのにセシリアと結婚したのだとすれば、自分も望んだことだとしかまず考えられなかった。

エドワードはまじまじとセシリアを見つめた。

セシリアは床に視線を落とした。

選択肢を慎重に見きわめているのか？　頭のなかのどこかが欠落してしまったかもしれない男の妻にほんとうになってよいものか決めかねているんだろうか？　一生この状態のままかもしれない。ひょっとしたら記憶の欠如より深刻な損傷を受けている可能性もある。朝目覚めたら、急に話せなくなっていたらどうする？　もしくは動くことが不自由になってしまったら？　子供を世話するように夫の面倒をみなくてはならなくなるかもしれない。

ありえない話ではない。どうなるか知る術はない。

「どうしたいんだ、セシリア？」エドワードは問いかけ、自分の声にいらだちが滲んでいるのに気づいた。

「わたしは……」セシリアは喉をごくりとさせ、あらためてもう少ししっかりとした声でまた話しだした。「〈悪魔の頭〉亭に移るべきだと思うの。こういった話はここではしたくないわ」

「三十分後にしても何か変わるような話でもないだろう」

「それでも、小麦粉と砂糖でできたものだけではない食事ができるわ。それに入浴も。鬚も剃れる」セシリアはすぐに立ち上がったが、頰の赤らみをエドワードは見逃さなかった。「食事以外のふたつのことをするときには、わたしはもちろん部屋の外に出ています」

「ご親切にどうも」

皮肉っぽい口ぶりにセシリアは言葉を返さなかった。代わりにベッドの足側にまるで緋色の切れ込みのように掛けてあった軍服の上着に手を伸ばした。つかんで差しだす。「午後に約束があるの。ウィルキンズ少佐と」

「どうして？」

「兄の情報を持ってきてくださるのよ。少なくともわたしは持ってきてくださると信じてる。夕べ、宿屋でお目にかかったの。調べてくださるとおっしゃってたわ」

「とうに調べてくれていたのではなかったのか？」

セシリアはいくぶん気詰りそうに答えた。「あなたのご助言どおり、あなたの妻であることをお伝えしたわ」

なるほど。それで納得がいった。セシリアにもこの婚姻には利点があるというわけだ。エドワードは奥歯を嚙んで笑みをこしらえた。自分の名がご婦人にとって最たる魅力に映るようだと気づかされたのはこれがはじめてではない。今回は当のご婦人が私欲をそそられたゆえのことではないだけまだましだろう。

セシリアが上着を差しだしている。エドワードは少しばかり苦労しつつも立ち上がり、おとなしく手を借りて上着の袖に腕を通した。

「暑くなってしまうかもしれないわ」セシリアが気遣った。

「もう六月なんだものな」

「ダービーシャーの六月とは違うけれど」セシリアがつぶやいた。

エドワードはふっと笑った。こちらの植民地では夏の空気が不快な湿気を含んでいる。気温が体温ほどにまで上昇すると、霧にまとわれていると言うほうがふさわしいくらいに。

エドワードはドアのほうを見て、ひと息ついた。「ぼ……ぼくには助けが必要だ」

「誰にでも助けは必要よ」セシリアが静かに言ってエドワードの腕を取った。それからゆっくりと、無言のままふたりが通りへ出ていくと、目と鼻の先の〈悪魔の頭〉亭まで連れていってくれる馬車が待っていた。

5

わたしの細密画を見せたの？　もう、恥ずかしくてたまらない。トーマスお兄様、いったい何を考えてるのよ。友人にそんなものを見せられたら、きれいだと言うに決まってるでしょう。ほかに答えようがないのだもの。妹さんは目立って大きな鼻をしているね、なんて言えるはずもないのだから。

――セシリア・ハーコートが兄トーマスへ宛てた手紙より

一時間後、セシリアは〈悪魔の頭〉亭の正面側にある食堂で、エドワードが最新のロイヤル・ガゼット紙を読みふけっているあいだに黙々と昼の食事をすませた。はじめは同じように新聞を片手に食べていたのだけれど〝料理上手で船酔いしない黒人男〟を売る告示欄に唖然となって新聞をテーブルに置き、豚肉とジャガイモ料理の皿に目を移した。

かたやエドワードは新聞の一面から裏面までていねいに目を通してから、宿屋の主人に先週発行されたぶんも持ってきてもらい、また順序どおり丹念に読みはじめた。エドワードの口から説明を聞くまでもなく、記憶の欠落をどうにかして補おうとしているのはあきらかだった。けれど新聞がどれほどの助けになるというのだろう。誰もが目にできる新聞からエドワードがコネティカットにいたあいだのことについて何か手がかりを見つけられるとは、セシリアにはとても思えなかった。でも健康を害するものでなし、それにどうやら世事にはつねに通じておきたい性分の男性らしい。トーマスと同じだ。兄もロンドンで発行された新聞を読み通すまでけっして朝食の席を立とうとしなかった。マトロック・バスの町に新聞が届くのは数日遅れでも、そんなことは気にかけてもいないようだった。何も知らずにいるよりは遅れてでも知っておけたほうがよいし、第一、自分たちにはどうしようもないことなのだからとトーマスはよく口にしていた。

自分で変えられることをして、どうにもできないことは受け入れろ、とセシリアはかつて兄に言われた。このところの妹の行動を知ったら、兄はどう思うのだろう。トーマスからすれば、負傷して、その後に行方知れずとなったのも〝どうにもできないことは受け入れろ〟の考えですっぱり割り切れとなるのかもしれない。

セシリアは小さく苦笑を洩らした。そうだとしても、いまさら遅すぎる。

「何か言ったかい？」エドワードが問いかけた。

セシリアは首を振った。「兄のことを考えてただけ」もうできるかぎり嘘はつかない心積りでそう答えた。

「見つけだそう」エドワードが言う。「ともかく情報を得なければ。なんとしてもだ」

セシリアは喉の奥からせり上がってきたものを押し戻そうと唾を飲み込み、感謝のうなずきを返した。これでもう、ひとりで探さなくてもいい。いまもまだ怖いし、心配はつのり、不安で仕方ないけれど、ひとりきりではない。

そう思えるだけで、いままでとは信じられないくらいに違う。

エドワードがさらに何か言おうとしたが、先ほども料理を運んできた若い女性がちょうどまたやって来た。ニューヨークでは誰もがそうだけれど、この女性も働きづめでくたびれているようにセシリアには見えた。

それに暑い。率直に言って、このような夏を毎年こちらの人々はみないったいどうやってやり過ごしているのかふしぎでならない。故郷では雨でも降らないかぎり、このようにじっとりと重い空気にまとわれたことはなかった。

冬もまた同じくらい過酷なのだと聞いている。雪が降りはじめる前にここを離れられるようセシリアは祈った。病院にいたある兵士によれば、地面が岩のごとく硬く凍りつき、耳がちぎれそうなほどの寒風が吹きすさぶのだという。

「お客様」若い女中がさっと膝を曲げて呼びかけた。「入浴の用意が整いました」

「いまはなおさらありがたいわね」セシリアはインクの染みがついたエドワードの指をそれとなく示して言った。この〈悪魔の頭〉亭には新聞のインクをアイロンで乾かす時間も気力もある人手がないのはいうまでもない。

「こういうときに家は快適だったと身に沁みる」エドワードがつぶやいて、指先をもの憂げに眺めた。

セシリアは片方の眉を吊り上げて返した。「ほんとうに？　あなたにとってはそれがいちばん懐かしいことなの？　アイロンできちんと乾かされた新聞が？」

エドワードはちらりと目をくれたが、皮肉られて悪い気はしていないようだとセシリアは受けとめた。周りの人々から慎重に言葉を選んで話しかけられたり、音を立てないよう気遣われたり、いかにも病人扱いされて居心地よくいられる男性とは思えない。それでもエドワードが新聞を置いて食堂の出口へ目をやると、セシリアは階段を上がるのに手助けが必要なのかはあえて問わずに席を立ち、黙って腕を差しだした。すでに病院で、エドワードにとって手助けを求めるのがどれほど負担になっているかは目の当たりにしていた。

黙ってしたほうが良いこともある。

じつを言えば、ガゼット紙のおかげで食事のあいだ放っておいてもらえたのはセシリアにとってありがたいことだった。婚姻を無効にしてもかまわないというエドワードからの申し出にいまだ動揺していた。そのような申し出を受けるとはほんとうに——まったく——予期していなかった。いまにして思えば、膝からくずおれずにすんだだけでも幸いだった。オランダのビスケットの包みを買って帰ったところで突如、きみを手放してもいいと告げられたのだ。

エドワードのほうが結婚の罠に掛けた側であるかのように。

ほんとうはセシリアから言いだすべきことだった。本心にそむいてでも、そうしなければいけないのは自分のほうだと言おうとしたのだけれど……。

エドワードの表情に押しとどめられた。

ぴくりとも動かないのに凍りついているのでもなく、エドワードはただ……じっとそのままでいた。

息をとめているように見えた。

自分が息をとめていることに気づいてすらいないようだった。

この人はわたしに去ってほしくないと思っている。

なぜそんなふうに確信できたのかはわからない。その表情からだけでは、サファイア色の瞳の奥深くにきっちりしまい込まれた感情を解せるはずなどなかった。なにしろちゃんと面と向かって知りあったのはほんの一日前のことなのだから。

どうしてそばにとどまってほしいと望んでくれているのか、セシリアには見当もつかなかった。看護人が必要で、その役割に適任の女性なのだとしても、どうやらエドワードは妻としてとどまるよう望んでいるらしい。

運命の皮肉が複雑に絡みあってきた。

けれどウィルキンズ少佐から調査の結果を聞くまで真実を明かすような危険は冒せないとセシリアは自分に言い聞かせた。エドワード・ロークズビー大尉は誠実を絵に描いたような人物に違いないので、軍隊の上官に嘘をついてくれるとは、というより果たして嘘をつけるのかわからない。たとえミス・セシリア・ハーコートの兄の捜索を手助けしたい気持ちはあっても、自分がじつは彼女の夫ではないことを義務感から上官に伝えずにはいられないかもしれない。

セシリアはそのような会話の結末を想像する気にもなれなかった。

そうよ、だから嘘で辻褄合わせをしていたのをエドワードに打ち明けるのは、やはりどうしても少佐と会って話してからでなければ。

それならまだ許されるはずだと自分に言い聞かせた。

ずいぶんといろいろなことを自分に言い聞かせている。

それについてもいまはひとまず、考えないようにしよう。

「階段の幅が狭くて」階段へ進みながらセシリアはエドワードに説明した。「段差が急なの」

エドワードは唸り声で忠告に礼を述べ、片腕を支えられながら階段をのぼりはじめた。このように人に頼らなければならないことがどれほどエドワードの心の重荷になっているか、セシリアには計り知れなかった。健康な姿をまだ目にしたことはなくても、百八十センチを超える長身で、肩幅も広く、もう少し筋肉がついただけでもさぞ逞しく見えるだろう。

そんな男性が支えられながら階段をのぼるのに慣れているはずもない。

「この廊下のすぐ先よ」階段をのぼりきったところでセシリアは頭を左へ傾けて言った。「十二号室」

エドワードがうなずき、ドアの前まで来るとセシリアは腕を放して鍵を渡した。ちょっとしたことでもまかせられれば、エドワード本人に理由はわからなくても、いくらか気分がよくなってもらえるのがセシリアにはわかっていたからだ。

ところがいざ鍵を差し入れる段になってエドワードが言った。「これが最後の機会だ」

「ど、どういうこと？」

錠前に差し入れられた鍵がまわされ、カチッと外れた音が廊下に大きく響いた。

「婚姻を無効にしたければ」エドワードは揺るぎない声で言った。「いま言ってくれ」

セシリアは答えなければばと、本気でそう思ったものの、心臓が喉から飛びださんばかりに高鳴り、手足の指先がじんじん疼きだしたようにも感じられた。これまでこんなにもどきりとさせられたことはなかったかもしれない。うろたえさせられたことも。

「もう一度だけ言う」そう言葉を継いだエドワードは内心で大混乱に陥っているセシリアとは対照的に落ち着き払っていた。「部屋に入ってしまえば、婚姻は既成の事実となる」

セシリアの喉から甲走った笑い声がこぼれでた。「おかしなことを言わないで。いまのあなたの状態では、この午後にわたしをどうにかするなんてとても無理だわ」そう口走ってしまってすぐに、男性の自尊心を傷つける発言だったかもしれないと気づいた。「だってその、まだ入浴もしていないんだから」

「ベッドでどうこうできるかが問題ではないことは、きみにもわかっているはずだ」エドワードが焼けつくような眼差しで見据えた。「一緒に部屋に入ってしまったら、この婚姻は成立し、きみは穢《けが》されたものと見なされる」

「夫が妻を穢すとは言わないでしょう」セシリアは冗談めかして返した。

エドワードはいらだたしそうな低い唸り声でひと言吐き捨てた。まるで不似あいな悪態にセシリアは気圧《けお》されて思わず一歩あとずさった。

「軽口で片づけられるようなことじゃない」エドワードが言った。またもきっちり感情が押し込められたかのようだったが、今回は激しく脈打っているのが喉もとから見てとれた。

「きみに去る機会を与えているんだ」

セシリアは自然とかぶりを振っていた。「でもどうして？」

エドワードは廊下を慎重に見渡してから、きつく低い声で言った。「ぼくは壊れてしまっているからだ」

誰に見られるとも知れない場所でなければ、大声で言われていたのに違いないとセシリアは悟った。いまの語気鋭い声はいつまでもこの胸に焼きついて忘れられそうにない。

そしてセシリアは心を打ち砕かれた。

「違うわ、エドワード」励まそうとした。「そんなふうに考えてはいけないわ。あなたは――」

「ぼくの頭はどこかが欠けてしまっている」エドワードが遮って言った。

「いいえ。違う」そのくらいしか言えることを見つけられそうになかった。

エドワードはセシリアの肩を指が食い込むほど強くつかんだ。「セシリア、きみは理解しなくてはいけない。ぼくはまともではないんだ」

セシリアは首を振った。あなたにはなんの問題もなく、わたしが嘘つきなのだと言いたかった。それに、あなたのいまの状態を都合よく利用したことをほんとうに心の底から申しわけなく思っているのだと。

償《つぐな》えるようなことでもない。

いきなり肩を手放された。「ぼくはもうきみが結婚したときの男ではないんだ」

「わたしだって、あなたと結婚したときとはもう違ってしまっているかもしれないわ」セシリアはくぐもった声で返した。

エドワードが黙って見返した。長々と見つめられているうちにセシリアは肌が粟立《あわだ》ってきた。「だけどわたしは……」かすれがかった声が出るとようやく継ぐべき言葉が見つかった。

「あなたにはわたしが必要だと思うの」

「何を言ってるんだ、セシリア、きみはまったくわかっていない」

そう言うなりエドワードは廊下の真ん中でセシリアを引き寄せて口づけた。

エドワードはそんなことをするつもりはなかった。神に誓って、正しいことをしようとしていた。ところがセシリアにあの海の泡色の瞳で見上げられ、あなたにはわたしが必要だとささやかれては……。

あとはもう、わたしにもあなたが必要なのとでも言われないかぎり、これ以上には張りつめられないだろう。

身体に力が入らない。体重も六、七キロは落ちて、自力で階段をのぼることすらできないが、さいわい妻に口づけることはできた。

「エドワード」セシリアが息を呑んで言った。

エドワードは妻を部屋のなかに引き入れた。「このまま夫婦でいよう」

「ああ、神様」

どのような気持ちからセシリアがそう言ったのかはわからなくても、エドワードは考えようとは思わなかった。

そこはこぢんまりとした部屋で、ひとつだけのベッドが床の半分近くを占めていたので、いまのエドワードでもそう苦労せずにセシリアの手を引きながらマットレスの端までたどり着いて腰をおろさせた。

「エドワード、わたし――」

「しいっ」エドワードは続きの言葉を封じ、妻の顔を両手で包んだ。「きみを見たい」

「なぜ？」

エドワードは笑みを浮かべた。「きみはぼくのものだから」

セシリアがきれいな楕円形に唇を開き、エドワードはそれを天からのお告げと受けとって、もう一度キスをした。すぐには反応がなかったが、払いのけられもしなかった。むしろセシリアはぴたりと静止し、息すらとめて、これが現実なのかを見きわめようとでもしているように感じられた。

そうしてもう離れなければと思ったそのとき、セシリアの唇がかすかに動き、小さく洩れた切なげな声がエドワードの唇をふるわせた。

「セシリア」ささやきかけた。この数カ月に自分が何をしていたのかはわからないが、なんとなく、誇れることではないのだろうという気がしていた。つまり清らかでも快くもない、こうしてセシリアの瞳のなかに見えているようなものとは無縁のことだ。

そのキスは救いを与えられているような味がした。

エドワードはささやきかけるふうにやさしく唇を擦らせた。けれどもそれだけでは飽き足らず、セシリアが請い求めるような哀れっぽい声をかすかに洩らすと、エドワードは軽く嚙んで、唇の内側の柔らかい皮膚にそっと歯を這わせた。

夜までずっとこうしていたかった。ベッドに並んで横たわり、セシリアを女神のごとく崇めたい。といっても口づけるのがせいぜいで、それ以上のことをする体力はない。それでも、やさしく、ゆっくりと、深く、慈しんではまた溶けあって、いつ終わるとも知れないキスになるだろう。

なんともふしぎなことに、差し迫ってはいないのに欲望は湧いていた。いまはこれでよしとしなければとエドワードは受け入れた。また力がよみがえってもとの自分に戻れれば、全身全霊で愛しあえるのだし、そのときには極みへ達する自信はこのキスから――そしてセシリアの唇からも――じゅうぶん得られた。

そのときにはきっとぐったり果ててしまうのだろう。

「きみは美しい」低い声で言ってすぐに、内側の美しさもちゃんと見えていることを伝えるのが肝心だと気づいたので続けた。「それにとてもすてきだ」

セシリアが身を固くした。ほんのわずかな動きだったが、全神経を注いでいたエドワードには息遣いが少し乱れただけでもおそらく感じとれただろう。

「ここまでにしておかないと」セシリアの声は残念そうではあるものの、迷いは聞きとれなかった。

エドワードはため息をついた。セシリアが欲しい。その思いは滾々《こんこん》とあふれだしてくるようだったが、汚れて、疲れきってもいるいまの有様では愛しあうことはできない。セシリアに申しわけが立たないし、率直に言ってしまえば自分自身も満たされない。

「お湯が冷めてしまうわ」セシリアが言った。

エドワードは浴槽へ目をやった。さほど大きなものではないが、むろんなかの湯は冷めるし、湯気はそういつまでも立っているものではない。

「わたしは一階に下りてるわね」セシリアがぎこちなく立ち上がった。身につけているのは柔らかそうな生地のくすんだピンク色のドレスで、スカートをつまんで持ち上げると、その手が溶け込んでしまいそうに見えた。

ずいぶんと気恥ずかしげで、エドワードは微笑ましく眺めずにはいられなかった。

「恥ずかしがることはない」念を押すように言い添えた。「ぼくはきみの夫だ」

「まだよ」セシリアが低い声で言う。「そういった意味では」

エドワードは笑みをこぼしかけた。

「ほんとうにもう行かないと」そう言いながら妻は一歩も踏みださない。

たちまち頬がゆるんで顔がすっかりほころんだ。「ぼくのために部屋を出る必要はない。

たしか中世の時代には、夫を入浴させるのが妻の大切な務めだと考えられていたのではなかったかな」

セシリアがぐるりと瞳をまわして返し、エドワードの胸にじんわりと温かな喜びが広がった。セシリアが恥じらう姿を見るのも愉快だが、反論をあえて控えたしぐさはなおさら気に入った。

「なにしろ、おぼれてしまうかもしれないじゃないか」

「もう、何を言ってるの」

「可能性はある。ぼくはとても弱っているからな。浴槽のなかで眠り込んでしまったらどうするんだ？」

セシリアが黙り込み、もしや真に受けてしまったのだろうかとエドワードは一瞬考えた。

「あなたが浴槽で眠り込むことはないわ」長い間のあとでセシリアがそう返した。

エドワードはいかにもきみはわかっていないなと言わんばかりに大げさにため息をついたが、セシリアが不憫な気もして付け加えた。「十分後に戻ってきてくれ」

「たったの十分？」

「それはぼくの汚れ具合を鑑《かんが》みてのご質問だろうか？」

「そうよ」セシリアはいともあっさり認めた。

エドワードは高らかに声を立てて笑った。「セシリア・ロークズビー、きみはほんとうに愉快な人だな、自分で気づいてたかい？」

セシリアがまたも瞳をぐるりとまわし、ベッドの端にきちんとたたんで置かれていたタオルを手渡した。

エドワードはこれ見よがしにため息をついた。「だからぼくはきみと結婚したんだと言いたいところだが、そういうわけでないのはお互いわかっていることだ」

セシリアがうってかわって無表情でこちらを見やった。「なんておっしゃったの？」

エドワードは上着を脱いで肩をすくめた。「いまのぼくがどうしてきみと結婚したのかを憶えているはずもない」

「そういうことね。わたしはてっきり……」

エドワードは眉を上げてまじまじと見返した。

「なんでもないわ」

「いや、言ってくれ」

だがセシリアの顔はすでに真っ赤に染まっていた。「早合点してしまったの。あなたが言ったのはもしかして先ほどの……」

エドワードは待った。セシリアは言葉を継がずに口をつぐんだ。「キスのことかと？」代わりに補った。

これ以上セシリアの肌が赤らむことはありえないと思っていたが、さらに色濃く染まった。

エドワードはふたりのあいだの距離を二歩縮め、ほんの軽く顎に触れて、見つめあえるよう視線を上げさせた。

「結婚前にきみとキスしていれば」穏やかに語りかけた。「こうして結婚しているのもすぐに納得がいっただろう」

セシリアは眉根を寄せ、愛らしい困惑顔になった。

エドワードはその唇にそっと自分の唇を擦らせてから、頬に口を寄せてささやいた。「きみとのキスがどれほどのものかわかっていたなら、軍の派遣命令になど耳を貸さなかった」

「お上手ね」耳もとでセシリアのくぐもった声がした。

エドワードは愉快げな笑みを浮かべて身を引いた。

「直接命じられて拒めるわけがないもの」セシリアが言った。

「きみに命じられたらか？　たしかに拒めない」

「やめて」セシリアがふざけ半分にぴしゃりと軽く叩いて返した。「そういう意味ではないのはわかってるはずよ」

エドワードはセシリアの片手を取り、指関節にうやうやしく口づけた。まったく、自分でも呆れるくらい、どうしようもなく甘ったるい気分に浸っている。「ロークズビー夫人、結婚初夜はまたあらためて迎えると約束いたします」

「まずは入浴でしょう」

「そうきたか」

「冷たい水のほうがお好みならまたべつだけれど」

むしろ冷水を浴びて然るべきかもしれないとエドワードは考えはじめた。「ごもっとも。だがもうひとつ、ぼくから付け加えさせてもらうなら……」

「どうして、もう数秒のうちにぞっとするほど真っ赤にさせられそうな気がするのかしら」

「とうにもう真っ赤だ」エドワードはすっかり面白がって指摘した。「それにぼくが言おうとしたのはただ――」

「一階に下りてるわ！」セシリアが声を張りあげ、そそくさとドアへ向かった。

エドワードはもはや視線の先にあるものが寝室のドアの内側だけになってしまっても、頭のてっぺんから爪先に至るまで笑みをほころばせていた。

「ぼくはただこう言おうとしただけだ」声に出た言葉はどれも楽しさから温かなピンク色に彩られた。「見応えはじゅうぶんにあったのにと」

いや、まだ遅くはないかとエドワードは思い直して残りの衣類を脱ぎ、浴槽に身を沈めた。

またすぐにそうした機会は持てるのだから。

6

いったい何を言ってるんだ？　おまえの鼻が目立って大きいなんてことは断じてない。
——トーマス・ハーコートが妹セシリアへ宛てた手紙より

エドワードからは十分ですむと言われたが、セシリアはしっかり二十五分待ってから意を決して十二号室へ戻った。一階で三十分は待つつもりだったものの、エドワードがまだ衰弱しているのを考えるとだんだん気が気ではなくなってきた。ひょっとしたら浴槽から出るのに苦労しているかもしれないでしょう？

もう浴槽の湯は冷めているはずだ。風邪をひいてしまうかもしれない。ひとりで気兼ねなく過ごしたいだろうし、そうした時間を与えたいのは山々だけれど、それで身体に害を及ぼすのでは元も子もない。

病院で付き添っていたときにエドワードのはなはだしく憚《はばか》られる姿を目にしていたのは事実でも、セシリアはすべてを見たわけではなかった。シーツには創造力しだいで多種多様な使い道があることを学んだ。そのつどあれこれ工夫を凝らして広げ掛け、つねにできるかぎりエドワードの尊厳を守った。

ひいてはこちらの慎みも。

たとえニューヨークじゅうの人々から既婚婦人だと思われていようと、エドワード・ロークズビー大尉にキスされて息を奪われはしても、まだ正真正銘の純潔であることに変わりはない。

息を奪われた？

頭まで空っぽになるほどに。

男性があのような瞳の色に生まれるなんて罪深い。アクアマリンとサファイアの中間くらいの色をしていて、その眼差しひとつで女性を魅了してしまう。もちろんキスされていたあいだ目はずっと閉じていたけれど、唇が触れあう寸前にちらりと見ただけでもう、エドワードの瞳の青い深みにおぼれかけているような気がしていたのだから。

セシリアは昔から自分の瞳の色を気に入っていて、みんなとは違う独特な淡い緑色をひそかに自慢に思っていた。でもエドワードの場合には……。

美しい男性としか、ほかに言いようがない。

それなのに凍え死んでしまうかもしれないのだとセシリアは思い起こした。そこまではいかないまでも凍えるほど冷えきってしまったら、命に危険が及ばないとは誰にも言いきれない。

セシリアは階段を上がった。

「エドワード？」呼びかけて、ドアを軽くノックした。それからふと気づいた――いまは音をひそめている場合ではない。

力強くノックした。「エドワード？」

返事はない。

不安から腕がぞわりと粟立ち、セシリアはドアの取っ手をつかんでまわした。もう一度呼びかけてドアをすばやく開き、目をそむけて部屋に足を踏み入れた。なおも返事がないので、仕方なく浴槽へ目を向けた。

「寝てたの！」つい言葉が口をついてから、こんなふうにけたたましく起こしたくはなかったと遅ればせながら悔やんだ。

「うわっ！」エドワードは目覚めて声をあげ、水しぶきも撥ねあがり、セシリアは自分でもなぜかよくわからないものの、部屋の反対側へ急いだ。

とはいえ、エドワードと向きあって立つわけにもいかない。相手は裸だ。

「寝ないと言ってたのに」セシリアはしっかと浴槽を背にして咎めた。

「いや、ぼくが寝ないと言ったのはきみだろう」エドワードが言い返した。

腹立たしいけれど、そのとおりだ。

「だけど」どうすべきかすっかりまごついているのがありありとわかる口ぶりになった。「もうお湯が冷たくなってしまってるでしょう」

一拍の間をおいて、言葉が返された。「それほどでもない」

セシリアは片足からもういっぽうの足に重心を移し替え、それでもこらえきれずに胸の前できつく腕を組んだ。怒ってはいない。いうなれば自分の身体を持てあましているといった心地だった。「風邪をひいたら大変だわ」足もとに目を伏せて言った。

「ああ」

ああ？　返事はそれだけ？　ああ？

「それで、セシリア？」

その問いかけにセシリアは低い声で応じた。

「ドアを閉めてもらえないかな」

「まあ、わたしったら、ごめんなさい」すぐさま駆け戻り——部屋の狭苦しさからすれば、とうてい上品な振る舞いとは言えない——あきらかに必要以上の力を込めてドアを閉めた。

「まだそこにいるのか？」エドワードが尋ねた。セシリアはいまさらながらエドワードにはこちらが見えていないことに気づいた。ほぼ背をドアに向けた恰好で湯に浸かっていて、その体格には浴槽が小さすぎて容易に身を返すこともできない。

「ええと、そうよね」問いかけるような調子になった。どうしてなのかはわからない。

わけのわからない返答にエドワードはどう応じるべきか考えているらしく、しばしの間があいた。けれど結局ただこう頼んだ。「タオルを取ってもらえるかな？」

「ああ、ええ。もちろん」セシリアは細心の注意を払って浴槽に背を向けたままじりじりとベッドへ近づき、タオルを手に取った。そこから動かずに今度はタオルを手にした腕をエドワードのほうに伸ばす。

エドワードがタオルを受けとって言った。「けっしてきみを慌てさせたいわけではないし

――」

でも、つまりは気まずい思いをさせられるということね。

「――ぼくの体裁を守ろうと努めてくれていることには感謝するが、一週間も付き添ってくれていて、だからその、すでにもうぼくを見ていたんじゃなかったのかい？」

「まだそこまでは」セシリアはもごもごと答えた。

またもわずかな間があき、今回はエドワードが解釈に悩んで眉根を寄せている顔が目に浮かぶようだった。

「必ずシーツで覆ってたわ」仕方なくセシリアは付け加えた。

「いつでも？」

「志高く取り組んでいたのよ」

エドワードが含み笑いを洩らした。

「一階に下りてるわね」セシリアは告げてドアへあと戻りを始めた。「あなたが風邪をひかないように確かめたかっただけだから」

「六月なのに？」

「あなたは病みあがりなのよ」セシリアはとりすまして返した。

エドワードが嘆息した。「まだ治っちゃいない」

セシリアはきゅっと口をつぐみ、気持ちを奮い立たせた。本人の言うとおりで、こちらの過敏な精神状態よりエドワードの体調のほうが重要だ。「浴槽から出るのを手伝いましょうか？」

「いや」エドワードは静かに拒んだ。「気持ちとしてはだが」

「ここにいたほうがいいわね」セシリアはまた少しだけドアのほうに近づいた。「あなたが出るまでは。念のために」

手助けは不要であることを祈った。タオルはたいして大きなものではない。

すぐに力の入った唸り声がして、さらには浴槽の脇の床に水が跳ね落ちる音も響いた。

「もし――」

「大丈夫だ」エドワードが吐き捨てるように遮った。

「ごめんなさい」口を開くべきではなかった。エドワードには自尊心がある。それでも、もう何日も付き添っていたセシリアからすれば、いくら目を向けないようにしていても気遣わずにはいられなかった。

「きみのせいじゃない」

エドワードがこちらを見ているのかわかりようもないもののセシリアはうなずいた。

「もうこちらを向いても大丈夫だ」

「ほんとうに？」

「隠してある」お堅い念の入れようにエドワードはいくらか呆れた口ぶりで言った。

「ありがとう」セシリアは振り返った。ただしゆっくりと。隠してあるとはどの程度のことなのかわからなかったからだ。

　エドワードはベッドに積み重ねた枕にもたれかかり、膝上まで毛布を引き寄せていた。胸は剃きだしだった。その程度なら病院で発熱による汗をぬぐっていたときにも見ていたが、本人がぱっちり目をあけているのではまたまるで状況が違う。

「見違えたわ」セシリアは言った。事実だ。洗った髪はさっぱりとして、肌も健康そうな赤みを取り戻していた。

　エドワードは疲れの滲む笑みを浮かべ、顎まわりの鬚に触れた。「剃れなかった」

「問題ないわ」セシリアは励ますように言った。「急ぐことではないもの」

「これを剃るまでは、すっきりと清潔になった気はしない」

「まあ。でも……」剃りましょうかと申し出るべきなのはわかっていた。そうすればなによりエドワードの気分が楽になるのはあきらかだけれど、きわめて親密な行為だ。これまで父の鬚にしか触れたことがない。父は近侍を雇っていなかったので、両手に関節炎を患ってからはセシリアが鬚を剃る役目を担っていた。

「きみがやる必要はない」エドワードが言った。

「いえ、いいの、できるわ」怖気づくなんてばかげている。ひとりで大西洋を渡ってきたというのに。国王陛下の陸軍大佐ザカリー・スタッブズと堂々と相対し、ひとりの男性の命を救うため平然と嘘をついた。当の男性の鬚を剃るくらいできるはず。

「一応、これまでに男の鬚剃りをしたことがあるか伺っておいてもいいだろうか」エドワードが低い声で言った。

セシリアは笑みをこらえて、剃刀とブラシを探して部屋を見まわした。「喉にナイフをあてがわれるにあたってはふさわしいご質問ね」

エドワードが含み笑いをした。「ぼくの旅行鞄《トランク》に革張りの小箱が入っている。そのなかに探し物が見つかるはずだ」

そういえばそうだった。エドワードの旅行鞄。持ち主が行方不明のあいだも身の周りの品々はしっかりと保管されていた。そしてスタッブズ大佐の指示により、その日早くに〈悪魔の頭〉亭に届けられた。

セシリアが旅行鞄のなかを覗くと、きちんとたたまれた衣類と本や書類が入っていた。持ち物を探るのもまたいっそう親密な行為に思えた。男性は見知らぬ土地にどういった品々を持ってくるものなのだろう？　それほどたいそうに考えるようなことでもないのかもしれない。荷造りをして船で海を渡ってきたのは自分も同じだ。でもエドワードとは違って、セシリアは長居するつもりはまったくなかった。最低限必要な物だけを詰めてきた。思い出の品は二の次だった。現に持ってきたのは兄の細密画くらいのもので、それも北アメリカに着いたらすぐに兄を探すのに役立つだろうと考えたからだ。

セシリアは自分の考えの甘さに腹が立った。病院のなかでトーマスを探すのに役立つものと思っていた。植民地じゅうを探さなくてはならないとは考えもしなかった。

「見つかったかい？」エドワードが訊いた。

「えっ、あの、まだ」セシリアは口ごもり、柔らかな白い亜麻布のシャツを脇によけた。着古され、何度も洗われたのはあきらかだが、すばらしく高級な仕立てであるのも縫製からはっきり見てとれた。トーマスはこれほど上等なシャツは持っていなかった。兄のシャツはこんなふうにしっかりと持ちこたえられているのだろうか。兄が衣類を自分で繕い、うまくいかずに苦労している姿を想像した。そうした繕い物はずっとセシリアが引き受けてきた。いつも文句をこぼしながらも。

またあのように繕い物をできる日が来るのなら、どんな犠牲も厭わない。

「セシリア?」

「ごめんなさい」革張りの箱の端が目に留まり、片手でつかんだ。「気持ちがほかのところに飛んでしまって」

「楽しいところにならいいが」

セシリアは顔を振り向けた。「兄のことを考えてたの」

エドワードが神妙な顔をした。「そうだよな。すまない」

「兄の荷造りを手伝えたらよかったのにと思って」セシリアは肩越しにエドワードを見やった。エドワードは言葉を返さなかったが、理解を示すかのように小さくうなずいた。

「兄は家に戻らずに北アメリカへ旅立ってしまったわ」セシリアは続けた。「手伝ってくれた人がいたのかわからない」目を上げる。「あなたは?」

「母が」エドワードはさらりと答えた。「どうしてもと言われて。でもおかげで海を渡る前に一度家に帰れた。クレイク館《ハウス》は海岸からそう遠くない。馬を早駆けさせれば二時間もかからないんだ」

セシリアはしんみりとうなずいた。エドワードとトーマスが所属する連隊はケントの賑やかな港町チャタムから新大陸へ出航した。ダービーシャーからは遠すぎて、兄が一度家に戻る選択はありえなかった。

「トーマスは何度かぼくの家に来ている」エドワードが言った。

「そうだったの？」その思いがけないひと言がセシリアに喜びをもたらした。兄が手紙に書いてよこす兵舎はいつもどことなく陰鬱なところだった。それでも立派なお宅で品位あるご家族と過ごせる機会を少しでも持てていたのなら、妹からすればほっとした。エドワードのほうをちらりと見やり、微笑んで、首を振った。「兄は手紙に一度も書いてくれなかったわ」

「きみたちはなんでも話しあえる兄妹なのかと思っていた」

「なんでもではないわ」セシリアはほとんど独り言のようにつぶやいた。もちろん、手紙に添えられるエドワードからの言葉をどれほど楽しみにしていたかも兄には伝えていない。もし向かいあってゆっくり話せる機会があったなら、お兄様の親友にちょっぴり恋心を抱いているのだと打ち明けていただろうか？

たぶん言わなかった。いくら仲の良い兄妹でも、黙っておきたいこともある。

セシリアは喉にこみあげてきたつかえを呑みくだした。トーマスはおまえの大好きな兄だからなとみずから言うのが口癖で、そのたびセシリアはたったひとりの兄なのよと言い返していた。すると昔からけっしてユーモアの才に恵まれていたとは言えない父が、またそんな言い争いをしているのか、どちらかにいいかげん決着をつけられんのかとぼやいていたのだった。

「何を考えてるんだ？」エドワードが尋ねた。

「ごめんなさい。また兄のことよ」セシリアは口もとをゆがめた。「哀しそうに見えた？」

「いや。反対に、なんとなく幸せそうだった」

「あら」セシリアは何度か瞬きをした。「そうだったのね」

エドワードがあけたままの旅行鞄のほうに顎をしゃくった。「お兄さんの荷造りを手伝いたかったと言ったよな？」

セシリアは切なげな眼差しで、しばし考えた。「そうね。兄が持っていった物も思い浮かべられたらよかったと」

エドワードはうなずいた。

「もちろん、そうともかぎらないけど」セシリアはてきぱきと言い、見られないように顔をそむけて瞬きで涙をこらえた。「だけどやっぱり、きっとそのほうがよかったわね」

「ぼくはじつのところ、母の手助けはいらなかった」エドワードが静かに言った。

セシリアはゆっくりと振り返り、これほど短いあいだにもうすっかり親しみを感じるようになった顔を見つめた。エドワードの母親の顔は知らないけれど、なぜか親子の姿が目に浮かぶようだった。長身で逞しく有能なエドワードが少しばかり不器用なふりをして母に世話を焼かせたのだろう。

敬意のこもった真剣な眼差しでエドワードの目を見つめた。「エドワード・ロークズビー、あなたは善き人なのね」

その瞬間、エドワードは褒め言葉に驚いたようにも見えた。それからすぐに、鬚でほとんど覆われてしまってはいるものの頰を赤らめた。セシリアはわずかにうつむいて笑みをごまかした。エドワードが顎鬚で表情を隠せなくなるのももう時間の問題だ。

「相手は母だからな」エドワードはつぶやいた。

セシリアは鬚剃り道具入れの留め金をぱちんと外した。「だからこそ、あなたは善き人なのよ」

エドワードはまたも顔を赤らめた。すでにセシリアは道具入れに顔を戻していたので実際に目にしたわけではなかったが、ほんとうに誓って言えるくらい、その気配が静まり返った部屋のなかでさざ波のごとく伝わってきた。

エドワードが顔を赤らめていると思うとセシリアは楽しくなった。

自分がそうさせているのだからなおさらに。

なおもひそかに笑みを浮かべつつ旅行鞄を見おろし、縁まわりを指でなぞった。エドワードのほかの持ち物と同じように、上質な木と鉄からていねいに作られた鞄で、上部に頭文字が打ち込まれている。「どうしてGが入ってるの？」

「G？」

「あなたの頭文字よ。ＥＧＲ」

「ああ、ジョージの略だ」

セシリアはうなずいた。「そうよね」

「どうして、そうよねなんだ？」

セシリアは目を向けた。「ほかに考えられる名がある？」

エドワードはぐるりと瞳を動かした。「グレゴリー、ジェフリー」

「まさか」セシリアはいたずらっぽく口もとをほころばせかけた。

「ガウェイン」

これにはセシリアもぐるりと瞳を動かして返した。「ありえないわ。あなたはジョージだもの」

「兄がジョージなんだ」エドワードは正した。

「つまり、あなたと同じね」

エドワードが肩をすくめた。「一族の名なんだ」セシリアは革袋を開いて、折りたたみ式の剃刀《かみそり》を取りだした。「きみの名は？」

「ミドルネームのこと？。エスメレルダ」

エドワードは目を大きく見開いた。「ほんとうに？」

セシリアは笑った。「いいえ。違うわ。そんなに洒落てるわけないでしょう。アンよ。母の名なの」

「セシリア・アン。いいじゃないか」

セシリアは頬がほてり、きょうはもっと顔を赤らめるべき場面がとうに何度もあったはずなのにと妙な気分に囚《とら》われた。

「コネティカットにいたときには、どうやってお髭を剃ってたの？」この折りたたみ式の髭剃りはほかの持ち物と一緒にこちらに保管されていたのはほぼ間違いない。エドワードがキップス湾近くで発見されたときには、そうした物は何も持っていなかったと聞いている。

エドワードは何度か瞬きを繰り返した。「わからない」

「あら、ほんとうにごめんなさい」なんという愚問を口にしてしまったのだろう。当然ながらいまのエドワードにはわかるはずもないことだ。

「でも」エドワードはあきらかにセシリアの気まずさを取り払おうとして続けた。「ぼくは髭剃りをふたつ持っている。ひとつはいまきみが持っているほうで、祖父からもらった。もうひとつは母国《くに》を出る前に買った。野営に出るときはたいていそちらを持っていく」眉根を寄せた。「そっちはどうしたんだろう」

「病院であなたの荷物のなかに見たおぼえはないわ」

「病院に、ぼくの荷物があったのか？」

セシリアは眉をひそめた。「そう言われてみれば、なかったわ。着のみ着のままで倒れていたそうよ。ポケットのなかには何か入っていたのかもしれないけど。あなたが運ばれてきたときにわたしはいなかったから」

「そうか」エドワードは顎を掻いた。「こういうことがあるから、上等なほうの剃刀は持ち歩かないんだ」

「とてもすてきなものね」セシリアは低い声で応じた。象牙《ぞうげ》の柄に美しい彫刻が施されていて、持ち心地が温かい。刃も最上等のシェフィールド産の鉄製だ。

「名を受け継いだんだ」エドワードが言う。「祖父から。その柄に頭文字が入っている。だからぼくにくれた」

セシリアは視線を落とした。たしかに象牙の先にEGRの文字が優美に彫り込まれている。

「父の剃刀に似ているわ」そう言うとテーブルの上にあるたらいのところへ向かった。そこには水が溜められていなかったので、浴槽の水に剃刀をくぐらせた。「柄はこれほど上等ではなかったけど、刃の部分はそっくり」

「きみは刃物の目利きなのか？」

セシリアは茶目っ気たっぷりに見返した。「ご心配かしら？」

「心配すべきなんだろうな」

セシリアはくすりと笑った。「シェフィールド近隣の住民なら誰でも地元の鉄には通じてるわ。ここ数年のあいだだけでも、過酷な溶鉱炉で働くために何人かの男性が村を出ていった」

「愉快な仕事ではないだろうな」

「ええ」セシリアは故郷の隣人たちに思いを馳せた——もう元隣人と呼ぶべきなのだろう。みな若者ばかりで、ほとんどが小作人の息子たちだ。だが溶鉱炉で一、二年働けば、誰もみな若さを失う。「賃金は農場で働くよりずっと高いと聞いてるわ。ほんとうにそうであることを心から願ってる」

エドワードがうなずきを返し、セシリアは受け皿に石鹸を少し入れ、剃刀と一緒に小箱に入っていたブラシで泡立てた。それを持ってベッド脇に戻り、眉をひそめた。

「どうしたんだ？」

「だいぶお鬚が伸びてるのね」

「むさ苦しいというほどではないだろう」

「父はここまで鬚が伸びていたことはなかったわ」

「それで腕を磨いていたわけか」

「最期の数年は毎日」セシリアは画家がカンバスを眺めるように片側に頭を傾けた。「まずは刈り込んでからのほうがよさそうね」

「残念ながら、鋏《はさみ》は持っていない」

ふと、庭師が剪定鋏《せんていばさみ》を手にエドワードを追いまわす光景が目に浮かび、セシリアは吹きだしそうになるのをこらえなければならなかった。

「どうしたんだ？」エドワードが強い調子で訊いた。

「あら、お聞きにならないほうがいいわ」セシリアはブラシを手にした。「まずはこれで取りかかりましょう」

エドワードが顎を上げ、顔の左側に石鹸の泡を塗らせた。思ったほど厚く塗れなかったものの、なんとかなるだろうとセシリアは見定めた。慎重に片手で肌をぴんと張らせるようにして、もう片方の手で頬から顎へ剃刀を滑らせていく。ひと剃りごとに浴槽で刃をすすぎ、水面が鬚でよどんでいくのを眺めた。

「あなたの鬚にはずいぶん赤毛が混じってるのね」セシリアはつくづく眺めて言った。「ご両親のどちらかが赤毛だったの？」

エドワードが首を振りかけた。

「動かないで！」

エドワードが横目で一瞥《いちべつ》した。「だったら質問しないでくれ」

「おっしゃるとおりね」

「母はブロンドだ」エドワードはセシリアがまた剃刀を洗い流しているあいだに答えた。「父の髪は褐色だ。ぼくのような。いや正しくは昔はだが。だんだん灰色がかってきた。本人は銀髪だと言ってる」眉根を寄せ、何かいたく悔やんでいるかのように瞳を翳らせた。

「今度会うときにはまた一段と増えてるんだろうな」

「白っぽいところが？」セシリアは努めて明るい調子で問いかけた。

「そうとも」剃刀が喉のほうへ滑りおりるとエドワードはわずかに顎を上げた。「書付を送っておいてくれたことにあらためて感謝する」

「当然のことだわ。ほんとうはもっと早くお伝えできる方法があればよかったんだけど」どうにか最も先に出港する船にロークズビー家宛ての手紙を載せることができたが、それでもイングランドに着くまでには少なくとも三週間はかかる。それから使者が届けて返信を受けとれるのは早くて五日後だ。

沈黙が落ちて、セシリアは鬚剃りを続けた。きれいに剃るのは父のときよりもむずかしいことがわかってきた。今回は一・五センチほども鬚を剃らなければいけない——毎日剃っていた男性の鬚剃りとはまるで勝手が違った。

おまけに、いうまでもなく相手はエドワードだ。つい先ほどキスしたばかりの。

しかも心地よいキスだった。ほんとうにとても。

前かがみに身を近づけると、とたんに周りの空気の流れが変わったのがはっきりとわかった。稲光がひらめいたみたいに息を奪われ、肌がぞくぞくしてきた。それでもどうにか息を吸い込むと、エドワードを吸い込んでいるようにも思えた。石鹸なのだから理屈に合わないけれど、おいしそうな香りがする。それに男性の匂いがした。

さらに熱気の匂いも。

ああもう、頭がどうにかなりかけている。熱気が匂うはずがないでしょう。それに石鹸はおいしそうな香りはしない。けれどこうしてエドワード・ロークズビーのそばに立っていると理屈に合うことなどどこにもないような気がしてくる。頭がくらくらして、胸が締めつけられ……それとも、ふわふわしているのか……どちらにしても妙な感じがする。

まだしっかりと手を動かせているのはほんとうに奇跡だ。

「少しだけ顔を傾けてもらえる？」問いかけた。「耳のすぐそばまで剃れるように」

エドワードが応じ、セシリアはさらに前かがみに身を近づけた。肌を傷つけないよう剃刀を添わせなければいけない。ここまで近づくと、自分の呼気でエドワードの髪がそよぐのすら見てとれた。ふっと吐息をついただけでも溶けるように吸い込まれ、いまにも肌を触れあわせてしまいそうになる。

「セシリア？」

呼びかけられたのはわかったものの、何も返せそうになかった。まるで濃密な空気にからめとられて身動きできなくなってしまったように。少ししてようやく頭からの指令が手足にまで行き渡ったといったふうにセシリアは身を引き、欲望の霧としか思いようのないものを瞬きで振り払った。

「ごめんなさい」唇というより喉から言葉がこぼれでた。「考えにふけってしまって」

嘘ではない。

「完璧にしようと思わなくていい」エドワードの声は張りつめていた。「だいたいのところを剃っておいてもらえれば、残りはあす自分でやれる」

「そうよね」セシリアは答えて、ぎくしゃくとあとずさった。「あの……ええ……あとはもうそれほど時間はかからないわ。それに疲れたでしょう」

「そうだな」エドワードが認めた。

「それなら……そのつまり……」セシリアは瞬きを繰り返した。上半身をさらしたままでいられると、どうにもこちらが落ち着かない。「シャツを着る？」

「終わってからのほうがいいかな。そのほうが濡らさずにすむ」

「そうよね」またもそう答えた。エドワードの胸に視線を落とした。石鹸の泡がうっすら生えた胸毛に沿って乳首のすぐ上まで点々とついている。ぬぐおうとセシリアは手を伸ばしたが、触れる寸前に手首をつかまれてしまった。

「いいんだ」

諫《いさ》められた。

エドワードは欲望を抱いている。

たぶん、わたし以上に。

セシリアは知らぬ間になぜか乾ききっていた唇を湿らせた。

「かまわないでくれ」息苦しそうな声だった。

セシリアはとっさに目を合わせ、射抜くような青い眼差しの強さにどきりとして囚われた。胸にどくどくと響くほど脈打ちだし、しばらく口が利けそうにない。手首をつかんでいるエドワードの手は温かく、思いのほかやさしく包み込まれていた。

「このままにはしておけないわ」

エドワードが視線でその言葉の意味を問いかけた。それとも聞きまちがえたと思ったのかもしれない。

セシリアはエドワードの顔のすっかりきれいになった左側に対し、手をつけられていない右側を手ぶりで示した。「中途半端だもの」

エドワードは顎に手をやり、なめらかな肌と鬚が生えているところとの境目に触れ、愉快げにふっと息を吐いた。

「なんだか可笑しいわよね」

エドワードは自分の顔の片側を撫でてから反対側も撫でた。

セシリアは剃刀とブラシを持ち上げた。「やっぱり終わらせるべきでしょう」

エドワードが右の眉をくっきりと吊り上げてみせた。「これでウィルキンズ少佐と会うべきではないと?」

「そんな場面を見られるなら大金を払ってしまうかも」セシリアはベッドの反対側にさっさと移動しつつ、張りつめていた空気がやわらいできた気がして胸をなでおろした。「お金があったらだけれど」

エドワードもマットレスの反対側の端寄りに腰をずらし、石鹼の泡が塗られるのをじっと待った。「金欠なのか?」

セシリアはいったん口をつぐみ、どこまで話してよいものか考えた。そしてこう言うにとどめた。「今回の旅には想像以上にお金がかかったわ」

「旅とはたいがいそういうものじゃないかな」

「そう聞くわね」セシリアは浴槽で剃刀を洗い流した。「ダービーシャーから二十マイル以上も離れたのははじめてなの」

「そうなのか?」

「動かないで」釘を刺した。ちょうど喉に刃をあてがおうとしたとき、エドワードが驚いたように問いかけたからだ。

「失礼。でも、ほんとうに？　はじめてなのか？」

セシリアは肩をすくめ、また刃を洗い流した。「わたしにどこへ行くところがあるというの？」

「ロンドンには？」

「行く理由がないわ」ハーコート家は良家には違いないものの、社交シーズンに娘を首都へ送りだすような家柄ではない。そのうえ父は都会を嫌っていた。シェフィールドへ出かけるのにもいちいち愚痴をこぼす始末だった。一度、マンチェスターまで用事をすませに行かなければならなかったときには何日も不満を並べ立てていた。「連れていってくれる人もいないし」セシリアは言い添えた。

「ぼくが連れていこう」

セシリアは手をとめた。エドワードは結婚したものと思い込んでいる。いつか妻をロンドンに連れていこうと考えるのも当然だ。

「もちろん、きみが望めばだが」エドワードはセシリアのとまどいの理由を取り違えて付け加えた。

セシリアは笑みをとりつくろった。「楽しみだわ」

「劇場に行こう」エドワードはあくびをして言った。「いや、オペラもいいな。オペラは好きかい？」

たちまちセシリアはどうにかして会話を打ち切らなければと思った。ふたりがともにいる未来、自分がほんとうにロークズビーという名となって、ケントのすてきな邸宅で父親譲りのひときわ鮮やかな青い瞳をした三人の幼子たちと暮らしている光景がありありと浮かんできた。

幸せな未来。けれどそれを手にする女性は自分ではない。

「セシリア？」

「片づいたわ」いくぶん大きすぎる声で言った。

「もうか？」エドワードは片方の眉をいぶかしげに吊り上げて右の頰に手をやった。「こちらはずいぶんと手早くできたんだな」

セシリアは肩をすくめた。「だんだん慣れてきたのかしら」右側の頰はさほどていねいに仕上げられなかったが、すぐそばに立ってじっくり見なければ違いはわからない。それに、どのみちあすには本人があらためて鬚を剃るというのだから。

「休息をとるといいわ。お疲れでしょうし、あとで人と会わなければいけないのだから」

「きみが部屋を出る必要はない」

出なくてはいけない。自分のために。「お邪魔になるわ」セシリアは言った。

「どうせぼくは寝てしまうんだ」エドワードがまたもあくびをして、さらにふっと笑いかけ、その美男ぶりにセシリアは思わず怯みかけた。

「剃り残しか？」

「どうしたんだ？」エドワードが自分の顔に手をやった。「剃り残しか？」

「さっぱりして見違えたわ」セシリアは答えた。つぶやき程度の声だったけれど。

エドワードがにんまりと笑い返した。「男っぷりがよくなったわけだな」

これまでにもまして。そんなことがありうるとはセシリアは考えもしなかった。

「行くわ。水や何かを誰かに片づけてもらわないと――」

「いてくれ」エドワードはさらりと言った。「きみにここにいてもらいたいんだ」

セシリアは胸が張り裂けんばかりの鼓動に気づかれずにすむ自信はまるで持てないながらも、仕方なくベッドの足側のほうに慎重に腰をおろした。

あら、もちろん、本心から自分の鼻が目立って大きいなんて思っていないわ。ひとつの喩えに挙げたまでのことよ。お兄様の妹の話に、ミスター・ロークズビーが本音で答えてくれると思ってはいけないと言いたかったの。お世辞を言わざるをえないに決まっているのだから。それがいわば暗黙の了解というものではなくて？ ロークズビー中尉はどのような姿をしてらっしゃるのかしら？

——セシリア・ハーコートが兄トーマスへ宛てた手紙より

7

午後五時半にふたりが一階に下りていくと、ウィルキンズ少佐がすでに食堂の壁ぎわの席でエールのジョッキと、パンとチーズの皿を前にして待っていた。立ち上がって挨拶をした少佐にエドワードはさっと軽く会釈して応じた。同じ隊に属したことはないが、これまでに顔を合わせる機会はたびたびあった。少佐はニューヨークで英国軍駐屯地の行政官のような役割を担っていて、行方不明の兵士を探す窓口としては間違いなく最適な相手だ。

エドワードは以前からウィルキンズをいささか横柄な男だと感じていたが、それにより規律や秩序を順守させられるのなら、軍の行政官には必要な資質に違いなかった。それに正直なところ、自分ならこの男の役割を担いたいとは思わない。

セシリアは席につくなりさっそく本題に入った。「兄の消息について何かわかりましたか？」

ウィルキンズ少佐はエドワードから見ても恩着せがましく感じられるそぶりで口を開いた。「なにぶん戦地は広大なのです。たった一人見つけだすのも、そう簡単にはいきません」テーブルの中央にある皿を手ぶりで示した。「チーズはいかがです？」

セシリアは話題を変えられて束の間まごついたが、すぐに気を取り直したらしい。「陸軍なのにですか」強い調子で問いかけた。「英国陸軍なのに。世界で最も秩序正しく、進んだ軍隊ではないのですか？」

「もちろんそうだが――」

「それなのにどうして、行方不明になるんです？」

エドワードはセシリアの腕にそっと手をかけた。「戦争の混乱はいかに秩序立った軍隊にも試練を与える。現に、このぼくも何カ月も行方不明になっていたんだ」

「でも、兄はいなくなってはいなかったのに行方不明になってたのよ！」セシリアは声を張りあげた。

ウィルキンズが理屈の合わない言いまわしを愉快げに笑い、エドワードはその無神経さに唸り声を洩らしかけた。

「なんともまったく、巧い言い方だな」少佐は厚切りのチェダーチーズを切りとった。「いなくなってはいなかったのに行方不明になっていた。いやはや、大佐が聞いたら気に入りそうだ」

「言いまちがえました」セシリアはこわばった声で返した。

エドワードはその表情を注意深く観察した。口添えしてやらなければと思ったのだが、しっかりと状況の立て直しを計れているように見える。いや、そうとまでは言えないかもしれないが、感情を抑制できているのは確かだ。

「わたしが申しあげたかったのは」セシリアはウィルキンズ少佐ですらぎくりとせずにはいられない冷ややかな眼差しで続けた。「兄のトーマスはこのニューヨークにいたということです。病院に。それなのにいなくなった。戦場や、敵陣の偵察に向かったわけでもないようなのに」

敵陣の偵察。その言葉が頭のなかで反響し、エドワードは眉をひそめた。自分がコネティカットへ出向いたのはそのためだったのか？　いかにもありうる筋書きだ。だがなぜ？　これまでにそのような指令を受けたおぼえはない。

「そもそもその点についてなのだが」ウィルキンズ少佐が言う。「あなたの兄上が病院にいた記録が見つからないのです」

「なんですって？」セシリアはくるりとエドワードを振り向き、それからまた少佐のほうに顔を戻した。「ありえないわ」

ウィルキンズは気が引けるふうでもなく肩をすくめた。「部下に記録を調べさせた。病院に運び込まれた兵士については、全員の氏名と階級を記録した台帳がある。入院日、それにその、出立日も記されている」

「出立日？」セシリアがおうむ返しに訊いた。

「死去の場合にもだ」その可能性を口に出すのはウィルキンズといえどもいくぶん気詰りそうだった。「ところが、あなたの兄上については記録が見当たらない」

「でも、兄は負傷したと」セシリアは言いつのった。「知らせを受けたんです」見るからに気を高ぶらせてエドワードに顔を振り向けた。「父宛てにガース准将から書付が届けられたんです。そこには、トーマスは負傷したが致命傷ではなく、病院で療養していると書かれていました。ほかにも病院があるのですか？」

エドワードはウィルキンズ少佐を見た。

「この辺りにはない」

「この辺りには？」セシリアがその言いまわしに反応して身を乗りだした。

「ハーレムまで行けば診療所のようなものがある」ウィルキンズはできれば触れたくなかったといわんばかりにため息まじりに答えた。「病院とは呼べまい」エドワードのほうにいわくありげな一瞥をくれた。「私ならとてもいられないところだと言えば、いかなる場所かはお察しいただけるかと」

セシリアは顔色を失った。

「何を言いだすんだ」エドワードはぴしゃりと釘を刺した。「ご婦人の兄上について話してるんですよ」

少佐はすまなさそうな顔をセシリアに向けた。「奥様、どうかお許しを」

セシリアはうなずき、たったその程度のぎこちない動きをしただけでも胸苦しさから喉をふるわせて唾を飲み込まずにはいられないようだった。

「ハーレムの診療所では応急処置をするのがせいぜいでしょう」ウィルキンズ少佐が言う。

「あなたの兄上は将校だ。そのようなところに運び込まれることは考えられない」

「でも、そこがいちばん近い医療施設だったとしたら……」

「お兄さんは命にかかわる負傷ではなかった。そうだとすればすぐに移送されている」

エドワードからすれば、階級が低いだけの理由で同じ大義のため戦う兵士たちが設備の整わない場所での療養を強いられることには納得がいかなかったが、ここマンハッタン島の南端にある病院のベッド数にもかぎりがある。「そのとおりだ」セシリアに請け合った。軍はつねにまず将校を優先させる。

「兄がなんらかの理由で移送を拒んだのかもしれないわ」セシリアは食いさがった。「部下たちと一緒だったなら、彼らを残して行けないと考えたのかも」

「何カ月も経ってるんだ」エドワードはセシリアの希望をくじく言い方はしたくなかったものの、そう諭した。「たとえいっときは部下たちと残ったとしても、もうこちらに移されていていいはずだ」

「まあ、その点については間違いない」ウィルキンズ少佐は淡々と言いきった。「ハーレムにとどまっておられるとはともかく考えられない」

「およそ町と呼べる体《てい》すら成していないところなんだ」エドワードはセシリアに説明した。「敵軍が本拠地を置いていたモリス＝ジュメル邸のあるところなんだが、それ以上にいまはむしろ植民地側の宿営地の廃墟だらけとなっている」

「だけど、そこにもこちら側の兵士たちはいるのでしょう？」

「また敵軍に奪い返されないよう見張りを置いているに過ぎない」ウィルキンズ少佐が言った。「肥沃な農地もある。収穫期を前に刈り入れの用意もほぼ整っている」

「整っている？」エドワードは訊き返さずにはいられなかった。

「ハーレムの農民たちは、わが国王に忠義を尽くしている」少佐は力強く断言した。

エドワードにはにわかに信じがたい話だったが、地元住民の政治思想を議論するのにふさわしい時でないのはわきまえていた。

「病院のここ半年の記録を調べました」ウィルキンズ少佐は本題に話を戻した。またパンとチーズを取り分けようと手を伸ばし、ナイフの上でチェダーチーズが砕けると顔をしかめた。

「あなたの兄上の記録は何ひとつ見つからなかった。ほんとうに、もともと存在していなかったかのように」

エドワードは唸り声をこらえた。それにしても配慮を知らない男だ。

「でもまだ調査を続けてくださいますでしょう？」セシリアが尋ねた。

「ええ、それはもちろん」少佐がエドワードのほうを見た。「せめてそのくらいのことは」

「微々《びび》たることだ」エドワードはつぶやいた。

ウィルキンズ少佐がびくりと腰を引いた。「いまなんと？」

「先週、妻が伺ったときに、どうしていまの話をしていただけなかったのですか？」エドワードは訊いた。

少佐は口の数センチ手前まで食べ物を持ち上げた手をとめ、静止した。「あなたの奥様とは存じあげなかった」

エドワードはにっこり笑って少佐の首を絞め上げてやりたいところだった。「だからどうだというんです？」

ウィルキンズ少佐は黙して見つめ返した。

「ハーコート大尉の妹であることに変わりはない。婚姻の状況にかかわらず、敬意と配慮を払われて然るべきだったのでは」

「親族からの問い合わせへの対応には慣れていないもので」少佐は硬い声で答えた。

それに対する切り返しなら六種類は繰りだせたが、これ以上、少佐からの心証を悪くしても得はないとエドワードは判断した。代わりにセシリアに顔を向けた。「ガース准将からの手紙は持ってきてるか？」

「もちろんだわ」セシリアはスカートのポケットに手を入れた。「いつも持ち歩いてるの」

エドワードはほっそりとした手から紙を受けとって広げた。一読してからウィルキンズ少佐に差しだした。

「どうしたの？」セシリアが尋ねた。「何か問題でも？」

少佐が濃い眉のあいだを狭め、手紙から目を上げて言った。「ガース准将からのものとは思えない」

「どういうことですか？」セシリアはもどかしげにエドワードのほうを向いた。「どういうことなの？」

「違和感がある」エドワードは言った。「どこがとは明言できないんだが」

「だけど、それなら誰がなんのためにこれを送ってきたの？」

「わからない」エドワードは疼きはじめていたこめかみを指で押さえた。

その異変にセシリアがすぐさま気づいた。「大丈夫？」

「なんでもない」

「なんなら――」

「いまはトーマスの話をしているんだ」エドワードはきつく遮った。「ぼくのことはいい」

息を吸い込んだ。少佐との話が終わるまでは我慢できる。そのあとはベッドに直行し、先ほどセシリアから服用させられかけたアヘンチンキに頼らざるをえないかもしれないが、このウィルキンズ少佐との話し合いくらいはやり遂げられる。

それくらいのことができないほど重症ではないはずだ。

目を上げると、セシリアと少佐が気遣わしげに窺うような面持ちでこちらを見ていた。

「お怪我の後遺症にさほど悩まされぬよう、お祈り申しあげる」ウィルキンズがぼそりと言った。

「とんでもなく痛む」エドワードは奥歯を嚙みしめて答えた。「それでも生き延びられたのだから、せめてありがたく思わなければと努めているわけです」

セシリアが驚いたそぶりですばやく見返した。無理もないだろうとエドワードは内心で思った。ふだんはこれほど毒舌ではない。

ウィルキンズが空咳をした。「いやまあ、ごもっとも。それはともかく、ぶじ戻られたとお聞きしたときには心から安堵しました」

エドワードは息を吐いた。「申しわけない」断わりを入れた。「いつも以上に頭痛がひどいとつい気が短くなってしまって」

セシリアが前かがみになり、静かに問いかけた。「階上《うえ》に戻る?」

「その必要はない」エドワードは低い声で答えた。こめかみの痛みが増し、息がつかえた。「ともかく、まだいまのところは」少佐に目を戻すと、准将からの手紙を眉根を寄せて再読していた。

「どうかしましたか?」エドワードは訊いた。

少佐は顎を搔いた。「いったいどういうわけでガース……」かぶりを振る。「お気になさらずに」

「いいえ」セシリアが即座に言った。「聞かせてください」

ウィルキンズ少佐は口ごもり、考えを伝えるのに最善の言いまわしを探しているふうだった。「通知の仕方が妙ではないかと」ようやくそう答えた。

「どういうことですか？」セシリアが訊いた。

「通常なら、兵士の親族にこのようなことは書かない」少佐は言った。確認を取るようにエドワードのほうを見た。

「たしかに」エドワードはなおもこめかみを揉みながら応じた。それでやわらぐわけではなくとも、手を離そうとは思えなかった。「ぼくはこういったものを書いたことはないが」

「でも、あなたはこの書付に違和感を覚えたのよね」セシリアは念を押すように言った。

「どこがというわけではない」エドワードは答えた。「ただなんとなくだ。ぼくはガース准将を知っている。具体的には説明できないんだが、どうも本人が書いたものとは思えない」

「私はこうした通知を書いてきた」ウィルキンズ少佐が言った。「何通も」

「それで……？」セシリアは先を促した。

少佐は深々と息を吸った。「それで、負傷したが致命傷ではないといった知らせを私は書いたことがない。わかりようのないことだからだ。書付が届くまでにひと月かかる。それまでに何が起こってもふしぎはないので」

セシリアがうなずき、少佐が言葉を継いだ。「もとの負傷でよりも、弱った末に患った病から命を落とす兵士たちをはるかに多く見てきた。先月も水ぶくれでひとり亡くしている」

信じがたいといった顔つきでエドワードを見やった。「水ぶくれで、ですよ」

エドワードはすばやくちらりとセシリアに目をくれた。まさしく冷静沈着な英国婦人の見本の体《てい》でみじんも動かない。だが何かに憑《つ》かれたような目をしていて、いまセシリアに触れれば――腕に指一本おいただけでも――砕け散ってしまうのではないかとエドワードは胸の悪くなる憂慮に駆られた。

それでも抱きしめてやりたくてたまらなかった。粉々になってしまわないようにしっかり支えていてやりたい。セシリアの身体から不安や恐れが溶けだして自分の身体に沁み込んでくるくらいに。

セシリアの苦しみを吸いとってやりたい。力づけてやりたい。

そうしようとエドワードは胸に誓った。そのためにまずは体力を回復させる。損傷を治す。セシリアにふさわしい夫にならなければ。

夫として胸張れる男に。

「足にできてたんです」少佐はセシリアの動揺には気づかずに話しつづけた。「靴下でかえって皮膚が擦れてしまったんでしょう。湿地を歩きつづけねばならなかった。むろん足を乾かす間もなく」

セシリアはそんな状態ながらも思いやりに満ちたうなずきを返した。

ウィルキンズ少佐はエールのジョッキに手をかけたが、持ち上げはしなかった。いまだ胸を締めつけられる鮮明な記憶らしく、いくらかうなだれて見えた。「よほど布地の当たりどころが悪くて傷口が開いていたのか、その日のうちに高熱を出して、よくない病にかかり、一週間ももたずに死んでしまった」

セシリアは唾を飲み込んだ。「心からお悔やみ申しあげます」テーブルの上で握りあわせた手もとを見おろした。ふるえをこらえるためなのがエドワードにはひしひしと感じとれた。あえて自分の手に目を据え、弱さの証しを見つめつづける以外に仕方ないと信じているかのように。

わが妻、セシリアは芯の強い女性だ。本人にその自覚はあるのだろうか。

少佐はなぐさめの言葉をかけられたことに驚いたのか、目をぱちくりさせた。「ありがとう」ぎこちなく返した。「ああいったことは……まったく、残念で」

「まったくです」エドワードは静かに応じ、その瞬間、通じあえるところなどほとんどなかったはずの少佐が戦友となった。

何秒ものあいだ誰も口を開かなかった。それからようやくウィルキンズ少佐が咳払いをして言った。「これをお預かりしてもよろしいですか？」ガース准将からの手紙を持ち上げた。

セシリアはほとんど表情を変えなかったが、エドワードにはその淡い緑色の瞳の奥に押し隠した心の葛藤が垣間見えた。顎をほんのわずかながらだが引き、ひくついた下唇をすぐさま噛みしめた。准将からの手紙はセシリアにとって兄探しの唯一の足がかりで、本心では手放しがたいのはあきらかだった。

「お預けしよう」エドワードはセシリアから眼差しで助言を求められて答えた。ウィルキンズは無骨者かもしれないが、優秀な兵士だし、トーマスの調査をさらに進めるにはその手紙が欠かせない。

「取扱いには細心の注意を払います」ウィルキンズは確約した。折りたたんだ書付を上着の内ポケットに入れ、布地の上からぽんと叩いた。「ご安心を」

「ありがとうございます」セシリアが言った。「ご気分を害されることがありましたら、お許しください。お力添えに心から感謝しています」

いまに至るまで少佐に協力する意思がまるで見えなかったことを考えればなおさら、これ以上になく丁重な挨拶だとエドワードは思った。

「いや、まあ、お気遣いなく。ではそろそろ失礼します」ウィルキンズ少佐は立ち上がり、セシリアにていねいに会釈してエドワードのほうを向いた。「お怪我のご快復をお祈りしています」

エドワードは軽いうなずきを返した。「このままでお許しいただけますか」突如なんとなく気分が悪くなり、無理して立ち上がれば嘔吐してしまいそうな恐ろしい予感がした。

「もちろん、もちろんですとも」少佐は相も変わらずぶっきらぼうなそぶりで答えた。「気にせんでください」

「待って！」去ろうと背を返したウィルキンズをセシリアが慌てて席を立って呼びとめた。

少佐が頭を傾けて問いかけた。「奥様？」

「あす、ハーレムに連れていってもらえませんか？」

「なんだって？」エドワードは胸のむかつきをこらえてどうにか立ち上がった。

「その診療所を訪ねてみたいんです」セシリアが少佐に言った。

「ぼくが連れていく」エドワードは言葉を挟んだ。

「あなたはまだその状態では――」

「ぼくが連れていく」

ウィルキンズはエドワードからセシリアに視線を移し、ほんのわずかに笑いを嚙み殺した顔をまたこちらに戻して、片方の肩を軽くすくめた。「ご主人のご意向には逆らえません」

「でも、どうしても行きたいんです」セシリアは引きさがらなかった。「もしかしたら兄が――」

「ハーレムにいる可能性がきわめて低いことはすでに話しただろう」エドワードは諫めた。

テーブルの端をつかみ、目立って不自然な恰好になっていないことを祈った。急に立ち上がったせいで軽いめまいに襲われていた。

「だけど、そこにいたかもしれないわ」セシリアは言いつのった。「それにそうだとしたら、誰かが兄を憶えているはずだもの」

「ぼくが連れていく」エドワードは繰り返した。ハーレムまではほんの十マイル程度だが、一七七六年に英国軍が領有権を奪われて（その後また取り戻したが）からは、もとのオランダ人村だったときよりも荒れた前哨地といった様相を呈している。女性が一人歩きできる場所ではないのはもちろん、ウィルキンズ少佐の警護力に間違いはないにしろ、妻の身の安全を守るのは夫である自分の務めだとエドワードは考えずにはいられなかった。

「では、よろしければこれで失礼します」ウィルキンズはあらためてセシリアに頭を垂れた。

セシリアはそっけなくうなずいた。とはいえ、その鬱憤《うっぷん》が少佐に向けられたものでないことは確かだった。案の定、ウィルキンズが姿を消すなり、セシリアはエドワードを振り返り、顎を突きだして言った。「診療所に行かなくてはいけないのよ」

「だから行けるとも」エドワードは椅子に腰を戻した。「あすにとはいかないが」

「でも――」

「一日延ばしたくらいで何も変わりはしない」エドワードは遮り、この件で反論する気力は早くも尽きた。「ウィルキンズが調べてくれる。ぼくたちがこの島を歩きまわるより、ガース准将付きの事務官からのほうがはるかに情報を得られるはずだ」

「両方で調べを進めるほうがいいに決まってるわ」セシリアも隣りの席にまた腰をおろした。

「その点について異論はない」エドワードは束の間目を閉じ、毛布のごとく覆いかぶさってきた疲労の波が引くのを待った。ため息をついて、続ける。「一日や二日延ばしたからといって失うものはない。請け合う」

「どうしてそう断言できるの？」

なんとセシリアは骨にかじりついた犬のようではないか。これほど具合が悪くなければ、妻の粘り強さを称えていたところだ。「わかったとも」エドワードはあっさり折れた。「たしかに断言はできない。大陸軍があす侵攻してきて、診療所に調べに行く間もなく、われわれはみな死に絶えてしまう可能性もないわけじゃない。だがぼくが知っていることをすべて考え合わせれば――じゅうぶんとは言えないまでも、きみよりは知っている――たかが数日では大差はないと請け合える」

セシリアが唖然となって見つめ返した。エドワードはふと、このように並外れて美しい瞳の女性と結婚すべきではなかったのかもしれないと考えさせられた。なにしろ見つめられると、椅子の上でもぞもぞ腰をずらすのをこらえようとする気力さえ奪われた。

人知を超えた力に傾倒しやすい男だったなら、魂を見透かされているとでも思っただろう。

「ウィルキンズ少佐に連れていってもらえるわ」セシリアはやんわりと反論した。

エドワードは唸りそうになるのを呑み込んだ。「それほどウィルキンズ少佐とまる一日ともに過ごしたいのか?」

「もちろん、そんなことはないけど――」

「夜までともに過ごさざるをえなくなったらどうするんだ? その可能性は考えたのか?」

「エドワード、わたしはひとりで大西洋を渡ってきたのよ。ハーレムでひと晩過ごすくらいのことは耐えられるわ」

「だが、その必要はないんだ」エドワードは噛んで含めるように続けた。「きみはぼくと結婚したんだ、セシリア。頼むから、ぼくにきみを守らせてくれ」

「でも、無理でしょう」

エドワードは椅子の上でぐらついた。セシリアの口調は穏やかだったが、もしこの喉もとめがけて勢いよくこぶしを突きだされたら、文句なしの打撃を食らうのは間違いない。

「ごめんなさい」セシリアは即座に言った。「ほんとうにごめんなさい。そんなつもりで言ったのでは――」

「言いたいことはわかってる」

「いいえ、そうは思えない」

ただぐつぐつ煮えつづけていたエドワードの憤りが、ついにぱちぱちと音を立てて湧きあがってきた。「きみの言うとおりだ」ざらついた声で言った。「ぼくにはわからないとも。どうしてだと思う？　ぼくはきみを知らないからだ。きみと結婚し、というか、ともかくそう教えられて――」

セシリアがびくりと身を引いた。

「――そのような婚姻に至った理由はいろいろと考えられても、そのどれひとつとして、まるで思いだせない」

セシリアは押し黙り、わずかに唇をふるわせた以外は身じろぎもしなかった。

「きみはぼくの妻だ、そうなんだよな？」つい口走ったが、あまりに非情な問いかけだったので、すぐさま撤回せずにはいられなかった。「すまない」つぶやいた。「口が滑ってしまって」

セシリアは感情をいっさい表に出さず、さらに何秒かじっと見つめつづけた。だがしだいに蒼ざめ、落ち着きのないそぶりで口を開いた。「休んだほうがいいわ」

「そんなことはわかってる」エドワードはいらだたしげに返した。「自分の頭に起きていることをぼくがなんとも感じていないとでも思ってるのか？　誰かに金槌を脳天に叩きつけられているようなものなんだ。情け容赦なく」

セシリアがテーブル越しに腕を伸ばし、エドワードの手に手を重ねた。

「体調がすぐれない」ほんの短い言葉とはいえ、なかなか口にしづらいことだ。だがいったん口に出してしまうとずいぶん気が楽になった。

「あなたはとても順調に快復してるわ」セシリアが言う。「目覚めてからたった一日しか経っていないのを忘れないで」

エドワードは目を狭めてまじまじと見返した。「ローマは一日にして成らずなどと言うつもりじゃないよな」

「言うわけないわ」きっぱりと答えたセシリアの声から笑いが聞きとれた。

「つい先ほどまではいいような気がしていたんだ」エドワード自身の耳にも子供っぽく感じられる小さな声だった。

「いいような気がしていた？　よくなってきたということ？」

「よくなってきていた」エドワードはすなおに答えた。「それできみにキスをして……」

口もとがほころんだ。キスをしたときにはもうほとんど治ってしまったように思えた。

セシリアが立ち上がり、そっと腕に触れてきた。「二階に戻りましょう」

エドワードに抗う気力はなかった。

「夕食は部屋に運んでもらうわ」階段へ歩きだしながらセシリアが言った。

「さほど」エドワードは口ごもった。「空腹では……ちゃんと腹におさめておけるかどうか」

セシリアがじっと見ている。おそらく顔色から体調を推し量っているのだろう。

「煮出し汁《ブロス》でも」と結論づけた。「何か口にしたほうがいいわ。そうしないと体力を取り戻せないもの」

エドワードはうなずいた。ブロスなら飲めそうな気がする。

「アヘンチンキも飲んでおいたほうがいいかもしれないわね」セシリアが静かに言い添えた。

「少しなら」

「ほんのちょっぴりね、約束するわ」

階段をのぼりきると、エドワードは上着のポケットから鍵を取りだした。無言でセシリアに渡し、壁に寄りかかってドアをあけてもらうのを待った。

「ブーツを脱ぐのをお手伝いするわ」セシリアが言い、エドワードは考える間もなく部屋に導き入れられ、ベッドに坐らされていた。

「くれぐれも無理はしないで」セシリアはエドワードの片足のブーツを脱がせた。「きょうは兄のために努力してくれたのはわかってるけど」

「それにきみのためにだ」

セシリアは手をとめたが、ほんの一瞬だった。その手ざわりをことさら鋭敏に感じていなければ気がつかなかったかもしれない。

「ありがとう」セシリアはエドワードの踵《かかと》の後ろに手をまわし、もう片方のブーツをつかんで、ぐいと引いて脱がせた。ブーツがきちんと片隅に揃えられているあいだにエドワードは上掛けの内側にもぐり込んだ。「アヘンチンキの用意をするわ」セシリアが言った。

エドワードは目を閉じた。眠いわけではないが、そうしているほうが頭痛はやわらぐ気がした。

「もう一日病院にいたほうがよかったのかしら」すぐそばから声が聞こえ、瓶に入った液体が振られている音がした。

「いや」エドワードは言った。「きみとここにいるほうがいい」

またもセシリアが動きをとめた。目をあけるまでもなく感じとれた。

「病院にいるのは苦痛だ」エドワードは続けた。「あのなかには……」セシリアがどこまで知っているのかわからず、どの程度まで話してよいものか迷った。昏睡状態から覚めるまで夜も付き添ってくれていたのだろうか？　部屋の向こうで苦しみ悶え、母親を呼ぶ誰かの声を聞きながら眠らなければならないつらさも知っているのか？

「わかるわ」セシリアが相槌を打ち、エドワードの背に手を添えて少し起こさせた。「こちらのほうがはるかに療養しやすいわね。お医者様は病院にいるけれど」

「そうだろうか？」エドワードはうっすら笑みを浮かべた。「階下《した》で一杯やってるかもしれないぞ。あるいは〈フロンシス〉亭で。あちらのほうがエールは旨い」

「飲み物と言えば」セシリアはきびしさとユーモアがほどよく混じりあった声で言った。

「アヘンチンキのお時間よ」

「エールよりよっぽど効くな」エドワードは目をあけた。もうさほどまぶしくない。セシリアがカーテンを閉めてくれていた。

口もとにカップをあてがわれたが、小さく首を振った。「自分で飲める」

「ほんのちょっぴりだから」セシリアが念を押した。

「医者から指示を受けたのか？」

「ええ、それにこのお薬のことは少しは知ってるの。父が頭痛持ちだったから」

「御見それした」つぶやいた。

「しじゅうというわけではなかったんだけど」

エドワードは薬液を飲み、苦さに顔をしかめた。

「まずいわよね」セシリアはそう言いながらもたいして気の毒がっているようには見えない。

「言うほどまずくはないと思ってるだろう」

セシリアはくすりと笑った。「楽になると思えば我慢できるくらいだとは思ってるわ」

エドワードはこめかみを揉んだ。「痛むんだ、セシリア」

「ええ」

「ぼくはただ、もとの自分に戻りたいだけなんだ」

セシリアが唇をかすかにふるわせた。「それはみんなの願いよ」

アヘンの効果が現われるにはどう考えても早すぎるが、あくびが出た。「まだ話していてくれないか」エドワードは上掛けの内側にまた沈み込んで言った。

「どんなことを？」

「そうだな――」考えをめぐらせると少し甲高い愉快げな声になった。「――なんでもだ」

「なんでも？　それはちょっと欲張りではないかしら」

「時間はある」

「そう？」今度はセシリアのほうが笑い声になった。

エドワードはうなずき、なんとも妙な心地なのは薬が効いてきた証しなのかもしれないと思った――あくびをする気にもなれないほどぐったりしている。それでもまだ少しは話せそうだ。

「ぼくたちは結婚した」と言った。「これからは一生ともにいるのだから」

8

エドワード・ロークズビーがどのような姿をしているのかと訊かれても、しごく男らしいとしか答えようがない。そもそも、セシリア、ぼくにほかの男の容貌を描写させようとしても無駄なのは知ってるだろう。髪は褐色だ。それ以外、何を言えというんだ？

それと念のため言っておくが、おまえの細密画は誰にでも見せている。満足してもらえるほどには感傷に浸っていないかもしれないが、親愛なる妹よ、おまえを心から愛しているし、おまえの兄であることを誇らしく思っている。それにまた、ここにいる誰にもまして多く届く手紙で楽しませてくれるのだから、ぼくは仲間たちから羨望を集めていることにご満悦でもあるわけだ。

なかでも手紙がもたらされるたび緑色の瞳の怪物に煩悶させられているのが、エドワードだ。三人の兄弟と妹がひとりいるそうだが、手紙においては、その四人が束になってかかってもおまえには敵《かな》わない。

——トーマス・ハーコートが妹セシリアへ宛てた手紙より

三時間後、セシリアはいまだエドワードの言葉が頭から離れずにいた。

ぼくたちは結婚した。

これからは一生ともにいるのだから。

〈悪魔の頭〉亭の部屋の隅に据えられた小さなテーブルにつき、両手に額をうずめた。真実を話さなくてはいけない。すべて打ち明けなければ。

でもどうやって？

それ以上に差し迫った問題は、いつ話せばいいの？

ウィルキンズ少佐との話し合いが終わるまではと自分に言い聞かせていた。ついにその話し合いは終わったけれど、エドワードの体調が悪化してしまったようだ。いまは気持ちを乱させたくない。まだ自分は必要とされている。

いいえ、自分に嘘をつかないで、とセシリアは思わず声に出しかけた。必要とされてはいない。誰もいないよりは快適に療養し、もしかしたら治りも早まるのかもしれないが、偽りの妻が忽然と姿を消したところで、エドワードはなんの問題もなくきっと元気になるだろう。昏睡状態のときには付き添いが必要だった。もう目覚めたのだから、必ずしもそばにいなければいけないわけではない。

セシリアはベッドですやすやと眠っているエドワードに目をやった。褐色の髪が額に垂れている。調髪が必要とはいえ、むぞうさに乱れているのもこうして見ると好ましい。律儀な性分にはそぐわない、やや放蕩者っぽい感じが意外に似あっている。撥ねてしまった髪の房が、高潔な紳士でありながらも、いたずらっぽさや辛辣なユーモア、それにいらだちや怒りに苛まれやすいところも持ちあわせていることを思い起こさせてくれる。

完璧ではない。

生身の男性。

そう思うと、どういうわけかセシリアはよけいに気が咎めた。

この償いは必ずするから、と胸に誓った。

許しを得なくてはいけない。

でも、どうすればそんなことができるのかが、さらにまた想像しづらくなってきた。エドワードの堅固な道義心——それこそがウィルキンズ少佐と会うまでは偽りを明かせないとセシリアに決意させたものだ——がセシリアの胸に新たな葛藤を引き起こしていた。

エドワードからすれば、きっともうセシリアを穢してしまったということになるのだろう。ベッドをともにしてはいなくても、寝室をともにした。じつはセシリアが妻ではなかったとわかれば、エドワードは結婚を求めるだろう。何にもまして紳士なので、その精神からしてそれ以外の選択肢はありえないからだ。

かたやセシリアにしてみれば、エドワード・ロークズビーの妻となる人生を——ほんのわずかながらでも——夢見ないではいられないものの、ほんとうに結婚するよう罠に掛けてしまったという後ろめたさを負って生きていくことができるとはとうてい思えなかった。

エドワードはきっと憤る。それどころか、妻と偽った女を憎むかもしれない。

いいえ、憎みはしなくても許せるはずがない。

セシリアはため息をついた。いずれにしても、けっして許してはもらえないだろう。

「セシリア？」

はっとわれに返った。「起きてたのね」

エドワードが眠そうな笑みを浮かべた。「起きたばかりだ」

セシリアは椅子から腰を上げ、ほんのすぐ先のベッドに近づいていった。エドワードは服を着たまま寝入ってしまったのだが、一時間ほどして窮屈そうなのを見かねてセシリアが首巻き《クラヴァット》だけはほどいて外していた。そうするあいだもアヘンチンキが効いていたのか、目覚めそうな気配すらなかった。

「ご気分はいかが？」

エドワードが眉をひそめ、セシリアはわざわざ考えなければ答えられないのなら良い兆しだと受けとめた。「いいようだ」エドワードはそう答えてから、口もとを少しゆがめて言い直した。「よくなった」

「お腹はすいてる？」

またもエドワードは考える時間を取った。「ああ、胃がちゃんと食べ物を受けつけてくれるのかはわからないが」

「煮出し汁《ブロス》から試してみましょう」セシリアは立ち上がり、十分前に厨房から持ってきていた蓋《ふた》つきの小鉢を手にした。「まだ温かいわ」

エドワードが自力で上体を起こした。「長く寝ていたのかな？」

「三時間くらいよ。アヘンチンキがすぐに効いて」

「三時間」エドワードは驚いたようにつぶやいた。額に皺を寄せ、何度か瞬きをした。

「まだ頭痛がするか確かめてるの？」セシリアは微笑んで尋ねた。

「いや」エドワードはにべもなく否定した。「むろんまだ頭は痛い」

「まあ」返す言葉が見つからないので、セシリアはひと言だけ添えた。「残念ね」

「だが、変わった」

セシリアは小鉢をベッドの脇机に置き、傍らに腰かけた。「変わった？」

「鋭い痛みというほどではなくなった気がする。もう少し鈍い痛みになった」

「きっとよくなっているということよね」

エドワードはこめかみに軽く触れて低い声で答えた。「そうだな」

「お手伝いしたほうがいい？」セシリアはスープを手ぶりで示して尋ねた。

エドワードがふっと口もとをやわらげた。「自力で飲めるが、スプーンがあったほうがより楽かもな」

「あら！」セシリアは弾かれたように立ち上がった。「ほんとうにごめんなさい。厨房の人たちも渡し忘れたのね」

「大丈夫。口をつけて飲めばいい」エドワードは小鉢を口もとまで持ち上げ、ひと口含んだ。

「おいしい？」セシリアはエドワードが満足そうな吐息をついたのを目にして問いかけた。

「とても。用意しておいてくれてありがとう」

エドワードがさらに何口かスープを含んでから、セシリアは言葉を継いだ。「ウィルキンズ少佐と話していたときよりずっと顔色がいいわ」それからふと、すぐにでもハーレムに連れていくよう急かしていると受けとられてしまうかもしれないと気づいて、言いつくろった。「あす北へ向かえるほどではないけれど」

エドワードは愉快に感じたらしい。「その次の日なら大丈夫そうなくらいかな」

「それでもまだ早いわ」セシリアは正直に伝えて、息をついた。「ウィルキンズ少佐との話をあらためてじっくり振り返ってみたの。ハーレムの診療所に問い合わせてくれるとおっしゃってたわ。それでもまだ自分で訪ねてみたいけど、まずはその結果を待つことにする」唾を飲み込み、エドワードと自分のどちらを諭そうとしているのかよくわからないまま続けた。「辛抱強くならないと」

ほかに選択の余地がある？

エドワードが小鉢を脇机に戻し、セシリアの手を取った。「トーマスを探しだしたい気持ちはきみと同じだ」

「わかってるわ」セシリアは指を絡ませた互いの手に視線を落とした。ふしぎなほどぴたりとなじんでいる。エドワードの手はがっしりとして大きく、屋外での任務のせいで日焼けして節くれだっている。自分の手はといえば――たしかに以前ほど白くも華奢でもないけれど、たこが出来てしまっているのがセシリアにはかえって誇らしかった。事を成す能力があり、人生をみずから切り開いていける証しに思える。その手には逞しさが、自分にあるとは考えもしなかった力強さが感じられた。

「ふたりで見つけよう」エドワードが言った。

セシリアは目を上げた。「見つからないかもしれないけど」

夕闇のなかでは紺色に見えるエドワードの瞳と目が合った。

「現実的にならないと」セシリアは言った。

「現実的にか、そうだな」エドワードが応じた。「だが、悲観的になる必要はない」

「ええ」セシリアはどうにか微笑みを浮かべた。「なってないわ」

ともかく、まだいまのところは。

しばしどちらも口を開かず、ほのぼのとした空気から生じた静けさがしだいに重みとぎこちなさを帯び、セシリアはエドワードが気詰りな話を切りだす最善の取っかかりを探しているのだと察した。エドワードは何度か咳払いを繰り返してからようやく、話しだした。「ぼくたちが結婚したいきさつについて、もう少し詳しく知りたい」

セシリアの鼓動がとまった。いつか訊かれるときが来るのはわかっていたが、それでも束の間息を継げなかった。

「きみの話を疑ってるわけじゃない」エドワードが言う。「きみはトーマスの妹で、厚かましいと思わないでくれるとありがたいが、じつはもうだいぶ前から、お兄さんに届く手紙のおかげできみを知っているような気になっていた」

セシリアは思わず目をそむけた。

「ただ、どういうわけで婚姻に至ったのかを知りたいんだ」

セシリアは唾を飲み込んだ。偽りの物語をこしらえてからもう何日も経つけれど、嘘を考えるだけなのと口に出すのとはまたべつのことだ。「兄の希望だったの」と答えた。これは嘘ではなく、実際に兄から聞いたわけではなかったが、そう思っていたに違いない真実だった。親友に妹が嫁げば喜んだであろうことは確かだ。「兄はわたしのことを心配してたわ」セシリアは言い添えた。

「お父上が亡くなられたからかい？」

「それは伝えてないわ」セシリアは正直に答えた。「でも、兄がわたしの将来をずっと心配していたのはわかってた」

「ぼくにもそう言っていた」エドワードが納得顔で応じた。

セシリアは驚いて目を合わせた。「そうなの？」

「無礼を許してくれ。故人を悪く言いたくはないんだが、トーマスはきみのお父上が自分のことで手いっぱいで娘の人生への配慮が足りないというようなことを洩らしていたんだ」

セシリアは唾を飲み込んだ。父はたしかに善良だったが、生来、自分中心の男性でもあった。それでもセシリアは父を愛していた。父ができるかぎり愛情を注いでくれたのも承知している。「わたしの存在は父にとってなぐさめになっていたのよ」花畑のなかを縫って進むがごとく言葉を選んで続けた。良い時もあったし、それらを集めれば思い出の花束になると信じたかった。「それに父はわたしに目的を与えてくれた」

そう話しているあいだもエドワードはじっとこちらを見ていた。セシリアが思いきって視線を合わせると、その目のなかに誇らしさのようなものが窺えた。懐疑心《かいぎしん》も確実に混じっている。エドワードは真意を見抜きながらも、つくろって話しつづけるセシリアを称えていた。

「いずれにしても」セシリアは努めて軽い調子で言葉を継いだ。「兄も父が病気がちなのは知ってたわ」

エドワードがくいと頭を傾けた。「たしかきみは、急なことだったと言ってたよな」

「そうだったのよ」セシリアは慌てて言った。「つまり、よくあることではないかしら。とてもゆっくり進行していたのに、あるとき急変してしまうということが」

エドワードは何も返さなかった。

「それともそうではなかったのかしら」ああ、ほんとうに、まるで支離滅裂になっているというのに、セシリアは口を閉じられそうになかった。「人の死に接した経験があまりないの。いいえ、正確には、父がはじめてだった」

「ぼくもだ」エドワードが言った。「少なくとも自然死については」

セシリアは見つめた。エドワードの目が翳ってきた。

「戦場でのことは自然死とは言えない」エドワードが静かに言い添えた。

「ええ、もちろんだわ」セシリアはエドワードが見てきたものを想像したいとすら思わなかった。まだ若い盛りの死と、父の年齢で亡くなるのとではまるで違う。

エドワードがスープをもうひと口含み、セシリアは話を続けてもよいしるしだと受けとめた。「そのうちに従兄に結婚を申し込まれて」

「その口ぶりからすると、喜ばしい求婚ではなかったんだな」

セシリアは口もとをこわばらせた。「ええ」

「お父上はきっぱり断わらなかったのか？　いや待てよ――」エドワードが片手を数センチ上げ、問題点を指摘するかまえで人差し指を曲げた。「――それはお父上が亡くなられる前とあとのどっちのことだったんだ？」

「前よ」セシリアは返した。ずしりと胸が重く沈んだ。ここからまた嘘をつかなくてはいけない。ホレスに脅かされたのは父が亡くなってからで、トーマスは妹が従兄に結婚を迫られているとは知る由もなかった。

「そうだよな。そうでなければ……」エドワードは眉をひそめ、セシリアと組みあわせていた手を引き戻して顎をさすった。「たぶん、ぼくの頭の働きが鈍くなってるんだろうが、時系列が正しく整理できない。よければ書きだしてもらえないだろうか」

「そうよね」セシリアは応じたものの、胸のうちでは後ろめたさが鼓動を激しく打ち鳴らしていた。時系列を整理しづらいのが自分の頭のせいだとエドワードに思い込ませておける自信はない。笑みをこしらえようとしたが、唇が引き攣《つ》ったようにしか見えなかったかもしれない。「自分ですら信じられないくらいのことなんですもの」

「どういうことだろう？」

説明を求められて当然のことをうっかり口走っていた。「だっていま自分がここにいるのも信じられないのよ。ニューヨークにだなんて」

「それもぼくとだ」

セシリアは自分にはとうてい不釣り合いな寛大で高潔な男性を見つめた。「あなたと」

エドワードがセシリアの手を取り、口もとに引き寄せた。良心がむせび泣いていようとも、セシリアの心は少しだけやわらいだ。どうしてあなたはこんなにもやさしくできるの？

　セシリアは息を吸い込んだ。「マースウェルには限嗣相続が設定されていて、兄のトーマスに万一のことがあれば、ホレスが相続することになるわ」

「だからきみに求婚したのか？」

セシリアはじろりと見返した。「わたし自身の魅力と美貌の虜《とりこ》になったからとは思わないのね？」

「いや、そっちはぼくが求婚した理由だろう」エドワードは笑みを浮かべかけたが、急にしかめ面になった。「ぼくは求婚したんだよな？」

「ええ、まあ。つまり……」セシリアは顔がかっと熱くなった。「なんていうかもっと、その……」唯一この場をしのげそうな返答が浮かんで飛びついた。「じつを言うと、兄がほとんど取りまとめてしまったのよ」

エドワードはその成り行きを快く受け入れられないらしかった。

「そうする以外にはたぶん、どうしようもなかったから」セシリアはそれとなくたたみかけた。

「結婚式はどこで挙げたんだ？」

それについては返答を用意していた。「船上で」

「そうなのか？」エドワードはこの説明のすべてにすっかり当惑していた。「それならぼくはどうやって……？」

「わからないわ」セシリアは言った。

「でも、きみが船に乗っているのに、ぼくはいつ……」

「あなたはコネティカットへ発つ直前だったのよ」セシリアはごまかした。

「きみよりも先に、三カ月も前に、ぼくは挙式の手続きをすませていたというのか？」

「ふたりが同じときにする必要はないのよ」セシリアは墓穴を掘ることになるのは知りながら言いつくろった。ほかにも言いわけは用意していた——地元の教区牧師には代理結婚の挙式を断わられたとか、エドワードが心変わりしたら結婚を撤回できるように、どうしても必要になるまで自分は宣誓したくなかったのでとか。ところがさらなる作り話が口をつく前に、指輪をしているべき指を撫でられているのに気づいた。

「指輪もまだしてないんだな」と、エドワード。

「いらないわ」セシリアはすぐさま返した。

エドワードが両眉を険しく寄せた。「いるとも」

「でも、待てるわ」

とたんにエドワードがいまの状態からすれば信じがたい機敏な動きで上体をまっすぐに起こし、セシリアの顎に触れた。「キスしてくれ」

「えっ？」悲鳴にも似た声になった。

「キスしてくれ」

「どうかしてるわ」

「そうかもな」エドワードはすなおに認めた。「でも、男なら誰でも、きみとキスできるとなれば気が変になってもふしぎじゃない」

「男なら誰でも」セシリアはおうむ返しに言葉を発し、なおもいまの状況を理解しようと努めた。

「そうではないのかな」エドワードは考え込むふりをした。「ぼくは焼きもちやきということなのかもしれない。だとすれば傍から見れば、とんだ愚か者なんだろう」

セシリアは首を振った。続いてぐるりと瞳を動かした。さらにその両方を同時にした。

「休んだほうがいいわ」

「まずはキスだ」

「エドワード」

エドワードはセシリアの口ぶりを完璧に真似て返した。「セシリア」

セシリアは啞然となって口をあけた。「仔犬の瞳で見つめているつもり？」

「効いたかな？」

もちろん。

「いいえ」

エドワードはふふんと鼻息を洩らした。「きみは嘘の名人というわけじゃないな？」

ああ、この人はまるでわかっていない。

「ブロスを飲みきって」セシリアはきつく言ったつもりが、うまくいかなかった。

「きみにキスする体力すらないとでも言いたいのかい？」

「もう、ほんとうに、聞き分けのない人ね！」

エドワードは片方の眉をいかにも横柄に吊り上げてみせた。「試されているのなら受けて立つというだけのことさ」

セシリアは唇を引き結んで笑みをこらえようと無駄な努力をした。「いったいどうしてしまったの？」

エドワードが肩をすくめた。「幸せだから」

そのほんのひと言に、セシリアは息を奪われた。いかにも高潔なエドワード・ロークズビーはその内側にそれ以上にたっぷりと遊び心もまた備えている。いまさらこれほど驚くことではないのかもしれない。兄の手紙に添えられた言葉からもその片鱗《へんりん》は感じとれていた。ちょっとした喜びをきっかけに、その部分の扉が開かれただけのことだ。

「キスしてくれ」エドワードが繰り返した。

「休んだほうがいいわ」

「三時間も昼寝したばかりだ。もう自分でも呆れるほど目が冴えてしまっている」

「一度だけよ」してはいけないと心は警告しているにもかかわらず口が勝手に動いていた。

「一度だけ」エドワードはいったん応じてから、付け加えた。「むろん、ぼくも嘘をつく」

「ひと息にそう認められてしまうと、どこまで嘘に数えていいのかわからないじゃない」

エドワードは自分の頰を軽く叩いて示した。

セシリアは下唇を嚙みしめた。一度キスする程度なら何も問題はないはず。それも頰にするだけだ。前のめりに身を近づけた。

エドワードが首を動かした。ふたりの唇が触れあった。

「ずるいわ！」

セシリアの頭の後ろに手がまわされた。「ぼくが？」

「わかってるくせに」

「そうやって」エドワードがささやきかけると、セシリアの口角に誘いかけるような熱い息がかかった。「唇を近づけて話してると、キスしてるように感じないか？」

セシリアは唸り声が出かかった。とても押しのける気力はない。なにしろエドワードがこんなにも楽しげで親しみやすく、やっと目覚められてすぐにこのわたしと結婚していると知らされたというのに、見るからに嬉しそうにしているのだから。

しかもすでにエドワードは触れあった唇を動かして、ゆっくりと擦らせ、おそらくは控えめと呼んで然るべきキスを始めていた。ところがセシリアは恥じらうどころか、さらなるキスを求めて自然と胸を張りだした。対面する前からこの男性には好意を抱いていたし、いまではもう心が認めたがらないことを身体は受け入れ、エドワードをどうしようもないほどに全力で求めていた。

もしエドワードがこれほど弱ってはいなくて、まだ気がかりな症状をかかえているわけでもなかったなら、ここからどうなっていたかセシリアにはほんとうにわからなかった。事実無根の婚姻の契りを結ばぬよう、思いとどまる気力を果たして奮い起こせたのかどうか。

「きみがいちばんの良薬だ」エドワードが唇を触れさせたままささやいた。

「アヘンチンキを見くびってはいけないわ」セシリアは冗談でかわそうとした。場をなごませたかった。

「もちろんだとも」エドワードは少しだけ身を引いてセシリアの目を覗き込んだ。「強く勧めてくれたことに感謝する。たしかに効き目はあったようだ」

「どういたしまして」セシリアはわずかにためらいつつ応じた。急に話題が変わったことにいくぶんとまどっていた。

エドワードがセシリアの頰を撫でた。「それも含めて、きみがいちばんの良薬だと言ったんだ。病院でほかの人々とも話した。きのう、きみが出ていってから」

セシリアはうなずいた。どういった話に繫がるのか予想がつかない。

「きみがかいがいしく世話してくれていたことを聞いた。きみが強く願いでてくれなければ、これほど質の高い治療は受けられなかったことも」

「と——当然のことだわ」セシリアは口ごもった。妻の立場にあるかどうかは関係ない。そうではなかったとしても同じことをしていただろう。

「きみがいなければ、ぼくは目覚められなかったかもしれないとすら言う者もいた」

「そんなことはないわ」その点については自分の功績ではないのはあきらかなので断言できた。それにエドワードに恩義を感じさせたくない。

「ふしぎだよな」エドワードが言う。「結婚した経緯をどんなに考えても思いだせない。結婚したことすら思いだせないんだ。それなのに、これでよかったと感じているのだから」

セシリアの目に涙があふれだしてきた。エドワードが手を伸ばし、涙を払いのけてくれた。

「泣かないでくれ」エドワードがささやいた。

「泣いてないわ」セシリアは泣きながら否定した。

エドワードがやさしく笑いかけた。「女性にキスして泣かれたのは、これがはじめてじゃないかな」

「マザー・グースのジョージー・ポージーね」セシリアは明るい話題にそれたことにほっとして、かすれがかった声で呼びかけた。

エドワードも面白がってくれたらしい。「ぼくのミドルネームだぞ」

セシリアは少し距離をとろうと身を引いた。けれどエドワードの手が頰から肩におり、さらに腕を伝って手に触れた。離れがたいようだった。セシリアも本心では手放さずにいてほしいと自分が願っていることに気づいていた。

「もうそんな時間か」

セシリアは窓のほうを見やった。カーテンを閉めてからだいぶ経っていたが、夕暮れも過ぎて夜が更けはじめているのが窓とカーテンの隙間から窺えた。

「今夜は眠れるかな？」

何を問われているかはあきらかだった。このベッドで眠るのかと尋ねられている。

「気を遣う必要はない」エドワードが言う。「そうしたい気持ちは山々だが、どのみちぼくはきみと愛しあえる状態ではないのだから」

セシリアは顔を赤らめた。隠しようがなかった。「疲れてはいないと言ってなかったかしら」小声で返した。

「ぼくはな。でもきみは疲れてる」

そのとおりだった。セシリアは疲れ果てていた。エドワードが寝入ったときに、同じように仮眠しておけばよかったのかもしれないが、様子を見守らずにはいられなかった。この部屋のベッドに横たえさせたときにはとても具合が悪そうに見えた。病院にいたときより悪化したのではないかと思うほどに。

せっかくここまで快復できたのに、エドワードの身に万一のことがあったら……。

想像するだけでも耐えられない。

「食事はとったのか？」エドワードが尋ねた。

セシリアはうなずいた。ブロスを取りに下りたときに、軽食を口にした。

「よかった。看護人に倒れられたら元も子もないからな。ぼくにはとうていきみがしてくれたようなことはこなせない」真剣な顔つきになった。「きみは休むべきだ」

そうすべきなのはセシリアにもわかっていた。いったいどうやって休めばいいのかがわからないだけで。

「きみがまだ慎みを保ちたい気持ちはよくわかる」エドワードの顔にはどことなく当惑の色が見てとれた。いまの状況にエドワードもまたとまどいを感じているのをセシリアは察し、少しだけ気が楽になった。

「あちらを向いていると約束する」

セシリアは黙って見つめ返した。

「寝支度を整えるまで」エドワードが説明を加えた。

「ああ、そうよね」もう、なんて間の抜けた返事をしているの。

「いっそ毛布をかぶっていよう」

セシリアは頼りなげに立ち上がった。「そこまでする必要はないわ」

何か思うところを含んだ間があき、エドワードがずいぶんとかすれがかった声で言った。

「そうだよな」

思いのほかさらりと応じられてセシリアはついふっと息を吐き、鞄からささやかな衣類を移しておいた衣裳簞笥《だんす》へ急いだ。レースやフリル飾りはついていない、着《き》心地がよいだけの白い木綿の寝間着を取りだした。嫁入り衣裳のひとつとして用意される類いのものではない。

「ちょっと部屋の隅に行くわね」断わりを入れた。

「ぼくはすでに毛布の下だ」

ほんとうだった。セシリアが寝間着を取りにいっているあいだに、エドワードは背を倒して顔の上まで毛布をかぶっていた。

これほど恥ずかしさに気を取られていなければ、笑ってしまっていただろう。

セシリアは手早く服を脱いで、寝間着に身体を滑り込ませた。夜会用のドレスとは比べるべくもなく、昼間に身につけるドレスにも引けをとらないくらい頭から爪先まですっぽり隠されているが、それでもまだみだらに肌を露《あら》わにしているように感じられた。

ベッドに入る前には髪に五十回ブラシをかけるのが日課だけれど、今夜はエドワードが毛布をかぶっているのを考えればなおのこと、そこまでするのはよけいな気がして、寝やすいよう一本の三つ編みにまとめた。歯磨きは……セシリアはイングランドから持ってきた歯ブラシと歯磨き粉を見おろし、またベッドへ目を戻した。エドワードに動きはない。

「今夜は歯磨きは省きましょう」これであす起きがけにキスでもしようというエドワードの意欲はそげたかもしれない。

セシリアは歯ブラシを衣裳箪笥に戻し、ベッドの反対側にすばやくまわり込んだ。できるかぎり寝具を乱さないよう用心深く上掛けをめくり、内側にもぐり込んだ。

「もう目をあけてかまわないわ」

エドワードは毛布の下から顔を出した。「ずいぶん離れてるな」

セシリアはベッドの片側から半ば垂らしていた右脚をベッドの上に引き戻した。「こんなところかしらね」身を乗りだして蠟燭《ろうそく》を吹き消し、部屋は暗闇に包まれた。

それでも隣りに男性が寝ているという意識が薄らぎはしなかった。

「おやすみ、セシリア」エドワードが言った。

「おやすみなさい」セシリアはかさこそと動き、ぎこちなくエドワードに背を返して身を横たえた。こうして右向きで祈るように合わせた両手に頰をのせていれば、たいてい眠れるけれど今夜はなんとなく落ち着かず、平常心にはほど遠かった。

これでは眠れそうにない。とても無理。

にもかかわらず、いつしか眠りに落ちていた。

9

ロークズビー中尉にわたしからのご挨拶と、彼のご兄弟がわたしほど頻繁に手紙を書いてよこさないのだとしたら、はるかに活気ある日々を送られている証しにほかならないとお伝えして。この時季のダービーシャーは退屈で仕方のないところなんですもの。あら、わたしったら何を言ってるのかしら。ダービーシャーはいつだって退屈で仕方のないところなのに。そうだとすれば、平穏な暮らしを好む性分で、わたしは幸いね。

——セシリア・ハーコートが兄トーマスへ宛てた手紙より

翌朝、エドワードはこのうえなく快い夢から覚めるのが惜しくて、長々とまどろんでいた。そこはベッドの上で、それだけで特筆すべきことだった——もう何カ月もまともなベッドで寝られていなかったのはまず間違いない。しかも暖かい。ぬくぬくと心地よいが、あのうだるようなニューヨークの夏のように暑すぎるわけでもない。

この夢のなかではどういうわけか、何ひとつ実際に起こっていると思えるようなところはなかった。ともかくただそんなふうに感じられた。何もかもが雲のごとくふわふわと柔らかい。心のみならず肉体までもがなんとかして幸福感に浸りたがっているかのようだ。張りつめて目覚めるのはよくあることだとしても、今回にかぎっては、どうせどうにかなるものでもないのだからという不満は伴わなかった。なにせ夢のなかでは温かくてふっくらとした、なんとも言えず甘美な尻と重なりあい、そそられる小さな割れ目に下腹部をちょうどよい具合にやさしく挟み込まれていたからだ。

エドワードの手はなにげなくおりて、女性の尻の片側を包んだ。

ため息が出た。完璧だ。

昔から女性も、そのたおやかなくびれやふくらみも、自分とは対照的な柔らかで白い肌も好きだった。けっして放蕩者ではないし、むやみやたらと快楽にふけりもしない。父から早々に天罰と性病の恐ろしさを懇々と説かれていた。だからこそ友人たちと娼館を訪れはしても、ともに悦びに興ずることはなかった。そのほうが安全であるのはもとより、顔見知りの女性と交わるほうが得られる悦びもはるかに大きいと考えていた。なるべくなら慎みをわきまえた未亡人と。そうでなければオペラ歌手と。

とはいえ、慎みをわきまえた未亡人やオペラ歌手がアメリカの植民地に大勢いるはずもなく、エドワードが最後に心ゆくまで女性と絡みあってからもうだいぶ時が経っていた。

温かな女性を傍らに感じられるのはほんとうに快い。身体の下に感じられるのも。包み込まれるのも。

エドワードは夢のなかの完璧な女性を抱き寄せた。そうして……。

目をあけた。

現実に目覚めた。

まずい。

腕に抱いていたのは夢で思い描いていた正体不明の女性ではなくセシリアで、この夜のうちに寝間着が捲れ上がり、肌がすっかり、なんともそそられる尻までもが露わになっていた。こちらはまだほとんど同じ恰好で、またしても服を着たまま寝入っていたが、下腹部はその窮屈さにはちきれんばかりになっている。セシリアの尻と相対して押しあいを演じているのだから無理もない。

これほどのもどかしさの極みに陥った男がかつてほかにいただろうか。セシリアはわが妻だ。夫として抱き寄せて向き直らせ、知らぬ間にキスで欲望に目覚めさせていく資格はじゅうぶんにある。まずは唇に口づけて、優美な喉もとを鎖骨《さこつ》のくぼみまで滑りおりる。

そこからは難なく、まだ見たことはないがほぼ確実にこの手にぴたりと収まる、ちょうどよい丸みを帯びた乳房にたどり着けるだろう。どうしてそう断言できるのかはわからないが、そのほかのところが完璧なのはもうあきらかなのだから、そうでないわけがないではないか。

それになんとなく、寝ているあいだに乳房の片方をこの手で包み込んだような気もしていた。頭では憶えていなくても、心に残っているといった感覚だ。

だが、隣りあわせに寝なければならない状況に乗じて事に及ぶようなことはしないと、前夜に約束した。気力も体力もまだじゅうぶん取り戻せないまま慌ただしく奮闘するようなことはせず、セシリアにきちんと結婚初夜を迎えさせてやるのだと自分自身にも誓ったはずだ。

いよいよ身を交えられた暁《あかつき》には、セシリアに満足してもらえるよう、心から酔いしれるひと時を味わわせてやりたい。

というわけで、いまはセシリアを起こさずにどうにかしてこの状況を脱する策を見出さねばならない。男に生まれついた身体が全力で抗っていようとも。

その一部分は、それ以外のところ以上に抗っている。

すべきことからするのだと、エドワードはみずからを叱咤した。手を動かそう。

ため息が出た。ほんとうに手を離したくない。

だがそのとき、セシリアがいまにも目覚めそうなかすかな声を洩らし、エドワードの身体が弾かれたように反応した。ゆっくりと慎重に、片手を引き戻し、手のひらを自分の腰につけた。

セシリアがもごもごと口を動かし、「サーモン、マッシュルーム」としか聞こえない寝言をつぶやき、吐息をついて枕に顔を沈み込ませた。

惨事はまぬがれた。エドワードはまたふうと息を吐いた。

今度は片腕をセシリアの下から引き抜かなくてはいけない。なにぶん相手は純真無垢な幼子といったふうに、お気に入りの毛布やぬいぐるみの代わりにエドワードの手に頬をぺたりと押しあてているのだから容易なことではなかった。

ほんのわずかに腕を引いてみた。セシリアは身じろぎもしない。

もう少しだけ強めに腕を引くと、セシリアが寝ながらいらだたしそうな声を洩らし、なおさら顔を手に擦りつけてきたのでエドワードはひとまず動きをとめた。

寝ながらいらだっている。そんなことがほんとうにできるものなのか？

いや、いまはそれどころではなく、本気で取り組むべき頃合いだと気を取り直した。ぎこちなく重心を移しつつ腕全体をマットレスにぐいと押しつけ、セシリアの姿勢を変えさせずにすむよう、じゅうぶんな沈み込みを確保して身体の下から抜けでていく。

やっと抜けだせた。じりじりと身を引こうとして、五センチも離れないうちに足が宙を掻いた。夜のあいだにベッドの上を移動していたのは自分ではなく、セシリアのほうだったのだ。しかもこちらはマットレスの端すれすれのところまで追い込まれていたのだから、生半可な移動ではなかったということになる。

だからといって、いまさらどうしようもない。起きて朝陽を浴びるとしよう。

朝陽？　エドワードは窓のほうを見やった。まだ暁と呼ぶべきなのかもしれない。昨夜は早々に寝てしまったのだから、驚くことでもないのだろう。

もう一度だけセシリアを見て、まだすやすやと眠っているのを確かめ、ベッドから足をおろして立ち上がった。きのうほどの心もとなさは覚えず、それもそのはずだと思い返した。夕べも煮出し汁《ブロス》を飲んだだけとはいえ、〈悪魔の頭〉亭に来てすぐにようやく食事らしいものを口にできた。少しばかりの肉とジャガイモにこれほどの効果があるとは驚くべきことだ。

頭痛もいくらかやわらいだようだが、急に慌ただしく動きだすのはよくないと直感が告げていた。十マイル先のハーレムまで馬車に揺られるのはまだ論外だが、その件についてはセシリアからもすでにどうにか了承を得ている。北側の前哨基地まで出向いたところで、トーマスについての情報を入手できるとはじつのところ思えないが、それでもできるだけ早くセシリアを連れていってやりたい。それまではここで調査を続けるしかないだろう。

トーマスに何があったのかわかるまで、ただじっと待っていることなどできない。エドワードは友人に対する責任を重く感じていた。

むろんいまではセシリアにも。

なおもゆっくりと歩を進め、すぐそばの窓までたどり着き、カーテンをほんの少し開いた。アメリカ大陸に陽が昇り、空をオレンジとピンク色の太い縞模様に染めていく。エドワードはイングランドにいる家族に思いを馳せた。あちらではとうに新たな一日が始まっている。昼食をとっている頃だろうか？　クレイク館が建つ広大な所領を馬で駆け抜けられるくらい暖かくなっているのだろうか？　それともまだイングランドには春がまとわりついていて、風が身に沁みる肌寒さなのだろうか。

屋敷も、深緑色の芝地や生垣も、ひんやりとした朝靄《あさもや》も恋しい。あの甘ったるい匂いが好きではなかったはずなのに、母が育てている薔薇の茂みすら懐かしかった。いつからこのように里心がついていたのだろう？　そんな性分ではなかったはずだが、記憶のない数カ月のあいだに郷愁がつのっていたのかもしれない。

あるいはいまにして芽生えたものなのか。妻を娶り、神の思し召しがあれば、子も授かることとなるだろう。新世界の植民地にやって来て家族を持つとは考えてもいなかった。昔からずっとケントで、ほかのロークズビー家の面々とそう遠くない自分の地所に落ち着くものと思い描いていた。

といっても漠然とした空想で、特定の女性が頭にあったわけではない。これまで真剣に結婚を望んだ相手はまだいなかったが、周囲はみな隣家のビリー・ブリジャートンといつか結婚するものと当て込んでいるらしかった。エドワードもビリーもわざわざ否定こそしなかったものの、ふたりが夫婦《めおと》になるとは茶番以外の何物でもない。結婚など想像すらできないくらい兄弟ほどにも近しい間柄だからだ。

エドワードは思い起こして含み笑いを洩らした。子供の頃は弟のアンドルーと妹のメアリーを引き連れ、ビリーとともに駆けまわっていたものだ。全員がぶじ成長できたのは驚くべきことだ。エドワードは肩の関節がはずれもしたし、八歳の誕生日を迎える前には乳歯を一本折って失った。アンドルーはつねにどこかしら擦り傷や何やらをこしらえている。メアリーだけは怪我をしがちということはなかったが、慎重に回避していたからというよりは危険な目に遭う機会が少なかったからというほうが正しいだろう。

そしてもちろん、ジョージを忘れてはならない。唯一、骨折したり痣をこしらえたりして母の忍耐強さを試すような振る舞いはしなかった。というのも兄はほかの子供たちより何歳も年長だ。弟たちと走りまわるより、はるかに大事な成すべきことがあった。

セシリアもわが家族を気に入ってくれるだろうか？　気に入ってくれそうな気がするし、家族が彼女を気に入るのは間違いない。ダービーシャーが恋しくてたまらなくなるようなことがなければいいのだが、話しぶりからすると、さほど離れがたい気持ちが強いとは思えなかった。トーマスも故郷に格別な愛着があるわけではないと明言していた。このまま軍隊にとどまり、相続したマースウェルは貸しだすと聞かされても、エドワードは驚きもしないだろう。

むろん、本人を見つけだすのが先決だが。

エドワードは内心では楽観してはいなかった。セシリアの前では何食わぬ顔を装っているが、トーマスの失踪には明るい結末を期待するには筋の通らない要素が多分にある。

そうだとしても、自分を省みても、記憶を失い、妻を娶ってすらいたのだから、奇妙で考えがたいことだらけだ。トーマスが幸運に恵まれないとは誰に言いきれるだろう？

朝焼けの暖かな色調が空一面に溶け入るように消え、エドワードはカーテンを戻した。セシリアが目覚める前に着替えて、いや、身なりを整え直しておかなければ。ズボンはまだしも、せめて清潔なシャツに替えるのが礼儀だろう。旅行鞄《トランク》は衣裳簞笥の脇に置かれていたので、そちらまで静かに歩いていき、蓋を開いて、なかがそっくりそのままなのを見てほっとした。衣類や装備はほとんど支給されたものだが、私物も少しは含まれている。愛読している薄い詩集、アンドルーと子供の頃に作った愛嬌のある小さな木彫りのウサギ。

急に手に取って見直したくなって、エドワードは笑みをこぼした。弟と半分ずつ彫ることにしたところ、この世におよそ存在しえない、ひどく不細工で不格好な小動物となってしまった。それを見たビリーからは、ウサギがもしほんとうにそんな姿だったなら、ほかの動物たちはみなぎょっとして気絶してしまうから、捕食動物になっていたわねと評された。

「つまり」ビリーはいつもながらの大げさな口ぶりで言った。「その獰猛《どうもう》な小さい歯で襲いかかって……」

そんな会話をエドワードの母が聞きつけて、ウサギは〝神がおとなしい生き物に創造された〟のだからとビリーを諌め――

そこでエドワードが当の木彫りのウサギを母の顔の前に突きだすや、大きさも甲高さも最大級の声が発せられ、子供たちはその悲鳴を何週間も真似しつづけることとなった。

だが誰もそっくりには真似られなかった。メアリーですらも。妹も兄弟に囲まれて育ったので、もう幼い頃から悲鳴をあげるのはお手のものだったのだが。

エドワードは旅行鞄のなかを探り、シャツやズボン、もう長らく自分で繕ってきた靴下を押し分けた。ウサギのでこぼこな輪郭《りんかく》を探りあてようとしたが、先に手が触れたのは撚《よ》り糸できっちり結ばれた小さな紙の束だった。

手紙。家族からの手紙はすべて取ってあるが、トーマスに届いた手紙の束の厚さとは比べものにならない。それでもこの小さな束こそがエドワードに大切な家族を呼び起こさせてくれるものだった――母の文字は細長く優美で、けっして筆まめではない父も不器用ながら思うところをわざわざ書き送ってきてくれた。アンドルーからはたった一通しか来ていない。この弟は海軍にいて、ニューヨークにいる兄のもとへ届けられるまでもそうだが、そもそも手紙を人の手に託して出すのもさらに困難なことなのだから、大目に見てやらねばいけないだろう。

エドワードは懐かしさに笑みを浮かべ、それぞれの手紙を眺めていった。筆不精のビリーも短い手紙を何通か書き送ってきた。妹のメアリーははるかにまめに、それもエドワードからすると情けなくもあまりよく知らない末弟のニコラスの走り書きも添えて手紙をよこしてくれる。ニコラスとはだいぶ歳が離れていたし、忙しない日々にかまけて、ともに過ごした記憶がほとんどなかった。

そして手紙の束の一番下には、母からの二通の手紙のあいだにどれより大事にしていた一通が差し挟まれていた。

セシリア。

互いにいかに厚かましい行為となってしまうかは承知していたので、手紙を直接やりとりしたことはなかった。けれどもセシリアは兄宛ての手紙のほとんどすべてにエドワード宛ての言葉も添えてくれていたので、エドワードはいつしかそうした添え書き入りの手紙を、けっして口には出さないものの心ひそかに恋しいくらい待ち望むようになった。

トーマスが「お、妹から手紙が届いたな」と言うと、エドワードは顔も上げずにこう答えた。「そうか、よかったじゃないか、元気ならばいいが」だがじつのところ鼓動はいくぶん速まり、わずかに胸苦しさも覚えつつ、のんびりと妹の手紙に目を走らせるトーマスを目の端に捉えて、「ともかくさっさと添え書きを読んでくれ！」と叫びたいのを懸命にこらえていた。

むろん、セシリアからの手紙をどれほど楽しみにしているかをおくびにも出すわけにはいかなかった。

そんなある日、トーマスが外出し、エドワードは部屋にひとりきりで過ごしていてふと、セシリアについて思い起こした。さして不自然なことではなかった。まだ対面していないのが信じられないくらい親友の妹は身近な存在になっていた。それなのに前の手紙が来てから一カ月以上経ち――これほど長く空くのはめずらしい――海上の風向きや潮流しだいで船が遅れるのはわかっていても、エドワードはだんだんとセシリアの身を案じはじめていた。大西洋を越えての郵便事情はとうていあてにはならないのだが。

そうしてベッドに横たわっているうちに、最後の手紙にセシリアがなんと書いてくれていたのか正確に思いだせないことに気づき、どういうわけかどうしても呼び起こさないではいられなくなった。村のお節介焼きが鼻持ちならない、いや、小うるさいと書いていたのだろうか？　思いだせないものの肝心な点だ。どちらかによって意味が大きく変わるし――

無意識のうちにトーマスの持ち物を探り、自分宛ての四行を見たさにセシリアの手紙を取りだしていた。

それからやっと、友人の私物を侵してしまったことの重大さに思い至った。

情けない男であるのは前々から自覚していたとはいえ。

一度やってしまうと、やめられなくなった。トーマスが留守の隙をみてはセシリアの手紙を盗み読むようになった。後ろめたく、ひやひやしどおしの秘密の行為だ。そしてコネティカットへ派遣されるとわかったときには、ほぼ自分宛ての添え書きで占められた最終ページを二通ぶん、慎重に選びだして、くすねた。トーマスからすれば妹の手紙のほんの一部に過ぎないだろうが、エドワードからしてみれば……。

つまり率直に言ってしまうなら、ささやかながらも心に平穏をもたらしてくれるものだとエドワードは思ったのだ。希望とも言えるものを。

結局、そのうちの一枚は旅行鞄にしまっておき、もう一枚のみを携えてコネティカットへ旅立った。賢明な選択だったということになるだろう。病院で聞いた話では、キップス湾近くで見つかったときには紙一枚どころか何ひとつ持っていなかったというのだから。セシリアの手紙のもう一枚がいまどこにあるかは神のみぞ知るだ。湖底にでも沈んでいるのか、ややもすれば焚きつけにされているかもしれない。願わくは好奇心旺盛な鳥の目に留まり、引きちぎられて巣の下敷きにでもなっていてほしい。

なんとなく、セシリアにも気に入ってもらえそうな結末ではないだろうか。

エドワードにとっても好ましい成り行きに思えた。無くした痛手もいくらかやわらぐというものだ。

いつでも上着のポケットに入れて、肌身離さず持っていたつもりだった。それなのにどういうわけか——

エドワードは凍りついた。目覚めてから最もはっきり思いだせたことだ。したことも言ったこともまるで記憶にないというのに、上着のポケットに妻からの手紙を入れていたことだけは憶えていた。

とはいえ、そのときからもうセシリアはわが妻だったのだろうか？　何月何日に結婚したんだ？　昨日セシリアに尋ねたが、話題がそれてしまい、それから――その点については間違いなく自分の落ち度なのだが――キスしてくれと強く求めたのだった。

何ひとつ返答を得られなかったのはひとえに自分自身のせいにほかならない。

それにつけてもその手紙は――いま手にしているのは――きわめて思い出深い一枚だった。セシリアがはじめて明確に自分宛てに付記してくれたものだからだ。なによりも求められているのは平常であるのを察しているかのように、とりたてて個人にかかわることには触れられていなかった。皮肉めかした見方で愉快に、ごくありふれたことのみが綴られていた。

エドワードは肩越しにセシリアがまだ眠っているのを確かめてから、そっとその手紙を開いた。

親愛なるロークズビー大尉
植民地の野花について書いてくださったのを拝読し、このダービーシャーで冬将軍との激戦に押されぎみの春が恋しくなってしまいました。いいえ、嘘を申しあげました。激戦などではありません。冬将軍は春を虫けらのごとく蹴散らしているのですもの。新鮮な粉雪を楽しむことさえ叶えさせてくれません。降り固められたものがなんであれ、とうにもうべっとりとした厄介なぬかるみに溶けだしていて、ともすると今年だけでふたつの靴をだめにしてしまいそうです。二足ではなく、あくまでふたつの靴ですので、念のため。左足用の室内履きと、右足用のブーツです。倹約のため残り物も組みあわせて履きたいところですが、あまりに釣り合いが悪いのはもちろん、せっかくの装いまで台無しになりかねませんものね。ブーツの踵は室内履きより三センチほども高いので、なんにでもつまずいて、きっと階段から転げ落ちたり、窓を割ったりしてしまうに違いありません。わたしが客間の敷物につまずいたときのことをトーマスにどうぞお聞きになってみてください。おかげで次々にまた苦難を強いられたのです。

あなたもどうかご自愛ください。兄トーマスについてもそうしてくれるよう切に願わずにはいられません。ご多幸をいつも心より祈っています。

あなたの友人、セシリア・ハーコートより

エドワードは読み終えて何秒か優美な文字をじっと見つめ、署名の飾り文字を人差し指でそっとなぞった。あなたの友人、と書かれている。まだ実際に会う前からすでにもう、まさに友人だった。

友人。

その女性がいまは妻となった。

背後から間違いなくセシリアが起きた物音が聞こえた。エドワードはすばやく手紙を折りたたみ、家族からの手紙の束に挟み込んだ。

「エドワード？」呼びかけられた。いまにもうっかり、あくびを洩らしかねないといった眠たげなぼんやりとした声だ。

「おはよう」エドワードは振り返った。

「何を読んでたの？」

エドワードは太腿《ふともも》を軽く打った。「ただちょっと家からの手紙を」

「そう」セシリアはいったん押し黙り、それから静かに言葉を継いだ。「さぞ、ご家族に会いたいでしょう」

「ぼくは……ああ」エドワードは応じた。すると瞬く間に青臭い少年時代に戻ってしまったかのような気分に陥った。誰もがなかなか話しかけがたい美少女と少し離れたところから相対しているといったふうに。なんともばかげたことで、どうかしている。とうに大人の男なのだし、女性にどぎまぎして言葉を失うなど、もう十年以上も憶えがない。にもかかわらず、悪行を見咎められてしまったも同じ心境だった。

手紙をくすねていたことをセシリアに知られでもしたら……。

想像しただけで、ばつが悪くてたまらない。

「どうかしたの？」セシリアが尋ねた。

「いや、まったく、どうもしない」エドワードは手紙の束ごと旅行鞄にぐいと押し込んだ。

「ただ……つまりその……家を思いだして」

セシリアはうなずいて、上掛けをきっちり身体に巻きつけつつ上体を起こした。

「なにしろ最後に会ったのはもう――いてっ！」エドワードは旅行鞄の角に足の親指をぶつ

け、罵り言葉を口走った。恋煩《わずら》いにかかった少年さながらの愚行の証拠を隠すのに必死で、足もとへの注意を怠っていた。

「大丈夫？」セシリアはエドワードのそぶりにすなおに驚いているらしい口ぶりで問いかけた。

エドワードはまたも悪態をつき、はっと気づいて即座に詫びた。女性とこうして長い時間を過ごすのはほんとうに久しぶりだ。礼儀作法が錆《さ》びついている。

「謝らないで」セシリアが言う。「爪先をぶつける以上に不愉快なことなんてそうないもの。わたしも爪先をぶつけたときに同じように言えたならと心から思うわ」

「ビリーは言う」

「どなた？」

「おっと、失礼。ビリー・ブリジャートン。故郷の隣人だ」ビリーのことはまだどうやら頭のなかに残っていたらしい。家族からの手紙はいつも丹念に読んでいたせいだろうか。

「あら、そうよね。お手紙にも書いてあったわ」

「そうだったか？」エドワードはうわの空で問いかけた。ビリーとは文字どおりともに成長した、誰より互いを知る友人同士だ。この世にあれほどのおてんば娘がほかにいるとは想像しがたいが、それ以前に、八歳頃までは自分がビリーを異性だとわかっていたのかすらあやしいものだった。

エドワードは思い起こして含み笑いを洩らした。

セシリアが視線をそらした。

「いったいどういうわけで、きみに彼女のことを書いたんだろう」エドワードはつぶやいた。

「あなたではないわ」セシリアが説明した。「兄が書いてきたのよ」

「トーマスが？」なんとも妙な話だ。

セシリアはむぞうさに軽く肩をすくめた。「あなたが兄に彼女のことを話したからではないかしら」

「そうかもな」エドワードはあらためて旅行鞄に手を伸ばし、清潔なシャツを取りだした。こんなかさばる代物を開いたのはそもそもこのためだった。「ちょっと失礼」頭からシャツをさっと脱いで、清潔なほうを身に着けた。

「まあ！」セシリアが頓狂な声をあげた。「傷があるわ」

エドワードは肩越しに振り返った。「どうした？」

「背中に傷があるのよ。いままで気づかなかった」セシリアが眉をひそめた。「わたしは何をしていたのかしら。あなたを看病していたのにまったく……いえ、ごめんなさい」ひと呼吸おいて、問いかけた。「いつのお怪我なの？」

エドワードは片腕を背にまわして、左の肩甲骨を指差した。「これか？」

「ええ」

「木から落ちた」

「最近？」

エドワードはじっと見返した。本心から意表を突かれた。「九歳のときだ」

セシリアは俄然興味をそそられたらしく、上掛けの下の脚を組んで坐り直した。「何があったの？」

「木から落ちた」

セシリアが不満げに息を吐いた。「そのお話にはきっともっと続きがあるのよね」

「そうでもない」エドワードは片方の肩をすくめてさらりと答えた。「弟に押されたと二年間嘘をついていたんだが、ほんとうは自分で勝手にバランスを崩したせいだった。落ちるあいだに小枝に引っかかって、シャツがすっぱり破けてしまった」

セシリアがくすくす笑った。「あなたはお母様にとって心配の種だったのでしょうね」

「母や、誰にでも繕い物の面倒をかけていた。あのシャツだけはどうしようもなかったろうが」

「腕や脚ではなくシャツでよかったわ」

「いや、シャツだけにとどまらなかった」

「大ごとじゃないの！」

エドワードはにやりと笑った。「ビリーは両腕を骨折した」

セシリアは目を大きく見開いた。「二度に？」

「さいわいにも同時にではなかったんだが、アンドルーとぼくはそうだったらどうなっていたかと想像して面白がっていたものだ。二度目の骨折のときには、怪我をしていないほうも包帯で吊るして、どうやって切り抜けられるのかを見物した」

「よくご本人が許したわね？」

「許すも何も、本人がそうしてみてくれと言いだしたんだ」

「とても風変わりな方なのね」セシリアは控えめに言い添えた。

「ビリーが？」エドワードはかぶりを振った。「あんな女性はほかにいないことだけは確かだな」

セシリアはベッドに視線を落とし、手持ち無沙汰に上掛けをつまんだ。新たな模様でも創造しているかのようなそぶりだ。「いまは何をなさってるのかしら？」

「想像もつかない」エドワードは残念そうに答えた。家族と連絡が途絶えてしまっているのが寂しかった。四カ月以上も便りを手にしていない。もう死んだものと思われているのではないだろうか。

「ごめんなさい」セシリアが言った。「お尋ねすべきことではなかったわ。気がまわらなくて」

「いいんだ」エドワードは答えた。セシリアに非はない。「そういえば――ぼくのいないあいだに手紙が届いてはいなかったんだろうか？　ぼくが行方知らずになったという知らせが届く前に手紙を出してくれていてもよさそうなものなんだが」

「わからないわ。確かめておくべきね」

エドワードは袖口に目をやり、左のボタンを留めてから右も留めた。

「手紙は頻繁に届いてたの？」セシリアは微笑んだが、無理しているようにも見えた。もしくはただ単に疲れているだけのことなのかもしれない。

「家族から？」

セシリアがうなずいた。「ご友人がたからでも」

「きみがトーマスに書いていたほどではないさ」エドワードは苦笑して答えた。「いつもうらやましく思っていた。みんなそうさ」

「ほんとうに？」セシリアが今度は瞳を輝かせて微笑んだ。

「ほんとうだとも」エドワードは断言した。「トーマスはぼくより多くの手紙を受けとっていた。送り主はきみだけだというのに」

「そんなことはありえないわ」

「ほんとうなんだ。まあたしかに、母からのを数に入れなければだが」エドワードは認めた。

「だけど、それまで含めては公平とは言えない」

セシリアが笑い声を立てた。「どういうこと？」

「母親は息子に手紙を書かなくてはいけないものなんじゃないか？　でも兄弟や友人は……いうなれば、そこまで勤勉である必要はない」

「父は兄にまったく手紙を書かなかったわ」セシリアが言った。「たまに、挨拶を添えておいてくれと頼まれはしたけど、それだけで」声に憤りは感じられず、あきらめすら聞きとれなかった。エドワードはふと、ともに野営した際に友人がもの憂げに小枝を削りながら吐露していたことを思い起こした。トーマスは格言を口にする癖があるが、お気に入りのひとつが「自分にできることを変え、できないことは受け入れよ」だった。

トーマスの妹を見事に言いあてているように思える。

エドワードはセシリアを眺めやり、しばし観察した。逞しさと気品を見事なまでに備えた女性だ。果たして本人にその自覚はあるのだろうか。

すでにボタンを留めてきちんと整えていた袖口をエドワードはまたいじりだした。セシリアをまだ見ていたいという思いをとめられなかった。このままではとまどわせてしまうだろうし、それ以上にこちらも気恥ずかしくなる。それでも見ていたい。もっとよく知りたい。秘密や望みを、さらにはパズルのピースのごとく、このような女性を形づくってきた過去の細々《こまごま》としたことや、日常の物語を聞きたい。

ほかの誰かをこんなふうに突きつめて知りたいと思うとは妙な気分だ。エドワードにとってはいままで感じたおぼえのない欲求だった。

「ぼくの子供時代のことは話した」そう切りだした。旅行鞄から清潔なクラヴァットを取りだし、結びはじめた。「きみの話も聞きたい」

「どんなことをお聞きになりたいの？」セシリアが尋ね返した。どことなく意外そうな、少し面白がっているようでもある口ぶりだ。

「外でたくさん遊びはしたかい？」

「そういったお話なら、腕を骨折したことはないわ」

「そういったことを聞こうしたわけじゃないんだが、そう聞いて安心した」

「誰もビリーみたいにはなれないわ」セシリアが間髪を入れずにからりと返した。

エドワードはとっさに顎を引き、聞きまちがえたのだろうと顔を振り向けた。「なんて言ったんだ?」

「なんでもないわ」セシリアは繰り返すまでもないことだというように小さく首を振った。

「くだらないことよ。それと、ええ、わたしは外を駆けまわって遊んではいなかったわ。少なくとも、あなたほどには。家のなかで静かに読書してるほうがずっと好きだった」

「詩集かい? 散文かな?」

「手あたりしだいになんでも。兄からはよく本食い虫と言われてた」

「それを言うなら、本食い竜《ドラゴン》のほうがぴったりだ」

セシリアが笑った。「どうしてそうなるの?」

「きみの気性からすれば、虫なんて生易しいものではないだろう」

ちらりと瞳で天井を仰いだセシリアはどことなく気恥ずかしそうだった。と同時にちょっぴり得意げにも見える。「わたしの気性をそんなふうに言われたのは間違いなくはじめてだわ」

「きみはお兄さんを助けるために海を渡ってきた。ぼくからすれば、相当に気性が激しい証しとしか思いようがない」

「そうなのかしらね」だがその声からは活気が失われていた。

エドワードは興味深く見つめた。「どうして急にずいぶんと深刻そうな顔をするんだ？」

「ただちょっと……」セシリアは少し考えて、ため息をついた。「リヴァプールへ向かったのは――そこから船に乗ったんだけど――ほんとうに兄への愛情に駆り立てられてのことだったのかしらと思って」

エドワードはベッドに歩いていき、片端に腰を落とし、さりげなく寄り添って話の続きを待った。

「たぶん……ほかにどうしようもなくなってたのよ」セシリアがいくらかこちらに顔を傾けて言い、エドワードはその目の表情をいつまでも忘れることはないだろうと思った。そこに浮かんでいたのは哀しみではないし、恐れでもない。そうしたもの以上に好ましくないものだ――自分の内側を覗いて空洞を見つけてしまったというような、あきらめだろうか。「ほんとうにひとりぼっちの気がしたの」セシリアは打ち明けた。「それに怯えてた。だからもし……」

すぐには言葉を継がなかった。エドワードはそのままじっと励ましのつもりで沈黙を保った。

「だからもし、そこまで孤独を感じていなければ、ここに来ていたかわからない」セシリアがようやく言い終えた。「兄のことだけを考えて、わたしの助けが必要なのだと信じていたと思いたいけれど、それ以上にきっと自分のために旅立たずにはいられなかったのね」

「恥じることじゃない」

セシリアが目を上げた。「そうかしら?」

「そうだとも」エドワードは力を込めて応じ、セシリアの両手をつかんだ。「きみは勇敢で、誠実で、美しい心の持ち主だ。恐れや不安を抱いたことを恥じる必要などない」

だがセシリアは目を合わせようとはしなかった。

「それにきみはひとりじゃない」エドワードは胸に誓って言った。「約束する。けっしてきみをひとりにはしない」

セシリアが何か言うのを、真摯《しんし》な誓いに応えてくれるのをエドワードは待ったが、言葉を返してはもらえなかった。平静を取り戻そうと努めているのが見てとれた。息遣いがしだいにより規則正しく安定してくると、セシリアはつかまれていた手の片方をさりげなく引き戻し、睫から流れ落ちかけていた滴《しずく》をぬぐった。

それから口を開いた。「着替えたいの」

部屋を出るよう求められているのに違いなかった。

「そうだよな」エドワードは落胆にぐさりと胸を突かれたのは押し隠して応じた。

セシリアが小さくうなずいて低い声で礼を述べると、エドワードは立ってドアへ歩きだした。

「エドワード」セシリアが呼びとめた。

おめでたくもエドワードはたちまち期待に胸ふくらませて振り返った。

「ブーツ」セシリアがそれとなく指摘した。

エドワードは視線を落とした。まだ靴下を穿いただけだった。そっけなくうなずき——その程度のことで喉もとまで立ちのぼってきた赤みをごまかせるはずもないが——ブーツをつかんで廊下に出た。

こんなものは階段に腰かけて履けばいい。

10

平穏な暮らしがいまとなってはすばらしいもののように感じられる。出発の日が近づいていていて、その航海を楽しみには思えない。北アメリカまで最短でも五週間かかるのを知っていたか？　帰りのほうがほとんど西から東へ風が吹いていて船が後押しされるせいで、速く海を渡れるそうだ。せめてものなぐさめだな。帰国の予定日は知らされていない。

エドワードからおまえに、船酔いするのは内緒にして、よろしく伝えてほしいと頼まれた。

――トーマス・ハーコートが妹セシリアへ宛てた手紙より

セシリアが〈悪魔の頭〉亭の大食堂に下りたときには、エドワードは朝食をとっていた。

「あら、立たないで」椅子を後ろに引いて立とうとしたエドワードに言った。「どうかそのままで」

エドワードはほんの一瞬動きをとめ、それからすぐにうなずきを返した。紳士としての礼儀を放棄しなければならないつらさをセシリアは読みとった。でも病人だ。快復してきているとはいえ、まだ病人なのは変わらない。できるかぎりよけいな労力を使わないのに越したことはない。

かたやセシリアからすれば、エドワードを安静にさせておくのが務めだ。せめてもの恩返し。たとえ相手にはまだわからなくても、こちらには報いるべき恩義がある。そのやさしさと身分を都合よく利用させてもらっているのだから。健康を取り戻せるよう手助けするくらいしか自分にできることはない。

セシリアはテーブルを挟んで向かいの席に腰をおろし、前日より食欲がありそうなエドワードを目にして胸をなでおろした。ずいぶんと体力が落ちていたようなのはやはり頭の怪我より、一週間も食べ物を口にできなかったせいなのが大きいに違いない。

きょうの目標は、エドワードにきちんと食べさせること。

もうあまり嘘はつかないようにするという前日の目標よりはきっと叶えやすい。

「お食事を楽しめてる？」さりげなく問いかけた。気分を推し量れるほどにはまだエドワードの人柄をよく知らないが、ブーツを履く間も惜しんでずいぶん慌ただしく部屋を出ていった。たしかに着替えたいと申し出て、ひとりにさせてほしいことをやんわりと伝えたのはこちらだけれど、それほど場違いな求めではなかったはずなのに。

エドワードは食べながら読んでいた新聞を折りたたみ、ベーコンと卵料理の皿をセシリアのほうに押しだして言った。「おかげさまで、とても旨い」

「お茶はあるの？」セシリアは期待を込めて尋ねた。

「残念ながら今朝は見当たらない。でも――」エドワードは皿の脇にあった一枚の紙のほうに頭を傾けた。「――招待状が届いている」

いたって明快なはずのひと言を解するのにセシリアはわずかな時間を要した。「招待状？」おうむ返しに訊いた。「何への？」

さらに言うなら、誰からの？ セシリアが思い起こせるかぎり、ふたりが結婚しているのを知っているのは数人の陸軍将校と医師、それに病院に仕立てられた教会の床を掃除していた男性だけだ。

いいえ、正しくは、ふたりが結婚していると思い込んでいる人々なのだけれど。

セシリアは笑みをとりつくろおうとした。みずから張りめぐらせた嘘の蜘蛛の巣がますます複雑に入り組んできた。

「気分がすぐれないのか？」エドワードが訊いた。

「いいえ」あまりに唐突に声がこぼれでた。「大丈夫よ。どうしてそんなことを訊くの？」

「顔つきがどうもおかしいような」エドワードが答えた。

セシリアは咳払いをした。「きっとお腹がすいているせいね」ああもう、とんでもない嘘つきだわ。

「トライオン総督からだ」エドワードは招待状をテーブル越しに滑らせてよこした。「舞踏会が開かれる」

「舞踏会。こんなときに？」セシリアは驚いて首を振った。オランダのパンを売る店の女性もこのニューヨークには賑やかな社交の場があると話していたが、すぐそばで戦いが繰り広げられているというのに、なんともちぐはぐなことのように思える。

「総督のお嬢さんが十八歳になる。何もせずにすませるわけにはいかないんだそうだ」

セシリアは上等な皮紙の招待状を手に取り――ニューヨークのいったいどこでこんな皮紙が手に入るのだろう？――おもむろにじっくりと目を通した。果たして、三日後の祝宴にロークズビー大尉夫妻が招待されていた。

真っ先に頭に浮かんだ言葉が口をついた。「着ていくものがないわ」

エドワードが肩をすくめた。「何かしら見つけられるさ」

セシリアは瞳をぐるりと動かした。いかにも男性らしい受け答えだ。「この三日のうちに？」

「小銭がほしいお針子ならいくらでもいる」

「わたしがほしいくらいだわ」

エドワードは頭のどこかが耳からこぼれ落ちてしまったんじゃないかとでもいうように、セシリアを見つめた。「ぼくは持っている。ゆえに、きみにもあるということだ」

胸のうちではどれほど自分が卑しく感じられても言い返しようがなかったので、こうつぶやくにとどめた。「想像以上に、わたしたちのことが知られていたのね」

エドワードは首をかしげて考え込んだ。「これは少し前に発送されていたものなんだろう。なにせぼくは見つかって戻ってきたばかりだ」

「そうよね」セシリアは慌てて相槌を打った。だけどいったいどう対処したらいいのだろう。

大英帝国のニューヨーク総督が開く舞踏会に出席できるはずもない。このばかげたお芝居は誰にも知られていないからこそ、やり通せるのだと自分に言い聞かせてきた。

セシリアは頬の内側を噛みしめた。誰にもまして総督やその夫人にはもちろん、ここニューヨークにいる母国のほかの有力者たちにも、会うのは避けなければいけない。

みないつイングランドに帰るとも知れない人々だ。

どこでエドワードの家族と会うともわからない。

会えば、エドワードが娶った女性について話題にするだろう。

ああ、どうしたらいいの。

「どうしたんだ？」エドワードが問いかけた。

セシリアは目を上げた。

「しかめ面だ」

「わたしが？」苦しまぎれの笑い声をあげずにすんだのは率直に言って自分でも意外だった。

エドワードは肯定したわけではなかったが、ことさら慎重ぶった顔つきが暗黙の返答を明確に物語っていた。ああ、そうだとも、と。

セシリアは招待状に印字された優美な文字を指でなぞった。「わたしの名も含まれているのはふしぎだと思わない？」

エドワードはいったい何を言ってるんだとばかりに片方の手をひらりと返した。「きみはぼくの妻だ」

「ええ、でも、どうして総督がご存じなのかしら？」

エドワードは厚みのあるベーコンを小さく切った。「この数カ月のうちに聞き及んだんだろう」

セシリアは呆然と見つめた。

エドワードも見つめ返した。「結婚したことを伝えてはいけない理由でもあるのかい？」

「総督を存じあげてるの？」語尾が不自然に甲高く聞こえなかったことを心から祈った。

エドワードはベーコンを口に放り込み、嚙み砕いて飲み込んでから答えた。「奥方が母の友人なんだ」

「あなたのお母様の」セシリアは呆気にとられて繰り返した。

「ロンドンの社交界にも一緒にお目見えしたんだとか」エドワードは束の間眉根を寄せた。

「途方もない財産の女相続人だったんだ」

「あなたのお母様が？」

「トライオン夫人さ」

「まあ」

「じつは母も女相続人ではあったんだが、マーガレットおばとは比べものにならない」

セシリアは固まった。「マーガレット……おば？」

エドワードは安心させようとでもするように片手を小さく振った。「ぼくの教母《ゴッドマザー》だから」

セシリアは取り分け用のスプーンで卵をたっぷりすくったまま何秒も持ち上げていたこと

にはっと気づいた。手首がふるえ、黄色い塊りが皿の上にぽとりと落ちた。

「総督の奥様があなたの教母？」どうにか言葉を継いだ。

エドワードがうなずいた。「妹の教母でもある。実のおばではないんだが、ぼくたち兄弟は物心がついた頃からそう呼んでいた」

セシリアはうなずくつもりもなく自然と顔が上下に揺れてしまい、唇もいくぶんあいているのは知りつつ、閉じられそうになかった。

「どうかしたのか？」エドワードがなんともあっけらかんと問いかけた。

セシリアは少しかかって言葉を繋ぎあわせた。「あなたの教母が大英帝国のニューヨーク総督のご夫人だと、どうしてわたしに話してくださらなかったの？」

「そういった話題にならなかった」

「ああ、どうしましょう」セシリアは椅子に沈み込んだ。これも自分の嘘がもつれて招いた災いなの？　時が進むにつれ空恐ろしくもますます状況が込み入っていく。それでもただひとつ確かなことがあるとすれば、舞踏会に出席してエドワードの教母に会うのはなんとしても避けなくてはいけないということだ。教母は事情に通じている。たとえば、エドワードに婚約したも同然の相手がいたとして、それがセシリアではありえないこともむろん承知しているだろう。

当の婚約者とも知りあいかもしれない。そうだとすれば、エドワードがどうしてブリジャートン家との縁談をなげうってまで、どこの誰とも知れないセシリアと結婚したのかを知りたがるはずだ。

「総督」セシリアはあらためてつぶやき、両手に顔をうずめるのだけはどうにかこらえた。

「総督もふつうの男さ」エドワードが愚にもつかないなぐさめを口にした。

「伯爵のご子息からすればでしょう」

「きみは意外に小難しいんだな」エドワードが屈託のない含み笑いを洩らした。

セシリアはむっとして身を引いた。けっして完璧な人間ではないし、このところは正直者でもないとはいえ、小難しくはない。「何がおっしゃりたいの？」

「肩書きで相手を決めつけている」エドワードは笑みを浮かべたまま言った。

「まさか。神に誓って違うわ。その正反対だもの。わたしは自分の立場をわきまえてるのよ」

エドワードが食事を続けようと手を伸ばした。「何を言ってるんだ」

「わたしは何者でもない」

「それについては」エドワードが語気を強めた。「まったくもって事実と反する」

「エドワード……」

「きみはぼくの妻だ」

それがまったくもって事実と反するのよ。セシリアはとっさに手で口を押さえて笑いたいのをこらえた。いいえ、泣きたいのをなのかもしれない。

両方なのかしら。

「たとえぼくたちが結婚していなかったとしても、きみはそうした催しには願ってもない招待客だ」

「総督がわたしの存在すらご存じなければ、そうした催しに招待されることもなかったわ」

「きみのことはご存じではないかな。総督は名前を憶えるのが恐ろしいほど得意だし、トーマスが妹について話していたこともあったはずだ」

セシリアは卵を喉に詰まらせかけた。「兄が総督を存じあげてるの？」

「ぼくと一緒に何回か食事をした」エドワードがこともなげに言った。

「そうなのね」セシリアは応じた。そういうことなら……そうなのでしょう。

ここで話をとめておかなくてはいけない。収拾がつかなくならないうちに。そうしないと……このままでは……。

「ことによると」エドワードは思いめぐらせた。「力になってもらえるかもしれない」

「どういうこと？」

「どうしてすぐに思いつかなかったんだろう」エドワードは顔を上げ、ほんとうに青いとしか言いようのない瞳の上の両眉を寄せた。「トライオン総督にトーマスを探す手助けをしてもらえないか願い出るべきだ」

「何かご存じかもしれないというの？」

「まず何も知らないだろうが、然るべき人々を動かす手立てを心得ている」

セシリアは唾を飲みくだし、吐きだしどころのない涙を押し戻した。またもそこに行き着いた。避けようのない単純な事実。兄を探すにあたって何をおいても肝心なのが、然るべき人々を知っているかということだった。

とまどいが顔に出てしまったらしく、エドワードが腕を伸ばしてきて、励ますように軽く手を叩いた。「気に病む必要はない」そう語りかけた。「きみは紳士の子女で、いまはマンストン伯爵の子息の妻だ。堂々と舞踏会に出席できる立場にある」

「そういうことではないの」と答えはしたが、まったく気にならないわけでもなかった。軍や政治の要職にある人々と親しく交流したことはない。それを言うならもちろん、伯爵の子息と交流したこともなかったというのに、そのひとりと偽装結婚しているのも同じだなんて。

「ダンスはできるかい？」エドワードが訊いた。

「もちろんだわ」つい言い返すように答えた。

「それなら大丈夫だ」

セシリアはじっと見つめ返した。「なんの確証もないのに？」

エドワードは椅子に深く坐り直し、左の頰を口の内側から舌で突いてふくらませた。もう何度も見ているしぐさだとセシリアは気づいた。どのようなときにする癖なのかはまだよくわからないのだけれど。

「確証が持てないことなど、ぼくにはいくらでもある」ただ穏やかと言うにはあまりに低く抑えられた口ぶりでエドワードが答えた。「この三カ月のことにしてもそうだ。いったいどういうわけで、頭にコマドリの卵ほどの大きさもあるこぶをこしらえることになったのか。

どういうわけで、きみと結婚したのか」

セシリアは息を呑んだ。

「それでも、はっきりわかっているのは」エドワードが続けた。「すてきなドレスをまとったきみを導いて浮ついた催しに出席すれば、ぼくはこのうえなく楽しめるだろうということだ」妙に熱のこもった、解釈しがたい輝きを帯びた瞳で身を乗りだした。「安穏として、なんの心配もなく、当たり前の喜びを得られる。ぼくがどれほど何ひとつ心配のない、当たり前の喜びを欲しているか、きみにわかるだろうか？」

セシリアはひと言も発しなかった。

「わからないよな」エドワードはつぶやいた。「だから、さっそくドレスを買いにいかないか？」

セシリアはうなずいた。ほかにどうしようもないでしょう？

つまるところ、三日のうちに晩餐会用のドレスを仕立てるのはそうたやすいことではなかった。あるお針子はエドワードが払うつもりの金額を聞いて、実際に嗚咽《おえつ》を洩らした。涙ながらに引き受けられないと答えたのだ。あと四十人の縫い子を集められでもしないかぎりはと。

「寸法を測っておいてもらうかい？」エドワードが尋ねた。

「なんのために？」セシリアは呆れ返ってきつく言い放った。

「つれないな」エドワードはこぼし、セシリアを〈悪魔の頭〉亭に送り届けてから、ひとりで教母のもとを訪ねた。総督夫人は娘ともども着飾ることを昔から楽しんでいたので、何かしら見繕ってもらえるはずだとエドワードは踏んでいた。

総督夫妻は一七七三年にニューヨーク総督邸が焼失して以来——イングランドに帰郷しているあいだを除き——街外れに借りた家で娘と暮らしてきた。火災が起きた当時、エドワードはニューヨークにいなかったが、マーガレット・トライオンからすべて聞いた母からそのすべてを聞かされていた。家財道具のいっさいを失い、娘まであやうく失いかけたという。リトル・マーガレット——母親と区別するため、たいがいはメイと呼ばれている——は女性家庭教師の機転により二階の窓から雪だまりに放り投げられてどうにか命を救われた。

エドワードは執事に玄関広間へ通されて深呼吸をひとつした。気を引き締めてかからねばならない。マーガレット・トライオンは抜け目のないご婦人なので、いかにも健康なふりをしたところで無駄だ。案の定、エドワードが居間に入るなり、トライオン夫人の口から出た第一声がこれだった。

「ひどい有様だこと」

「いつもながら単刀直入ですね、マーガレットおばうえ」

トライオン夫人は片方の肩だけをすくめる独特のしぐさ——フランス人たちのなかで過ごしていた日々に身に着いてしまった習慣だと本人はつねづね口にしていたが、じつのところいつフランス人たちと過ごしていたのかは定かでない——を返してから、キスを求めて頬を差しだしたので、エドワードはうやうやしくその求めに応じた。

トライオン夫人が身を引き戻し、値踏みするように鋭敏な目を向けた。「教母として、あなたの顔が蒼白くて、目もくぼんでいるし、六キロは痩せたのを指摘しておかなければ、怠慢というものでしょう」

エドワードはその指摘をいったん咀嚼《そしゃく》してから、口を開いた。「お美しいことで」

トライオン夫人が顔をほころばせた。「あなたは昔から愛らしい男の子だったものね」

エドワードは生まれてとうに三十年も過ぎているのを指摘するのは控えた。教母は墓所で眠りにつくその日まで、洗礼に立ち会った女児や男児を子供呼ばわりする権利をおおやけに認められているのは否定しようのないことだ。

マーガレットはお茶の用意を頼むため呼び鈴を鳴らしてから、遠慮のない眼差しをまっすぐ向けて言った。「あなたにはどうしようもなく腹が立っているのよ」

エドワードは片方の眉を吊り上げて、総督夫人の向かいに腰をおろした。

「あなたの訪問を待ちわびていたわ。一週間以上も前にニューヨークに帰ってきていたそうね？」

「八日ほど意識がなかったんです」エドワードは穏やかに答えた。

「まあ」総督夫人は唇を引き結んで感情を呑み込んだ。「知らなかったわ」

「ご指摘くださったように、ひどい有様なのはそのせいでしょう」

総督夫人は長々と黙って見つめてから、また話しだした。「あなたのお母様への次の手紙では、あえてあなたの見た目を説明するのはやめておくわ。いずれにしても、事細かには」

「感謝します」エドワードは心から礼を述べた。

「それで」マーガレットは続けた。椅子の肘掛けを指で打っているのは感情をついあらわにして気まずくなったときによく見せるしぐさだ。「具合はどうなの？」

「きのうよりはよくなりました」喜んでもらえそうな返答を口にした。

だがその程度で満足する教母ではない。「つまりどういうことなのかしら」

エドワードは現在の自分の健康状態をあらためて考えてみた。頭部の鈍い痛みは漫然と続いているので、いまではもうほとんど気にせずにいられるようになった。体力が落ちていることのほうがはるかに問題だ。教母の邸宅の玄関扉へ続く階段を半分上がっただけで、まる一分は休まざるをえなかった。ただ呼吸を整えるためにではない。また脚を動かす気力を取り戻すのにも時間が必要だった。セシリアと仕立て屋へ出かけたくらいのことで疲れ果てていた。そこで、馬車の御者に倍の料金を払って〈悪魔の頭〉亭からトライオン邸まで遠まわり（相当に）してもらい、そのあいだにしばらく目を閉じて筋肉を休ませた。

とはいえ、マーガレットおばにそこまで説明する必要はない。明るい笑みを浮かべて答えた。「支えられずに歩いています。快復している証しです」

おばが眉を上げた。

「まだ疲れてますよ」正直に伝えた。「それに頭痛もある。ですが、よくなっています。こうして生きているのですから、不満は言えません」

おばはゆっくりとうなずいた。「見上げた我慢強さだこと」

ところが応じるうなずきすら返す間もなく、おばが話題を変えた。「結婚したことを報告してくれなかったのね」

「ごくわずかな人々にしか伝えていません」

おばの目が狭まった。「そのごくわずかの定義を詳しくおっしゃい」

「ですから、つまり……」エドワードは息を吐き、この北アメリカに降り立つ前から自分を知る数少ない人々のひとりに、目下の状況をどう説明するのが最善なのかを考えた。さらにまた、母を知る唯一の人物ということのほうがはるかに考慮すべき点だろう。

マーガレット・トライオンはじれったさを隠しもせず十秒待ってから言った。「はっきりおっしゃい」

エドワードは破顔した。教母は歯に衣着せぬもの言いで広く知られている。「記憶を少しばかり失ってしまったようなんです」

おばが口を小さく開き、目に見えて身を乗りだしてきた。教母の鉄壁のごとく動じない厚顔を打ち砕く一撃となったのがわが不運な負傷でなければ、エドワードは自分を称えていただろう。

「興味深いわね」おばは探究心としか表現しようのないもので目を輝かせた。「そんな話は聞いたことがないわ。あら、いえ、ごめんなさい、もちろん聞いたことはあるのよ。でも、そういった類いの話というのは――誰かがそういう人に会ったと、前に誰かから聞いたおぼえのある誰かから聞いて……わたしの言いたいことはわかるわね」

エドワードはしばしじっと見つめてから、こう答えるほかなかった。「もちろんです」

「どれくらいの期間のことを忘れてしまったの？」

「ぼくが推測できるかぎりでは、三、四カ月のことかと」エドワードは片方の肩をすくめた。

「最後の記憶がどの時点なのか特定できないので」

マーガレットは椅子に深く坐り直した。「興味深いわね」と繰り返した。

「記憶を取り逃がしたままの本人からすれば、それほどでもありませんが」

「もちろんだわ。ごめんなさい。でも正直なところ、もしこれがほかの人のことであれば、あなたも興味深く感じていたのではないかしら」

それはどうかわからないが、この教母がそう感じるのはエドワードにもじゅうぶん理解できた。昔から学術や科学への探究心が強く、ご婦人らしからぬ性分だと揶揄されることもたびたびあったからだ。そういった言いぶんも当然ながらマーガレットおばは褒め言葉と受けとるのだが。

「それで」マーガレットがいくらか声をやわらげて言った。「わたしに力になれることはないのかしら？」

「ぼくの記憶についてですか？　残念ながら、何も。妻についてでしたら、ドレスが必要なのですが」

「舞踏会のための？　そうでしょうとも。わたしのを着たらいいわ。メイのでも」おばは付け加えた。「もちろん、お直しは必要でしょうけど、その程度の費用はあなたならじゅうぶん賄えるのだから」

「ありがとうございます」エドワードは軽く頭をさげた。「そうおっしゃっていただけるものと信じていました」

マーガレットはひらりと手を振った。「たやすいことだわ。ただし、聞かせて、お相手はわたしが存じあげている方？」

「いえ、ですが、彼女の兄には会われてましたよね。トーマス・ハーコートです」

「聞きおぼえのないお名前ね」マーガレットは眉をひそめた。

「ぼくが夕食会に連れて来ています。たしか昨年末にも」

「ほとんどブロンドのような髪のお友達？　ええ、思いだしたわ。とても感じのよい方ね。妹と結婚してくれないかと勧められたの？」

「そんなところです」

口走ってすぐにエドワードは後悔した。マーガレットおばは猟犬のごとく嗅ぎつける。

「そんなところ？　いったいどういうことなのかしら？」

「いまのは忘れてください」エドワードは言った。おばが応じるわけもないが、頼まずにはいられなかった。

「さっさと説明なさい、エドワード・ロークズビー。さもなければ、あなたのお母様に好ましからぬことを書かれるのも覚悟することね」

エドワードは額をさすった。それでもう、じゅうぶんに違いなかった。こけおどしなのはあきらかだ。エドワードの母をこよなく愛するマーガレットが不要に心配させるようなことを書き送るはずもない。だが満足のいく返答をしなければ、この家から帰らせてもらえないのもまた確かだった。それにいまのわが身の衰弱ぶりを考えると、体力勝負となれば、おそらくおばに軍配が上がる。

エドワードはため息をついた。「ぼくが先ほど何カ月と言ったか憶えていますか？　まるで憶えていないといった期間です」

「結婚したのを憶えていないとでも言うの？」

エドワードは口を開いたものの、そのまま静止した。返答を声に出せなかった。

「なんてことなの、あなた、立会人はいたのよね？」

またも答えられない。

「結婚したのは確かなのね？」

その答えに迷いはなかった。「はい」

マーガレットは両腕を振り上げ、きわめてめずらしく憤りをあらわにした。「どうしてなの？」

「彼女のことを知っているからです」

「あなたが？」

エドワードは椅子の端をぎゅっとつかんだ。熱い怒れる何かが身体じゅうの血に滾《たぎ》り、それでも必死に歯切れよく平静な口ぶりを保とうと努めた。「何をおっしゃりたいんですか、おばうえ」

「書類は見たの？　もう正式に婚姻の契りは結んだの？」

「おばうえには報告するまでもないことです」

「あなたはわたしにとって、放っておくわけにはいかない存在なの。カンタベリー大聖堂であなたのお母様の隣りに立って、あなたのキリスト教徒としての人生を導くと誓ってからずっと。そのことまで忘れてしまったとでも言うの？」

「その日の記憶があるわけではないですが」

「エドワード！」

おばが我慢の限界に達したのだとすれば、エドワードのほうもおばに対して間違いなくその寸前まで来ていた。それでも慎重に語気を抑えて言った。「ぼくの妻の名誉と信義に疑問を投げかけるようなことはせぬよう、お願いします」

マーガレットの目がいぶかしげに狭まった。「いったいその女性は何をしたの？　あなたは誘惑されたんでしょう。きっと惑わされてしまってるんだわ」

「やめてください」エドワードはぴしゃりと言い放ち、ぎくしゃくと立ち上がった。「なんでなんだ」テーブルの端をつかんで身体を支え、唸り声を洩らした。

「あらあら、思っていた以上に重症だったのね」マーガレットが言った。すぐさまエドワードの傍らに来て、ほとんど押し戻すように椅子に坐らせた。「それでいいわ。こちらで療養しなさいな」

　エドワードは一瞬だけその申し出に気持ちが傾いた。〈悪魔の頭〉亭よりこちらのほうが快適に過ごせるのは間違いない。いっぽうで宿屋にいれば、ふたりだけの時間は守られる。よく知らない人々ばかりのなかでとはいえ、だからこそ何をしていても誰もさほど気にかけもしない。かたやトライオン邸に来れば、自分の行動はつぶさに――セシリアの行動にいたってはよりきびしい目で――観察され、いちいち見解を与えられ、母宛てに週間報告が届けられることだろう。

　とすれば、やはり教母のもとに身を寄せるのは避けたい。

「いまいる宿屋はとても快適なんです」エドワードは教母に言った。「お申し出は大変ありがたいのですが」

　あきらかにお気に召さない返答だったらしく、マーガレットは顔をゆがめた。「ひとつだけ質問してもいいかしら？」

　エドワードはうなずいた。

「どうしてわかるの？」

　エドワードは説明が加えられるのを待ち、聞けないとわかると口を開いた。「どうしてわかるのとは何がですか？」

「どうして、彼女がほんとうのことを言っているとわかるの？」

　エドワードは考える気にもならなかった。「彼女を知っているので」

本心からそう思っていた。実際に顔を合わせてからまだ数日しか経っていないとしても、もうずっと前からセシリアの人柄は知っていた。疑いはしない。疑う余地などない。

「やれやれだわ」マーガレットは嘆息した。「その女性を愛しているのね」

エドワードは押し黙った。反論のしようがない。

「わかったわ」マーガレットはため息まじりに言った。「階段はのぼれる？」

エドワードは黙って見つめた。いったいなんの話をしてるんだ？

「ドレスが必要なのよね？　わたしには結婚したてのロークズビー夫人にどんなものがお似あいなのかさっぱりわからないし、女中たちに衣裳簞笥をさらってこの居間まで運ばせるのも気が進まないのよ」

「ああ、はい、ごもっともです。それと、もちろん、階段はのぼれます」

とは言ったものの、手摺《てす》りがあるのは心からありがたかった。

11

お気の毒なロークズビー中尉、ではなくて大尉！　案じられていたほど大変な航海となっていなければよいのですが。せめてこのたびのご昇進がいくらかのなぐさめとなりますように。おふたり同時に大尉に昇進なさるとは、なんて誇らしいことでしょう！

こちらの暮らしは何も変わりありません。三日前の晩には地元の催しに出席しましたが、相変わらず、婦人と紳士の人数は二対一の割合でした。わたしがダンスをしたのは二曲だけ。それも二曲目は教区牧師とですから、勘定に入れられませんわね。

お兄様の哀れな妹はこのまま老嬢になってしまうかもしれません！

ええ、でも心配は無用です。わたしは完璧に満足していますから。いいえ、完璧にかどうかはともかく、満足しています。そんなことがありうるのかですって？　ありうるのだとわたしは信じています。


――セシリア・ハーコートが兄トーマスへ宛てた手紙より

そうこうするうちに総督邸で舞踏会が開かれる日の午後となり、エドワードは妻とともにしているベッド――ほんとうの意味ではまだともにしているわけではなかったが――の上に大きな箱を置いた。

「何か買ったの？」セシリアが訊いた。

「あけてみてくれ」

セシリアはいくぶんいぶかしげな目を向けて、マットレスの端に腰をおろした。「なんなの？」

「妻に贈り物をしたってかまわないだろう？」

セシリアは幅広の赤いリボンが華やかにあしらわれた箱を見おろし、エドワードのほうへ目を上げた。「贈り物だなんて思ってもみなかったわ」

「だったらなおさら贈りがいがあるというものさ」エドワードは箱を数センチだけ押しだした。「あけてくれ」

ほっそりとした手がリボンにかかり、結び目がほどかれ、箱の蓋が上げられた。

セシリアは驚いて息を呑んだ。

エドワードは口もとをほころばせた。好ましい反応だ。

「お気に召してもらえただろうか？」見るからにあきらかだとは思いつつ問いかけた。

セシリアはまだ唇を少しあけたまま、仕立て屋の箱に納められた、さらさらとして柔らかい絹地に手を伸ばした。海の浅瀬色で、本人の瞳の色よりはほんの少しばかり青みがかっている。それでもエドワードはメイ・トライオンの衣装簞笥のなかから、これこそお針子に直しに出すべきドレスだと選びだした。

メイ・トライオンは母が娘の衣装簞笥の扉を惜しげもなく開いたときには留守だったので、

自分が絹地のドレスを贈ったことにまだ気づいてさえいないかもしれない。何かの折りに気づくより先に、寛大な心遣いに感謝を伝えておかなければとエドワードは胸に留めた。といってもあのトライオン家のことなので、メイはおそらくひときわ目を引く、とんでもなく高価な新しいドレスばかりを身に着けているのに違いなかった。仕立て直したおさがりをセシリアに譲るのを渋るとは思えない。

「どこで手に入れたの？」セシリアが訊いた。

「ぼくにも秘密はある」

意外にもそれ以上深追いされることはなかった。代わりにセシリアは箱のなかからドレスを取りだし、立ち上がって身体の前に合わせた。「ここに姿見はないのよね」なおも陶然とした体で言う。

「ならば、ぼくの目を信頼するしかないな」エドワードは言った。「まばゆいばかりだ」

じつを言えば、ご婦人の装いについてはあまりよくわからなかった。マーガレットおばにはもう流行りのドレスではないと忠告されたのだが、エドワードからすればロンドンの舞踏会でこれまで目にしてきたドレスのどれより美しいものに思えた。

そうはいっても、ロンドンの舞踏場に最後に入ってからもう何年も経つし、マーガレット・トライオンの流行りの見立てでは一年どころか数カ月単位で移り変わっていてもふしぎはない。

「ふたつに分かれてるんだよな」親切ぶって説明した。「なんというのか、その、内側と上着で」

「ペチコートとローブね」セシリアがつぶやくように応じた。「それに胸衣《ストマッカー》。正確には三つ」

エドワードは咳払いをした。「そうとも」

セシリアはスカートの上から下まで全面に施された渦巻き模様の銀糸の刺繍《ししゅう》にうやうやしく触れた。「わたしにはもったいないものよね」

「断固としてそんなことはない」

「これほど美しいものは手にしたことがないわ」

そうだとすれば惨烈なる悲劇だとエドワードは思ったが、口に出してはいささか芝居がかりすぎて聞こえそうな気がした。

セシリアが顔を上げ、急にわれに返ったのがあきらかなぎこちないそぶりで目を合わせた。

「総督の舞踏会には行かないのだとばかり思ってたわ」

「どうしてそう思ったんだ？」

セシリアの唇が愛らしくすぼめられた。「着ていくものがなかったから」

もはや意味を成さない言葉を口にしてしまったことにセシリアが気づいたのがはっきりと見てとれ、エドワードは微笑んだ。

セシリアがため息をついた。「わたしは何を浮かれてるのかしら」

「着飾るのが好きだからか？」エドワードはいまにも唇がセシリアの耳に触れそうなくらい

身をかがめた。「ならば、ぼくはどうなるんだ？　きみを着飾らせるのが好きだとでも？」

あるいは脱がせるのをだ。救いがたくも、仕立て屋でそのドレスが箱に納められるのを見ているあいだ、ついつい留め具に目を走らせていた。あいにく、今夜にも身を交えられるわけでないのは確かだ。いまだ衰弱は激しく、しくじる危険を冒すだけ無駄だろう。

それでもセシリアを欲していることに変わりはない。いま箱から取りだされた贈り物のように、いつかそのドレスを引き剝がして脱がせるのだとひそかに誓った。セシリアをベッドに横たえさせて、脚を開かせ、それから……。

「エドワード？」

目をまたたいた。セシリアに焦点を合わせると、いくらか不安そうに見えた。

「少し顔が赤いわ」セシリアが手の甲でエドワードの額に触れた。「熱があるのかしら？」

「きょうは暑い」エドワードはごまかした。「そう思わないか？」

「いいえ、そうでもないけれど」

「きみは毛織りの上着をまとってるわけじゃないからな」エドワードは緋色の上着のボタンを外し、袖から腕を抜いた。「窓辺に腰をおろせばよくなるだろう」

セシリアはなおも淡い緑色のドレスを身体の前に持ったまま、ふしぎそうにこちらを見ている。エドワードが椅子に腰を落とすと、セシリアが問いかけた。「窓をあけましょうか？」

エドワードは無言で身を乗りだすようにして窓を押し開いた。

「ほんとうに大丈夫？」

「もちろんだ」請け合った。なんだか間が抜けているような気がするし、傍目からもそう見えるのだろうが、淡い緑色のドレスに見惚《みと》れるセシリアの顔を見られただけでも報われた。

「ほんとうにきれい」ドレスをつくづく眺めているセシリアはどことなく……。

恨めしげじゃないだろうか？

いや、そんなはずはないだろう。

「どうかしたのか？」エドワードは尋ねた。

「いいえ」セシリアはドレスに目を向けたまま、うわの空で答えた。「いいえ」瞬きをしてから、エドワードをまっすぐ見据えた。「いいえ、どうもしないわ。ただ……ちょっと、どうしても……」

エドワードはしばしじっと見つめ、いったいどうしてセシリアの様子が急に変わってしまったのかを考えた。「セシリア？」

「買っておきたい物があって」なぜかやけに決意じみた口ぶりだった。

「わかった」エドワードはゆっくりと応じた。

セシリアは手提《レティキュール》げをつかむとそそくさとドアへ進み、取っ手に手をかけて立ちどまった。

「すぐに戻るわ。いえ、もうちょっとかかるかもしれないけど、長くはかからない」

「きみが帰ってくるまでここにいる」エドワードは答えた。

セシリアは小さくうなずき、ベッドに置いたドレスを名残惜しそうに一瞥し、部屋を飛びだしていった。

エドワードはドアを見つめ、何が起こったのかを導きだそうとした。ご婦人は不可解なものだと父からいつも聞かされていた。セシリアはもしや自分もお返しの贈り物を買わなければいけないと考えたのだろうか。ばかげたことを。そんなことをする必要がないのはわかりそうなものだが。

にもかかわらず、どんな物を選んでくれるのか、エドワードは楽しみにせずにはいられなかった。

椅子から立ち、たいしてあいていなかった窓をもとに戻してから、ベッドの上に腰を落ち着けた。そんなつもりはなかったのだが、いつしか寝入ってしまい……。

その顔には呆けた笑みが浮かんでいた。

ああ、どうか、どうかお願いします。

セシリアは急ぎ足で通りを進みながら、ブロード・ストリートとパール・ストリートが接する角に今朝目にしていた果物屋のワゴンがまだそこに出ていますようにと全力で心の底から祈った。

総督邸での舞踏会については、当日までにドレスを仕立てられるところが二日前に見つからなかった時点で片がついたものと思い込んでいた。ドレスがなければ、出席できるはずがない。しごく明快な結論だ。

それなのに何もわかっていないあの殿方が、この世にドレスが誕生して以来最も美しく仕立てられた一枚をどこからか探しだしてきて、セシリアは神に救いを求めたいほど不条理な定めに泣きだしそうになった。だって本心では、そのドレスを身に着けたくてたまらなかったのだから。

でも総督邸での舞踏会に出席することはできない。それだけは明々白々なことだ。どれだけ多くの人々が集まるのだろう。ニューヨークの社交界に実際に登場してしまったら、いまのようにごくかぎられた人々のなかだけで嘘をとどめておきようがない。

セシリアは唇を噛みしめた。総督邸での舞踏会への出席を逃れるための確実な方法はひとつだけ。身の毛もよだつことだけれど、もうほかに手の打ちようがない。

だから何がなんでも苺を食べなくてはいけない。

そうすればどうなるかはわかっていた。好ましい状態ではいられない。まず肌に赤いぶつぶつが表われてくる。港湾管理者に見つかれば疱瘡《とうそ》患者として隔離されそうなほどに。しかも恐ろしくむずがゆくなる。かつてうっかり苺を口にしてしまったときの傷跡がいまだ腕にふたつ残っていた。血が出るまで掻きむしったせいだ。どうしても我慢できなかった。

それに胸がむかついてくる。エドワードがあのドレスを調達してくる直前にセシリアはしっかり食事をとっていたので、胸がむかついてくれば大惨事となるのは目に見えていた。

まる一日は悲惨を絵に描いたような苦しみを味わうだろう。皮膚の腫れとかゆみ、吐き気によって引き起こされる粗相《そそう》。けれど快復する。数日はだるさが少し残るかもしれないが、もとどおりになる。でもせっかくエドワードからきれいだと見てもらえているとすれば……。

いいえ、かえってそうした思い込みは正しておいたほうがいい。

セシリアは急いでパール・ストリートへの角を曲がり、通りを見渡した。果物屋のワゴンはまだそこにあった。

ああ、神よ、感謝します。最後の数メートルはほとんど駆けて、ミスター・ホップチャーチのワゴンの前でとまった。

きょうの目標は、毒を食らうこと。

どうしてこうなるの。

「いらっしゃい」果物屋の主人が声をかけてきた。ぎょっとして身を引くそぶりは見えなかったので、自分で思うほど血走った目をしているわけではないのだろうとセシリアは安堵した。「何かご入り用で？」

セシリアは売り物にざっと目を走らせた。そろそろ店じまいの時間なので、たいして残っていない。しなびたズッキーニがいくつかと、この辺りではよく育つトウモロコシが数本。そして隅のほうに、セシリアがいままで見たなかでどれより大きく、ふっくらとして、不気味なくらいに赤い苺があった。これほど遅い時間までよく残っていたものだ。ほかの客はみな、これがどのような使命を持つものなのか、まさか察してでもいたのだろうか？　この小さな穴がぶつぶつ模様を成した赤い逆さピラミッドが、苦痛と絶望をもたらす小爆弾以外の何物でもないとわかっていたというの？

セシリアは唾を飲み込んだ。これに懸けるしかない。「とても大きな苺なのね」胸の悪くなる苦味を覚えつつ苺を見つめた。それを口にすると想像しただけで吐き気がこみあげた。

「そうですとも！」ミスター・ホップチャーチは意気揚々と答えた。「こんなでかいのを見たことがありますかい？　妻もそりゃあ、ご満悦でしてね」

「それをいただくわ」セシリアは言い、思わずむせびかけた。

「一個売りはできないんだな」ミスター・ホップチャーチが言う。「六個ずつだもんで」

売れ残っているのもうなずけた。セシリアは仕方なく首を振った。「それなら、六個で」

果物屋は手を伸ばし、緑の葉の冠をつまんで大きな苺を持ち上げた。「かごはお持ちで？」

セシリアは手もとを見おろした。いったい何をしに来たのだろう。考えなしに飛びだしてきてしまった。「かまわないわ」六個もいらない。これだけ巨大なら一個でじゅうぶん。「六個ぶんの代金を払うけれど」そう告げた。「一個だけいただくわ」

ミスター・ホップチャーチは正気を疑うように見つめ返したが、心得たもので異を唱えはしなかった。代金を受けとり、巨大な苺を手渡した。「畑から摘んだばかりなんだ。ぜひまた来て、お味について聞かせてくださいや」

食後の報告が果物屋の主人に喜んでもらえないものとなるのはわかりきっていたものの、セシリアはとりあえずうなずき、礼を述べると角をまわって静かな場所へ移動した。

ああ、いまはどうしてもこれを食べるしかない。

シェイクスピアの劇作で主人公ジュリエットがあやしげな調合薬を飲む直前の心境も、こんな感じなのだろうかとセシリアは想像した。肉体は毒だとわかっているものを取り込むのを拒む。しかもセシリアの身体は、その苺が毒ニンジンよりはまだいくらかましというほどのものであるのをよく承知していた。

建物の壁に身をもたせかけ、赤い苺をつまんで顔の近くに持ち上げた。そうして、胃や鼻、それどころか身体じゅうの異議申し立てを振りきって、セシリアは苺を齧った。


その晩七時には、わが妻は死を望んでいた。

なにしろエドワードの目の前で本人が「死にたい」と明言したのだ。

「いや、そんなことはないだろう」思いのほか冷静沈着に応じられた。おそらくは夕食で傷んだ魚を口にしてしまったことによる症状で、そうだとすれば快復するのが道理だからだ──エドワードも同じ料理を食べながら、なんでもないわけだが。

とはいうものの、妻が苦しむ姿を見ているのは忍びなかった。すでに何度も嘔吐し、あとはもうピンクとも黄色とも見きわめられない胃液しか出すものはない。それ以上に問題なのは、顔が赤く腫れてきたことだ。

「医者を呼んできたほうがいいな」エドワードは言った。

「いいえ」セシリアがうめいた。「行かないで」

エドワードは首を振った。「重症だ」

驚くほどの力強さでセシリアがエドワードの手をつかんできた。「お医者様は必要ないわ」

「いや。必要だろう」

「いいのよ」セシリアは首を振り、さらにうめいた。

「どうしたんだ？」

セシリアが目を閉じて、やけに静かになった。「目がぐるぐるしたわ」かすれがかった声で言う。「首を振らないようにしないと」

今度はセシリアがめまいに悩まされているのか？「セシリア、やはり――」

「何かの食あたりね」セシリアが弱々しい声で遮った。「きっとそう」

エドワードは眉をひそめた。そうだろうとは思うが、どんどん具合が悪くなっている。

「夕食の魚料理のせいだろうか？」

「ああ、だめ！」セシリアはエドワードから見るかぎりまだ閉じられたままの目を片手で覆った。「その言葉を口にしないで」

「魚か？」

「やめて！」

「何を？」

「食べ物のことは言わないで」セシリアは不満げにつぶやいた。

エドワードはいまの言葉を反芻した。ともかく何か食べたせいではあるのだろう。案じる以上により用心深く、しばし観察した。セシリアはベッドの上で両腕を棒のごとくぴんと脇に伸ばして身じろぎもせず横たわっている。まだピンク色のドレスを着たままだが、どのみち洗濯に出さねばならないだろう。嘔吐で汚したわけではないが、なにしろ相当に汗をかいている。そうだとすれば、締めつけをゆるめたり、ボタンや何かを外したり、なるべく楽にさせてやったほうがいいのだろう。

「セシリア？」

反応がない。

「セシリア？」

「死んでないわよ」

「ああ」エドワードは笑みをこらえて答えた。「それは見ればわかる」

「ただとにかくじっと動かないようにしてるだけ」セシリアが言う。

それについては感心するほどうまくできている。唇の動きすらほとんど見てとれない。

「とにかくじっとしていれば」どことなく唱えるような口ぶりでセシリアが続けた。「もうああならずにすむような気がして……」

「吐かずにすむと？」エドワードは言葉を補った。

「死にたくならずにすむと言おうとしたの」セシリアが言い直した。「また吐くことになるのは間違いないわ」

エドワードはすかさず室内用の便器をセシリアのそばに引き寄せた。

「いますぐにではないけど」セシリアはあてずっぽうに片手を伸ばして便器を押しやった。

「そのうちに」

「ぼくには予想の立てようがない」

「ええ」セシリアはげんなりと息を吐いた。「本人にすら予想を立てられそうにないんだから」

エドワードは笑いをこらえた。自分としてはうまくこらえられたつもりだったが、鼻息がセシリアの耳に届いてしまったかもしれない。何分か前ほどはもう心配していなかった。冗談を飛ばせるくらいなら、徐々に快復してくるだろう。はっきりと根拠を説明できるわけではないが、食あたりはずいぶんと目にしているので、身体が受けつけない何かを食べてしまったというセシリアの言いぶんは正しいのだろうと判断できた。

それにしても気がかりなのは顔の腫れだ。部屋に姿見がないのはむしろ幸いだった。セシリアもこのような自分の姿は見たくないだろう。

慎重にベッドの片側に腰をおろし、セシリアの額に触れようと手を伸ばした。だがマットレスがわずかに沈むなり、セシリアが聞くに堪えがたい唸り声を洩らした。ぶんと振り上げられた腕がエドワードの太腿に当たった。

「いたたっ」

「ごめんなさい」

「いや、いいんだ」エドワードは笑顔で応じた。

「お願いだからベッドを揺らさないで」

エドワードはセシリアの手を自分の脚からそっと離させた。「きみは船酔いしないのかと思っていた」

「しないわ」

「そうだとすれば、ぼくのように船酔いする人々の気持ちがやっとわかったんじゃないか」

「知らないほうがずっと幸せだった」

「ああ」エドワードは思いやるふうにつぶやいた。「たしかにそうだろう」

セシリアが片方の瞼を上げた。「なぜかあなたが面白がっているように聞こえるんだけど」

「いや、面白がりなどするものか。でも、きみがひどい食あたりを起こしているというのは、どうやらほぼ間違いなさそうだ。だから心から気の毒に思うし、心配してもいるが、もう必要以上に気を揉んではいないだけのことさ」

セシリアが不満げに鼻息を吐いた。嘔吐はさておき、エドワードがセシリアの口からこれほどご婦人らしくない音を聞いたのははじめてだった。

嬉しく思えた。

「エドワード？」

「なんだ？」

セシリアが唾を飲み込んだ。「顔にぶつぶつができてる？」

「残念ながら」

「かゆいの」

「引っ掻かないようにしないと」

「わかってるわ」

エドワードは笑みを浮かべた。なんとすばらしくたわいない会話なのだろう。

「冷たい当て布を持ってこようか？」

「とても嬉しいわ、ありがとう」

エドワードはマットレスにできるだけ響かせないよう気をつけて腰を上げた。たらいのそばにあった布を手に取り、水に浸す。

「きのうより疲れやすくないようね」セシリアの声が聞こえた。

「そうだな」エドワードは布を絞り、セシリアのところに戻っていった。何が効くかわからないものだ。セシリアの看病ができたことで俄然、体力に自信がついた。

「ごめんなさい」

「何が？」

エドワードが布を額にあてがうとセシリアは吐息をついた。「今夜、あなたの教母に招かれたパーティに出席なさりたかったのよね」

「パーティならまた開かれる。それにきみをぜひともお披露目したいのはもちろんだが、行けばきっと疲れ果ててしまっていただろう。そのうえ、きみがほかの男どもとダンスするのを見なければならなかったろうし」

セシリアは目を上げた。「ダンスがお好きなの？」

「たまになら」

「たまになら？」

エドワードはセシリアの鼻に触れた。「お相手しだいだ」

セシリアが微笑み、ほんの束の間、その顔に哀しみらしきものがよぎったように見えた。けれどもたちまち消えてしまったので断言はできない。それにセシリアは疲れてはいても澄んだ瞳ですぐにこう言った。「人生にはそう言えることがたくさんあるのではないかしら」

エドワードはセシリアの頰に触れ、にわかにこの瞬間がいとおしく思えた。セシリアのことも。「そうなんだろうな」つぶやいた。

エドワードが視線を落とすと、セシリアはもう寝入っていた。

12

まずはその催しに出席していれば喜んでおまえのダンスのお相手を務めていたとのエドワードの差し出口を書いておかずには、この手紙を始められない。おっと、噂のエドワードがご立腹だ。照れているのかもしれないな。

〝きみの兄上はたちが悪い〟

ペンを奪いとられた！　こうして何日もテントのなかに閉じ込められているのだから大目に見てやるしかないだろう。この雨はもう一七五三年から降りつづいているんじゃないだろうか。

〝親愛なるミス・ハーコート、どうかきみの兄上を許してやってほしい。湿気のせいで頭をいくらかやられているんだろう。雨は延々降りつづいているが、おかげでいままで目にしてきたものとはまるで違う野花という贈り物をもたらしてくれている。野原は薄紫と白色の絨毯《じゅうたん》のごときで、きみならきっととても気に入りそうだと想像せずにはいられない〟

――トーマス・ハーコート（とエドワード・ロークズビー）がセシリア・ハーコートへ宛てた手紙より

セシリアは我慢できずに引っ掻いてしまった脚にかさぶたがいくつか残っている以外は、瞬く間にもとどおりに快復した。兄探しを再開し、エドワードもすでにたびたび同行していた。適度な運動が体力の向上に役立つことに気づき、度を超えて気温が高くならなければ、肘にセシリアの手をかけさせて、買い物をしたり聞き込みに出かけたりと街を出歩くようになった。

そのうちに、恋に落ちた。

少なくとも、セシリアは。同じようにエドワードも感じてくれているのかは考えないようにしていたが、ともに楽しく過ごせているのは目に見えてあきらかだった。

エドワードがセシリアを求めていることも。

ふたりは必ずおやすみのキスをした。おはようのキスも。時にはお昼にも。そうして触れあい、目を合わせるたび、セシリアはみずから作り上げた偽りの深みにはまり込んでいくように思えた。

けれどほんとうに、これが現実だったならどれほどよかっただろう。

この男性と幸せになれたなら。エドワードの妻となり、子供たちを授かれたなら、人生はきっとすばらしいものになるはずで……。

でもすべては嘘から始まったもの。真実が白日のもとにさらされれば、苺を飲み込んだくらいでは逃れられない。

きょうの目標は、恋するのはやめること。

ささやかな目標のひとつもまるで達成できる気がしないなんて、はじめてのことだ。しかもそれではなおさら、この胸を引き裂かれるだけのことなのに。

すでにエドワードの記憶が戻りつつある兆しが少しずつ表われていた。ある朝にはエドワードが軍服を身に着け、セシリアを振り返って言った。「しばらくぶりだったんだ」

セシリアはエドワードが家から持ってきていた詩集を読んでいて、目を上げた。「なんのこと？」

エドワードはいったん押し黙り、眉をひそめ、なおも考えを整理しているかのようなそぶりで答えた。「軍服を着るのがだ」

セシリアは読みさしのところにリボンを挟んで本を閉じた。「毎朝着てるわ」

「いや、その前のことだ」エドワードはひと呼吸おいて、何度か瞬きをしてから続けた。「コネティカットでは軍服を着ていなかった」

セシリアは唾を飲みくだし、不安はいったん頭から締めだしておこうと努めた。「確かなの？」

エドワードはわが身を見おろし、英国陸軍兵士の証しである緋色の布地を右手で撫でおろした。「これはどこにあったんだ？」

問いかけの意味を解するのにしばしの間がかかった。「上着のこと？　教会にあったのよ」

「でも、あそこに運び込まれたときには着ていなかった」

問いかけたのではなく、エドワードがそう言いきったことにセシリアは虚を衝《つ》かれた。

「わたしは知らないわ。そうは思えないけど。お訊きしようとも思わなかったから」

「着ていたはずがないんだ」エドワードは結論づけた。「あまりにきれいすぎる」

「どなたかが洗濯に出しておいてくださったのではないかしら」

エドワードは首を振って言外に否定した。「スタッブズ大佐に尋ねてみよう」

「そうね」セシリアはあいまいに答えた。

返事はなかったが、エドワードの頭はいまだ穴だらけのパズルの全景を組み立てようと倍の速さで回転しているのだとセシリアは察した。エドワードは見るとはなしに窓に目を向け、指で太腿を打ち、セシリアが待つことしかできずにいると、突如われに返ったかのように向き直って言った。「ほかにも思いだしたことがある」

「何かしら？」

「きのう、ブロード・ストリートを歩いていたときだ。猫がぼくにすり寄ってきた」

セシリアは黙り込んだ。猫がいたとすれば、気がつかなかった。

「猫がよくするしぐさだ」エドワードは続けた。「脚に顔を擦りつけられて、思いだしたんだ。猫がいた」

「コネティカットに？」

「そうだ。どうしてなのかはわからないが、たぶん……そばにいてくれた気がする」

「猫が」セシリアは念を押した。

エドワードはうなずいた。「だからどうということでもないんだろうが……」声が消え入り、また目の焦点が定まらなくなった。

「思いだしたことに意味があるわ」セシリアは穏やかに言った。

少しかかってエドワードは遠くを見るような表情を振り払った。「そうだな」

「愉快な猫の思い出なのは確かなんだし」セシリアは語りかけた。

エドワードがふしぎそうに見返した。

「噛みつかれていたらきっと憶えてるわ。引っ掻かれていたとしても」セシリアはベッドから降りた。「でも、その猫はあなたがひとりきりのときに寄り添っていたわけよね」

セシリアの声がつかえ、エドワードが一歩踏みだした。

「ほっとしたのよ」セシリアは弁解した。

「ぼくがひとりぼっちではなかったことに?」

セシリアはうなずいた。

「昔から猫は好きだった」エドワードはほとんどうわの空で言った。

「いまはなおさらそうなのではないかしら」

エドワードは苦笑いを浮かべて見返した。「思いだしたことを整理しておこう。ぼくは軍服を着ていなかった」指を折ってまず数えあげた。「猫がいた」

「きのうは小舟に乗っていたと言ってたわ」セシリアは付け加えた。川べりを歩いていたとき、塩気を含んだ空気が刺激となって記憶を呼び起こさせたらしい。小舟に乗っていたのだと、エドワードは口にした。船ではなく、もっと小さくて、岸からさほど遠くへ行けるようなものではなかったと。

「といっても」セシリアは前日より深く考えを進めて言った。「あなたはその小舟にしばらく乗っていたわけなのよね？　そうでなければ、どうやってマンハッタン島までたどり着けたのかしら？　島のこちら側への橋はない。あなたが泳いだとは思えないし」

「たしかに」エドワードがつぶやいた。

セシリアはしばしエドワードを見つめ、すぐにくすりと笑わずにはいられなかった。

「どうしたんだ？」エドワードが訊いた。

「その顔つき。何か思いだそうとするといつもそうなるわ」

「そんなことはないだろう」エドワードは皮肉めかしたそぶりを見せたが、からかおうとしているだけなのはあきらかだった。

「ええ、ちょっとこんなふうに――」セシリアは眉根を寄せ、ぼんやりした目つきをしてみせた。うまく真似られているとは思えないし、癇《かん》にさわりやすい男性なら小ばかにしていると受けとめられてもふしぎはなかった。

エドワードは黙って見つめ返した。「それでは頭のネジが外れているみたいだ」

「つまりあなたがそう見えているということになるわ」セシリアは自分の顔を手ぶりで示した。「わたしはあなたの鏡の代わりをしてみせているわけだから」

エドワードは吹きだして笑い、手を伸ばしてセシリアを引き寄せた。「鏡を見てこれほど愉快になれたのは間違いなくはじめてだ」

頭のなかで警鐘が鳴りだしても、セシリアは思わず顔をほころばせた。エドワードといるとたちまち幸せな気分になり、ついくつろいでしまう。けれどこれはほんとうの人生ではない。自分はこの男性の妻でもない。かりそめの役割を演じているだけで、いつかもとの自分に戻らなくてはいけない。

それなのにロークズビー夫人を演じることに慣れきってはいけないといくら自制しようとしても、エドワードに笑いかけられては抗えなかった。セシリアはエドワードに手を引かれ、さらにまた引き寄せられて、ついに鼻と鼻が触れあった。

「もう言ったかな」エドワードの楽しげな温かい声がした。「きみの隣りで目覚められるのが、ぼくにとってどれほど幸せなことなのか」

唇があき、セシリアは話そうとしたものの、どの言葉も喉の奥にぎこちなく居坐ったままだった。実際にエドワードがそう口にしたのははじめてのことで、いずれにしてもそこまできわどい言葉はこれまで発していなかった。セシリアは首を振り、視線をそらせず、温かな明るい青色の瞳のなかに引き込まれかけた。

「事前にわかっていれば」エドワードが続ける。「来ないよう、きみに伝えていただろう。いや、けっして来るなと諭していたはずだ」口もとをゆがめ、しかめ面と笑顔の中間の苦笑いを浮かべた。「それでも、きみの決断を覆《くつがえ》せたとは思えないが」

「乗船したときにはあなたの妻ではなかったわ」セシリアは静かに言った。それからふと、こんなにも正直に言えることはこの一日もうないかもしれないと思い至り、わずかに沈んだ。

「ああ」エドワードが相槌を打った。「そうなんだよな」首を傾け、先ほど自分が真似られたように眉根を寄せたが、目つきは鋭敏なままだった。「どうかしたのか?」妻につくづく見つめられているのに気づいて尋ねた。

「どうもしないわ。ただ、また先ほどとほとんど同じ表情になってたから。でも眉は険しいままなんだけど、もう目つきはぼんやりしてなかった」

「つまり、なかなかすてきだということか」

セシリアは笑い声を立てた。「そういうわけではなくて、興味をそそられたの。きっと――」いったん口をつぐみ、先ほど考えたことの答えを探した。「今回は何かを思いだそうとしたわけではなかったのね?」

エドワードが首を振った。「人生における重大な問題をちょっと考えていた」

「もう、やめて。ほんとうはいったい何を考えてたの?」

「じつは、代理結婚の制度について、きちんと確かめておかなければと考えていた。結婚した日を正確に知っておくべきだとは思わないか?」

セシリアは同意の言葉を口にしようとした。うまく出てこなかった。

エドワードは袖口を引いて、上着をぴしっと身に着けられるよう袖の皺を伸ばした。「きみは二等船室で旅してきたのだから、挙式で隣りに立たせる大尉役ならいくらでも見つけられただろう」

セシリアは小さくうなずいた――喉がつかえて、そうするだけで精いっぱいだった。

だがそんな心の揺れにはエドワードは気づいていないらしく、あるいは気づいていたとしても、かりそめの結婚式を思い起こして感情がこみあげたものと取り違えているのだろう。セシリアの唇にさっと口づけると背を起こして言った。「そろそろ一日を始める頃合いだ。数分後にスタッブズ大佐と階下《した》で会うことになってる。遅れてはまずい」

「スタッブズ大佐とお会いになるの？　お聞きしてたかしら」

エドワードが鼻に皺を寄せた。「言ってなかったかい？　うっかりしていたんだな」

その言葉にセシリアは疑いを抱かなかった。エドワードは隠しごとをしない。あらゆることからみて驚くほど大らかだし、セシリアに意見を求めたときにも真剣に返答に耳を傾ける。その点については致し方ない面もあるのだろう。記憶に大きな穴があいてしまっているのだから妻の判断にも頼らざるをえない。

とはいうものの……同じようにできる男性がそう多くいるとは思えなかった。セシリアは父から屋敷の取り仕切りを一手にまかされているのをいつも誇らしく感じていたが、心の底では、父に格別に有能だと認められていたからというわけではなかったことはわかっていた。父は単に自分が煩わされたくなかっただけだ。

「きみも来るかい？」エドワードが尋ねた。

「大佐との面会に？」セシリアは眉を上げた。「わたしが同席するとは思ってらっしゃらないわ」

「だからこそさ。ご機嫌が芳しくないほうが、かえってずっと話を聞きだしやすい」

「そう言われると、お断わりのしようがないわね」

エドワードはドアを開いて脇によけ、セシリアを先に廊下へ進ませた。

「どうしてもっと協力しようとしてくださらないのかふしぎだわ」セシリアは言った。「あの方もあなたに記憶を取り戻してほしいでしょうに」

「あえて何か隠そうとしているわけでもないんだろうが」エドワードはセシリアの腕を取り、階段を下りていったが、先週とは違って支えが必要だからではなく、紳士としての振る舞いだった。このたった数日の快復ぶりは目覚ましい。いまだ頭痛に悩まされているし、もちろん記憶の欠落もあるが、気にかかっていた蒼白さは消え、五十マイルは歩けないまでも、一日じゅう休憩をとらずとも動いていられるようになった。

セシリアからすればまだたまに疲れたように見えるのだが、すっかり女房気どりではないかとエドワードに一蹴《いっしゅう》された。笑いながらではあったけれど。

「でもまあ」エドワードはなおもスタッブズ大佐についての話を続けた。「秘密を守るのも任務なのには違いない」

「だけど、あなたからではないはずよ」

「そうだな」エドワードは小さく肩をすくめた。「でも考えてみてくれ。大佐はぼくがこの数カ月どこで何をしていたのかも知らない。いまのところ英国陸軍が秘密を明かせるほど、ぼくに信頼をおいていないのはほぼ間違いないだろう」

「そんなのばかげてるわ！」

「きみから揺るぎない支持を得られて光栄だ」一階に下りたところでエドワードは皮肉っぽい笑みを浮かべた。「だが、スタッブズ大佐はぼくの忠誠心を確かめられなければ手の内を明かすわけにはいかないんだ」

セシリアには納得がいかなかった。「あなたを疑うなんて考えられない」つぶやいた。エドワードの高潔さと誠実さが生来備わっているものであるのは火を見るよりあきらかだ。そんなことにも気づけない人がいるとは理解できない。

ふたりが食堂に入ると、スタッブズ大佐がいつもながら口もとをゆがめた渋面《しぶつら》でドア口に立っていた。「ロークズビー」ふたりを見るなり呼びかけてから、付け加えた。「奥方もご一緒か」

「空腹だというので」エドワードは答えた。

「なるほど」大佐はそう応じたが、いらだたしそうに鼻孔を広げた。さらにそばのテーブルへふたりを導いたときには顎がこわばっているのがセシリアにも見てとれた。

「こちらではすばらしい朝食をいただけますの」セシリアはにこやかに言い添えた。

大佐はしばし黙ってセシリアを見つめたあと、返事かもしれないものを何かつぶやいてから、エドワードのほうに向き直った。

「何か新たな知らせでも？」エドワードが訊いた。

「そちらは？」

「残念ながら。ですが、セシリアにいろいろと助けてもらいながら記憶を取り戻す努力を続けています。手がかりを求めて、街にも何度も出かけていますし」

セシリアは穏やかな笑みを貼りつけた。

スタッブズ大佐は見て見ぬふりをした。「このニューヨークでいったいどのような手がかりが見つかるというのかわからんな。検証すべきはコネティカットでのことではないのか」

「その件についてですが」エドワードはさりげなく続けた。「考えていたんです――ぼくは軍服を身に着けていたんですか？」

「なんだと？」大佐の口ぶりはぶっきらぼうでそっけなかった。急に話題を変えられたことに見るからにいらだっていた。

「今朝、なんとも妙なことを思いだしたんです。さして意味のないことかもしれませんが、上着の袖に腕を通していたとき、ふと、長らく着ていなかった気がして」

大佐はじっとエドワードを見据えた。「何を言っておるのかよくわからん」

「病院にあった上着……ですからつまりはこれなんですが」エドワードは袖を手で払った。「どこから持ってきたんですか？　たしかにぼくのではありますが、ずっと着ていたとは思えない」

「私が預かっていた」スタッブズは無愛想に答えた。「コネティカットで英国兵だと名指しされてはかなわんだろう」

「王党派の州ではないのですか？」セシリアは訊いた。

「反逆者はどこにでもいる」スタッブズはいらだたしげな眼差しを向けた。「塩並みに散らばっているのだからな。まさしく切除すべき害悪だ」

「切除？」セシリアは訊き返した。物騒なもの言いだ。ニューヨークに来てまだたいして経たないセシリアにも、故郷の新聞で伝えられていた以上に政治情勢が複雑であるのは見きわめられた。子供の頃から母国を誇りに思ってきた気持ちに変わりはないとはいえ、植民地の人々が抱く不満のなかにも正当な主張が含まれていることは認めざるをえない。

ところがセシリアがさらに何か言うより先に（言おうとしたわけではないけれど）テーブルの下の脚にエドワードの手が触れ、そのしっかりとした重みで口を開かないよう諌められた。

「失礼しました」セシリアは低い声で詫び、神妙に膝に視線を落とした。「耳慣れない言葉だったものですから」

思ってもいないことを口に出すのは苦痛でも、大佐にいくらか考え足らずだと思われていたほうが好都合なのは確かだった。それに、国王への忠誠心がないと誤解されることだけはなにより避けなくてはいけない。

「ところで、お伺いしたいのですが」エドワードがそう問いかけて、そつなくなめらかに話題を変えた。「軍服を身に着けていなかったということは、ぼくは密偵としてコネティカットへ派遣されたのですか？」

「それについては話せない」大佐が不機嫌に撥ねつけた。

「どんなことなら話していただけるのかしら？」セシリアは問いかけ、エドワードの手にふたたび太腿を押さえつけられて口をつぐんだ。でも黙っているのはむずかしかった。大佐はほんとうに不愉快な態度で、折りに触れ細切れに情報を洩らしながらも、エドワードが知りたがっていることはいっさい話そうとしない。

「失礼しました」セシリアはくぐもった声で前言を撤回した。すでにエドワードがこちらを向いて冷ややかな眼差しで口出ししないよう、あらためて釘を刺していた。スタッブズ大佐の不興をかう行動は慎まざるをえなかった。エドワードのためばかりではない。大佐はトーマスについてもよく知っていて、これまでのところ捜索に力を貸してくれたわけではないものの、今後頼らざるをえないともかぎらない相手だ。

「諜報活動はきわめて体裁の悪い言葉だ」スタッブズ大佐はセシリアの詫びの言葉にうなずきを返した。「ご婦人の前で論じるべきことでないのは間違いない」

「だとすれば、偵察では」エドワードが提案した。「そちらのほうが適切な表現でしょうか？」

スタッブズは肯定の唸り声を洩らした。

エドワードは唇をきつく引き結び、どうにも解釈しがたい表情をこしらえていた。怒っているふうでもなく、いずれにしてもセシリアが抱いているほどの憤りは感じられなかった。あえて言うなら、頭のなかで情報を選別し、あとで参照できるようにていねいに小分けしてでもいるかのようだ。つねにきっちり順序立てて物事を眺めている――そのような気質の男性ならなおさら記憶の欠如は耐えがたいことなのに違いない。

「もちろん」エドワードは熟考するそぶりで両手を尖塔形に合わせた。「とてもむずかしいお立場にあることは承知しています。ですが、ぼくがこの数カ月の記憶を取り戻すことをほんとうに望んでおられるのなら、思いだす手助けをしていただかなければ」身を乗りだした。「同じ側にいるのですから」

「きみの忠誠心を疑ったことはない」大佐が言った。

エドワードは礼儀正しくうなずいた。

「だがだからといって、私が得たい情報をきみにおいそれと伝えるわけにもいかんのだ」

「でしたら、エドワードが何をしていたかをご存じだということですか？」セシリアは口を挟んだ。

「セシリア」エドワードが静かな声で諫めた。

セシリアは耳を貸さなかった。「もしご存じなら、伝えてあげるべきだわ」強い調子で言いつのった。「黙っているのは残酷よ。記憶を取り戻す助けになるはずなのに」

「セシリア」エドワードが今度は鋭さを帯びた声で制した。

それでもセシリアは口をつぐめなかった。エドワードの警告にかまわず、スタッブズ大佐を見据えて続けた。「コネティカットで何があったのかを思いだしてほしいなら、知っていることはすべて話してくださるのが筋ですもの」

大佐もじっと目を合わせた。「いたくもっともなご提案だが、ロークズビー夫人、私の発言がご主人の記憶に影響を与えかねないことはお考えになったのだろうか？　事実かどうかもはっきりしない情報で記憶を誘導するようなことは避けねばならない」

「わたしは――」セシリアは大佐の言いぶんに理があると悟り、闘う気力がいくらかそがれた。とはいえ、エドワードのようにただ平静でいて何が得られるというのだろう？

エドワードがいかめしく口角をゆがめた。「妻に代わって、ぼくがお詫びします」

「いいえ」セシリアは言った。「自分で謝らせて。申しわけありませんでした。お立場を考えての状況判断というものがなかなかできなくて」

「ご主人の快復を願うお気持ちはお察しする」スタッブズ大佐は思いのほかやさしい声で返した。

「ほんとうに願ってますわ」セシリアは熱意を込めて答えた。「たとえ――」

鼓動がとまった。たとえそれがみずからの破滅を招くことであっても？　いまはカードで組み立てた家のなかで生きているのも同じで、エドワードが記憶を取り戻した瞬間に、すべては崩壊する。身を斬られるような皮肉な定めに、セシリアは思わず笑い声をあげかけた。心打ち砕かれることのために奮闘し、大佐に飽くなき反論を挑んでいる。

けれどそうせずにはいられなかった。エドワードに健康を取り戻してほしい。なによりそれを望んでいる。どんなことより――

またも鼓動がとまった。兄を見つけることよりも？

いいえ。それはありえない。エドワードの記憶を取り戻す手伝いを差し控えるとしたら、たぶんスタッブズ大佐の態度と同じくらい卑怯なことだ。でもトーマスは実の兄なのだもの、エドワードにもきっとわかってはもらえるでしょう。

それとも、自分にそう言い聞かせようとしているだけなのかもしれない。

「セシリア？」

エドワードの声が長いトンネルの向こうから呼びかけられたように耳に届いた。

「どうしたんだ？」エドワードはセシリアの手を取り、やさしく擦りはじめた。「大丈夫か？　手が氷のように冷たくなってる」

ゆっくりと現実に戻ってくると、セシリアは瞬きをして、エドワードの心配そうな顔を捉えた。

「息苦しそうだった」エドワードが言う。

セシリアが大佐を見ると、こちらも気遣わしげな目を向けていた。「ごめんなさい」息苦しそうというのはつまり、しゃくりあげていたのかもしれないと気づいた。「自分でも、どうしてしまったのかわからないわ」

「何も気にすることはない」スタッブズ大佐の言葉に、セシリアは――それに表情からするとエドワードもやはり意外に感じたらしい――驚かされた。「あなたは妻だ。なにをおいても夫の身を案じるのは、神の思し召しのごとく当然のことだろう」

セシリアはひと呼吸おいてから尋ねた。「奥様はいらっしゃるのですか、スタッブズ大佐？」

「かつては」大佐はぼそりと答え、その言葉の意味するところは面持ちから容易に読みとれた。

「お悔み申しあげます」セシリアは低い声で言った。

ふだんは厳格な顔つきの大佐が唾を飲み込み、瞳が哀しげな光を灯した。「もう何年も経つ。毎日思いだすが」

セシリアはとっさに腕を伸ばし、大佐の手に手を重ねた。「きっと奥様に伝わってますわ」

大佐はぎこちないうなずきを返し、喘ぎにも似た荒々しい息を吐いて落ち着きを取り戻した。セシリアは手を引っ込めた。いっとき通じあえたとしても長引かせれば気詰りになるだけだ。

「もう行かなければ」スタッブズ大佐は告げた。エドワードを見る。「きみの記憶がよみがえるのを願っていることはわかってほしい。それも、きみの記憶にわれわれの大義に不可欠な情報が含まれている可能性があるからというだけではない。この数カ月、どのように過ごしていたのかはわからないが、胸のうちにおとなしくとどめておけるものとは、とうてい思えんのだ」

エドワードはうなずきで応じ、ふたりはともに席を立った。

「念のため言っておけば、ロークズビー大尉」大佐が続けた。「きみは敵方の港についての情報を得るためにコネティカットへ派遣された」

エドワードが眉根を寄せた。「ぼくは地図の作成能力に秀でているわけじゃない」

「それも役立つ能力には違いないが、きみは地図の作成を求められていたわけではないだろう」

「大佐？」セシリアも立ち上がった。大佐が振り返るなり問いかけた。「エドワードは何か特別なことを探るために派遣されたということですか？　それとも、もっと一般的な情報収集のためだったのですか？」

「申しわけないが答えられない」

つまり特殊な任務だったということだ。そう考えるほうが確実に理に適っている。

「ありがとうございます」セシリアはしとやかに言い、膝を曲げて軽く頭をさげた。

大佐が帽子のつばを上げて辞去を伝えた。「奥様、ロークズビー大尉」

セシリアがじっと見ていると、スタッブズ大佐は去ろうと背を返したものの、踏みだす前にまた向き直った。「お兄さんについて何かわかりましたか、ロークズビー夫人？」

「いいえ」セシリアは答えた。「ですが、ウィルキンズ少佐が尽力してくださっています。部下の方に病院の記録を確かめていただきました」

「それで？」

「残念ながら、何も。兄についての記述はありませんでした」

大佐はゆっくりとうなずいた。「お兄さんを探す手立てを知る者がいるとすれば、ウィルキンズだろう」

「近々、ハーレムに行ってみます」セシリアは言った。

「ハーレム？」スタッブズはエドワードに目をくれた。「どうして」

「診療所へ」エドワードが答えた。「トーマスが負傷したことはわかっています。そこへ運び込まれた可能性もあるのではないかと」

「だが、そこで療養してはいまい」

「誰かが何か知っているかもしれません」セシリアは言葉を継いだ。「調べてみる価値はありますわ」

「なるほど」スタッブズ大佐が今度はセシリアとエドワードの両方にうなずきを返した。「幸運を祈っている」

セシリアは大佐を見送り、その姿が消えるなりエドワードのほうを向いて言った。「ごめんなさい」

エドワードは眉を上げた。

「出過ぎたことを言ってしまったわ。わたしではなく、あなたがあの方にお尋ねする場だったのに」

「気にすることはない」エドワードが言う。「最初はどうなることかと思ったが、きみがうまく空気を変えてくれた。大佐が奥さんに先立たれていたとは知らなかった」

「どうして尋ねようと思ったのか自分でもわからないわ」セシリアは打ち明けた。

エドワードは笑みを浮かべ、セシリアの手を取り、励ますようにそっと叩いた。「さあ、席に戻って食事をしよう。きみが言うように、ここの朝食はすばらしい」

セシリアは促されるままテーブルに戻った。妙に身体がふるえ、足もとがふらついていた。

食べれば力を得られることを祈った。昔からしっかり朝食をとらなければ一日を始められないたちなのだから。

「だが、言わせてもらえば」エドワードは向かいの席に腰をおろし、思いめぐらすふうに言った。「これほど頼もしい援護者を得られたのは、むしろありがたかった」

セシリアはすばやく目を上げた。援護者という表現はあまりふさわしくない褒め言葉に思えた。

「きみは自分の強さに気づいてはいないようだが」

セシリアは唾を飲みくだした。「ありがとう」

「きょう、ハーレムに行ってみないか？」

「きょう？」セシリアはすぐさま目を合わせた。「ほんとうに？」

「だいぶ調子がいいんだ。島の北端まででも行けそうな気がする」

「ほんとうにそうなら……」

「朝食をとったら馬車を手配しよう」エドワードは食べる用意ができたことを宿屋の主人に合図してから、妻に顔を戻した。「今朝はトーマスに専念しようじゃないか。本音を言えば、自分のことを探索するのはひと休みしたいんだ。せめてきょうくらいは」

「ありがとう」セシリアは言った。「何かわかるとは期待していないけど、少なくとも努力してみないことには一生納得がいかないもの」

「わかるとも。むろん――おっ！　ベーコンだ」宿屋の主人によってトーストとベーコンを盛りつけた皿がテーブルの中央に置かれるとエドワードはぱっと顔を輝かせた。もう熱々の料理ではなかったものの、急激に湧いた食欲がエドワードの顔にわずかな変化をもたらした。

「正直なところ」エドワードはテーブルマナーをあきらかに放棄して嚙み砕きながら言った。「こんなにも旨いものがほかにあるだろうか？」

「こんなにも旨いもの？」セシリアは疑わしげに訊き返した。

エドワードが払いのけるように手を振った。「ベーコンさ。ベーコンを食べていれば、どんなことでも侘《わび》しいなんて感じられないんじゃないかな？」

「興味深い哲学ね」

エドワードはいたずらっぽい笑みを浮かべた。「いまのぼくには効を奏している」

セシリアは愉快なもの言いに調子を合わせることにして、料理を取り分けようと手を伸ばした。ベーコンを食べてほんとうに幸せな気分になれるのなら、異議を唱えてはいられない。

「ただし」まだ飲み込みきれていないうちに言った（エドワードにテーブルマナーの省略が許されるなら、公平を期してこちらも大目に見てもらわないと）。「これは極上のベーコンとまでは言えないけど」

「それでも、いい気分になってこないか？」

セシリアは嚙むのをやめて小首をかしげ、あらためて考えてみた。「あなたの言うとおりだわ」認めざるをえなかった。

すると得意そうな笑みで言葉が返された。「ぼくの言うことはたいがい正しい」

けれどそうして楽しく朝食を味わっているうちに、幸せな気分になれるのはベーコンではなく、テーブルの向かいにいる男性のおかげなのだとセシリアは気づいた。

ほんとうに夫だったなら、もっと幸せになれるのだけれど。

13

いつもはそちらから手紙が届くたび返事を書いていたが、前の手紙が来てから何週間も経つので、今回はこちらが先んじて書いてみてはどうかとエドワードに急かされた。とはいえ語れることはほとんどない。信じがたいほど長いあいだ何もせずに過ごしている。行進する以外はだが。だからといって行進の技法や美学について綿々と考察を綴られても退屈だよな。

——トーマス・ハーコートが妹セシリアへ宛てた手紙より

ハーレムはエドワードが想像していたとおりの場所だった。

ウィルキンズ少佐から警告されていたように、訪ねたのは診療所とは名ばかりのろくに何も整えられていない粗末なところだったが、ベッドがほとんど空いていたのはせめてもの救いだ。ただでさえ、その有様にセシリアは見るからに驚愕していた。

まずはそこを管理している人物を探しあてるのにひと苦労し、さらには少なからずへりくだって記録を調べてくれるよう口説き落としたのだが、ウィルキンズの予想どおり、トーマス・ハーコートに関する記述は何も見つからなかった。セシリアは患者が必ずしもみな記録されているわけではないのではと疑問を唱え、そう口にした気持ちはエドワードにも理解できた――その診療所の衛生状態からして管理能力に信頼がおけるとは見定められなかった。

　だが英国軍がけっしておろそかにしそうにないものをひとつ挙げるとするならば、記録の保持だ。この診療所の患者名簿にしても、それだけは染みひとつなく保たれていた。どのページも整然と等間隔に線が引かれ、一行ごとに氏名のほか階級、入所日、退所日とその理由、怪我や疾患の簡単な説明も記されていた。それによりコーンウォール出身のロジャー・ガナリー兵士が左太腿の膿瘍から快復し、マンチェスター出身のヘンリー・ウィザーワックス兵士が腹部に負った銃創により命を落としたこともわかった。

　ただし、トーマス・ハーコートについての記述はない。

　とても長い一日だった。ニューヨークの街なかからハーレムまでの道は悪く、調達できた馬車も乗り心地がよくなかったが、〈フロンシス〉亭で満足のいく夕食をとれたおかげで、ふたりとも気力を取り戻せた。前日よりはるかに湿気が少なかったし、夕方には海の塩気を含んだそよ風も吹いてきたので、〈悪魔の頭〉亭までは遠まわりをしてマンハッタン島の下側の通りをゆっくりと歩いて帰った。セシリアはエドワードの肘に手をかけ、ほどよい距離を保ちながらも、歩を進めるごとに互いに近づいていくように感じられた。

　これが故郷からはるか遠いところではなく、戦争のさなかでもなければ、完璧な晩と呼べたのだろう。

　カモメが魚をついばむのを目にしながら黙って水辺を歩くうち、セシリアが口を開いた。

「思うの――」

だが言葉は続かなかった。

「何をだ？」エドワードは尋ねた。

しばし間があき、セシリアはゆっくりと哀しげに首を振って言葉を継いだ。「あきらめどきがわかればと」

こんなとき、どうすべきかはエドワードにもわかっていた。舞台で演じられる芝居や、英雄が活躍する小説であれば、けっしてあきらめてはいけない、信じて気丈に、最後の頼みの綱が尽きるまでトーマスを探しつづけるべきだと答えるのだろう。

でも嘘をつきたくなかったし、まやかしの希望を与えるのは避けようと、エドワードはひと言で返した。「ぼくにもわからない」

暗黙の了解を得たように、ふたりは静かに立ちどまり、陽が暮れていくなかで並んで水面を眺めやった。

セシリアが先に口を開いた。「死んでしまったのだと、思う？」

「どうかな……」エドワードはそう思うと言いたくないのはもちろん、その可能性については考えることすら避けていた。「まあ、そうなのかもしれないとは思う」

セシリアは哀しみよりもあきらめを湛《たた》えた目で、うなずいた。どういうわけかそちらのほうがエドワードにはよけいに胸にこたえた。

「はっきりすれば、そのほうがまだ気が楽になるのではないかしら」

「どうだろう。希望の喪失と、真実の確定。選ぶのは簡単じゃない」

「ええ」セシリアは水平線から目をそらすことなく長々と考え込んだ。そしてもうこの話を続けるのはあきらめたのだろうとエドワードが思ったとき、また口を開いた。「わたしはやっぱり知っておきたいわ」

セシリアがこちらを見ていないのは知りながら、エドワードはうなずいた。「ぼくもそうかな」

とたんにセシリアが顔を振り向けた。「そうかなという程度？　確かではないの？」

「ああ」

「わたしもだわ」

「きょうは期待はずれに終わってしまった」エドワードはつぶやいた。

「いいえ」セシリアはそう答えてエドワードを驚かせた。「またべつの結果を期待していなければ、期待はずれだったとは言えないもの」

エドワードはじっと見つめ返した。あえて声に出すまでもない問いかけだ。

「兄について手がかりがつかめそうにないことはわかってた」セシリアが言う。「でも、試さずにはいられないじゃない」

エドワードはセシリアの手を取った。「そのとおりだとも」断言した。それからふと思い至った。「きょうは頭が痛くならなかった」

セシリアが嬉しそうに瞳を輝かせた。「そうだったの？　すばらしいことだわ。もっと早く言ってほしかったわ」

エドワードはぼんやりと首の後ろを掻いた。「どうやらいままで気づいてもいなかったらしい」

「それならなおさらすばらしいわ」セシリアが応じた。「とても嬉しい。ほんとうに――」爪先立ちになっていきなりエドワードの頬に口づけてきた。「心から嬉しい」と繰り返した。「つらそうなあなたを見ていたくないもの」

エドワードはセシリアの手を口もとに引き寄せた。「反対の立場だったなら、ぼくはとても耐えられなかっただろう」正直な気持ちだ。セシリアがつらい思いをすると考えただけで、冷たい手に心臓をつかまれたような心地になる。

セシリアがくすりと笑いを洩らした。「先週、わたしが寝込んだときにはとても上手に看病してくれたわ」

「ああ、でもできれば二度としたくないから、元気でいてくれないか？」

セシリアははにかんでいるようにも見える表情でうつむき、そのうちに身をぶるっとさせた。

「寒いのか？」エドワードは訊いた。

「少し」

「家に帰ろう」

「家に？」

エドワードはふっと笑った。「正直、悪魔などという名の付いたところに住むことになるとは考えもしなかった」

「たとえば」セシリアの顔が茶目っ気たっぷりにほころんできた。「イングランドに〈悪魔荘《デヴィルズ・マナー》〉なんてお屋敷があると思う？」

「〈堕天使館《ルシファー・ハウス》〉はどうだ？」

「〈魔王邸《サタン・アビー》〉はどうかしら」

ふたり同時に吹きだして笑い、セシリアがおもむろに空を見上げた。

「雷が落ちるとでも？」

「もしくはイナゴの大群が飛んでくるかよね」

エドワードはセシリアの腕を取り、宿屋へ向かう道を歩きだすよう軽く背を押した。ここからはもうそう遠くはなく、せいぜい数分も歩けば着く。「ぼくたちはどちらもまあ善人と言っていいだろう」とっておきの噂話を打ち明けるかのように身を寄せてささやいた。「聖書に示された災いに遭うおそれはないんじゃないか」

「そう願うのは自由だわ」

「イナゴならなんとかやり過ごせるかな」エドワードは考えるふりをした。「ただし川が血に染められたら、平然としていられる自信はない」

セシリアは呆れたようにふっと笑い、負けじと返した。「わたしは茹でられるのだけは願いさげね」

「シラミもだ」エドワードは身ぶるいしてみせた。「悪舌をお許しいただけるなら、厄介きわまりない虫けらどもだからな」

セシリアがまじまじと見返した。「シラミにたかられたことがあるの？」

「兵士なら誰でも経験している」エドワードは答えた。「職業病だろう」

セシリアがかすかに腰を引いたように見えた。

エドワードは挑むような顔つきで身を近づけた。「いまはいたって清潔だ」

「そうでなくては困るわ。もう一週間以上も同じ部屋で暮らしてるんだもの」

「というわけで……」エドワードはつぶやいた。どちらもほとんど気を向けていなかったが、いつしか〈悪魔の頭〉亭の前まで来ていた。

「家に着いたわよ」セシリアが冗談めかしてあとを引きとった。

エドワードは正面扉を開いて押さえ、先にセシリアをなかへ進ませた。「まさしく」

食堂はいつにもまして騒がしかったので、エドワードはセシリアの腰の後ろに手を添え、壁ぎわを階段のほうへやさしく進ませた。ここよりましな滞在先が見つかるとは期待できないとはいえ、ご婦人をいつまでも住まわせておける場所でもない。イングランドでなら、けっして――

そんな考えは無駄だと振り払った。ここはイングランドではない。通常の慣習はあてはめられない。

通常か。それがどのようなものだったのかを思いだすことすらできない。この頭には三カ月ぶんの記憶を飲み込んだのではないかと思うほどのこぶがあり、親友は忽然と姿を消してしまったのに軍にはその事実に気づいていた様子すらなく、自分自身もそう経ってはいない過去のどこかの時点で代理結婚していたのだという。

代理結婚。ああ、まったく、両親が知れば腰を抜かすだろう。じつを言えば、自分ですら驚いている。楽しめさえしたら慣習もあっさり破るお調子者の弟アンドルーとは違う。まして人生を左右する大事となれば、必ず然るべき段どりを踏んでいてもよさそうなものなのだが。代理結婚がイングランドで法的に認められているのかすら定かでない。

だからこそ、さらなる疑問が湧いた。こうなった経緯自体にどうも合点がいかない。トーマスに妹と結婚するよう勧められたか仕向けられたにしろ、エドワードにはまだセシリアから聞かされていない何かがあるような気がしてならなかった。セシリア本人もわかっていないことがあるのかもしれないが、記憶を取り戻さなければ真実はわかりようがない。

あるいはトーマスを見つけられなければ。

いまの時点では、どちらのほうがよりむずかしいことなのかもわからない。

「エドワード？」

瞬きをして、セシリアに目の焦点を合わせた。部屋のドアの脇に立ち、どことなく愉快げな笑みを浮かべている。

「またそんな顔をして」セシリアが言う。「何か思いだそうとしているのではなくて、何か一生懸命に考えているのね」

さほど意外な指摘ではなかった。「一生懸命に考えなければいけないことなどほとんどない」エドワードはそうごまかして、部屋の鍵を取りだした。いまはまだ疑念をセシリアに気取られたくなかった。トーマスがこの婚姻を取りまとめようとしたとしてもまるでふしぎはないが——わが友人は善良な男で、妹にとって最良の道を願っていたのは確かだ——花婿の代理を仕立ててまで結婚するよう説得されたなら、セシリアは憤慨したのではないだろうか。より突きつめて真実を追究すべきなのかもしれないが、率直に言ってしまうなら、それより先に対処しなければいけない重要なことがあり、つまるところセシリアと結婚できたことについてはエドワードは心から満足していた。

せっかく手に入れた幸せをどうしてわざわざ揺さぶらなくてはいけないんだ？

ただし……。

ふたりが乗り込んだ船を揺らしてしまったとしてもやむをえない場合がひとつある。

妻と身を交えたければ。

そろそろよい頃合いだろう。これ以上は待てない。エドワードの欲求が……渇望が……セシリアを目にした瞬間からずっと、いまにも張り裂けんばかりとなっていた。

まだ目をあける前に聞こえてきたスタッブズ大佐との会話から、そこにいる女性が誰なのかはすでにもうわかっていたからだろうか。病院のベッドにただじっと横たわっていたときから思いやりと献身は感じとれていたが、瞼を上げてはじめてセシリアが見えると、その緑色の瞳はまず不安を、それからすぐに驚きを湛え、エドワードは周りの空気に耳もとでささやきかけられているかのように、信じられないほどたちまち軽やかな気分に満たされたせいなのかもしれない。

やっと会えた。

あのセシリアだった。

そして衰弱していながらも、エドワードはセシリアを欲していた。

だがいまは……。

もとどおりには快復できていないにしても、事足りる体力が戻っているのは間違いない。

エドワードはあらためて目を向けた。なおもセシリアはとっておきの小さな秘密でも隠しているように、いや、とっておきの小さな秘密を隠しているんでしょうとでも問いかけるように微笑んでこちらを見ていた。どちらにしてもずいぶんと楽しげに頭を片側に傾けて尋ねた。「ドアの鍵をあけてくださるのよね？」

エドワードは鍵を錠前に差してまわした。

「それでもまだ、一生懸命に考えることなんてないと言うつもり？」愉快げに訊くセシリアのためにエドワードはドアをあけて押さえた。

言わないとも。

毎晩、就寝前に互いにきわどいダンスを演じている自覚がセシリアのほうにもあるのだろうかとエドワードはいぶかった。セシリアが落ち着かなげに唾を飲み込めば、エドワードはちらりと盗み見る。セシリアが本を一冊すばやく選びとると、エドワードは緋色の上着に糸くずがついていないか——ついていないことのほうがほとんどのわけだが——丹念に調べた。

毎晩セシリアは寝支度を整えると、ぎこちないお喋りで部屋を満たし、エドワードがベッドの反対端からもぐり込んでおやすみの声をかけるまでけっして気をゆるめない。どちらもそのおやすみのほんとうの意味は承知している。

今夜ではない。

まだだと。

こちらもまた合図を待ちかねていることにセシリアは気づいているのだろうか？　それらしい視線でも、軽く触れるのでも、ともかく心の準備ができたことを伝えてくれる合図を。こちらは準備ができているからだ。準備ができているどころではない。それに、きっと……セシリアも同じなのではないだろうか。

本人にはまだその自覚がないだけで。

小さな宿泊部屋に入ると、セシリアは毎晩水を満たしておいてくれるよう宿屋に頼んであるテーブルの上のたらいへそそくさと向かった。「まずは顔を洗わないと」毎晩同じことをしているのに、顔に水を撥ねかける理由をわざわざ説明するかのように言った。

セシリアが手や顔を洗い清めているあいだにエドワードは袖口のボタンに手をやり、ていねいにひとつひとつ外してからベッドの端に腰かけてブーツを脱いだ。

「今夜の夕食はとてもおいしかったわ」セシリアは言い、ほんのちらっと肩越しに視線を投げかけて、衣裳簞笥のなかのヘアブラシに手を伸ばした。

「たしかに」エドワードは応じた。これもお決まりのやりとりのひとつで、こうして互いに複雑な振り付けの手順を踏んでそれぞれベッドに反対端から上がり、翌朝には結局セシリアを腕に抱いて目覚めることとなっても、エドワードは何事もなかったようなそぶりを通した。セシリアはエドワードの表情、しぐさに注意を凝らし、態度に変わりがないかを確かめる。そうして見定められているのは、口に出して尋ねられるまでもなくわかった。

セシリアの瞳はガラスのごとくきらきらした淡い緑色で、感情を隠しきれはしない。秘密を守り通せる女性とはとうてい思えない。まず間違いなくその顔に、じっとしていることなどできそうもないふっくらとした唇に表れてしまうに決まっている。ただ静かにしているときですら、表情にはかすかな動きが窺えた。眉がさがりぎみだったり、唇がふっと息を洩らせる程度にほんのわずかに開いていたり。ほかの誰もがそうした変化に気づけるものなのかはわからない。一見しただけでは穏やかそのものに思えるのかもしれない。けれどもじっくり目を向ければ、卵形の顔や、エドワードがもう何度となく眺めていた二流の画家の手になる細密画に描かれた特徴以上のものがちゃんと見えてくる……ちょっと見つめさえすれば。

時どき、このまま飽きずに永遠にでも眺めていられるのではないかとエドワードは思った。頭のなかで考えていることに応じて揺らめく、ほんのかすかな表情の変化が。

「エドワード？」

瞬きをした。セシリアが小さな化粧台の椅子に腰かけて、興味深そうにこちらを見ていた。

「ぼんやりしてたわよ」セシリアは髪をおろしていた。あの日病院でピンからほつれた髪から想像していたほどの長さではなかった。毎晩セシリアが声に出さずに数えながらその髪にブラシをかけるのをエドワードは見ていた。髪の房がブラシでほぐされるにつれ風合いや輝きを増していくさまは魅惑的と呼べるくらいだ。

「エドワード？」

またもセシリアにもの思いから呼び戻された。「すまない。どうもぼんやりしていて」

「きっととても疲れてるんだわ」

ただそれだけの見立てを深読みしないよう、みずからを戒めた。

「わたしは疲れてるわ」

そのたったひと言がいかようにも解釈できた。きわめてすなおに受けとるならこうだ。とても長い一日だった。だから疲れている。

だがそれだけのことではないのをエドワードは知っていた。セシリアがつねに無理をさせないよう気遣ってくれていることからすれば、もう少し深い意図が含まれているのは間違いない。わたしが疲れているのだから、あなたもお疲れでしょう、と。

とすれば、そこに真意が見出せる。その発言の大本となっているところをきわめてすなおに受けとるならこうだ。わたしが疲れていると言えば……わたしにその気はないとあなたは思うでしょうから……。

「いいかな？」エドワードはつぶやいて、ブラシに手を伸ばした。

「えっ？」セシリアの喉もとが脈打つのが見てとれた。「ああ、大丈夫よ。もう終わるから」

「まだ半分を少し過ぎたところだ」

額に困惑の皺が刻まれた。「どういうこと?」

「いまのが二十八回目だった。いつもは五十回じゃないか」

セシリアがきょとんと唇を開いた。エドワードはその唇から目を離せなかった。

「毎晩、わたしが髪に何回ブラシをかけているか知ってたの?」

エドワードはセシリアが上唇の中心からやや左寄りの乾いたところを湿らすのを見て、張りつめながらも小さく肩をすくめて返した。「きみは習慣を守る人だ。そして、ぼくは観察せずにはいられないたちなんだ」

セシリアは日課をやめれば別人になれるとでも思ったのかブラシを置いた。「自分がそれほどわかりやすいなんて思わなかった」

「わかりやすいんじゃない」エドワードはセシリアの前に手を伸ばして銀の背のブラシをつかんだ。「一貫性があるわけだ」

「一貫——」

「念のため言っておくと」穏やかに遮って続けた。「褒め言葉だ」

「あなたにブラシをかけてもらう必要はないわ」

「させてもらうとも。憶えてるだろう、ぼくはきみに鬚を剃ってもらったしな。これくらいしかお返しできることはない」

「もちろん憶えてるわ、でも——」

「しいっ……」エドワードはたしなめて、ブラシを持ち替え、すでに解きほぐされて輝きを放っているセシリアの髪の房にブラシを通した。

「エドワード、ほんとうに――」

「二十九」それ以上セシリアに抵抗の言葉を継がせずに数えた。「三十」

ついにセシリアが引きさがった瞬間が正確に感じとれた。鋼並みにこわばっていた背がやわらぐのと同時に唇から静かな吐息――ため息とは違う――が洩れたからだ。

エドワードは声に出さずに三十一、三十二、三十三、三十四と数えた。「なかなかいいものだろう？」

「え、ええ」

エドワードは笑みをこぼした。三十五、三十六。五十回を超えたらセシリアは気づくのだろうか。

「誰かに世話を焼かれたことは？」問いかけた。

セシリアはあくびをした。「ばかげた質問ね」

「そんなことはないだろう。気遣われるのは誰にとっても当然の権利だ。たぶん、とりわけそうされるのにふさわしい人もいる」

「兄が気遣ってくれるわ」ようやくセシリアは答えた。「そうだったと言うべきなのかしら。最後に会ってからもうずいぶん経つのね」

これからはぼくがいる。エドワードは胸のうちでそう誓った。

「ぼくがベッドに寝たままでいたときも、きみはほんとうによく世話をしてくれた」

　セシリアが少しだけ振り向きかけたので、とまどいの表情が垣間見えた。「当然のことだもの」

「誰にでもできることじゃない」エドワードは指摘した。

「わたしはあなたの……」

　だがセシリアは最後まで言わなかった。

　四十二、四十三。

「きみはもうほとんどぼくの妻だ」エドワードは代わりに言い終えた。

　こちらから見えるのは横顔とすら呼べない、顔の片端だけだ。それでもセシリアが息を凝らしているのがわかった。一瞬ぴたりと静止したのも感じとれた。

「四十八」エドワードは低い声で数えた。「四十九」

　セシリアがエドワードの手の上に手を重ね、そこでとめさせた。もしや時間稼ぎをしているんだろうか？　もう避けられない親密な行為へ進まずにすむよう、時の流れを堰《せ》きとめようとでも？

　セシリアは求めてくれている。そうであるのはわかっていた。唇を重ねたときに聞こえた柔らかな吐息に、本人は無意識に洩らしたのかもしれない甘やかな声にも、はっきりと表れていた。純真に知りたがってキスを返してくるその唇の動きから切望が感じられた。

　エドワードは自分の手に重ねられたセシリアの手をつかみ、口もとに持ち上げた。「五十」ささやいた。

セシリアは動かない。

エドワードはそっと静かに歩を進めてセシリアの片側にまわり込み、ブラシを小さな化粧台の上に戻して、つかんでいた手をもう片方の手に持ち替えた。もう一度、セシリアの手を口もとに持ち上げたが、今度は軽く引いて立つよう促した。

「きみはとてもきれいだ」そうささやきかけたものの、それだけではとても足りないように思えた。セシリアはただ美しい顔立ちをしているというだけではないことを言葉にして伝えたいのだが、自分は詩人ではないし、しかもふたりのあいだの空気が欲望で熱く濃密になってきているなかではよけいにどう言えばよいのかわからなかった。

エドワードはセシリアの頰に触れ、皮膚が硬くなった指に擦れた絹のごとき肌のなめらかさに感じ入った。セシリアは目を大きく開いて見上げていて、この一週間でどれほど近しい間柄になったかを思えば、意外なほどひどく緊張しているのが伝わってきた。とはいえそもそも純潔の女性とベッドをともにした経験はない。みな最初はこのようになるものなのかもしれない。

「ぼくたちのキスはこれがはじめてじゃない」それとなく言い添えて、そっと唇を重ねあわせた。

セシリアはなおも身じろぎひとつしなかったが、鼓動の高鳴りがたしかに聞こえた。それとも触れあっている手を通して響いてくるのかもしれない。

セシリアの胸からこの胸に。

恋に落ちてしまったのだろうか？　それ以外にエドワードには考えようがなかった。なにしろこのところ、セシリアの笑顔を見なければ、一日がほんとうに始まった気がしないのだから。

とうに恋に落ちていたのだろう。ついに対面する前からもう半ば恋していたようなものだったし、ふたりがこうなるに至った経緯を思いだせる日は来ないのかもしれないが、いまこの瞬間はずっと憶えているだろう。このキス、この感触は。

この夜は。

「怖がらなくていい」エドワードは静かに言い、もう一度、今度は舌で唇をくすぐるように口づけた。

「怖がってはいないわ」セシリアの声はいつもとはどことなく違い、エドワードはいったん唇を離さずにはいられなかった。セシリアの顎に触れ、顔を上向かせると、読みとれるはずもない何かを瞳のなかに探した。

探しものがわかっていたなら、もっとずっとたやすく見つけられたのだろう。

「誰かに――」その先の言葉は口にしたくなかった。「――傷つけられたのか？」

問われていることを呑み込めない様子のセシリアにじっと見つめられ、エドワードは説明を加えようと息を吸い込んだ。

「いいえ」セシリアが意図を察したらしく唐突に答えたので、エドワードは気の進まない説明をどうにかまぬがれた。「いいえ」セシリアがあらためて言った。「誓うわ」

湧きあがった安堵の重みをずしりとみぞおちに感じた。もしセシリアが誰かに傷つけられたり、穢されたりしていたなら……純潔かどうかが問題なのではなく、エドワードはそのろくでなしに裁きを下すことに一生を費やしていたに違いなかった。

そうしなければこの心――いや、魂だ――はけっして鎮まらない。

「やさしくする」エドワードは約束して、セシリアの顎の下から鎖骨へ手を滑らせた。セシリアはまだ寝間着に着替えていなかったが、その昼間用のドレスはボタンやレース飾りがやたらとついていて身体にぴったりしているわりに、肩まわりから胸もとが大きくあいていて、なだらかなふくらみが見てとれた。

エドワードがレースに縁どられた襟ぐりに口づけると、セシリアは息を呑み、おそらくは無意識に背を反らせた。

「エドワード、わたし……」

エドワードはさらに乳房のあいだの暗がりに唇を寄せて口づけた。

「わからないの、もし――」

もう片方の乳房の内側にも、まだしっかりと熱情を抑えられているしるしにそっと祝福の祈りのようなキスをした。

ドレスの後ろの留め具を探り、あらためてセシリアの唇に口づけながら、ゆっくりと脱がせていく。キスでセシリアの気を紛らわすつもりが、唇が開かれるなりたちまち呑み込まれ、早くもこちらが欲望に駆られていた。

けれどもそれはセシリアも同じらしかった。戯れのようなものがどんどん熱を帯び、どちらも結びつけるときはいましかないとばかりに互いをむさぼりはじめた。セシリアのドレスを引き裂かずに脱がせたのがふしぎなくらいだった。たぶん、どうにかまだ残っていたわずかな理性が、セシリアはこのニューヨークに二枚しかドレスを持ってきていないのだから、着られる状態に保たなければいけないことを憶えていたのだろう。

セシリアがいま身に着けているのは前でゆるく結ばれている薄手のシュミーズだ。エドワードはふるえる手でその結び目の片端をつかんだ。ゆっくり引くと、結ばれていた輪がしだいに小さくなり、ついにはほどけた。

肩からシュミーズを引きおろしていき、ピンクがかった色白の肌が少しずつ露わになるにつれ、エドワードの息遣いは速まった。

「向きが反対」セシリアが言った。

「なんだ？」静かな声だったたし、正確に聞きとれた自信がなかった。

「シュミーズよ」セシリアが目を合わせずに言う。「頭からのほうが」

手をとめ、エドワードは思わず口角を上げて笑みをこぼした。なるべくやさしく、紳士らしくしようとしていたというのに、セシリアに脱がせ方を指南されてしまうとは。

愉快な女性だ。いや、ただもう感嘆させられるばかりで、この瞬間まで何ひとつ不足のない人生を送ってきたと自分が思っていたことがエドワードにはもはや信じられなかった。

セシリアが目を上げ、首を片側に傾けた。「どうしたの？」

エドワードは黙って首を振った。

「笑ってるじゃない」セシリアが咎めるように言った。

「ああ」

セシリアも笑いだした。「どうしてなの？」

「きみが完璧だからさ」

「エドワード、違うわ、わたしは――」

エドワードの腕のなかに抱き寄せられてもセシリアはまだ首を振っていた。ベッドはほんの数歩のところにあるが、セシリアはわが妻で、ようやく結ばれることができるのだから、なんとしても颯爽と抱き上げてそこまで運びたかった。

ベッドに倒れ込むとエドワードは何度もキスをして、セシリアの身体をまずはシュミーズの上から、さらには大胆に裾の内側へ手を入れてまさぐった。セシリアの反応も温かさも、すべてが夢に描いていたとおりだ。そのうちにセシリアが足首を脚に掛けてきて引き寄せようとしているのにエドワードは気づき、突如、陽光に包み込まれたように思えた。いまやこちらがひたすら誘惑しているのではない。セシリアも求めてくれている。しかもセシリアはぬくもりを感じようともっと引き寄せたがっていて、エドワードの胸は喜びと満足が相半ばする思いで高鳴った。

じゅうぶんに身を引いてから背を起こし、シャツを頭から脱いだ。

「見違えたわ」セシリアが熱っぽくとろんとした眼差しで見つめた。

エドワードは眉を上げた。

「前に見たのは――」セシリアは手を伸ばし、指先でエドワードの胸板に触れた。「――病院を出た日だもの」

ほんとうなのだろうとエドワードは思った。着替えをしようとするとセシリアは必ず背を向けた。そしてそんなセシリアにエドワードはいつもいったいどんなふうに感じているのか、ちょっとでもこちらを見たいとは思わないのだろうかと考えていた。

「前よりよくなったのならいいが」エドワードはつぶやいた。

セシリアが瞳でちらりと天を仰いで返し、エドワードはそれほどの変化なのだと納得した。もとどおりとまではいかないまでも着実に体重は増えていて、自分で腕に触れても、また筋肉がついて、少しずつながら体力が回復しているのを実感できた。

もう事に及べる逞しさはある。いや、じゅうぶんに。

「男性がこれほど美しく見えるなんて思ってもみなかった」セシリアが言った。

エドワードはセシリアの両肩に手をおき、前のめりになって忠告した。「赤面させられては夫としての権限を行使せざるをえない」

「夫としての権限ですって？　いったいどういったことなのかしら？」

「ぼくにもよくわからない」エドワードは調子を合わせた。「でもきみは従うと約束してくれたんだよな」

これほど注意深く顔を見ていなければ、セシリアが顎をほんのかすかにひくつかせたことに気づけなかっただろう。ぎこちなく飲み込んだ唾が伝いおりた喉の動きにも。エドワードは思わず冗談めかして指摘しかけた。そこにはこれまで自分がよく知っていた――それも少なからず好意と敬意を抱いていた――つまり、本心から夫に忠誠を誓ったはずの女性の姿はなかった。

もしやセシリアは船上でこっそり指で十字架をこしらえ、天に運を託す思いで誓いの言葉を述べたのではないかとエドワードは勘繰った。あるいは小狡《こずる》い雌狐《めぎつね》よろしく、なんらかの方法で誓わずにやり過ごせたということもあるのだろうか。だからいまさらそれを認めるわけにもいかず、うろたえているのか。

「ぼくに従わせようなどと思ってはいないさ」エドワードはまたキスをしようと笑みを浮かべてささやいた。「なんであれ認めてくれさえしたらそれでいい」

セシリアに肩を押し返されても、笑うしかなかった。横向きに寝転んでセシリアをさらに引き寄せながらも、重なりあったふたりの身体をもふるわせる静かな笑いをとめられそうにない。

いままで笑いながら女性とベッドをともにしたことなどあっただろうか？　そもそもこれほど愉快なことだったのか？

「きみはぼくを幸せにしてくれる」そう言うとようやく先ほどの助言を聞き入れて、セシリアの両腕を上げさせ、シュミーズを頭から脱がしにかかった。

エドワードは息を呑んだ。セシリアはいまや裸で、腰から下はシーツにまとわれているが、乳房が露わになっていた。これまで目にした何より美しいが、それだけではなかった。ただ欲望でくらくらさせられるだけではない。つまりはむろん、間違いなくこれほどまでそそられて硬くなったことはないというだけにとどまらなかった。

それ以上のものだ。もっと奥深いもの。

神聖なもの。

エドワードはセシリアの乳房に触れ、愛らしいピンク色の乳首を指で愛撫した。セシリアの喘ぎを耳にして、誇らしげなうめきを洩らさずにはいられなかった。セシリアに自分への、この行為への欲望を湧きあがらせたことに悦びを覚えた。すでに彼女が太腿のあいだを濡らし、その身を活気づかせているのがあきらかにわかり、嬉しくてたまらない。

「とてもきれいだ」ささやいて、少しずつ姿勢を変えてセシリアを仰向けに戻し、上からまたがった。もうシュミーズは取り払われていたので、先ほどよりはるかにみだらに感じられた。仰向けのせいでセシリアの乳房はいくらか平らになったが、ピンク色の乳首は触れてくれとせがむようにつんと立ち上がっている。

「一日じゅうでも、きみを見ていられる」

セシリアの呼吸が速まった。

「いや、そうともかぎらないな」エドワードは身を乗りだして右の乳首を軽く舐めた。「見るだけで触れずにいられるとは思えない」

「エドワード」セシリアが苦しげに呼んだ。

「キスもしたくなるだろうし」エドワードはもう片方の乳房に口を移し、乳首を含んだ。

セシリアが背を反らして腰を上げ、静かな悲鳴を洩らしても、エドワードは口での愛撫を続けた。

「齧ることだってできる」つぶやいて、右の乳房に戻り、今度は軽く歯を立てた。

「ああ、もう、どうして」セシリアが切なげな声を洩らした。「何をしてるの？　なんだか……」

エドワードは含み笑いをした。「きみに感じてほしいんだ」

「だめよ、なんだか……」

ほんの数秒待ってから、いたずらな欲望を滲ませた口ぶりでエドワードは言った。「どこかほかのところが感じてるんじゃないか？」

セシリアがうなずいた。

いつの日か、何百回と身を重ねたのち、どこが感じているかは言ってもらえるだろう。セシリアの口からその言葉を聞けたなら、いまですら硬い下腹部が鋼で出来ているのではないかと思うほどになるに決まっている。だがきょうのところはみだらに攻めるのみだ。持ちうるかぎりの策を駆使して、ついに彼女のなかに入れたときにはどうしようもないくらい欲してもらえるように。

慈しまれるとはどういうことなのかをセシリアに伝えたい。崇められるとはどういうことなのかを。セシリアにほんとうの自分を見出させたなら、自分自身にもこれ以上にない悦びがもたらされるのはすでにわかっていた。

セシリアの乳房をつかみ、張りのあるふくらみを愛でつつ、身をかがめて耳もとに唇を寄せた。「どこが感じているのかな」ささやいて、歯を擦らせる。片側に転がりおりると肘をついて横向きに寝そべり、セシリアの乳房から腰へ手を滑らせた。「この辺りだろうか？」

セシリアの呼吸の音が大きくなった。

「それともたぶん――」腹部を撫でて、臍の辺りに指をたどらせた。「――ここか？」

セシリアは黙ったまま触れられたところをふるわせている。

「ここではなさそうだ」エドワードはのんびりとセシリアの肌に円を描きつづけた。「きみはもう少し下のほうのことを言いたかったんじゃないかな」

セシリアが声を洩らした。名を呼んだのかもしれない。

エドワードは手のひらをセシリアの腹部に添わせて、思わせぶりにじわじわ下へ滑らせていき、柔らかな茂みに包まれた密やかなところにたどり着いた。セシリアはどうすべきかわからなくなってしまったらしく、ぴたりと動きをとめた。その唇から忙しげにかすれた息遣いが聞こえてくると、エドワードは思わず笑みをこぼした。

そっと入口を開いて、こわばりをゆるませようと蕾を指で軽くくすぐると、だんだんやわらいできた。「気に入ったかい？」そうであるのは知りつつ低い声で問いかけた。それでもうなずきを返されると、全世界の王のような気分になった。セシリアを心地よくさせられたというだけで、誇らしさでこの胸をはちきれんばかりにさせるにはじゅうぶんなようだ。

そのまま愛撫を続け、セシリアを極みへと導いていったが、エドワード自身の身体もまた満たされたがって悲鳴をあげていた。当初は到達させようとまでは考えていなかったのだが、触れるやすぐにセシリアの身体が指の動きに呼応しはじめたのを感じ、すべきことを悟った。セシリアをとろけさせ、砕けさせて、これ以上にはありえないと思うほどの至福を味わわせたい。

そのあとで、まだそれ以上の至福があることを証明するために。

「何をしてるの？」セシリアがかすれがかった声を発したが、返事を求められているわけではなさそうだ。セシリアの目は閉じられ、頭はのけぞり、背を反らせて完璧な乳房が空へ向かって突きだされていて、こんなにも美しくなまめかしい姿を見たことはないとエドワードは魅入られた。

「これからきみと愛しあう」

セシリアが目を開いた。「でも――」

その唇をエドワードは指でとどめた。「とめないでくれ」セシリアは聡明な女性だ。男女のあいだでどのようなことが行なわれるのかはもちろん承知していて、指よりはるかに大きなものが自分のなかに入ってくることもわかっているだろう。ただしその過程でどれほど甘美なことが起こりうるかについては誰にも聞かされていないに違いない。

「ラ・プティ・モールという言葉を聞いたことは？」エドワードは尋ねた。

セシリアはとまどいで瞳を翳らせて首を振った。「ささやかな死？」

「フランス人はそう呼ぶんだ。むろん、隠喩《いんゆ》で。ぼくはむしろ人生を肯定するものだと思ってる」前のめりになり、セシリアの乳首を口に含んだ。「あるいは、生きる理由とも言えるかもしれない」

それから、エドワードは胸からあふれんばかりのみだらな期待を込めて、睫の下からセシリアを見つめて低い声で言った。「ご覧にいれましょうか？」

14

お兄様がロンドンにいて、会話のように手紙をやりとりできた頃を懐かしく思いだします。いまはそれも潮流しだいということなのでしょう。わたしたちの手紙は海上を行き来しなければならないのですから。ペントホイッスル夫人は、互いの手紙が海の両側から小さな手を振りあっていると思えば、なんてすてきなことではないかしらとおっしゃいます。ペントホイッスル牧師の聖餐式《せいさんしき》用のワインを飲みすぎてしまったのかもしれません。

ロークズビー大尉に、押し花にしてくださった小さな紫色の花は完璧な状態で届いたことをお伝えください。こんなにも愛らしい小枝にマサチューセッツからダービーシャーまで行き着く逞しさがあるとは、驚くべきことではないでしょうか。直接お目にかかってお礼を申しあげる機会に恵まれるとは思えませんので、いつまでも大切にしますと、どうか伝えておいてくださいね。ほんの少しでもそちらの世界のものを頂けたのは、ほんとうにすばらしいことです。

――セシリア・ハーコートが兄トーマスへ宛てた手紙より

ささやかな死。

その隠喩をひらめいたフランス人はきっとわが意を得たりの思いだったのだろう。なにしろセシリアはいままさしく身体の内側でとぐろを巻いている切迫……どくどくと脈打って、いったい何を求めているのかすらわからない、どうにもしがたい欲求……そうしたものに、どこなのか、ともかくとうてい生き延びられそうもないところへ急き立てられている気がしていたのだから。

「エドワード」息を乱して言った。「もうとても……」

「大丈夫だ」エドワードは請け合ったが、セシリアのなかに沁み入ってきたのはその言葉ではなく、乳房を探るいたずらな唇が肌に押しあてるようにして発した声のほうだった。

エドワードはセシリアが自分ですらあえて探ろうとしたことのないところに触れ、より正確に言うなら、口づけていた。セシリアは魅了された。いいえ、目を覚まされた。二十二年間生きてきて、いまにしてはじめて、こうなるように生まれついていたことに気づかされた。

「気を楽にして」エドワードがささやいた。

何をばかなことを言ってるの？　こんなふうにされて気を楽になんてできるわけがないし、楽になりたいと思えるはずもない。それどころか、つかんで引っ掻いて、そう、叫びをあげて、どうにかして行き着きたい。

いったいどこへ行き着けるのか、そこに何が待っているのかもわからないけれど。

「お願い」セシリアは懇願した。自分が何を懇願しているのか見当もつかないことすら、もうどうでもいいように思えた。エドワードは知っているのだから。いいえ、知っていてもらわなくては困る。知らなかったなら、その首につかみかかってしまいかねない。

エドワードは口と手で、セシリアを欲望の頂《いただき》へ昇りつめさせた。それでもまだセシリアが腰を上げ、その先へと懸命にせがむと、エドワードは一本の指をなかに滑り込ませ、舌をひらひらと乳房に這わせた。

セシリアは打ち砕かれた。

ベッドから腰を上げて叫ぶようにエドワードの名を呼んだ。全身が一瞬にして収縮した。まるでほんの一音から成る、ぴんと張りつめた交響曲のごとく。そうして一枚の板ほどにまで身体が硬くなり、どうにか息を吸い込むと、マットレスの上に崩れ落ちた。

エドワードが指を抜いて、傍らに横たわり、片肘をついて頭を起こした。どうにか気力を取り戻して瞼を上げたセシリアが目にしたのは、クリームを舐めた猫のように笑っているエドワードだった。

「いまのはなんだったの？」声というより吐息のように言葉が口をついた。

エドワードはセシリアの額から汗ばんだ巻き毛を払いのけてやってから、身を乗りだして眉の上にキスをした。「ラ・プティ・モールだ」ささやいた。

「まあ」そのたった一語で表現されていたのはとてつもなくふしぎな世界だった。「そうではないかと思ったわ」

エドワードには愉快に聞こえたようだが、セシリアはそんな楽しげな表情を目にして喜びから顔がほてった。エドワードから笑顔を引きだせた。自分がそんなふうに幸せな気分にさせているのだと。いつか最後の審判が下されるときには、このことを少しは評価してもらえるかもしれない。

とはいえ、ふたりはまだ婚姻の契りを結ぶには至っていない。

セシリアは目を閉じた。そんなふうに考えるのはやめよう。そもそもふたりは結婚していない。こうしているのも夫婦の営みなどではなく――

「どうしたんだ？」

セシリアは目を上げた。エドワードが夕暮れのなかでさえとても鮮やかなままの青い瞳で見おろしている。

「セシリア？」気遣わしげな声とまでは言えないが、エドワードはあきらかに何かしら変化を感じとっていた。

「ただちょっと……」セシリアは何かを、ともかく嘘にはならないことを口にしようと言葉を探した。結局はこう続けた。「……圧倒されてしまって」

エドワードが微笑んだ。ほんのかすかな笑みだったけれど、それだけでもセシリアの心臓の形をすっかり変えてしまいそうなほどの威力があった。「よい意味でかな？」

セシリアは全力でうなずきを返した。いずれにしてもいまのところは、よいことでしかない。でも来週、長く見積もっても来月には、自分の人生はきっと粉々になってしまうはずで……。

来るべき日が来たら、そのときにどうにかするしかない。

エドワードはセシリアの頬にやさしく撫でるように指関節を擦らせ、なおも胸のうちを推し量るように見つめた。「いったいきみは何を考えてるんだ」

わたしが考えていること？　あなたが欲しい。それにあなたを愛している。道理に反しているのはわかっていても、いまはほんとうに結婚しているような心地で、たとえ今夜だけでも、ほんとうの夫婦になれたらいいのにと考えてしまう。

「キスして」セシリアは言った。この瞬間を支配しなくてはという思いに駆られたからだ。未来へ、エドワードの笑顔がもう自分のものではなくなってしまう世界へ流されてしまわないよう、どうにかしてたったいまにとどまるために。

「急にちょっと生意気になったぞ」エドワードがからかうふうに言った。

そんなことは気にしていられなかった。「キスして」セシリアは繰り返し、エドワードの頭の後ろに片手をまわした。「いますぐ」

エドワードを引き寄せて、ふたりの唇が重なると、セシリアの渇望がほとばしりでた。エドワードが自分にとってなくてはならない空気や食べ物や水であるかのように口づけた。全身全霊を込めて、けっして口には出せない思いの丈を注いだ。告白と謝罪の代わりに。いまのうちに女性が得られる喜びを必死につかもうとした。

エドワードも同じくらい激しい情熱で応えてくれた。

自分に何が起きているのかセシリアにはよくわからなかったものの、どういうわけか両手はすべきことを心得ているかのようにエドワードをさらにまた引き寄せ、まだ外されていなかったズボンの留め具を探りあてた。

エドワードが身を離し、ベッドからするりと降りて邪魔な衣類を脱ぎ捨てにかかると、セシリアは思わずもどかしげな声をあげた。そのあいだも目は離せず、ああ、その姿のあまりの美しさに魅入られた。美しいのみならず、セシリアが不安から目を見開いてしまうほど、ほんとうにとても大きかった。

エドワードはセシリアの表情の変化に気づいたらしく含み笑いを洩らし、いたずらっぽく、しかもどことなく野性じみて見える顔つきでベッドに戻ってきた。「ちゃんとおさまる」かすれがかった声で耳もとにささやきかけた。

エドワードの手が撫でおろすように両脚のあいだに滑り込み、セシリアはそこがそんなにも熱く湿っていたことにはじめて気づかされた。熱く湿って渇望している。こうなるように、わたしを快さの極みまで昇りつめさせたの？　あなたを受け入れる準備を整えさせるために？

そうだとすればその思惑どおりセシリアはもうどうしようもなくエドワードを欲していて、自分のなかに取り込んでひとつに結びつけたなら、もうけっして離れたくなかった。

彼のほんの先端が自分の入口に押しあてられたのを感じ、息を呑んだ。

「やさしくする」エドワードが約束した。

「そうしてほしいのか、わからないわ」

触れあっている肌からふるえが伝わってセシリアが目を上げると、エドワードは歯を食いしばるようにして動かぬようこらえていた。「そんなことは言わないでくれ」歯の隙間から言葉を発した。

セシリアはどうにかしてさらに近づこうと背を反らせた。「だってほんとうなんだもの」

エドワードが腰を押しだし、セシリアの入口が開かれた。

「痛くないか？」エドワードが訊いた。

「ええ」セシリアは答えた。「だけどとても……ふしぎな感じ」

「いい意味で、それともよくない意味でだろうか？」

セシリアは何度か瞬きをして、その感覚を解き明かそうとした。「ただ、ふしぎな感じ」

「そう言われると喜んでいいのかわからない」エドワードがつぶやいた。抱き寄せられてさらに入口が広げられ、エドワードがもう少しだけ入ってくるとセシリアははっと息を呑んだ。

「ぼくとしてはこれをふしぎなままにはしたくない」エドワードがセシリアの耳に唇を寄せた。「もっと頻繁にしたほうがいいだろうな」

いつもとは違う、荒々しくすら聞こえる口ぶりに、セシリアの女性の本能らしきものが活気づいた。エドワードをそのようにさせたのは自分だ。この人が、こんなにも大きくて逞しい男性がわれを忘れかけていて、そうなったのはひとえにこのわたしを欲しているからなのだと。

これほど自信を持てたのははじめてのことだ。

けれど先ほどまでのように、ただ身をまかせているわけにはいかなかった。手と唇だけで欲望の嵐のなかへ引き込まれたときには快さに舞い上がらされていればよかったが、今度はみずからこの状態になじんで、彼の大きさに順応しなくてはいけない。痛くはなくても、先ほどのように心地よくもなかった。少なくともセシリアからすれば。

でもエドワードにとっては……先ほどセシリア自身が感じていたのとまったく同じ状態にあるのが、つまり骨の髄まで欲望にきつく囚われているのがその表情から見てとれた。エドワードは心地よく感じている。そうだとしたらセシリアにはそれだけで満足だった。

ところがエドワードからするとどうやらそうではないらしく、眉をひそめて動きをとめた。

セシリアはもの問いたげな目で見つめた。

「このままではいけない」エドワードはそう言うとセシリアの鼻にキスを落とした。

「あなたのお気に召すようにできてないということ？」満足してもらえているように見えたけれど、読み違えていたのかもしれない。

「きみにこれ以上望んだら、ぼくは息絶えてしまう」エドワードは苦笑して言った。「そういう問題じゃないんだ。ぼくがきみを悦ばせていない」

「もうそうさせてもらったもの。ご存じのはずよ」そんなことを口にして顔を赤らめずにはいられなかったものの、楽しめていないとエドワードに思われるのはセシリアには耐えがたかった。

「あれだけでもう終わりだとでも？」

セシリアは自然と目を大きく見開いた。

エドワードの手がふたりの身体のあいだに滑り込み、セシリアの両脚のあいだのいちばん敏感なところを探りあてた。

「まあ！」もとからそこにエドワードを感じてはいたが、また新たにもたらされた快い刺激に思わず声をあげずにはいられなかった。

「その調子だ」エドワードがささやいた。

するとまたあらゆるものがふくれあがってきた。切迫、渇望……そのあまりの勢いにセシリアは圧倒され、突かれるごとにどれほど自分が広げられているのかもわからなかった。もうこれ以上は無理よと思うたび、さらにまたエドワードの腰にゆっくりと押され、魂までも貫かれてしまいそうに感じられた。

誰かとこんなにも近づけるとはセシリアは想像もしていなかった。こんなにも近づいて、それでももっと近づきたいと思うなんて。

とうとうエドワードの身体がすべてぴたりと密着すると、その肩にセシリアはしがみついて背を反らせた。

「なんてことだ」エドワードが息をはずませた。「家に帰れたような気分だ」セシリアには自分を見おろすその目がうっすら潤んでいるかに思えた瞬間、焦がすような熱っぽいキスに唇をふさがれた。

それからすぐにエドワードは動きだした。

はじめはゆっくりと安定した身ごなしで、セシリアのなかになんとも言えず心地よく擦れる感覚をもたらした。けれどほどなく急に苦しげな息遣いに変わり、なおも規則的な動きながらも忙しないくらい速度が増した。それに応じてセシリアも内側から昂《たかぶ》らされ、極みへ急き立てられたが、われを失うまでには追いつけずにいるあいだにエドワードが姿勢をずらし、その口に乳首が含まれた。

セシリアは乳房からお腹の下まで伝わる信じがたい刺激に不意を討たれて声をあげた。あ、でもほんとうにその二箇所は繋がっていて……さらにもう片方の乳首を指で愛撫されると、両脚のあいだが疼きだし、ふるえながらきつく収縮した。

「よし！」エドワードが唸るように言った。「いいぞ、そうやってぼくを締めつけるんだ」

セシリアは乳房をつかまれ、強く握られているのが思いのほか心地よく感じられているうちに、突如また稲妻に貫かれたかのように砕け散った。

「もうだめだ」エドワードがうめいた。「ああ、もう、おお、もう」熱に浮かされたように激しく動きだし、ひとしきり突いたあとでとうとう凍りついてしまったかと思うと、苦しげな低い声でセシリアの名を呼び、どさりと覆いかぶさってきた。「セシリア」今度はどうにか聞きとれる程度のかすれ声で呼んだ。「セシリア」

「ここにいるわ」セシリアはエドワードの背骨のくぼみに指を添わせて、もの憂げに円を描くようにしながらなだめた。

「セシリア」さらにまた繰り返した。「セシリア」

名を呼ぶ以外に何も言えそうにないエドワードがセシリアには微笑ましかった。こちらもエドワード以外のことはほとんど考えられそうにないのだけれど。

「きみをつぶしてしまう」エドワードが低い声で言った。

そうだとしてもセシリアはかまわなかった。この重みが心地よい。

エドワードは脇に転がりおりたが、なおもセシリアにいくらか身をもたせかけていた。

「まだきみから離れたくない」ずいぶんと眠そうな声だ。

セシリアは向き直って見つめた。エドワードの目は閉じられていた。まだ起きているのかもしれないけれど、すぐにも寝入ってしまいそうに見えた。すでに安らかな寝息を立てて、濃く黒っぽい睫は下瞼に伏せられている。

そういえばエドワードの寝顔は見たことがなかったのだとセシリアは思い返した。同じベッドに寝はじめてもう一週間になるが、毎晩、セシリアはベッドの片端に上がり、注意深く背を向けて横たわる。エドワードの息遣いを耳にしながら、息をひそめてじっと音を立てないよう努めていた。そしてエドワードが寝入ったのがわかるまで耳を澄ましていなければと自分に言い聞かせるのだけれど、毎回どういうわけか知らぬ間に先に眠りに落ちてしまうのだった。

朝にはエドワードが必ず先に起きて、セシリアが目覚め、あくびをして起きだす頃にはすでに着替えているか、ほとんど身支度を終えている。

それだけにいまは貴重なひと時だ。エドワードは寝ながら身じろぐわけでもなく、祈りを唱えているかのように口だけがわずかに動いていた。セシリアは手を伸ばして頬に触れたい思いに駆られながらも、起こしたくないので我慢した。体力や逞しさは戻ってきたとはいえ、体調がもとどおりになったとまでは言えず、エドワードには休息が必要だ。

だからただじっと見つめて待つしかない。そうして待っていればいつしか後ろめたさに心がくるまれてしまうのはわかっていた。エドワードに抗う余地なく誘惑されてしまったのだと自分に言いわけして、いっそそう思い込んでしまいたくても、事実ではないのは承知している。たしかに熱情に押し流されはしたけれど、どこかの時点でエドワードをとめられたはずだ。口を開いて、罪を告白しさえすればすむことだったのだから。

セシリアは握りこぶしを口にあて、苦悶の笑いをこらえた。もしエドワードに真実を打ち明ければ、たちまち押しのけられていただろう。エドワードはきっと憤りながらも、おそらくは牧師のところへセシリアを引きずっていき、そのまま正式な婚姻に踏み切ったはずだった。そういう男性なのだから。

でもセシリアはそうさせるわけにはいかなかった。エドワードには故郷に事実上の婚約者で何かと話題にのぼる女性、ビリー・ブリジャートンがいる。エドワードがその女性をとても好いているのはセシリアにも伝わってきた。ビリーの話をするときには必ず笑顔になる。必ず。もしじつは正式にふたりが婚約していたらどうするの？　そうではなかったとしても、すでに結婚を約束していたのに、エドワードがこの数カ月のほかのことと同様にすべて忘れているのだとしたら？

ビリーを愛していたとしたら？　それすら忘れているのかもしれない。

けれどこんなにも後ろめたさが全身を駆け巡っているいまですら、セシリアはこうなるに至ったことを後悔する気持ちにはなれなかった。いつの日かエドワードが思い出のなかだけの存在になってしまったときには、何にもまして代えがたい鮮やかな記憶として胸にとどめておきたい。

それにもし子を授かれたなら……。

セシリアはもうすでにエドワードから与えられたものが芽吹こうとしているかもしれない下腹部に手をあてた。もし子を授かれたとしたら……。

いいえ。その見込みは少ない。友人のイライザは子を宿すまでに結婚してからまる一年を要した。教区牧師の夫人はそれ以上に長くかかった。そうだとしても、そんな運試しじみた真似は続けられないこともじゅうぶんわかっている。今後はもうエドワードに、故郷からこれほど離れた地で子を授かるのは不安だと話せばいい。身重での船旅は避けたいと言えば、嘘にはならない。

もちろん、生まれた子を連れての船旅も。自分一人での船旅でも、あれほど大変な思いをさせられた。船酔いしたわけではないものの、なにしろ退屈で、時には揺れにひやひやさせられもした。赤ん坊をかかえてあんな旅ができる？

セシリアはぶるっと身をふるわせた。考えただけでもぞっとする。

「どうしたんだ？」

エドワードの声を耳にして顔を振り向けた。「寝てしまったのだと思ってたわ」

「寝ていた」エドワードがあくびをした。「ほとんどと付け加えるべきかもしれないが」まだ片脚で妻を押さえつけた恰好になっていたので、その脚をずらしてから、セシリアを引き上げて後ろから抱きかかえた。「気分が悪いのか」

「そんなことないわ」

エドワードはセシリアの頭の後ろにキスをした。「何か思い悩んでいただろう。ぼくにはわかる」

「寝ていたのに？」

「ほとんど寝ていただけだ」エドワードはそれとなく正した。「ひりついてるのか？」

「わからないわ」セシリアはいたって正直に答えた。

「布巾を取ってこよう」エドワードはセシリアから離れ、なめらかにベッドを降りた。セシリアが顔だけそちらに向けて見ていると、エドワードは水を張ったたらいのところへ歩いていった。どうしてあのように裸でもまるで気にせずいられるのだろう？　男性だから？

「お待たせ」エドワードはそばに戻ってきて言った。湿らせた布を手に、やさしくセシリアの太腿のあいだをぬぐいはじめた。

それだけでもう耐えがたく、セシリアは叫びだしかけた。

きれいに拭きとれるとエドワードは布を脇に置き、また寄り添って寝そべり、片肘をついて頭を起こし、もう片方の手でセシリアの髪を弄《もてあそ》びはじめた。「何を気にしているのか、話してくれ」低い声で言う。

セシリアは唾を飲み込み、気力を奮い起こした。「身ごもりたくないの」エドワードがぴたりと動きをとめ、セシリアは部屋が薄暗いことに感謝した。エドワードの目にどのような感情がよぎったにしろ、必ずしも知りたくない。

「手遅れかもしれない」と、エドワード。

「わかってるわ。ただ――」

「母親になりたくないのか？」

「違うわ！」セシリアは思わず声をあげ、自分の語気の強さに身がすくんだ。ほんとうはなりたいに決まっている。エドワードの子を身ごもることを想像しただけで……そんなことが叶えられたらと思うと泣きだしそうになるくらいに。「ここでは身ごもりたくないということよ」そう言葉を継いだ。「この北アメリカでは。ここにもお医者様や手助けしてくれる女性たちがいるのはわかってるけど、いずれ国に帰るんだもの。そのときに赤ん坊を連れて海を渡りたくないの」

「たしかに」エドワードは眉根を寄せて考え込んだ。「そうだよな」

「身重で帰るのも避けたいわ。何が起こるともかぎらないでしょう？」

「何か起こるかもしれないのはどこにいても同じだ、セシリア」

「わかってる。だけど、住み慣れた場所でのほうが穏やかな気持ちでいられるわ。イングランドに帰れれば」

その言葉に嘘はなかった。真実をすべて話したのではないだけで。

エドワードはなおもやさしくなぐさめるような手つきでセシリアの髪を撫でていた。「きみはとても心乱されているように見える」ささやいた。

セシリアは返す言葉が見つからなかった。

「そんなに心配する必要はない」エドワードは語りかけた。「さっきも言ったようにもう手遅れかもしれないが、これからは回避する策を講じればいい」

「そんなことができるの？」セシリアはとたんに胸躍らせたが、もっとはるかに深刻な問題をかかえていたことをすぐに呼び起こした。

エドワードが笑みを浮かべ、セシリアの顎に触れ、自分のほうに上向かせた。「ああ、できるとも。すぐにお見せしたいところだが、きみには少し休息が必要だろう。眠るといい。朝になればすべてがより明るく考えられる」

そんなことはありえない。それでもセシリアはとりあえず眠った。

15

ほんとうに申しわけない。一カ月以上ぶりの手紙となるが、じつのところ書くことがほとんどなかったんだ。もっぱら退屈しているか戦っているかで、どちらについても書く気になれない。だが昨日、ニューポートに着いて、まともな食事にありつけて入浴もできたので、どうにか人心地がついたところだ。

――トーマス・ハーコートが妹セシリアへ宛てた手紙より

親愛なるミス・ハーコート

ご親切な添え書きに感謝します。こちらではまた寒気《かんき》が強まってきたので、この手紙がお手元に届く頃には、ぼくたちは毛織りの軍服のありがたみを身に染みて感じていることでしょう。ニューポートはわれわれにとってしばらくぶりのいかにも町らしいところで、あなたの兄上ともども暮らしやすさを満喫しています。トーマスとぼくは私邸の部屋を与えられているのですが、部下たちは半数が国教会《チャーチ》の会堂に、残り半数はユダヤ教の教会堂《シナゴーグ》にと、それぞれ礼拝堂に分宿しています。そのうち何人かは、信徒ではない礼拝堂で寝起きしていたら主から罰せられるのではないかと恐れていました。昨晩彼らが酒場を訪れていたことのほうがよほど不謹慎だと思うのですが。とはいえ、信仰心に関して意見するのはぼくの仕事ではありませんので。教会と言えば、あなたの教区牧師のペントホイッスル夫人がまたもワインに手を出していないことをお祈りしています。ほんとうのところ、あなたの〝恐ろしく調子はずれの〟賛美歌についての話はじつに面白く拝読しました。

ちなみに当然のご質問にあらかじめお答えしておきますと、ぼくはこれまでシナゴーグを訪れたことがなかったのですが、率直に申しあげて、どこにでもある教会とたいして変わりませんでした。

――セシリア・ハーコート宛ての兄からの手紙に同封されたエドワード・ロークズビーの添え書きより

翌朝もいつものようにエドワードはセシリアより早く目覚めた。ベッドの反対側からそっと抜けだしてもぴくりともしないのだから、セシリアがいつになく疲れているのはあきらかだ。

エドワードは微笑んだ。それほど疲れさせたことに満足している。

きっと空腹でもあるはずだ。セシリアはたいがい一日のなかで朝に最もしっかり食事をとる。〈悪魔の頭〉亭は裏庭で鶏を飼育しているので必ず卵料理が出るのだが、今朝は何かご馳走が要るとエドワードは考えた。何か甘いものが。チェルシー・バンはどうだろう。もしくはスペキュラースでもいい。

いや、どちらもか。両方ではいけない理由はないだろう？

エドワードは身支度を整えると、すぐに戻ることを手早く紙に記してテーブルに置いた。どちらの店もそう遠くはない。知りあいに出くわしでもしなければ、両方まわっても一時間とかからずに買って戻れるだろう。

〈ローイアッケルス〉のほうが近いので、先にそちらへ歩いていき、頭上で客の来店を主人に告げる呼び鈴がチリンチリンと鳴ると、エドワードは笑みをこぼした。この日店にいたのはミスター・ローイアッケルスではなかったが、セシリアが友人になったと話していた、父親の赤毛を受け継いだ女性の姿が見えた。エドワードもコネティカットへ向かう前に、この女性に会っていたことを思いだした。トーマスともども、角を曲がった先にある母国のパン店よりこちらのオランダ人が営むパン屋のほうを贔屓にしていた。

エドワードの笑みは自然と哀しげに沈んだ。トーマスは甘いものに目がなかった。妹と同じで。

「おはようございます、お客様」女性の快活な声がした。粉まみれの手を前掛けで拭きながら奥の部屋から出てきた。

「どうも」エドワードは軽くうなずいて応じた。女性の名を思いだせないのが口惜しかった。だがこれにかぎってはほんとうにただの物忘れだ。彼女の名がなんであれ、記憶の黒く塗りつぶされた部分に埋もれているわけではない。もともと人の名を憶えるのは苦手だった。

「またお目にかかれて嬉しいですわ」女性が言った。「ずいぶんお久しぶりですものね」

「何カ月ぶりかな」とエドワードは答えた。「この街を離れていたので」

女性はうなずき、朗らかな笑顔で続けた。「お得意様になっていただくのはなかなかむずかしいことですわ。軍人さんはあちこちへ、いろいろなところに派遣されてしまいますから」

「コネティカットへ行ってたんです」エドワードは言った。

女性はくすりと笑った。「それで、ご友人はどうなさいましたの？」

「友人？」トーマスのことだとは思ったが、つい訊き返した。やはり心乱されずにはいられなかった。トーマスについてはもう誰にも尋ねられないし、尋ねられたとしても深刻そうなひそひそ声でだからだ。

「じつはもうしばらく会ってないんです」エドワードは言った。

「お寂しいですわね」女性は親しみのこもったしぐさで頭を片側に傾けた。「わたしもですよ。お得意様のおひとりでしたから。甘いものがほんとうにお好きで」

「妹もだ」エドワードはつぶやいた。

女性が興味深そうに見返した。

「彼の妹と結婚したんです」エドワードは説明し、どうしてこんなことを話しているのかとふと思った。単にそう言えるのが嬉しいからなのだろう。セシリアと結婚していた。そうとも。しかもようやくほんとうに婚姻の契りを結んだ。

ミスター・ローイアッケルスの娘は束の間ぼんやりとして、赤みがかった眉を寄せて口を開いた。「ほんとうにごめんなさい。失礼ながら、あなたのお名前を思いだせなくて……」

「エドワード・ロークズビー大尉です。それから、そう、あなたはぼくが結婚したばかりの妻とも会っている。セシリアです」

「もちろんですわ。奥様が名乗られたときにすぐ気づけなくて、申しわけありませんでした。お兄様によく似てらっしゃいますわよね？　顔立ちというよりも――」

「ええ、表情が」エドワードは言葉を補った。

女性がにっこり笑った。「でしたら、きっとスペキュラースを買いにいらしたんですのね」

「まさしく。できれば一ダース」

「たしかまだきちんとご挨拶してませんでしたわ」女性は身をかがめ、下段の棚からビスケットの皿を引きだした。「わたしはベアトリクス。レヴァレット夫人です」

「セシリアはとても楽しそうにあなたのことを話していた」エドワードはレヴァレット夫人がビスケットを数えて揃えるのを辛抱強く待った。朝食をベッドに用意してやったらセシリアがどんな顔をするのか、とても楽しみになってきた。しかもそれがビスケットなら、なおさら期待もふくらむというものだ。

ただし菓子屑がこぼれる。その点は厄介かもしれない。

「大尉の奥様のお兄様はまだコネティカットにいらっしゃるんですか？」

エドワードの愉快な想像は断ち切られた。「なんです？」

「奥様のお兄様です」レヴァレット夫人は言い直し、手もとから目を上げた。「ご一緒にコネティカットへ行かれたものと思っていたので」

エドワードは愕然とした。「ご存じだったんですか？」

「どうして？」

「トーマスはぼくとコネティカットにいた」エドワードは言った。新たな外套を試着してみるのと同じで、試しに口に出してみたといった静かな口調で。

それで合ってるのか？

「そうではなかったんですか？」レヴァレット夫人が尋ねた。

「ぼくは……」いや、何を言おうとしているんだ？ 自分が目下かかえている問題をたいしてよく知らない相手にみずから進んで明かそうとは思わないが、この女性はトーマスについてほかにも何か知っているかもしれないし……。

「ぼくはいま記憶がところどころ、あいまいになってしまっているんです」ようやくそう続けた。それから頭皮に、帽子のつばのすぐ下辺りに触れた。こぶはもうだいぶ小さくなったが、触れるとまだ鈍い痛みがある。「頭を打ったので」

「まあ、大変でしたのね」女性の目は思いやりに満ちていた。「それではさぞ気が揉めますでしょう」

「ええまあ」と応じたが、怪我について話したいわけではない。エドワードはまっすぐに女性と向きあい、その目を見据えた。「先ほど、ハーコート大尉について話してましたよね」

レヴァレット夫人は小さく肩をすくめた。「わたしはほとんど何も知りませんわ。数カ月前におふたりがコネティカットへ行かれたことくらいしか。出発前におふたりでここにおいでになりました。備蓄食料をと」

「備蓄食料」エドワードはおうむ返しに言った。

「あなたはパンを買われて」レヴァレット夫人はくすりと笑った。「ご友人は甘党ですわよね。ですからこう申しあげたんですよ――」

「――スペキュラースは持ち歩きには向かないと」エドワードは夫人の言葉のあとを引きとった。

「ええ」レヴァレット夫人が言う。「とても砕けやすいので」

「ほんとうに砕けてしまったんだ」エドワードは独りごちた。「粉々に」

とたんにすべてがいっきによみがえってきた。


「スタッブズ！」エドワードの怒気みなぎる大声に大佐は見るからに不意を討たれて机から顔を上げた。

「ロークズビー大尉。いったい何事だ？」

いったい何事だ？　いったい何事だ、だと？　エドワードは憤りをどうにかこうにか抑え込んだ。オランダ人が営むパン屋を買った物も受けとらずに飛びだし、ニューヨークの街なかをほとんど駆け抜けるようにしてここへ、現在は英国軍の司令本部として使われている建物のスタッブズ大佐の部屋までやって来た。両手を握りしめ、戦場にいたときのように脳天までどくどくと血が滾り、神をも恐れずに言ってしまえば、軍法会議にかけられるという懸念が頭をよぎりさえしなければ、この上官につかみかかっていただろう。

「知ってたんだな」エドワードは怒りから声をふるわせて言った。「トーマス・ハーコートについて知ってたんだろ」

スタッブズはゆっくりと椅子から立ち、頬髯をたくわえた顔を紅潮させた。「つまり厳密に言えば、どの件についてだ？」

「ふたりともコネティカットへ行ってたんだ。いったいなんだってそれを言わなかった？」

「前にも言ったように」スタッブズは硬い口調で返した。「きみの記憶に影響を及ぼしかねないことは控える」

「そんな出まかせが通用すると思ってるのか」エドワードは吐き捨てた。「正直に話せ」

「正直に話している」スタッブズは語気荒く返し、エドワードの後ろへまわり込んで部屋のドアをばたんと閉めた。「私が好きこのんで、きみの奥方に嘘をついたとでも思うのか？」

「奥方」エドワードはつぶやいた。そのことについても思いだせた。記憶を完全に取り戻せたとまでは言えないまでも、おおよその欠落は埋まり、代理を立てた結婚式など挙げていないことはまず間違いなかった。トーマスから妹との結婚を頼まれていないことについても。

いったいどういうわけでセシリアがこのような芝居を打ったのかは想像もつかないが、とりあえずひとつずつでもこんがらがった事態の糸をほぐしていくよりほかにない。憤りを隠しきれないままスタッブズの目を見据えた。「十秒やるから、どうしてトーマス・ハーコートについて嘘をついたのか説明しろ」

「いいかげんにしたまえ、ロークズビー」大佐は言い、薄くなった髪を片手で掻き上げた。

「私は怪物ではない。妹さんにむなしい期待を抱かせるのは忍びなかった」

エドワードは凍りついた。「むなしい期待？」

スタッブズはじっと見つめた。「知らないのか」尋ねたわけではなかった。

「いまのぼくにわからないことが山ほどあるのはとうに了解事項のはずだ」エドワードは感情をきつく押し込めた鋭い声で言った。「ならばさっさと話してもらえませんかね」

「ハーコート大尉は死んだ」大佐が告げた。首を振り、心から哀しげに続けた。「腹をぶち抜かれて。残念だ」

「なんだと？」エドワードは後ろによろめき、たまたま脚が当たった椅子にへたり込んだ。

「どうして？　いつ？」

「三月に」スタッブズが答えた。部屋の向こうへ歩いていき、戸棚のガラス扉を引きあけ、ブランデーのデカンタを取りだした。「きみと別れてから一週間と経たずに。ニューロシェルで落ちあいたいと知らせてきていた」

大佐が落ち着かなげな手つきでふたつのグラスに琥珀色の液体を注ぐのをエドワードはじっと見ていた。「誰が行ったんです？」

「私だ」

「あなたがひとりで」エドワードの声には信じがたい思いが滲みでていた。

スタッブズがグラスを差しだした。「やむをえないことだった」

エドワードはどういうわけか新しくも古びているようにも思える記憶が次々とよみがえってきて、息を吐いた。トーマスとふたり、海軍の海岸地区攻撃について実行の可能性を探るため、コネティカットへ向かったのだ。トライオン総督から直々に下された指令だった。総督はエドワードを選んだ理由を全幅の信頼をおける人物でなければならないからだと語った。エドワードはそれとまったく同じ理由からトーマスを相棒に選んだ。

だがふたりが行動をともにしたのはほんの数日で、トーマスはノーウォークについて収集した情報を伝えるためニューヨークへ取って返した。エドワードはさらに東へ、ニューヘイヴンを目指したのだ。

トーマスを見たのはそのときが最後となった。

エドワードはブランデーのグラスを取り、いっきに飲み干した。

スタッブズも同じようにグラスを空け、また口を開いた。「つまり記憶を取り戻したということなのだな」

エドワードはさっとうなずきを返した。大佐がすぐにでも質問を始めたがっているのは承知しているが、トーマスについて知りたいことを話してもらえるまで何も答えるつもりはない。「なぜ家族に、ガース准将名で負傷したことのみを伝える手紙を届けさせたんです？」

「そのときにはほんとうに負傷しただけだった」大佐が答えた。「もう一度撃たれたのだ、数日後に」

「どういうことです？」エドワードは読み解こうと考えをめぐらせた。「いったい何があったんです？」

スタッブズは唸り声を洩らし、うなだれるように机にもたれかかった。「ここまで連れ帰れなかった。忠義を確かめられない状態では」

「トーマス・ハーコートは反逆者なんかじゃない」エドワードはぴしゃりと否定した。

「確かめる術がなかった」スタッブズも語気鋭く言い返した。「どう考えればよかったというのだ？　指定されたとおりニューロシェルにたどり着いて、名を呼びかけられるなり、私は銃撃を食らったのだ」

「トーマスが、ですよね」エドワードは正した。いずれにしても撃たれたのはトーマスだ。

スタッブズはすでに注いでいた二杯目のブランデーを呷り、また注ぎに向かった。「誰が狙われていたのかはわからない。私からすれば、標的になりながらも連中の撃ちそこないでどうにかまぬがれたわけだ。きみも植民地軍のほとんどが訓練されていない荒くれ者なのは知ってるだろう。大半は壁すらまともに撃ち抜けまい」

エドワードはしばし黙ってその言葉を咀嚼した。親友が反逆者でないことは身に染みて確信しているが、自分ほどトーマスを知らないスタッブズ大佐が疑いを抱かざるをえない心情も理解できた。

「ハーコート大尉は肩を撃たれた」スタッブズはいかめしく続けた。「銃弾は貫通していた。止血はそうむずかしいことではなかったんだが、なにしろ痛がっていた」

　エドワードは目を閉じて息を吸い込んだが、落ち着きは取り戻せなかった。銃創を負った兵士たちをあまりに多く目にしてきた。

「私は彼をドブズ・フェリーへ連れていった」スタッブズは続けた。「われわれは河岸に小規模の前哨基地を置いている。敵陣内ではないとはいえ至近だ」

　ドブズ・フェリーならエドワードもよく知っていた。三年近く前に遡るホワイト・プレインズの戦い以降、英国軍の連絡基点として使われている。「それから何があったんです？」

　スタッブズ大佐は無表情で目を向けた。「私はこちらに帰ってきた」

「彼を置き去りにして」エドワードは厭わしげに言った。荒れ野の真ん中に負傷した兵士を置き去りにできるとはどんなやつなんだ？

「ひとりでではない。三人を護衛につかせていた」

「捕虜として拘束したわけですか？」

「いずれにしろ身の安全確保のためだ。逃亡を阻止するためなのか、反逆者たちに殺させないためなのかは、その時点では判断できなかった」スタッブズはいらだちをつのらせてエドワードをじろりと見た。「わかっているはずだ、ロークズビー、ここにいる私は敵ではない」

　エドワードは沈黙を守った。

「ともかく、彼はニューヨークまで連れ帰れる状態ではなかった」スタッブズはかぶりを振った。「ずいぶんと痛がっていて」

「あなたが残ればよかったんだ」

「いや、それはできなかった」スタッブズはすぐさま反論した。「私は司令部に戻ってこなくてはならなかった。務めがあったからだ。そもそも誰にも知られぬようここを離れていた。信じてほしい、どうにか口実を見つけて、できるかぎり急いで連れ戻しに取って返したのだ。ほんの二日後に」大佐は唾を飲み込み、エドワードがその部屋に来てからはじめて、みるみる蒼ざめた。「だが着いたときにはもう、みんな死んでいた」

「みんな？」

「ハーコートと、護衛につかせていた三人。全員だ」

エドワードは手もとのグラスを見つめた。手にしていたのを忘れていた。グラスを置き、これで手のふるえはとまるはずだとでもいうように自分の手を見つめた。「何があったんです？」問いかけた。

「わからない」スタッブズは呼び起こされた記憶から苦渋に満ちた顔つきで目を閉じ、かすれがかった声で言った。「全員、撃ち殺されていた」

エドワードはみぞおちから苦味がこみあげた。「処刑されたのか？」

「いや」スタッブズは首を振った。「銃撃戦があったのだ」

「トーマスも？　監視下に置かれていたのに？」

「拘束していたわけではない。怪我を負いながら戦いに加わったのはあきらかだった。ただし……」スタッブズは言葉を飲み込んだ。顔をそむけた。

「ただし、なんです？」

「どちら側で戦ったのかは判別できなかった」

「そんなことはわかりきったことだろう」エドワードは低い声で言った。

「私にか？　きみにはか？」

「ああ、そんなことくらい、わかるとも！」その言葉は怒声となって口をつき、今度はエドワードのほうが思わず椅子から立ち上がった。

「だが、私にはわからなかった」スタッブズは返した。「それに、誰に対しても疑ってかかるのが、私のくそったれ任務なのでな」大佐は自分の額をつかみ、親指と中指で両側のこめかみを押した。「もうほとほと嫌気がさしている」

エドワードは一歩あとずさった。このような大佐は見たことがなかった。大佐でなくともほかの誰であれ、このような表情を果たして見たことがあっただろうか。

「それがどういうことなのか、きみにわかるか？」スタッブズはささやきよりはいくらか大きい程度の声で訊いた。「誰も信じられないということが」

エドワードは黙り込んだ。いまだ腹立たしいことこのうえなく、怒りと憤懣《ふんまん》が噴きあがらんばかりだったが、いまやそれを向けるべき矛先がわからなくなっていた。だがもうその相手はスタッブズでもない。大佐の小刻みにふるえる手からグラスを取り上げ、デカンタのところへ歩いていき、ふたつのグラスにブランデーを注いだ。まだ朝の八時過ぎだろうがかまいはしない。どちらも頭をはっきりさせておく必要に迫られてはいない。

どちらも頭をはっきりさせておきたいわけでもないだろう。

「四人の遺体はどうなったんです？」エドワードは低い声で尋ねた。

「私が埋めた」

「全員を？」

大佐は目を閉じた。「愉快な一日ではなかった」

「ほかに立会人は？」

スタッブズはすばやく目を上げた。「私を信用できないとでも？」

「お許しを」エドワードは詫びた。スタッブズは信用できたからだ。この件については……いや、おそらくはほかのすべてについても。こうした事実を自分ひとりの胸にかかえ込んでいたとは並大抵のことではない。みぞおちに穴が空きかねないほどの苦渋だったに違いなかった。

「埋葬するのに助けを借りた」スタッブズは言った。疲れきった声で。気力を使い果たしてしまったふうに。「どうしても必要だと言うのなら、手を借りた人々の名を教える」

エドワードは長々と見つめてから答えた。「その必要はありません」だがすぐに考えを正しく並べ替えるかのように小さく頭を振った。「どうしてあんな手紙を送ったんです？」

スタッブズは目をしばたたかせた。「どの手紙だ？」

「ガース准将からのです。トーマスが負傷したと書かれていた。あなたの求めで出されたものなんですね」

「あの時点では真実だった」大佐が答えた。「ご家族に一刻も早くお伝えしておきたかった。

私がドブズ・フェリーにハーコートを残してきた翌朝に港を出る船があったのだ。いまとなって思えば……」スタッブズは薄くなった髪を掻き上げ、身体から空気が抜けていくようにため息をついた。「迅速に発送できたと満足していたんだが」

「訂正の手紙をあらためて送ろうとは思わなかったんですか？」

「答えの出ない疑問が多すぎた」

「ご家族に知らせるだけなのに？」エドワードは呆れた調子で訊き返した。

「疑問が解決しだい、また手紙を送るつもりだった」スタッブズがこわばった口ぶりで言う。

「よもや妹さんが大西洋を渡って訪ねてくるとは思いもしなかった。といっても、きみのためにやって来たのかもしれんが」

それはありえない。

スタッブズは自分の机に歩いていき、抽斗を引いた。「ハーコートの指輪を預かっている」

エドワードは大佐が慎重に箱を取りだし、そのなかから印章つきの指輪をつまみ上げるのを見ていた。

「ご家族には大事な品になるだろうと思ってな」スタッブズは指輪を差しだした。

エドワードは手のひらに落とされた金の指輪を見つめた。正直なところ見おぼえはない。トーマスの印章つきの指輪まで注意深く眺めてはいなかった。だがセシリアには見ればわかる物なのだろう。

その心を打ち砕く物だ。

スタッブズが咳払いをした。「きみの奥方にはどう伝えるつもりなのかね?」

奥方。またもその言葉に行き着いた。なんてことだ。セシリアは妻ではなかった。本人がどのようなつもりなのかはわからないが、妻ではない。

「ロークズビー?」

エドワードは目を上げた。セシリアが偽称した理由を解明するのは後まわしだ。まずは嘘を問いただすより、兄の死を悼む女性をいたわる程度の寛大さは持たなければ。

エドワードは深呼吸をして、大佐の目をまっすぐ見据えて口を開いた。「立派な最期を遂げられたと伝えます。兄上がきわめて重要な極秘任務に就いていたため、あなたは最初に尋ねられたときに辛くも真実を答えられなかったのだと」大佐のほうへ踏みだし、さらに歩を進めた。「大佐はあらためて直接真実を説明し、心労をかけてしまったことを詫び、兄上の功労を称えた贈位品はすべて直々に手渡すつもりでおられると話します」

「そんなものは何も――」

「どうにでもつくろえる」エドワードはぴしゃりと遮った。

大佐は何秒か目を見据えた末に言った。「勲章をひとつ用意させよう」

エドワードは了承のうなずきを返し、ドアへ向かった。

だが大佐の声に引きとめられた。「奥方に嘘をつくことになるが、それでいいのか?」

エドワードはゆっくりと振り返った。「何がおっしゃりたいんです?」

「もう自分の知見にはとうてい自信は持てないが」スタッブズはため息まじりに言った。

「結婚は経験している。出だしから嘘をつきたくはないだろう」

「まったくです」

大佐は急に推し量るような目つきになって問いかけた。「私に話していないことが何かあるのではないか、ロークズビー大尉？」

エドワードはドアを押し開き、部屋を出て、大佐に声が届くところから三歩は離れてつぶやいた。「あなたには想像もつくまい」

16

もう久しく便りが届いていていません。心配しないようにはしていますが、なかなかむずかしいことです。

――セシリア・ハーコートが兄トーマスへ宛てた手紙より

エドワードは九時になっても戻らず、セシリアは気になりだした。

九時半を過ぎると、落ち着かない気持ちが不安に取って代わられた。

そして近くの教会の鐘がやけに大きな音で十時を告げると、セシリアはもう一度エドワードの書付を手にして、ひょっとしたら読み違えたのかもしれないと念のため確かめた。

〝朝食を調達してくる。きみが起きるまでには戻る〟

セシリアは下唇を噛みしめた。むしろこれを読み違えるほうがむずかしい。

もしかしたら一階で知りあいの将校に足どめされているのかもしれないとセシリアは考えはじめた。いかにもありそうなことだ。ここではまるで誰もがエドワードを知っているかのようで、しかもそのほとんどが最近ぶじ戻れたことを祝福したがった。兵士たちは退屈してくるとなおさら話題を見つけては饒舌《じょうぜつ》になりがちだ。そしてこのところは誰もが暇を持てあましているように見える。ただしほぼ必ずと言ってよいほど、それでも戦うよりはましだと、すぐさま口をついて出るのだけれど。

そこでセシリアは心ならずも長話を強いられているエドワードを救いだす心積もりで、〈悪魔の頭〉亭の正面側の広間に下りていった。〝とても重要な予定〟があったことを念押しして、そのままふたりで二階に戻れたら……。

ところがエドワードはそこにいなかった。裏手側の部屋にも。

きみが起きるまでには戻る。

どう考えてもおかしい。先に起きるのはいつもエドワードだが、セシリアは朝寝坊というわけではなかった。エドワードもそれはわかっている。必ず八時半には朝食をとれるよう身支度を整えているのだから。

セシリアは探しに行くことも考えたが、外出して五分後にエドワードが戻ってきたら、きっと今度は反対に探しに出かけられてしまいそうなので、それではすれ違いのまま午前中が過ぎ去りかねない。

だから待つことにした。

「今朝はゆっくりされていたんですな」何をするでもなく立っていたセシリアに宿屋の主人が声をかけてきた。「朝食は何も召しあがらないんですか？」

「ええ、けっこうです。夫が買いに――」セシリアは眉をひそめた。「今朝、ロークスビー大尉を見かけませんでした？」

「もう何時間か前になりますが、奥様。おはようとおっしゃって、出て行かれました。それはもう、ご機嫌がよさそうで」宿屋の主人は大ジョッキを拭きながらいたずらっぽく笑った。「口笛を吹いてらっしゃった」

その言葉にセシリアは気恥ずかしさを感じる余裕もないほど不穏な予感を掻き立てられた。通りに面した窓に目をやっても、歪んだガラスの向こうにぼんやりといくつかの人影が見えるだけだ。「もう戻っていてもいい時間なのに」ほとんど独り言のようにつぶやいた。

宿屋の主人は肩をすくめた。「もうまもなくお帰りになりますよ。それまでほんとうに何も召しあがらなくてよろしいんですか？」

「お気遣いをどうも。でもけっこうです。まだ——」

誰かに押し開かれた正面扉がいつもの軋《きし》んだ音を立てたので、セシリアはとっさにエドワードに違いないと信じて振り返った。

当てははずれた。

「モンビー大尉」一週間前に部屋を譲ってくれた若い将校だとセシリアは気づき、小さく膝を曲げて会釈した。モンビー大尉はいったんこの宿屋をあとにして数日後には戻り、いまはほかの兵士と相部屋となっている。セシリアはもう何度かその厚意に感謝を伝えていたが、そのたびモンビー大尉は、紳士の名誉にかけて当然の義務ですからと答えた。それにそもそも〈悪魔の頭〉亭でふたりひと部屋で寝られるだけでも、ほとんどの英国兵士より恵まれた環境なのだと。

「ロークズビー夫人」モンビー大尉が挨拶に応じた。まずは顎を引いて軽く頭を垂れてから、笑みを浮かべた。「おはようございます。これからご主人のところへお出かけですか?」

セシリアは弾かれたように目を上げた。「夫がどこにいるか、ご存じなのですか?」

モンビー大尉はいくらか当惑して肩越しに顎をしゃくった。「〈フロンシス〉亭でお見かけしました」

「なんですって?」

つい甲走った声をあげてしまったらしく、モンビー大尉はびくりとわずかに腰を引いて答えた。「え、はい。向こう端にちらりと目にしただけなんですが、まず人違いではないはずです」

「〈フロンシス〉亭で、ですか? ほんとうに?」

「そのようにお見受けしました」大尉の口ぶりは夫婦の揉めごとには巻き込まれたくないという用心深い響きを帯びていた。

「どなたかと一緒でしたか?」

「ぼくが見たときには誰とも」

セシリアはモンビー大尉に礼を述べると唇をぴたりと引き結び、正面扉へ歩きだした。エドワードがどうして〈フロンシス〉亭でのんびりしているのか見当もつかない。朝食を調達に出かけたのだとしても(第一そこでは〈悪魔の頭〉亭と少しも変わらないものしか食べられないのだから道理が通らない)、もう帰っていてよい頃だ。

すっかり冷めきった朝食を携えて。

しかもエドワードはひとりだったという。ということはつまり——いいえ、率直に言って、だからつまりどういうことなのか、さっぱりわからない。

べつに怒っているわけではないのよ、とセシリアは自分に言い聞かせた。エドワードがどこへ出かけようと本人の自由だ。けれど帰ってくると書付を残した。すぐに帰らないのを知っていたなら、こちらもそれなりの予定を立てられた。

ほとんど知りあいもいない不案内な土地で、ほかにどのような予定を立てられたのかは定かでないけれど。でもそういう問題ではない。

酒場つきの宿屋は概してひとところに寄り集まっているもので、〈フロンシス〉亭も〈悪魔の頭〉亭からそう遠くはなく、にわかに照りつけだした陽光のもと、セシリアはものの五分で目指す場所にたどり着いた。

重い木製の扉を引きあけて足を踏み入れ、酒場の煙った薄暗さに目が慣れるまでしばし待った。何度か瞬きをして視界を晴らすと、ほんとうに片隅の席にエドワードが坐っていた。

ひとりで。

そこまで両足を前へと駆り立てていた胸のうちの炎は勢いをそがれ、セシリアは足をとめ、その光景に見入った。何かがおかしい。

姿勢が崩れている。椅子に背を丸めて腰かけ——どれほど疲れていてもエドワードはおおやけの場でこのような姿を見せたことはない——こちらから見える片手の指は鉤爪《かぎづめ》のように曲げられていた。爪がきちんと切り揃えられていなければ、木製のテーブルに爪の食い込んだ跡がついてしまっていただろう。

胸の前には空のグラスがある。

セシリアはためらいがちに歩を進めた。お酒を飲んでいたの？　そのようにしか見えないけれど、それもまた、いままでのエドワードからすればまったく似つかわしくない行動だ。まだ正午にもなっていないからというだけでなく。

セシリアの鼓動はゆっくりになり……それから高鳴りだし、周りの空気が恐ろしさで重苦しく垂れこめてきた。

エドワードをこれほどまで変えてしまうことがふたつだけ考えられた。〈悪魔の頭〉亭のふたりの部屋に帰る約束すら忘れさせてしまいそうな理由はふたつ。

記憶を取り戻したのかもしれないし……。

もしくは、トーマスが死んだのか。


エドワードは酒が飲みたいわけではなかった。

かっかしながらスタッブズ大佐の執務室を出たが、通りに出る頃には怒りは消え、それが何に取って代わられたかといえば……何にでもなかった。

空っぽだ。

何も感じなかった。

トーマスが死んだ。セシリアは嘘をついていた。

そして自分は大ばか者だ。

エドワードはただ呆然とその場に立ちつくし、母国の高官たちの大多数が席を置く司令本部の建物の前で、何を見るとはなしに虚空を眺めた。行き場が見つからなかった。セシリアと相対する心の準備はできていないので〈悪魔の頭〉亭には戻れない。

第一、いまはそのことについて考える気にもなれない。きっと……きっとセシリアが嘘をついたのにはやむをえない事情があったのだろうが、だからといって……せめても……。

エドワードはひくつく息をゆっくりと吸い込んだ。

セシリアには真実を打ち明ける機会はいくらでもあっただろうし、そっと名を呼びかけて静寂を破るきっかけならいつでも見つけられたはずだ。嘘をついていたと打ち明け、理由を説明してくれさえしていたら、愚かにもセシリアを喜ばせるためなら空から月を引き降ろそうとしかねないくらい愛してしまっているのだから、あっさり許していただろう。

セシリアは自分の妻だと思い込んでいた。

名誉にかけて守ると誓ったのだと。

ところがじつは堕落しきった、まさにおためごかしの下衆野郎になっていたとは。結婚したと思っていたという言いわけは通用しない。純潔の未婚女性とベッドをともにしたことに変わりはない。そのうえ当の女性は親友の妹だ。

むろん、こうなったからには結婚しなければならない。そうせざるをえなくなるよう、当初から仕掛けられていたのだろうか。ただし相手はあのセシリアで、信じられる女性であるはずだった。実際に顔を合わせる前ですらもう自分にとっては信じられる存在となっていた。

エドワードは額を手で擦り、両側のこみかみのくぼみに指を食い込ませた。頭痛がする。頭を指で挟み込んで痛みを抑えつけようとしたが無駄だった。どうにかしてセシリアを頭から絞めだせたところで、今度は彼女の兄のことを考えずにはいられなかったからだ。

トーマスが死んだ。その事実についてのみならず、実際に何が起こったのかを正確に知る者が誰もいないことや、親友はほとんど知らない人々ばかりのなかで反逆者の疑いをかけられて死んだのかと、考えつづけずにはいられなかった。銃弾に腹を撃ち抜かれた親友の姿が思い浮かび、頭のなかをめぐりつづけた。恐ろしい死に方だ……じわじわと苦痛に蝕《むしば》まれていったとは。

そうだとすれば、セシリアには嘘をつかなくてはならないことも、あらためて思案しはじめた。さほど凄惨ではない話にしよう。苦しむ間もなく逝ってしまったことに。

勇敢に戦った末にだ。

皮肉な成り行きだとエドワードは身に沁みて感じた。今度はこちらが嘘をつく番になろうとは。

それでもトーマスの死をセシリアに伝えるのが自分の役目であるのは承知している。どれほどセシリアに腹を立てていたとしても――じつを言えば、いまはもう自分がどう感じているのかもよくわからない――トーマスはかけがえのない親友だ。たとえまだセシリア・ハーコートと対面していなかったとしても、ダービーシャーまで彼女の兄が遺した指輪を届けに向かっただろう。

だがいまはまだセシリアと顔を合わせる心の準備ができない。まずはブランデーをもう一杯飲み干したかった。ワインでもいい。いや、ひとりきりでいられる時間を引き延ばせるのなら、ただの水でもかまわない。

そこで〈悪魔の頭〉亭より友人に出くわす可能性がはるかに低い〈フロンシス〉亭にやって来た。朝っぱらから賑わうような店ではない。奥のカウンター席でテーブル席に背を向けて腰かけていたなら、運が良ければ何時間も誰とも口を利かずにやり過ごせるだろう。

エドワードがカウンター席に坐ると、バーテンダーがちらりと目をくれ、黙って飲み物を差しだした。何なのか見きわめられなかった。いずれにしろ自家製の、おそらくは違法のきわめて強い酒に違いない。

エドワードはもう一杯頼んだ。

それからずっと片隅のカウンター席に居坐りつづけた。たまに誰かがやって来てはグラスを置き換える。一度は女中が蒸留酒に浸して食べるのに誂え向きの堅焼きのパンをひと切れ出してくれた。齧ってみた。石ころのように胃袋に沈んだ。

また酒に戻った。

だがいくら呑んだところで正体をなくすまで酩酊することなどできそうになかった。気を紛らわせることすらできない。いくら杯を重ねようと無駄に思えた。エドワードは長々と目をつむり、今度こそ真っ暗になるか、せめても暗く翳って、トーマスはたしかに死んだのだとしても、それ以上のことはもう考えられなくなってしまったはずだと信じて重い瞼を上げた。セシリアが嘘をついたのであれ、それについてももう頭がまわらないはずだと。

うまくいかなかった。そんな幸運に恵まれるようには生まれついていないらしい。

そこへ、当の女性が姿を現わした。

正面扉が開き、明るい陽射しが薄暗いなかに投げかけられると、エドワードは目を向けるまでもなく彼女が来たのだとわかった。そのじっとりとした空気のなかで、人生最悪の日になるのだと陰鬱な確信を抱いた。そうだとしても、わずかながらもましにする余地はないのだと。

エドワードは目を向けた。

セシリアは扉のそばに立ち、すぐ脇の窓から射し込む陽光がその髪に光輪を戴かせていた。やはりいまでも天使に見えた。

ずっとわが天使なのだと思い込んでいた。

セシリアはすぐには動かなかった。エドワードは立ち上がるべきだとわかっていたものの、いまになって酔いがまわってきたらしく、果たして身体を支えられるのか自分の足を信頼できなかった。

いや、自分の分別をだろうか。立ち上がれば、きっとセシリアのほうへ歩きだす。そのまま進んで目の前にたどり着いたら、抱きしめるだろう。

そして後悔することになる。時間が経って、頭がはっきりしてきたら、そうしたことを後悔するはずだ。

セシリアが用心深く踏みだし、さらに歩を進めた。唇の動きからすると名を呼びかけられているようだが、声は聞こえなかった。実際に声が出ていないからなのか、こちらが聞こうとしていないからなのかはわかりようもないが、セシリアが何か悪い予感を抱いていることは目の表情が物語っていた。

エドワードはポケットに手を入れた。

「何があったの？」セシリアがすぐそばまでやって来た。もはや聞こえないふりはできない。

エドワードは指輪を取りだし、テーブルの上に置いた。

セシリアはエドワードの手の動きを目で追い、すぐには事の重大さを呑み込めないようだった。それから、ふるえる手を伸ばし、指輪を取り、顔の前に持ち上げてまじまじと見つめた。

「いいえ」セシリアがかすれ声を発した。

エドワードは押し黙っていた。

「いいえ。違うわ。兄の物なんかじゃない。それほど凝った物ではなかったんだもの。誰かほかの人の物だわ」セシリアは火傷でもしたかのようにすばやく指輪をテーブルに戻した。

「兄のじゃない。兄のではないと言って」

「残念だ」エドワードは告げた。

セシリアは首を振りつづけた。「違う」同じ言葉を繰り返したが、その口ぶりはもはや手負いの動物のようにか弱かった。

「それはお兄さんの物なんだ、セシリア」エドワードは言った。なぐさめようとはしなかった。そうすべきなのだろう。これほどまでこちらの心が荒《すさ》んでしまっていなければ、せめてなぐさめようとはしていたはずだ。

「どこで手に入れたの？」

「スタッブズ大佐から」エドワードは間をおいて、自分が言いたかったはずのことを呼び起こそうとした。いや、正しくは言いたくはなかったことになるのだろうか。「きみへの謝罪を言《こと》づかった。お悔やみの言葉も」

セシリアは黙って指輪を見つめ、その瞬間まで細い針で刺しとめられてでもいたように突如、顔を上げて問いかけた。「なぜ謝罪を？」

言われてみれば当然の問いかけだった。セシリアは聡明だ。エドワードにとってセシリアのとりわけ好ましいところのひとつでもある。発言の辻褄の合わない箇所にすぐさま敏感に気づくのはわかりきっていたことだ。

エドワードは咳払いをした。「もっと早く伝えられなくて申しわけなかったと。大佐は伝えられなかったんだ。トーマスはとても重要な事柄にかかわっていた。その事柄というのは……極秘なんだ」

セシリアはエドワードの隣りの椅子の背をつかみ、虚勢を張るのは潔くあきらめて、腰をおろした。「それなら、もうずっとわかってらしたということなのね？」

エドワードはうなずいた。「三月の出来事だった」

セシリアが息を呑む音が聞こえた。小さな音だったが、動揺が滲みでていた。「わたしと並んで坐ってらしたのよ」呆然としたかすれ声で言う。「教会で、あなたの意識がまだ戻らなかったときに。何時間も一緒に坐っていた日もあったわ。どうしてそんなことができたの？　わたしが兄を探していたのはご存じだったのに。知っていながら……」息遣いが苦しげに速まりだし、セシリアは口に手をやった。「どうしてそんなひどいことができたの？」

エドワードは沈黙を守った。

セシリアの目つきがどことなく険しくなり、淡い緑色の虹彩が金属めいた鋭さを帯びた。

「あなたは知ってたの？」

「いや」エドワードはまっすぐに無表情な目を向けた。「どうしてぼくにわかるんだ？」

「そうよね」セシリアは低い声で応じた。「ごめんなさい」哀しみに打ちひしがれて途方に暮れた彫像さながら、しばし椅子の上で固まった。その頭のなかをエドワードは推し量ることしかできなかった。時折り急に立てつづけに瞬きしたかと思うと、何か言葉を発しようとしているのか唇が動く。

エドワードはとうとうしびれを切らした。「セシリア？」

セシリアはゆっくりと顔を振り向け、眉根を寄せて問いかけた。「兄の埋葬は？　ちゃんとしてもらえたのよね？」

「ああ」エドワードは答えた。「スタッブズ大佐がみずから取り計らったそうだ」

「それならそこへ――」

「だめだ」エドワードはきっぱりと遮った。「ドブズ・フェリーで埋葬された。どこのことかわかるか？」

セシリアがうなずいた。

「ならば訪ねるのは危険すぎることもわかるはずだ。ぼくですら軍に命じられでもしないかぎり、危険すぎて立ち入れない」

セシリアは今度もうなずいたが、一度目ほど納得のいったそぶりではなかった。

「セシリア……」エドワードは言い聞かせようとした。よもやセシリアを追って敵地に入ることなど考える気にもなれない。ウェストチェスターのあの辺りはいわば、どちらの陣地にも属さない中間地帯だ。だからこそ、トーマスと落ちあうためひとりで会いに出向いたというスタッブズ大佐の話にはほんとうに驚かされた。「約束してくれ」エドワードはテーブルの端をきつくつかんで唸るように言った。「行かないと約束してほしい」

セシリアは困惑しているようにすら見える面持ちで返した。「もちろんだわ。わたしはそんな――」唇を引き結び、なんであれ口に出そうとしたことは呑み込んで、言い換えた。「そういったことはしないわ」

エドワードは軽くうなずいた。いまだ呼吸を鎮められるまでには至らず、このように応じるだけで精いっぱいだった。

「墓標はないのね」少しおいてセシリアが言った。「あるわけないものね？」

返答を求めているわけではないのはわかっていたが、その痛々しい声にエドワードは言葉を返さずにはいられなかった。「スタッブズ大佐が目印の石を積んできたそうだ」

出まかせだったが、小さな積み石程度であれ兄の墓標があるのだと思えれば、なぐさめになるのではないだろうか。

エドワードは空のグラスを手に取り、もの憂げに弄んだ。わずかに丸みを帯びたグラスの底にいくつか水滴がついている。あちらこちらからすでに湿っている同じ道筋を通って流れ落ちてくるのをエドワードはじっと見つめた。グラスをどのくらい傾ければ、新たな支流を作りだせるのだろう？　自分の人生にも当てはめられることなのだろうか。物事を必要なだけ転換させれば、結果を変えられるのか？　たとえばすべてをひっくり返して眺めてみたらどうだろう。そうしたらどうなる？

だがそんなことを考えているあいだですら、エドワードの表情に変化はなかった。血流が滞ってしまったかのごとく、感情を欠いた淡々とした顔を保ちつづけた。そうしなければならなかった。ひとたび崩してしまったら、何があふれだしてくるかわかったものではない。

「その指輪はきみが持っているべきだ」

セシリアは小さくうなずいて指輪をあらためて手に取り、瞬きで涙をこらえて見つめた。その目に見えているものはエドワードにもわかっていた。ハーコート家に紋章はないそうなので、トーマスの指輪の平らな印章部分には優美な筆記体の渦巻き文字でHと彫り込まれているだけだ。

ところがセシリアは指輪を傾けて内側を覗いた。エドワードはにわかに興味をそそられ、少しだけ背を伸ばした。銘刻を探そうとは考えもしなかった。ひょっとしたらトーマスの指輪ではないのだろうか。スタッブズ大佐が嘘をついたのかもしれない。もしかしたら――

セシリアの唇から絞りだすようなむせび泣きが洩れ、あまりに唐突にかすれ声が出たことに本人ですら不意を討たれたらしかった。指輪を持つ手をぎゅっと丸め、前腕に泣き顔を伏せて、いまにもそこに崩れ落ちてしまいそうに見えた。

エドワードはたまらず片腕を伸ばし、セシリアの手を取った。

自分が何をされた相手であれ、どんな事情があるにしろ、いまはセシリアを問いつめることはできない。

「わかってたの……」セシリアはしゃくりあげた。「たぶん兄は死んでしまったのだと思ってた。だけどわたしの頭と心は……同じところにはいてくれなかった」涙の筋をつけた顔を上げ、潤んだ瞳を向けた。「わたしの言ってることがわかる？」

自分が何をしてしまうか不安を覚えながらもエドワードはただうなずいた。こちらもまた頭と心を同じところにとどめておける自信がない。

エドワードはどんな銘刻があったのだろうかと指輪を取り上げた。その内側にわずかながらも光が当たるよう傾けた。

トーマス・ホレイショー。

「わたしの一族の男性はみな同じ指輪を持ってるの」セシリアが言う。「誰の物なのかわかるように内側に洗礼名が刻まれてるわ」

「ホレイショーか」エドワードはつぶやいた。「知らなかった」

「父の祖父がホレスと呼ばれてたのよ」セシリアは落ち着きを取り戻してきたようだ。たわいない会話にはそのような効果があるものなのだろう。「でも母はその名を嫌ってた。それで今度は――」短く詰まった笑いを洩らし、むぞうさに手の甲で顔をぬぐった。エドワードはハンカチを持っていれば手渡していたところだった。だが今朝はご馳走を買って帰って驚かせたくて、それも持たずに急いで飛びだした。二十分もかからずに戻ってこられると思っていたからだ。

「従兄がホレスと名づけられたの」セシリアはいまにも天を仰ぎそうにとまでは言えないかもしれないが、そうしていてもふしぎではない目つきで言った。「わたしに結婚を迫った人よ」

エドワードは手もとを見おろし、無意識に指輪を指のあいだで転がしていたことに気づいた。テーブルに置く。

「あの人は嫌い」セシリアはエドワードが思わず目を上げずにはいられないほど語気鋭く言い放った。瞳を燃え滾らせている。ふだんは淡い色の瞳の奥にこれほど激しい感情が隠されていたとは意外だが、エドワードはふと、炎が一定以上の高温になれば白く見えることを思い起こした。

「ほんとうに嫌い」セシリアが続ける。「お相手があの人でなければ、わたしは――」急に大きな音を立てて啜りあげた。その様子からして、こみあげてきた自覚はなかったのだろう。

「きみは、どうしていたと？」エドワードは穏やかに先を促した。

セシリアはすぐには答えなかった。唾を飲み込んでからようやくまた口を開いた。「ここには来ていなかったかもしれないわ」

「そして、ぼくと結婚することもなかった」

エドワードはまっすぐ向きあい、セシリアを見据えた。真実を切りだすつもりがあるのなら、いまこそそのときだろう。これまで聞かされていたところでは、セシリアはもともと代理結婚をするつもりで乗船したわけではないという話だった。

「きみがニューヨークまで船で渡ってこなければ」エドワードは続けた。「いつの日か、ぼくと結婚していただろうか？」

「わからないわ」セシリアはそう認めた。

「つまり、せめてもの幸いだったということだよな」エドワードは自分の耳に聞こえているのと同じようにセシリアにもほんとうに聞こえているのだろうかといぶかった。少しばかり声が低すぎたし、抑揚も足りなかった。

エドワードは罠を仕掛けて待った。そうせずにはいられなかった。

セシリアがいぶかしげな目を向けた。

「きみがホレスとやらの従兄に迫られていなければ」エドワードは言いつのった。「ぼくたちは結婚していなかった。といってもぼくは……」わざと尻すぼみに言葉を切り、セシリアに急かされるのを待った。

「といってもあなたは……」

「ぼくたちは結婚したものと思っていたわけだ」と、エドワードはあとを引き受けた。「なにしろぼくは何カ月も前に代理結婚の手続きをすませていたんだからな。そう考えると、その間、ぼくはじつはまだ独り身だったのに、そのことを知らなかったことになる」

エドワードはちらりと目をやった。なんとか言ってくれ。

セシリアは何も言わなかった。

エドワードはグラスを手に取り、底に溜まった水滴を飲み干した。さほど溜まってはいなかったが。

「あとはどうすれば？」セシリアが低い声で問いかけた。

エドワードは肩をすくめた。「ぼくにもわからない」

「兄は何か持ってなかったの？　指輪のほかに」

トーマスとコネティカットへ発つ前日のことをエドワードは思い返した。どれくらいで帰ってこられるかわからなかったので、大佐がふたりの荷物を保管する手筈を整えてくれたのだ。「スタッブズ大佐が私物を預かっているはずだ」と答えた。「きみのところへ届けさせよう」

「ありがとう」

「きみの細密画を持っていた」自然と言葉が口をついた。

「なんておっしゃったの？」

「細密画だ。きみのお兄さんはいつも持っていた。いや、肌身離さず持ち歩いていたということではないんだが、どこに移動するときでも必ず荷物のなかに入れていた」

セシリアがうっすら笑みを浮かべて唇をふるわせた。「わたしも兄の絵を持ってるわ。まだお見せしてなかったかしら？」

エドワードは首を振った。

「まあ。ごめんなさい。もっと早くお見せしておけばよかった」セシリアは完全に希望が潰えて気が抜けてしまったのか、いくらか椅子に沈み込んだ。「同じときに描いてもらったの。たしかわたしが十六歳のときに」

「ああ、ずっと前のような絵だった」

一瞬セシリアがとまどい顔になり、何度か瞬きをしてから言った。「ご覧になってたのね。そうだったわ。兄はあなたに見せたと書いていたもの」

エドワードはうなずいた。

「一度か二度」嘘をついた。あの細密画を眺め、手紙から感じとれるように実際にやさしく楽しい女性なのだろうかと想像して、どれほどの時間を費やしたかを伝える必要はない。

「よく似ているとは思えなかったわ。髪の色が本人より明るすぎるんですもの。それに、わたしはあんなふうには笑わない」

ああ、そのとおりだとも。だがそれを口に出してしまったら、あの絵を見たのが一度か二度どころではなかったのを認めることになる。

セシリアは腕を伸ばして指輪を手にした。両手の親指と人差し指で持ち上げた。じっと指輪を見つめる。つくづく眺めつづけた。「もう宿屋にお帰りになる？」しばしおいて問いかけた。

だがこちらに目を向けはしなかった。

エドワードはふたりきりになれば平静を保てる自信がなかったので、こう返した。「まだひとりでいたい」

「そうよね」セシリアはいともあっさり応じ、ふらつきながら立ち上がった。指輪は握りこぶしのなかにしまわれていた。「わたしもだもの」

嘘だ。そうであるのはどちらにもわかっていた。

「それなら、わたしは戻るわね」セシリアはわざわざ扉口のほうを身ぶりで示した。「少し横になろうかしら」

エドワードはうなずいた。「ぼくはまだここに残っていてもいいだろうか」

セシリアが空のグラスのほうをそれとなく示した。「だけどあまり……」

エドワードはあてつけがましく眉を上げ、その先を打ち切らせた。

「なんでもないわ」

賢明な判断だ。

セシリアは一歩踏みだしてから足をとめた。「あなた――」

ようやくだ。セシリアが打ち明けようとしている。事情をつまびらかにしてくれたなら、わだかまりは消え、自己嫌悪に陥らずにもすむし、セシリアを嫌いになることもないだろう。それに……。

脚がテーブルに触れ、エドワードは自分が無意識に立とうとしていたことに気づいた。

「なんだ？」

セシリアがかぶりを振った。「なんでもないわ」

「言ってくれ」

セシリアは困ったような目を向け、言い直した。「わたしはただ、あなたにパン屋さんで何か買ってきましょうかと訊こうとしただけ。でも、なるべくならいまは誰とも顔を合わせたくないわ。だから……ええ、やっぱりまっすぐ宿屋に帰ろうと思って」

パン屋さん。

エドワードは椅子に腰を戻し、するとこらえる間もなく急に、しわがれた不機嫌な笑い声が喉の奥からこぼれでた。

セシリアの目が大きく見開かれた。「でも、お望みなら買いに行くわ。お腹がすいてるなら――」

「いや」エドワードは遮った。「帰れ」

「帰れ」セシリアが繰り返した。

エドワードは思わず口角をゆがめて陽気さを欠いた笑みを浮かべた。「悪魔の館に」

セシリアは笑い返してよいものか迷っているかのように唇をふるわせてうなずいた。「帰るわね」念を押した。扉口のほうを向き、さらにもう一度振り返った。「またのちほど」けれどもセシリアはまだ佇んでいた。ちらりとエドワードの目を見やり、何かを待っている。何かを期待して。

エドワードは何も返さなかった。返せる言葉は何もない。

だからセシリアは去った。

そしてエドワードはまた酒を飲みはじめた。

17

ようやくニューヨークに到着した。それもどうにかこうにかといったところだ。ロードアイランドから船に乗り、エドワードはまたも船乗りにはとことん向かないことを証明してみせた。でもそれでちょうど釣り合いがとれるんだと言ってやった。そのほかのことはなんでも呆れるほどできてしまうやつだからだ。

おっと、ご当人がさっそくこちらを睨んでいる。ぼくにはつい声に出しながら手紙を書く困った癖があるので、どうやら友人はいま手紙に書かれていることがお気に召さないと見える。だが心配無用。この友人はこれまた呆れるほど人が良く、根に持つようなことはない。

でも睨んでるな。まだやつは睨んでるぞ。

〝ぼくはきみのお兄さんの首に手をかけてしまうかもしれない〟

――トーマス・ハーコート（とエドワード・ロークズビー）がセシリア・ハーコートへ宛てた手紙より

セシリアは放心状態で〈悪魔の頭〉亭へと歩きだした。

トーマスが死んだ。

兄が死んでしまった。

覚悟はできているつもりだった。まるで情報のないまま何週間も経ち、兄が生きて見つかる可能性がごく少なくなっていることは承知していた。それでも、ついにこうして……その証しとして兄の印章つきの指輪がポケットに入ると……。

セシリアは打ちのめされた。

埋葬された場所を訪れることすらできない。エドワードの話によれば、マンハッタン島からは離れすぎていて、ワシントン将軍率いる植民地軍に近すぎる場所なのだという。

もっと勇敢な女性なら行くのかもしれない。もっと向こう見ずな女性なら髪を振り乱し、床を踏みつけて、兄が永遠の眠りについた地にどうしても花を手向けなければいけないのだと押し通したのだろう。

たとえば、ビリー・ブリジャートンなら。

セシリアは束の間目をつむり、小さく悪態をついた。ビリー・ブリジャートンのことなど考えてもどうにもならない。執着しすぎだ。

でも、仕方のないことではないの？　エドワードがしじゅう話して聞かせるのだから。

いいえ、たしかにしじゅうではないかもしれないけれど、またどころの話でもない。何度くらいかというと……ともかく、ブリジャートン卿のご長女については、ありがた迷惑にももうじゅうぶんすぎるほど知っている気分にさせられるくらいには。エドワードは気づいていないのかもしれないが、ケントで過ごした子供時代の話にはほぼ必ずと言ってよいほど登場する。ビリー・ブリジャートンは父親の地所を管理している。男性たちに混じって銃猟に出かける。そしてセシリアがその容姿について尋ねるとエドワードはこう答えた。「それが意外になかなかの器量よしなんだ。ぼくは何年も気づいていなかったわけだけどな。なにせ八歳くらいまでは女の子だと思ってすらいなかった気がする」

セシリアにどう答えればいいというのだろう？

「あら」

すべてにおいて、はっきりと的を射た意見を口にできる有能な女性なのね。というのが、セシリアなりに精いっぱい調子を合わせた褒め言葉だった。ほんとうは、馬を後ろ向きにだって駆けさせられるのよなどという人間離れした驚くべき女性、ビリー・ブリジャートンの話を聞いて、男性並みに首が太くて、ぎざぎざの歯並びの、巨大な手をしたアマゾン族の大女を思い浮かべたなんて言えるはずもない。

ぎざぎざの歯並びというのはエドワードの話とはなんのかかわりもなく、つまらない意地を張りがちなところが少しばかりあるのはとうの昔から自覚しているものの、はっきり言ってしまえば、セシリアはただ単にビリー・ブリジャートンがぎざぎざの歯並びの女性なのだと思いたかっただけのことだ。

それに男性並みに太い首をしていると。

でも実際のビリー・ブリジャートンは器量よしで、それでいて逞しく、もし兄を亡くしたのなら、敵地にであろうと埋葬場所にきちんと墓標が建てられているかを確かめに乗り込んでいくのだろう。

だがセシリアはそうではなかった。いくらかはあったはずの勇気も、レディ・ミランダ号に乗船し、東の地平線の向こうにイングランドが消えてしまうのを見届けるまでにすべて使い果たした。それにこの数カ月でひとつ学んだことがあるとするなら、自分は誰かの命が危機にさらされてでもいないかぎり、未知の領域としか呼びようのないところへ飛び込む女性ではないということだ。

そうだとすればあとはもう……。

家に帰るしかない。

このニューヨークに自分の居場所がないことくらいわかっている。それにもうエドワードの妻でもいられない。つまりエドワードももう誰の夫でもない。それでもまだ、もしふたりを結びつけておけるものがあるとするなら……。

セシリアは身を固くし、片手を平らなお腹のほうへ、ちょうど子宮の辺りにあてがった。子を宿しているのならまた話はべつだ。可能性は低いけれど、まったくないわけではない。すると突如として現実味が感じられてきた。身ごもっていない可能性のほうが高いのはわかっているはずなのに、心はもうしっかりと新たな存在、それも信じられないくらいエドワードにそっくりの赤ん坊を受け入れる準備ができているかのように。もちろん母親にも似るのだろうけれど、セシリアの頭に浮かぶのは、黒っぽい髪がうっすら生えて、晴天の空にも負けないくらい青い瞳の、エドワードを小さくしただけの赤ん坊だった。

「お嬢さん？」

セシリアは目を上げ、瞬きをして、それからようやく通りの真ん中で立ちどまってしまっていたことに気づいた。糊の利いた白い婦人帽《ボンネット》をかぶった年配の婦人がやさしい気遣わしげな面持ちでこちらを見ていた。

「お嬢さん、大丈夫？」

セシリアはうなずき、ぎくしゃくと動きだした。「失礼しました」そう言うと通りの片側に退いた。頭がぼんやりとしていて、目の前の善きサマリア人《びと》に目の焦点をきちんと合わせられなかった。「ちょっと……よくない知らせを受けたものですから」

婦人はセシリアの腹部にあてがわれた手に視線を落とした。指輪のない手に。それから、あらためてセシリアの顔を見つめた目は思いやりと哀れみの入り混じった厭わしげな色に満ちていた。

「もう行かないと」セシリアはだし抜けにつぶやき、あとはほとんど駆けるようにして〈悪魔の頭〉亭までたどり着いて、部屋への階段をのぼった。ベッドに身を投げだし、またむせびはじめると、今度はやるせなさと哀しみがちょうど半分ずつの涙が流れだした。

先ほどの婦人に妊婦だと思われてしまったのだろう。未婚の妊婦だと。指輪をしていない手からそう見咎められた。ああ、そうだとすれば、これもまた皮肉な成り行きとしか思いようがない。

エドワードは指輪をつけさせたがっていた。実在しない夫婦の結婚指輪を。

セシリアは笑った。涙を流しながら、ベッドに突っ伏しながらも笑いだした。

みじめな笑い声だった。

身ごもっていたとしたら、せめてもまだその子の父親は母親と結婚していると信じている。誰からもそう思われている。

通りで声をかけてくれたあの婦人以外は。

きっと、気遣わなければいけない若い娘かと声をかけたのに、社会の片隅に追いやられるのも時間の問題の堕落した女だったのかと思われたのだろう。

見知らぬ人の表情を憶測するのは卑しいことなのかもしれないが、世間がどのようなものなのかはセシリアにもわかっていた。もし未婚で子を宿せば、身を滅ぼすこととなる。上流社会の人々にはもう受け入れてはもらえないだろう。故郷の友人たちがたとえ付き合いを続けてくれようとしたとしても、その女性たちの評判に傷がつかないよう人目を忍んで会わざるをえない。

何年か前にマトロックの村にも身ごもってしまったうら若い女性がいた。名をヴェリティ・マーカムといい、セシリアとはほんの顔見知り程度だった。名以外はほとんど知らなかったと言ってもいいくらいだ。身ごもった子の父親が誰かを知る者はいなかったが、そんなことは問題ではない。ヴェリティが子を宿していると伝え聞くと父はすぐさまセシリアに接触を禁じた。感情を激した父の態度には驚かされた。それまで地元の噂話など気にかけるふうもなかったのに、そのことについてだけはべつだったらしい。

セシリアは父の言いつけに逆らいはせず、わざわざ理由を尋ねようとも思わなかった。けれどいまとなっては考えずにはいられない。もしヴェリティが友人だったなら、そうではなくともただの知りあいよりはいくらかでも付き合いがあったなら、父に背けるほどの気概が果たして自分にはあったのだろうか。あったと思いたいところだけれど、たったひとりの大親友だったわけでもないかぎり、自分がそこまでできなかったことは心の底でわかっていた。非情なわけではなく、あえてひとりだけべつの行動をとろうとはしなかっただろうからだ。

社会には規範というものがあり、というより、そういったものがあるのだと少なくともセシリアは思い込んでいた。社会の規範についてなど真剣に考えたことはなかったというほうが正確かもしれない。ただ漫然とそういったものに従ってきた。

でもこうしていざ自分が堕落した女性に陥る不安に直面してみると……。

どうしてもっと親切にできなかったのかと思う。ヴェリティ・マーカムの家を訪ね、友人として手を握ってあげるべきだった。堂々と力づけてあげられればよかったのに。ヴェリティが故郷を出てからもうだいぶ時が経つ。両親によれば娘はコーンウォールで大おばと暮らしているとのことだったが、そんな話を信じている者はマトロックにひとりもいない。ヴェリティがどこへ行ったのか、わが子を手放さずにすんだのかどうかもセシリアには知る由もなかった。

意図せずしてざらついたむせび声が喉の奥からこぼれでて、ともかくこらえなければとセシリアはこぶしを口に押しあてた。自分ひとりのことであれば、きっとどうにか耐えられただろう。でも子にかかわることだ。わが子に。母親になるのがどういうことなのかはまだわからない。身ごもるとはどういうことなのかもほとんど知らない。けれどただひとつ確かなのは、自分の努力でどうにか避けられるなら、わが子に庶子の人生を負わせてはならないということだ。

もうすでにエドワードから多くのものを、信頼もその名も盗みとってしまった。わが子までこっそり奪うなんてことはできない。このうえなく酷い仕打ちだ。エドワードはきっとよい父親になる。いいえ、すばらしい父親になるに決まっている。それに父親であることを心から楽しむだろう。

もしふたりのあいだの子を宿していたら……エドワードには必ず伝えなければいけない。セシリアは決意した。もし身ごもっていたら、とどまろう。エドワードにすべて打ち明け、ふたりのわが子のため、どのような償いでも受け入れる。

でも身ごもっていなければ——月のものの周期からすれば一週間以内に結論が出る——去ろう。エドワードには本来の人生を取り戻してもらわなくてはいけない。セシリア・ハーコートに仕立てられてしまったものではなく、もともと歩むはずだった人生を。

そのときにはすべて打ち明けるけれど、手紙に書いて伝えよう。

臆病者と思われたとしても、それでかまわない。たとえビリー・ブリジャートンでも、このような話を面と向かって伝えられる勇気はさすがにないのではないかしら。

何時間もかかったが、エドワードはようやく〈悪魔の頭〉亭へ帰ろうと思えるまでに落ち着きを取り戻した。

セシリアのもとへ。

妻ではない女性だ。

酒を飲むのをやめてもうだいぶ時間が経ったので、すっかり酔いは醒め、いや、完全にではないのかもしれないが、ほぼしらふに近い状態に戻っていた。きょうはもうセシリアのことを考えるのはやめようと自分に言い聞かせる時間はじゅうぶんにあった。きょうはトーマスに捧げる日だ。そうすべきだろう。たとえ人生がたった一日で崩壊してしまうものだとしても、降りかかる災いにはとてもではないが一度にひとつずつしか対処できない。

セシリアがしたことや言ったことをあれこれ考えていても埒が明かないし、ましてや言ってないことにまで気力を費やしてはいられない。そうしたことは考えるつもりはない。考えたくない。

考えていない。

ほんとうはセシリアを怒鳴りつけたかった。肩をつかんで揺さぶり、事情を話してくれと問いただしたかった。

いっそすっぱり関係を絶ってしまいたい。

いや、永遠に手放してなどやるものか。

きょうはもう、そんなことは考えないはずだったではないか。

きょうは友人の死を悼もう。そしてたとえ自分の妻ではなかろうと、兄の死を悼む女性に寄り添っていてやろう。なぜなら自分はそういう男だからだ。

どうしようもない。

十二号室の前に着き、深呼吸をひとつして、ドアの取っ手をつかんだ。セシリアをなぐさめることまではできないかもしれないが、嘘を問いただす前に数日の猶予を与えてやれるくらいの度量はある。エドワードはまだそれほど近しい人を亡くした経験はなかった。トーマスは親友だが兄弟ではなく、哀しみの深さがセシリアには及びようもないことはわかっていた。それでも想像はできる。たとえばアンドルーやメアリー、それにそのふたりに比べればともに過ごした時間が長くはなくとも兄のジョージや末弟のニコラスにでも、万一のことがあったなら……。

抜《ぬ》け殻《がら》のようになってしまうだろう。

それに、解き明かさなければいけないことが山ほどある。セシリアには行き場がない。どのみち事を急いでもろくな成果は得られまい。

エドワードはドアを開き、薄暗い廊下にまで射し込んでくる陽光に目をしばたたいた。またかと自分に呆れた。このいまいましいドアを開くたび、まぶしさに惑わされている。

「お帰りなさい」セシリアが言った。ベッドに坐って頭板に背をもたせかけ、脚を前に投げだしていた。青いドレスを着たままだが、考えてみればまだ夕食の時刻にもなっていないのだから当然のことなのだろう。

セシリアが修道女のような白い木綿の寝間着になるときには部屋を出ていなければいけない。むろん服を脱ぐところを見られたくはないだろう。

ほんとうの妻ではないのだから。

代理の花婿を立てた結婚式など執り行なわれてはいなかった。エドワードは書類に署名もしていない。セシリアは親友の妹というだけに過ぎない。

だが妻と偽ることでセシリアにいったいどんな得があったというのだろう？　わけがわからない。兄の親友が記憶を喪失していたのはセシリアには知りようのないことだった。昏睡状態の男の妻を名乗れはしても、その男が目覚めれば嘘がばれるのはわかっていたはずだ。

いちかばちか……その男が目覚めないという可能性に賭けたわけでもないかぎり。もし周囲にふたりが結婚したのだと思い込ませたまま、当のエドワードが死んだなら……。

ロークズビー家の未亡人となるのはさほど悪いことでもないだろう。

セシリアがイングランドに帰れば、エドワードの両親は亡き息子の妻を温かく迎え入れるはずだ。両親はエドワードとトーマスの友情を知っていた。そうとも、両親はトーマスと面識がある。クリスマスの晩餐に招きすらしていた。そのトーマスの妹セシリアが息子さんと結婚していたのだと言って現われたとしても、両親が疑う理由は何もない。

とはいえ、あまりに手が込んでいる。セシリアがそれほど計算高い女性とは思えない。

それとも、かいかぶっていたのか？

エドワードは部屋に入ってドアを閉め、セシリアに小さくうなずいてから、部屋にたったひとつの椅子に腰をおろしてブーツを脱ぎにかかった。

「お手伝いしましょうか?」セシリアが尋ねた。

「いや」エドワードはとっさに断わり、セシリアが唾を飲み込むのを見るまいと視線を落とした。セシリアには言葉に窮したときにそのようにする癖がある。エドワードはそれまでセシリアを、その優美な喉もとや、なめらかな肩まわりを眺めるのが好きだった。唾を飲み込むときには唇をきゅっとつぐむ――いまにもキスしそうなほどにとは言えないまでも、そんな気もしないではないので、エドワードはそのたび前のめりになって本物のキスに持ち込みたくなってしまうのだ。

今夜はなるべく見たくないが。

「わたし――」

エドワードはその声に反応してさっと目を上げた。「どうしたんだ?」

だがセシリアはすぐに首を振った。「なんでもないわ」

エドワードはセシリアの視線を捉えた。夕暮れが近づき、陽光が平たく広がっているのは幸いだった。瞳がはっきり見えなければ、思わず魅入られてしまうこともない。その瞳を見つめてまたも浅瀬みたいな色だとか、あるいはまだオレンジの縞模様を帯びた曙光が射しているときならば、春の芽吹きみたいな色だなどと考えずにもすむ。

ブーツを脱ぐと、旅行鞄《トランク》の脇にきちんと揃えて置くために立ち上がった。重苦しい沈黙が部屋に垂れこめ、エドワードはふだんどおりの手順をセシリアに見られているのをひしひしと感じた。いつもならそうするあいだも、この午後はどうしていたのかといったたわいない問いかけをしたり、ともに過ごしていたならば、その日目にしたもの、したことについて感じたところを伝えあったりと、お喋りを続けていただろう。それでセシリアが愉快に思った点を振り返れば、エドワードは笑っただろうし、背を向けて衣裳箪笥に上着を掛けに行きがてら、ぞくりとする疼きに全身をくすぐられ、いったいこれはなんなのかと当惑させられるのだ。

だがそれも束の間に過ぎない。疼きの正体はわかりきっているからだ。

幸福感。

愛。

そんなことをセシリアに言わなかったのはせめてもの救いだ。

「わたし――」

エドワードは目を向けた。セシリアがまたも何か言いかけて口をつぐんだ。「どうしたんだ、セシリア？」

その口調にセシリアが驚いたように目をしばたたかせた。冷たいというほどではないにしろ、そっけない言い方になった。「兄の指輪をどうしたらいいのかと思って」セシリアは静かに答えた。

ふん。そんなことを言いよどんでいたのか。エドワードは肩をすくめた。「鎖をつければネックレスとして身に着けられる」

セシリアは使い古された毛布を指で弄んだ。「そうね」

「きみの子供たちのために取っておいてもいいんじゃないか」

考えなしにわざわざ、きみのとつけてしまった。ぼくたちのではなく。

不自然な言いまわしにセシリアは気づいただろうか？　そうは思えなかった。表情に変化はない。相変わらず蒼白くぼんやりとしていて、誰から見ても愛する兄の死を聞かされたばかりの女性にこれ以上になくふさわしい顔つきだ。

セシリアがどのような嘘をついていたにしろ、トーマスへの愛情に偽りはない。それだけは間違いないとエドワードは確信できた。

にわかに自分がとんでもなく鼻持ちならない男に感じられてきた。セシリアは哀しんでいる。深く傷ついている。

エドワードはセシリアを嫌いになりたかった。このままいけばそんな願いを叶えられるのも時間の問題だろう。だがいまは、どうにかして苦しみをやわらげてやらなければとしか思えない。

自分に辟易して息をつき、ベッドに歩いていってセシリアと並んで腰かけた。「残念だ」

セシリアの肩に腕をまわした。

セシリアの身体はすぐにはやわらがなかった。哀しみと、おそらくはとまどいも相まって硬くなっていた。エドワードはけっして努力して演じていたわけではなく、いまとなっては信じがたいことだが、今朝スタッブズ大佐と話すまではほんとうに愛情深い夫だった。

トーマスが死んだことを知らされたのと同時にセシリアの嘘にも気づかされなければ、自分はどうしていたのかを想像しようとした。

どうしていたんだ？　どのような振る舞いをしていただろう？

自分の哀しみはさしおいていただろう。

まずはセシリアを気遣い、なぐさめていたはずだ。

この腕のなかで涙が枯れるまで泣かせてやり、寝入ってしまったら額にそっとキスをして、毛布を引き寄せて掛けてやっただろう。

「ぼくにできることはないか？」ぶっきらぼうに尋ねた。言葉を口にするのに全力を要したのはもちろん、それ以外に言えることがなかった。

「わからない」セシリアはエドワードの脇に顔を伏せていたので声がくぐもった。「ただ……ここにいてくれる？　そばに坐っててくれる？」

エドワードはうなずいた。それくらいのことならできる。胸の奥のほうがちくりとしたが、それくらいのことであれば。

そんなふうに、それから何時間も過ごした。階下から夕食の盆を持ってこさせたが、どちらも手をつけなかった。セシリアが寝支度を整える段になるとエドワードは部屋の外に出て、エドワードが着替えるときにはセシリアは壁のほうを向いていた。

あれほど熱くベッドをともにした晩などなかったかのようだ。

あのとき燃えあがった炎も胸の高鳴りも……すべて跡形もなく消えてしまった。

ふとエドワードはその部屋のドアをあけるのがどれほど苦手なのかを、いつもわかっていながら陽光を浴びて不意を討たれてしまう感覚を、呼び起こした。

なんと愚かだったのだろう。まったく、大ばか者だ。

18

今回の手紙はおふたりからなのね。ふたりが一緒にいられるのならとても安心です。苦労を分かち合える相手がいたほうが心強いに決まってますもの。

――セシリア・ハーコートがトーマス・ハーコートとエドワード・ロークズビーへ宛てた手紙より

翌朝、エドワードは先に目覚めた。

いつものこととはいえ、先に起きられてこれほどよかったと思ったことはない。夜は明けているが、カーテンの端の隙間から洩れ射す光のかげんからすると、陽が顔を出してまださほど経ってはいない。窓の外ではニューヨークの街がすでに動きだしていたが、日常の暮らしの物音はまだ途切れがちで控えめだ。通りすぎる荷馬車の車輪の軋む音、雄鶏の鳴き声。時折り、誰かが高らかに挨拶する声も聞こえる。

宿屋の厚い壁の向こうからでも聞こえてくるわけだが、セシリアのようにぐっすり寝入っていれば起こされるほどの大きさでもない。

エドワードは物心がついた頃から人けのない朝にこそ早起きして活動しはじめるのが習い性となっていた。周りになるべく人がいないほうが、どれほど多くのことを成し遂げられるものかとつねづね実感してきた。

ところが最近では——もっとはっきり言ってしまえば、セシリアがわが人生に登場してからのまだ短い期間だが——静かな早朝はじっくりと考えごとをするのに向いていると思うようになった。ベッドがとても快適なので得られる時間でもある。暖かいし。

それに、セシリアがそばにいる。

夜のうちにセシリアが自然とこちら側に身体を沈ませてきていると、エドワードはそっとベッドを滑りでて着替える前に、ほんの何分かだけその柔らかなぬくもりに快く浸った。セシリアはたまに寝ているあいだに腕をエドワードの胸や肩の上に投げだしていることがある。どういうわけか、ふくらはぎの下に足をもぐり込ませていることも。

それでもエドワードは必ずセシリアが目覚める前にベッドを離れた。どうしてなのか自分でもよくわからない。身を寄せあった状態をいかに心地よく感じているか、セシリアに気取られるのがまだ面はゆかったからかもしれない。そうした密やかなひと時からどれほど安らぎを得ているかをみずから認めたくもなかったのだろう。

きのうもそうだったからこそ、セシリアのために甘いパンでも買いに行こうといそいそと起きだした。

おかげで、思いだせたわけだ。

けれども今朝は手脚をあらぬところへおいていたのは自分のほうだった。セシリアは身を丸めて寄り添い、顔をこちらの胸もとにうずめていた。エドワードは片腕で抱きかかえていたので、肌に吐息が感じられた。

寝ながらなにげなくセシリアの髪を撫でていた。

知らぬ間にそうしていたことに気づいてすぐ手をとめたが、身を離しはしなかった。そうしようと思えなかった。このままじっと動かずに横たわっていれば、前日の出来事はなかったことにできるのではないかとさえ信じかけた。目をあけなければ、トーマスは生きていると思い込めるのではないか。そしてセシリアとの結婚も……現実となる。セシリアがこの腕のなかにいて、その髪のほのかな香りで鼻をくすぐられているのも当然だ。セシリアをそっと寝返らせ、ぬくもりの心地よさを味わったとしても、正しい行ない以外の何物でもなく、聖餐式のパンを口にするのにも等しいことなのだと。

だが現実にはもう、純潔の良家の子女を誘惑した男となってしまった。

しかもそうなるよう仕向けたのはセシリア自身だ。

セシリアを憎みたい。憎めるような気がするときもある。そんなときでもたいがいは自分の思いすらあいまいなのだが。

傍らでセシリアが目覚めそうなそぶりを見せた。「エドワード？」かすれがかった声だった。「起きてるの？」

寝ているふりをしたら嘘つきになるのだろうか。たぶん。だがこのところの騙《だま》しあいからすれば、ほんの可愛い嘘だろう。

意識して寝たふりをしようとしたわけではなかった。そんな狡猾な性分ではない。とはいえセシリアのかすれ声が柔らかに耳をかすめたとき、エドワードの内側でなんとなく腹立たしい気持ちが頭をもたげてきて、答える気になれなかった。

だから答えなかった。

そのうちにセシリアが拍子抜けしたような声を洩らし、いくらか上体を起こすと、エドワードは不可思議な自信が湧いた。眠っているものとセシリアに思われている。

自分はセシリアを欺いている。

はるかにちっぽけなことでながらも、仕返しできたというわけだ。セシリアは真実を明かさず、そうすることで結果として主導権を握っていた。

そんなふうに考えてしまうのだから、われ知らず復讐心も芽生えていたのかもしれない。

不公平だという気持ちも心のどこかにあったのだろう。さして面目を気にするたちではないが、自分がやられたやり方で一矢報いられたのだと思うと、エドワードは溜飲が下がった。

「どうしたらいいの？」と、つぶやく声が聞こえた。セシリアは寝返りをうって背を向けた。

それでもまだすぐそばにいるのは同じだ。

エドワードもまだそこにいてほしかった。

記憶を取り戻したことをこのまま黙っていたら、どうなるのだろう？　いずれは打ち明けなければならないとしても、いますぐそうしなければいけない理由はない。どのみち思いだしたのはほとんどセシリアとは無関係のことばかりだ。コネティカットへは、あいにくの冷たい雨のなか馬に乗って向かった。ノーウォークの波止場周辺を探っていて、マクレランという名の農夫に不意討ちに遭ったときの衝撃。エドワードは武器に手を伸ばしたが、物陰からさらにふたりの男たちが現われ――見るからにマクレランの息子たちだった――抵抗するだけ無駄だと即座に観念した。銃口と干し草用の熊手を突きつけられてマクレラン家の納屋へ追い立てられ、そこに何週間も拘束された。

セシリアに思いだせたこととして話した猫はそこにいた。毎日二十三時間くらいはその薄汚れたモップみたいな毛むくじゃらの猫だけを相手に過ごした。エドワードの人生史を余すところなく聞かされた気の毒な相棒だ。

幾度も繰り返して。

それでもせっせと鳥や鼠の死骸を運んできてくれたところをみると、巧みな話術を楽しんでくれていたのだろう。エドワードは猫生来の習性で贈ってくれたものにできるかぎり感謝の意を示し、必ずその毛むくじゃらの小さいやつがこちらを見ていないときを狙って納屋の扉のほうに鳥や鼠の死骸を蹴りやった。

納屋の持ち主マクレランがずたずたの鼠を少なくとも六匹は踏みつけたのは、思いがけず得られたなぐさめだ。マクレランは日がな一日家畜相手に働いている男にしてはやけに気弱なところがあるようで、ブーツでうっかり華奢な骨を踏み砕いてしまっては甲高い驚きの声と悲鳴をあげ、エドワードにわずかばかりの愉悦をもたらしてくれた。

といってもマクレランはそう頻繁に納屋に繋いだ捕虜の様子を確かめに来たわけではない。そもそもあの農夫が自分をどうするつもりだったのか、エドワードにもいまだにわからなかった。身代金でも要求しようと思ったのだろうか。マクレランと息子たちはワシントン将軍率いる植民地軍の大義にさほど傾倒しているようにも見えなかった。むろん王党派でもありえない。

戦争は雇われ兵たちを、それもまずは欲深い人々から成る一団を生みだす。

結局、エドワードを解放したのはマクレランの妻だった。一家のご婦人がたにはせめても行儀よく穏やかな態度を心がけてはいたものの、男の魅力の功用で逃がしてもらえたわけではない。それどころかマクレラン夫人はエドワードに、一家の食料を分け与えるのはほとほと限界だとこぼした。夫人は九人の子を産み、そのうち一人として幼いうちに死ぬ憂き目に遭うこともなかった。食べさせなければいけない家族が多すぎるのだと。

エドワードはそこに来てからたいして食べ物を与えられていないことはあえて指摘しなかった。なにせすでに夫人は足首を縛りつけているロープをほどきにかかっていた。

「出ていくのは暗くなってからにして」夫人は忠告した。「そして東へ向かうの。男連中はみんなもう町に行ってるはずだから」

男たちが町の集会所にどのような用があるのか夫人は話さなかったし、エドワードも尋ねなかった。夫人に言われたとおり暗くなってから東へ向かった。本来進むべき道筋とは反対方向だとは思いつつ。夜闇にまぎれて歩きつづけること一週間。ロングアイランド湾を渡り切り、さらにウィリアムズバーグまではぶじたどり着いた。それから……。

エドワードは眉根を寄せ、はっと、まだ寝たふりをしていたことを思いだした。だがセシリアには気づかれていない。こちらに背を向けたままだからだ。

ウィリアムズバーグで何があったんだ？　そこでの記憶はなお靄がかっていた。川を渡る乗船賃代わりに漁師に上着をくれてやった。小舟に乗り込んで……。

あの漁師に頭を殴りつけられたのに違いない。どうしてなのかはわからない。値打ちのある物など何も持っていなかった。

くれてやった上着にしてもだ。

キップス湾の岸辺に放りだされていたのは不幸中の幸いと思うべきなのだろう。漁師からすれば小舟から海の墓場へ滑り落とすのはたやすいことだったはずだ。落とされていたら、エドワードの身に何があったのか誰もわからずじまいとなっていただろう。

家族が自分の死を受け入れるのにどれくらいの時を要したのだろうかと、エドワードは想像した。

そう考えると、こんなふうに消沈している自分が情けなくなった。こうして生きている。幸せであるはずなのに。

いや、幸せだろうと思い直した。たぶん今朝はそうではないだけのことで。それには致し方のない理由がある。

「エドワード？」

またうっかりしていた。あれこれ考えをめぐらせているのが顔に表われていたのだろう。エドワードは目をあけた。

「お目覚めかしら」セシリアが言った。だがその口調にはどことなく用心深い響きがあった。はにかんでいるのとは違う。少なくともエドワードにはそう感じられた。同じベッドで寝ていたのをセシリアがいまさらながらあらためて意識し、気まずく思うのは無理もないことなのだろう。ほんとうならもう一日早くこうして向きあわされていてもふしぎはなかった。セシリアが目覚める前にこちらが朝食を買いに出かけてしまわなければ。

「まだ寝てたのね」セシリアはほんのかすかにだが笑みを見せた。「わたしより遅く起きたのははじめてでしょう」

「そうよね」セシリアが静かに言った。視線を落とし、それから顔をそむけ、さらにはため息をついて言った。「起きないと」

エドワードは小さく肩をすくめて返した。「疲れてたんだ」

「どうして」

セシリアがすばやく二度瞬きをした。「することがあるわ」

「そうなのか？」

「だって――」セシリアは唾を飲み込んだ。「そうしないと。こうしては……いられない」

だがもうトーマスを探せないのなら、ほかにしなければいけないことなどあるのか？　セシリアがニューヨークにやって来た理由はそれだけだったのだから。

エドワードは待った。そしてセシリアがこれまでしていたことはすべて、どこへ行くのも誰と会うのも何もかもが兄を探すためだったのだと気づいて表情を崩していくのを目にして、胸をえぐられる思いがした。

これでもうすべての行動の目的は失われた。

とはいえ、セシリアは自分のためにも多くの時間を費やしてくれたのだとエドワードは思い起こした。どんな思惑があったにしろ、病院でも退院してからも献身的に世話をしてくれた。

命の恩人と言えるだろう。

セシリアを嫌いにはなれない。そうしたくても。

セシリアが眉間に皺を寄せた。「どうかしたの？」

「どうしてそう思うんだ？」

「どうしてかしら。なんだかいつもと顔つきが違うわ」

それについては間違いない。

エドワードに言葉を発するつもりがないのがあきらかにわかると、セシリアは小さくため息をついた。気が抜けてしまったように見える。「それでもやっぱり起きないと。たとえすることがなくても」

ないわけではないだろうとエドワードは思った。

ふたりはベッドにいる。ベッドですることならいくらでもある。

「忙しくさせてやろう」エドワードはつぶやいた。

「なんですって？」

だがセシリアにそれ以上言葉を口にする隙を与えず、エドワードは身を乗りだしてキスをした。

そうしようと考えていたわけではなかった。むしろ少しでも考える間を取っていたら、そうしないよう間違いなく自分に言い聞かせていたはずだ。魔が差したとしか思いようがない。するとと今度はもう、そうすることでしか正気を保てないように感じられてきた。

たったいま、セシリアにキスをしてしまったのは、この内なるもののすべてがそうすることを切実に求めたからだ。本能とでも呼ぶべきところではいまだセシリアはわが妻で、こうして触れるのは当然のことなのだと思い込んでいた。

セシリアはふたりが結婚したと言った。エドワードに結婚の誓いを立てたと思わせたのはセシリアだ。

エドワードはもう式文をそらんじられるくらい数多くの結婚式に出席していた。新郎の誓いの言葉も憶えている。

われはこの身で汝を崇め……。

きみを崇めたい。

もうほんとうにどうしようもないほどに。

エドワードの手がセシリアの頭の後ろを支えて引き寄せ、かかえ込んだ。

セシリアは抗わなかった。逃れようとするそぶりもない。それどころか両腕をまわしてすがりつき、キスを返してきた。この結婚が偽りなのは承知のうえなのにだと、エドワードは腹立たしく感じたが、それでもセシリアはこちらに引けをとらない熱っぽさで応じた。その唇はせっかちで、背を反らせて昂った切なげな声を洩らし、セシリアはますますきつく身を押しつけてくる。

エドワードはずっと内に秘めていた灯火を抑えきれなくなり、燃え立った。ベッドの上でセシリアを組み敷くと、荒々しく喉もとを唇でたどり、面白味のかけらもない寝間着の襟ぐりに行き着いた。

こんな煩わしいものはいっそ噛み切ってやりたいくらいだ。

「エドワード！」セシリアが驚いたような声をあげても、エドワードの頭にはもう、きみはぼくのものだろうという考えしかなかった。セシリア自身がそう言ったのだから、こちらが否定する道理がない。

セシリアを自分の虜《とりこ》に、手のうちに取り込んでしまいたい。

寝間着の裾を捲り上げ、セシリアが脚を開いて応じるとエドワードは溜飲を下げてうめいた。野蛮なことだとは知りつつ、寝間着の薄い木綿の上から唇で乳房を探ると、セシリアも痣が残りそうなくらい強くエドワードの肩をつかんできた。それに、セシリアの口から洩れる声は……。

その先へと求める女性の声だ。

「お願い」セシリアが懇願するように言った。

「どうしてほしい？」エドワードは目を合わせた。いたずらっぽい笑みを浮かべて。

セシリアはとまどった顔で見つめ返した。「わかるでしょう」

エドワードはゆっくりと首を振った。「言ってくれなければ」まだ下穿きを着けているが、擦りつけるとセシリアも硬い欲情の証しを感じてくれているのがわかった。「言ってくれ」と急かした。

セシリアの顔は赤らんでいた。単に熱情にほてっているせいではない。「あなたが欲しい」切迫した声をあげた。「わかるでしょう。わかって」

「ううむ、それなら」エドワードはのんびりとした口ぶりで返した。「ぼくをくれてやる」

セシリアの寝間着を頭から脱がせ、裸体を朝陽のもとにさらした。その瞬間、それまでのことはすべて忘れた。怒りも、切迫ですら、セシリアの美しさの前では溶けてしまったかのように。エドワードはつくづく眺め、完璧な姿に魅入られた。

「きみはほんとうにきれいだ」ささやいた。そこから先の口づけはやわらいでいった——なおも欲情に駆られながらも、エドワードを煽り立てていた憤りはもはや失われていた。セシリアの肌を、塩気を含んだ甘みを味わいつつ唇で肩を滑りおり、胸もとをたどる。

セシリアのすべてが欲しい。われを忘れてしまいたい。

いや、セシリアにそうさせたかった。もうこらえきれなくなるくらいまで快さを味わわせてから、極みへ昇りつめさせる。

自分の名すらわからなくなるくらいに。

エドワードは手のひらでセシリアの乳房の先端をやさしく撫でて、小石のように硬く立ち上がってくるのを楽しんだが、それだけでは終わらせなかった。唇を脇から腹部へ滑らせ、さらにはなだらかに丸みを帯びた腰骨へもめぐらせた。

「エドワード？」

聞き流した。自分がしていることはわかっている。セシリアに気に入ってもらえていることも。

これでもしセシリアを味わえずに終わったら息絶えてしまいかねないこともだ。

セシリアが今度は差し迫った声で呼びかけた。「何してるの？」

「しいっ」エドワードはなだめつつ、大きな手でセシリアの脚をさらに開かせた。セシリアが身悶えて、エドワードの顔の前に腰を落ち着けた。頭のなかは混乱していても、身体は欲するものをちゃんとわかっているらしい。

「そんなところを見ないで」セシリアが息を切らして言った。

エドワードは臍のすぐ下に口づけた。ただセシリアを驚かせたいばかりに。「きみは美しい」

「そこはだめ！」

「そうはいかない」エドワードはセシリアのふんわりとした茂みに指をくぐらせ、奥まったところへかすめるように進み、分け入って熱っぽく眺めた。それから柔らかな皮膚にそっと息を吹きかけた。

セシリアが心地よさそうに静かな声を洩らした。

エドワードはそこに一本の指でもの憂げに円を描いた。「気に入ったかい？」

「わからないわ」

「もうひとつ試させてくれ」ささやきかけた。「それから判断してくれればいい」

「でもわから――まあ……」

エドワードは笑みを浮かべた。セシリアの密やかなところに唇を寄せたまま。そうして、軽く舌を触れさせた。「気に入ったかい？」もう一度尋ねた。

今度はセシリアがかすれがかった声で答えた。「ええ」

あらためて貪欲にたっぷり舐めると、セシリアがマットレスから腰を跳ね上げさせ、エドワードはその振動を快く受けとめた。「じっとしていてくれなければ」わざわざ甘美な責め苦を与えつつ、やさしく諭した。「ちゃんとできないぞ」

「無理よ」セシリアが哀れっぽく言う。

「きみならきっと大丈夫だ」だが少しでも助けになればと、エドワードはいつでもしっかり支えられるよう念のためセシリアの腰骨の辺りに手を添えた。

それからまたキスをした。唇にするときと同じように激しく深く。味わい尽くし、自分の下でセシリアが小刻みに身をふるわせているのを感じて悦に入った。セシリアは欲望に酔いしれている。

自分がセシリアを酔いしれさせている。エドワードにはそれが嬉しかった。

「こうしてほしいか？」低い声で尋ね、セシリアの顔を見ようと顎を上げた。

これからまた甘美な責め苦を与えるために。あともう少しだけ。

「ええ」セシリアが切なげに言った。「ええ！　やめないで」

エドワードはそれまで口づけていたところを今度は指でくすぐりつつ、まだ焦らす言葉をささやいた。「どれくらい、こうしていてほしいんだ？」

セシリアは答えなかったが、聞くまでもなかった。表情から困惑が見てとれる。

「どれくらいだ、セシリア？」エドワードは問いかけ、またもほんのかすめるようにだけ口づけて、硬い蕾を舌でさっとはじいた。

「いくらでもよ！」セシリアは悲鳴にも似た声をあげた。

その返事を待っていた。

エドワードは口での愛撫を再開した。

これでもかとばかりにセシリアを慈しんだ。

セシリアは密やかなところにキスを浴びせられるうちエドワードを押しのけかねない勢いでベッドから身を跳ね上げさせ、乱れていった。懸命にエドワードの頭をつかみ、両脚でぎゅっと挟み込む。

それ以上にはもう不可能なほどに締めつけられても、エドワードはただひたすら心地よかった。とうとうセシリアが崩れ落ちると、エドワードは上のほうに身をずらして両肘をついて顔を見おろした。セシリアは目を閉じ、朝の空気のなかでかすかにふるえている。

「寒いのか？」静かに問いかけた。セシリアが小さくうなずいたので、エドワードはうっすらと汗ばんだなめらかな肢体に覆いかぶさった。

セシリアはその重みで悦びの極限まで追い込まれてしまったかのように頭をぐらりと傾けた。エドワードはセシリアの張りのある喉を唇でなぞり、鎖骨のくぼみに行き着いた。欲望の味がした。

セシリアの欲望の味だ。

自分自身の欲望でもある。

下穿きを脱ごうと互いのあいだに手を差し入れた。薄い亜麻布一枚であれ、ふたりの聖域を穢すもののように思えた。数秒とおかずセシリアの寝間着と一緒にベッドの向こう側に重ねられ、エドワードはまた温かな肌のぬくもりのなかへ身を落ち着けた。

セシリアの入口に腰をあてがうようにして、しばしそこでじっとこらえ、ゆっくり押しだしていくと、居心地のよいところに収まった。

すべてを忘れた。このベッドでのいまこの瞬間以外には何ひとつ存在していない。何も考えずに動きだし、ただ本能のみに身をゆだねた。セシリアもその動きに呼応し、突かれるごとに腰を上げた。悦びはあまりに激しく深く、痛みにも変わりかねないくらい内側から昂らされていった。と突如、セシリアがたじろぎ、慌てた目をして言った。「待って！」

エドワードはびくりと動きをとめ、恐れにも似た思いが胸を吹き抜けた。「痛かったのか？」

セシリアは首を振った。「違うわ。でもやめなければ。わたし——身ごもれない」

エドワードは黙って見つめ、その言葉の意味を解き明かそうとした。

「忘れたの？」セシリアが哀しげに唾を飲み込んだ。「話し合ったわよね」

そのことならエドワードも憶えていた。とはいえ、あのときとは言葉の意味するところはまったく変わってしまった。セシリアは身重でイングランドへ旅したくないからだと話していた。ニューヨークで出産するのもいやだからと。

いまとなってみれば、ほんとうは身ごもることができないという意味だったのだ。子を授かることはできない。結婚許可証を得てもいないのだから。

聞き流してしまおうという考えがエドワードの頭をよぎった。このままセシリアのなかに新たな命を生みだすべく、事を終えてしまえと。

そうすればこの結婚は現実のものとなる。

セシリアが今度は弱々しい声で言った。「お願い」

エドワードは身を引いた。本能に真っ向から背くことであっても。横向きに寝転がり、セシリアから離れ、まずはふだんの呼吸を取り戻すことだけに全力を傾けた。

「エドワード？」セシリアが肩に触れた。

エドワードはその手を振り払った。「もう少し――待ってくれ」

「ええ、そうよね」セシリアが少しずつ遠ざかり、ぎこちない動きでマットレスを揺らし、やがて床に足を降ろした音が聞こえた。

「あの……わたしにできることはある？」セシリアがためらいがちに尋ねた。なおも無慈悲に突きでているエドワードの下腹部に視線を落とした。「お手伝いでも」

エドワードは考えた。

「エドワード？」

静寂のなかセシリアの息遣いがささやきのように響いて、エドワードは自分の鼓動にもましてその音が大きく聞こえてくることに驚かされた。

「ごめんなさい」

「謝らなくていい」さらりと返した。そんな言葉は聞きたくなかった。仰向けになり、深呼吸をひとつした。いまだ岩並みに硬い。もう少しで彼女のなかで解き放たれてしまうところだったし、いまですら……。

エドワードは悪態をついた。

「わたしは出ていたほうがいいわね」セシリアが慌てた口ぶりで言った。

「そのほうが賢明だろうな」やさしいもの言いではなかったが、エドワードにとっては精いっぱいの返答だった。このうえはもう自分の手ですませなければならず、セシリアの柔らかな感触のなかでとは大違いのものとなるのはわかりきっている。

この期に及んでセシリアの柔らかな感触に執着しているとは自分でも呆れ返る。

セシリアはそそくさと身支度を整え、部屋をまさしく飛びだしていったが、そのときにはエドワードの切迫もすっかり萎えて、自分ですませるまでもないように思えた。

正直なところ、みじめな気分になるだけだろう。

エドワードは上体を起こし、ベッドの片側から脚を降ろして坐り、前かがみに膝に肘をおいて、頬杖をついた。これまではつねに自分のすべきことがわかっていた。けっして完璧な人間ではない。だがいつでも善悪の区別は明確に判断できていたはずだった。

家族のためより国家のためだ。

自分自身より家族が大切だ。

そうだとしたら、いったいどこに迷い込んでしまったんだ？　幻想の愛のなかだろうか。幻の女性との結婚にか。

いや、結婚してはいなかった。その事実を忘れてはならない。セシリア・ハーコートと結婚してはいない。一度は事に及んでしまったとはいえ……。

セシリアが言ったことは正論だ。二度目は起こりえない。ふたりがほんとうに結婚しないかぎり。

結婚するだろう。そうしなければならないし、つまりそうするしかないのだとエドワードはみずからに言い聞かせた。心の片隅に、まぎれもなく結婚したい気持ちがあることはあえて見つめ直そうとは思わなかった。そこにはもともと、セシリアと結婚できたことが嬉しくてたまらなかった気持ちが潜んでいた。

この心にはほんの少しだけ……騙されやすく、どうしようもなくお人好しな部分がある。そんな男の判断はけっしてあてにはならないわけで、現にいまはまた同じ心のなかのべつのところから、慌てるな、時間をおけと諭す小さな声が聞こえてくる。

何日かセシリアを焦らせるんだと。

喉の奥からもどかしさが小さな叫びとなって吐きだされ、エドワードは両手で頭をつかみ、髪をきつく後ろに引いた。こんな時間を過ごすことになろうとは。

もうひとつ唸り声を洩らすとベッドからぐいと立ち上がり、衣裳箪笥へ服を取りに向かった。セシリアと違って、どうしてもきょうやらなければいけないことがある。

第一にすべきは、スタッブズ大佐を訪ねることだ。コネティカットの港の状況についてさほど有益な情報を得られたとは思わないが、兵士の精神が染みついているエドワードにとって見聞きしたことを報告するのは義務だった。当然ながら、戻るのにこれほど長くかかった経緯も大佐に説明しなければならない。猫だけを相棒に納屋に囚われていたとはあまり体裁のよい話ではないが、反逆者の疑いをかけられるよりははるかにましだ。

むろん、トーマスの荷物についても話さなければいけない。コネティカットへ発つときにはエドワードの旅行鞄と並べて保管されていた。正式に死亡宣告がなされたからには、荷物は妹のセシリアに返されるべきだ。

あの細密画も入っているのだろう。

腹が低く鳴り、そういえばまる一日近く何も食べていなかったのだとエドワードは思い返した。きっとセシリアが朝食の用意を頼んでおいてくれるに違いない。うまくすれば、食堂に下りればまだ温かな食事にありつけるだろう。

まずは腹ごしらえで、それからスタッブズ大佐だ。いずれにしろ一日の予定を立てられるのはありがたい。やらなければいけないことがあると思うと、だんだん自分らしさを取り戻せてきたような気がした。なにはともあれ、きょうのところは。

19

こちらはようやく春の息吹きが感じられるようになり、ほっとしています。クロッカスのお裾分けをどうかロークスビー大尉にも差しあげてください。うまく押し花にできているとよいのですが。おふたりにわずかながらでもイングランドを感じて楽しんでいただけたら幸いです。

――セシリア・ハーコートが兄トーマスへ宛てた手紙より

その午前中のうちにセシリアは港まで散歩に出かけた。朝食の席でエドワードから、スタッブズ大佐に会いにいく予定で、用件をすませるのにどれくらいかかるかわからないと言われた。つまり、なんなら一日じゅうでも好き勝手にしていてよいというわけだ。セシリアはこの一週間少しずつ眺めていた詩集を読み終えてしまうつもりで部屋に戻ったのだが、ほんの数分でやはり外に出かけずにはいられないと結論づけた。部屋のなかは息苦しく、壁が近すぎて、ページに印刷された文字に集中しようとするたび目に涙があふれだしてくる。

セシリアは心が脆くなっていた。

あらゆる理由から。

こういうときには散歩にかぎると思い立った。爽やかな空気を吸えば気分もよくなるだろうし、人目があれば当然ながらわっと泣きだすわけにもいかない。

きょうの目標は、人前で泣かないこと。

たやすく達成できそうな気がする。

好天に恵まれ、暑すぎもせず、海からのそよ風も吹いていた。少し沖合に停留している囚人輸送船の悪臭を吹き流すのにどれほどの風が必要なのかを考えれば、潮と海藻の香りが運ばれてくるのは嬉しい驚きだった。

ニューヨークにきょうまで滞在するなかでセシリアは港の日常もいくらかわかるようになっていた。船はほぼ毎日入港するが、旅客が降り立つのはごくまれだった。ほとんどが英国軍になくてはならない物資をもたらす商船だ。そのなかにも料金を払えば旅客を乗せる船もあり、おかげでセシリアもリヴァプールからやって来られたのだった。レディ・ミランダ号は本来ニューヨークに駐留する兵士たちに食料と軍需品を届けるため入港した。それでも十四人の旅客も乗船させていた。五週間もの船旅で、おのずとセシリアはそのほぼ全員とよく知る間柄になった。みな、戦争中に当の戦地の沿岸地域へ天候を読みがたい海を渡るという危険な船旅に挑んだこと以外、ほとんど共通点のない人々だ。

つまりは頭がどうかしているとしか思えない人々とも言えるだろう。

セシリアは思わず笑みをこぼしかけた。自分にそんな航海をする勇気があったとはいまだに信じられない。たしかに追いつめられていたし、選択肢があまりなかったのだけれど、それでも……。

よくやれたと思う。ともあれ、そのことについては。

この日も何隻かの船が停泊していて、レディ・ミランダ号と同じ船隊に属しているという一隻も含まれていた。アイルランドのコークを出港してニューヨークまで航海してきたリアノン号だ。〈悪魔の頭〉亭で夕食をとっていたある将校の妻がこの船に乗ってやって来たらしい。セシリアはまだ顔を合わせてはいなかったが、その女性が到着したとの報は大きな話題となり、明るい笑いをもたらしている。噂話は毎晩食堂で賑やかに取りざたされているのだから、耳に入れずにいられるわけがなかった。

セシリアはリアノン号の高くそびえる帆柱をいわば北極星代わりに仰ぎ見ながら、波止場のほうへのんびりと進んでいった。もちろんすでに歩いたことのある道とはいえ、自分の方向感覚だけではなんとなく心もとなかったからだ。リアノン号はニューヨークに入港してどれくらい経つのだろう？　記憶が正しければ、まだ一週間にはならないはずで、そうだとしたら復路の出航まで少なくともあと数日は停泊するはずだ。荷下ろしをしてまた新たな貨物が積み込まれる。むろん船乗りたちにとっても長い船旅から陸《おか》に下りて過ごせる貴重な時間となる。

セシリアは波止場に着いて、春の花が咲きほころんだかのごとく世界がぱっと開けた気がした。街なかのように三、四階の建物に太陽が隠されることもなく、正午近くの明るい陽射しが降り注いでいる。波止場は外洋にあるわけではなくても、こうして眼下に海が広がっていると、この世界がはるか彼方へ続いているのだと感じられる。向こうにブルックリンがすぐに臨《のぞ》め、船が湾を抜けて大西洋に出るのにさほど時間がかからないのは一目瞭然だ。

胸に刻み込まれてしまっている故郷とはだいぶ違うとはいえ、思いのほかほんとうに美しい眺めだった。どちらの港でも同じように海水に次々と白波が立っては、せっかちな乳母の足音並みにぴしゃぴしゃと堤防に打ち寄せてくるさまは見ていて飽きない。

港周りの海水は灰色がかっているが、水平線の向こうでは深く底知れない青色へと濃くなっていく。大しけの日になると緑色に見えるときもあった。

それもまたダービーシャーの安穏とした小さな住まいから飛びださなければ学べなかった、ささやかな知識のひとつだ。来てよかった。心からそう思う。ひとつだけではない理由から打ちひしがれてこの地を去ることになっても、来る価値はあった。前よりも善い人になれた――いいえ、より強い人に。

善い人なら、こんなに長く嘘をついてはいられないでしょう。

それでも来てよかった。自分にとっては。それにたぶん、エドワードにとっても。エドワードは目覚めるまでに二日間も命にかかわるほどの高熱を出していた。セシリアは夜を徹して付き添い、冷たく湿らせた布をあてがいつづけた。そのおかげでエドワードを救えたのか、ほんとうのところはわかりようがないけれど、もしそうだったのだとしたら、それだけでも来た甲斐《かい》はあった。

そうでも思うより仕方がない。そう思えば、これから先もきっとどうにか生きていける。

そしてセシリアは自分がもうすっかり去る心積もりで考えていることに気づかされた。お腹を見おろした。身ごもっているかもしれない。そうではない証しはまだ訪れていない。でも可能性は少ないのだから、旅立ちの手筈を整えておいたほうがよいのは確かだった。

だからこそ波止場まで歩いてきた。どうして海へ足を進めているのか意識して考えはしなかったけれど、リアノン号の船倉に木箱を運び入れているふたりの作業員を目にして、尋ねるために来たのだとはっきり悟った。

故郷に帰ってからどうするかについては……乗船すれば船室のなかで考える時間はたっぷりある。

「すみません！」セシリアは積み込みの指示を出していた男性に呼びかけた。「出港はいつですか？」

男性はその問いかけに濃く太い眉を上げ、船のほうに頭を傾けて言った。「リアノン号のことかい？」

「そうです。ブリテンへ戻られるのでしょう？」西インド諸島を経由する船が多いようだが、たいがいはこの北アメリカへの往路ですでにまわって来ているはずだった。

「アイルランドへ」男性は答えた。「コークだ。天気がもてば金曜の晩に発つ」

「金曜」セシリアは低い声で繰り返した。あと二日しかない。「旅客は乗せますか？」こちらまでの航海でもすでに旅客を乗せてきたのは知りつつ、念のため尋ねた。

「そうさな」男性はぶっきらぼうにうなずいた。「空きを探してんのかい？」

「一応は」

そのもの言いが男性には愉快に思えたらしい。「一応とな。いまはまだはっきりしないってことかい？」

セシリアはあえて答えるまでもない問いかけだと判断した。代わりに、伯爵の子息の妻にふさわしいしぐさだと考えて前にも試した冷ややかな眼差しを向けて待っていると、その男性は堤防のさらに高みにいるべつの男性のほうに顎をしゃくった。「ティミンズに訊いてみな。空きがあるか知ってるはずだ」

「ありがとう」セシリアは礼を述べて、船首近くにいる男性二人組のほうへ歩を進めた。ひとりは腰に両手をあてて立ち、もうひとりは錨《いかり》のほうを指し示している。急を要する話をしているようには見えなかったので、近づいていって呼びかけた。「お伺いしたいのですが。ミスター・ティミンズはどちらかしら？」

錨を指し示していたほうの男性が帽子を少し持ち上げた。「ご婦人、私ですが。何かご用でしょうか？」

「あちらにいた方から――」セシリアは荷物が積み込まれているほうを振り返って示した。

「――あなたが船室の空きをご存じだろうと伺ったので」

「乗船されるのは男性、それともご婦人ですか？」

「女性よ」セシリアは唾を飲み込んだ。「わたしです」

ミスター・ティミンズがうなずいた。好感の持てる男性だとセシリアは見定めた。誠実な目をしている。

「ご婦人おひとりでしたら空きがあります」ミスター・ティミンズが答えた。「相室になりますが」

「かまいません」セシリアは応じた。そもそも個室料金となると自分ひとりではとても賄えそうにない。相室でも大きな出費になるが、帰りの旅費は残るようにできるだけ節約していた。おかげでエドワードが昏睡状態から目覚めるまで、ほとんど何も買えずに過ごしていたのだから苦難を強いられた。あれほどひもじい思いをしたのは生まれてはじめてだったけれど、一日一食で我慢しつづけたのだ。

「乗船代を伺ってもよろしいかしら？」セシリアは尋ねた。

ミスター・ティミンズの返答を聞いて、心が沈んだ。いいえ、反対に跳ね上がったと言うべきなのかもしれない。なにしろニューヨークへ来るときに払った額のほぼ一・五倍の高値なのだから。しかもセシリアが貯めていたお金では足りなかった。西へより東への航海のほうが高くつく理由がわからない。きっと単に旅客から取れる額を請求しているだけのことなのだろう。ニューヨークの人々は国王への忠誠心が強い。ニューヨークへ来るときよりも帰るときのほうがせっかちになりやすいのは容易に想像できた。

そうだとしても、そんなことはどうでもいい。なにしろ旅費が足りないのだから。

「乗船券を買われますか？」ミスター・ティミンズが訊いた。

「それがその、いいえ」セシリアは言った。「つまりまだ、いますぐには」

でも次の船には乗れるかもしれない。買い物のためにエドワードからもらうお金のなかから、ちょっぴりずつでも貯めさせてもらえば……。

ため息が出た。どうせもう嘘つきになっている。泥棒になってもさほど変わらない。

トーマスの旅行鞄は重かったので、荷馬車で〈悪魔の頭〉亭まで届けてもらうようエドワードが手配した。宿屋の正面側の広間には二階まで運び上げるのを手伝ってくれる男たちがいくらでもいる。

ところがエドワードが十二号室に帰ると、セシリアの姿はなかった。まったく予期していなかったことというわけでもない。朝食の席でセシリアは外出するとは言わなかったが、一日じゅう部屋のなかに閉じこもってもいられないだろう。とはいうもののセシリアの兄の旅行鞄を運び入れ、こうして部屋で腰をおろしてみると、なんとなく拍子抜けした気分だった。そもそも、セシリアのためにこの鞄を取りに行ってきたのだ。意気揚々と帰還して、トーマスの持ち物を苦労して手に入れた獲物のごとく差しだすといった光景を想像していた。現実には、空いている床の半分をどっしりと占拠した鞄をベッドに腰かけてただ眺めている。

その中身はすでに見ていた。陸軍司令部の執務室で、スタッブズ大佐はエドワードに個人の領域を侵すことになるのではと疑問を投げかける余地も与えず、あっさり鞄をあけ放った。「すべて揃っているか確かめなければ」スタッブズは言った。「何が入っていたか知っているかね？」

「少しは」トーマスの旅行鞄についてはふつうなら知りえないところまで知っていながら、エドワードは言葉を濁した。隙を見つけてはセシリアの手紙を読み返したくて親友の鞄を探っていた。

本来の目的を果たせずに終わることもあった。セシリアが書いた文字をひたすら見つめていたことも。

ただそれだけで満足できた。

まったく、とんだ愚か者だ。

愚か者？　それよりもっと始末が悪い。

なにしろ案の定、スタッブズがトーマスの旅行鞄を開き、なかを確かめるよう指示したとき、エドワードの目がまず留まったのはセシリアの細密画だった。いまとなれば本人と似ていないのがよくわかる。いや、ひょっとすると本人をさほど知らない人々から見れば、似ているのだろうか。実物のセシリアの笑顔や類いまれな瞳の色がまるで描きだされていない。あのような瞳の色を再現できる絵の具が存在するのかは定かでないが。

大佐は執務机に戻り、エドワードが目を上げたときには、その関心はすでに部屋のこちら側の旅行鞄ではなく目の前の書類に向けられているのがあきらかだった。

エドワードは細密画をすばやくポケットにしまった。

そしてセシリアが散歩から戻ってきたときにもまだ同じところに入っていた。衣裳簞笥にきちんと掛けられた上着のポケットのなかに。

というわけで、エドワードは愚か者のみならず泥棒にもなってしまった。そのうえ、ばかげたことをしたとは思いながらも、後悔する気にはなれない。

「兄の鞄を引きとってきてくださったのね」セシリアは部屋に入ってくるなり静かに感嘆の声を洩らした。髪が風に乱され、わずかに頬にかかっている巻き毛にエドワードは束の間目を奪われた。柔らかなブロンドの髪の房がくるんと垂れて、結わずにおろしているときよりしっかりとその丸みが保たれている。

重力に負けていないとは逞しい。

それにしても、いったい何をまるで場違いなことを考えているんだ。

エドワードはベッドから腰を上げ、咳払いをして注意を引いた。「スタッブズ大佐が迅速に返却してくれた」

セシリアはいたくためらいがちに旅行鞄に近づいた。手を伸ばしたが、いったん動きをとめ、それから掛け金に触れた。「ご覧になったの？」

「ああ」エドワードはうなずいた。「スタッブズ大佐にすべて揃っているか確かめるようにと言われたんだ」

「揃っていたのね？」

そう訊かれても、どう答えろというんだ？　そのときは揃っていたとしても、細密画をポケットに入れてしまったのだから、いまは肯定できない。

「ぼくが見たかぎりでは」そう答えるしかなかった。

セシリアが緊張と哀しみと憂いのすべてが滲みでたしぐさで唾を飲み込んだ。

エドワードは抱きしめてやりたかった。現にそうしかけたが、踏みだしてすぐに自分がしようとしていることに気づき、踏みとどまった。

セシリアにされたことをなかったことにはできない。

いや、なかったことにするわけにはいかない。

そのふたつには大きな違いがある。

それでも亡き兄の鞄の前でなす術もなく哀しい目をして立ちつくすセシリアを見ているうちに、エドワードは思わず腕を伸ばし、片手を取った。

「あけてみるといい」エドワードは言った。「きっとなぐさめになる」

セシリアはすなおにうなずき、エドワードに握られた手を引き戻し、両手で鞄の蓋を開いた。「衣類ね」つぶやいて、最上部にきちんとたたんで詰められていた白いシャツに触れた。

「どうすればいいのかしら」

エドワードにもわからなかった。

「あなたには合わないでしょうし」セシリアは思いめぐらすふうに続けた。「兄はそれほど肩幅が広くなかったから。それに、そもそもあなたはもっと仕立ての上等なものを身に着けてらっしゃるし」

「必要としている人たちはいる」エドワードは言った。

「ええ。名案ね。兄もきっと喜ぶわ」けれどもすぐにセシリアは小さく笑って頭を振り、はらりと目の上にかかった髪を払った。「わたしは何を言ってるのかしら。兄はそんなことを考える人ではなかったのに」

　エドワードは意表を突かれて目をまたたいた。

「兄のことは大好きだし――」セシリアは咳払いをして言い直した。「大好きだったけど、貧しい人々の苦しみをとりたてて思いやってはいなかった。冷たいわけではないのよ」急いで付け加えた。「ただ、そうした人々のことはまったく頭になかったのではないかしら」

　エドワードは反応のしようがないので、仕方なくうなずいたようなものだった。無関心という意味では自分も同罪だと感じたからかもしれない。たいがいの男たちはそうなのではないだろうか。

「でも兄のシャツを受けとってくださる方が見つかれば、わたしにはなぐさめになる」セシリアがきっぱりと言った。

「お兄さんも喜ぶとも」エドワードはそう応じてから、言い添えた。「きみの気持ちが楽になれば」

　セシリアは口もとをゆがめて苦笑いのようなものを浮かべてみせてから、旅行鞄に向き直った。「軍服のもらい手も見つかるといいけれど。必要な方もいらっしゃるわよね」トーマスの上着に手を滑らせると、ほっそりとした指が緋色の毛織りの上でいっそう白く見えた。「病院であなたに付き添っていたとき、ほかにも兵隊さんたちがいたわ。それで……」セシリアは敬意を表しているようにも見えるそぶりでうつむいた。「時どき、お手伝いしていたの。もちろん、たいしたことはできなかったけど。あなたをひとりにさせたくなかったし」

エドワードは感謝を伝えようとしたが、言葉が口から出る前にセシリアがぴんと背を起こし、きびきびとした口調になって続けた。「その人たちの軍服を見たわ。繕いようがないほどの人たちもいた。だから、きっと、もらってくれる人がいるはずね」

なんとなく問いかけられているようにも聞こえたので、エドワードはうなずいた。兵士たちは軍服を一分の隙もなく着用することが義務づけられているが、ぬかるんだ田園地帯を歩きまわらなければならない時間の長さを考えれば容易なことではない。

そのうえ撃たれもする。

銃弾で空いた穴の繕いも厄介だが、銃剣で斬りつけられた怪我はそれどころではない。布地が破ければその下の皮膚もそれなりのことになっているはずだが、正気を保つには布地のほうだけに意識を向ける以外になかった。

トーマスの軍服をほかの兵士に譲ろうとするセシリアは慈悲にあふれている。多くの遺族は勇敢に務めを果たした証しに形見として引きとりを望むからだ。

エドワードはとたんに少し距離をとらなければと感じて、唾を飲み込んであとずさった。セシリアのことがよくわからない。それに怒りを保てない自分に腹が立った。わずか一日しか経っていない。失われていた記憶は、色彩も光も言葉も場所も、一瞬にしてよみがえってきたのだが、そのどこにもセシリア・ハーコートは含まれていなかった。

セシリアは妻ではなかった。そうだとすれば憤るのが当然だろう。自分には憤るべき権利がある。

とはいえ、この胸を容赦なく突き刺しつづけている数々の疑問はまだ投げかけることができない。当の相手が亡き兄の旅行鞄をいとおしげに荷ほどきしているいまは。なにしろ涙を手でぬぐうのを隠そうとして顔をそむけている。

セシリアはトーマスの上着を脇に取りだしてから、さらに鞄の奥のほうを探った。「わたしからの手紙は取っておいてくれたのかしら？」

「取っていた」

セシリアがちらっと目を上げた。「あら、そうよね。あなたはもう鞄のなかを確かめてくださったのだもの」

だから知ったわけではないが、わざわざ説明する必要はないだろう。

エドワードはベッドの端に寄りかかり、セシリアがトーマスの荷物を確かめていくのを見守った。いつの間にかセシリアは手が届きやすいよう膝立ちになり、すべて調べ終わる頃にはエドワードがもう二度と見られないかもしれないと思っていた笑みを浮かべていた。

いや、自分がこんなにも心の底から見たいと望んでいたとは考えもしなかった笑みと言うべきかもしれない。

いまもまだセシリアを愛している。

良識に真っ向から反して、自分でも正気とはとうてい思えないことであれ、エドワードはいまもセシリアを愛していた。

ため息が出た。

セシリアが顔を上げた。「どうかしたの？」

たしかにどうかしている。

「いや」

だがセシリアはエドワードが答えるより先に旅行鞄のほうに顔を戻していた。ひょっとしてこちらを見てはいなかったのだろうかとエドワードはいぶかった。というのもこの顔を見ていたのなら……。

目を見れば本心を読みとれたんじゃないのか？

エドワードはまたもため息をつきかけた。

セシリアがぶつぶつとふしぎそうな声を洩らしているので、何をしているのだろうかとエドワードは自然と身を乗りだした。「どうしたんだ？」

セシリアはきちんとたたんだシャツやズボンのあいだに手を分け入らせて眉をひそめた。

「細密画が見つからないの」

エドワードは思わず唇を開いたが言葉は発しなかった。言おうとした。言わなければと思うのだが、声が出てこない。

まるで似てもいないあの細密画がほしかった。身勝手な男だとでも、盗人とでも呼んでくれ。どうしても自分の物にしたい。

「きっとコネティカットに持っていったのね」セシリアが言った。「あの絵にはなんとなく安らぎを与えてくれるようなところがあるのよ」

「お兄さんの頭のなかにはいつもきみがいた」エドワードは言った。

セシリアが目を上げた。「とてもなぐさめられる言葉だわ」

「ほんとうなんだ。きみが知りあいに思えてくるくらい、ぼくはきみの話をたくさん聞かされていた」

遠くを見るような面持ちながらも、その目がどことなく温かみを帯びた。「ふしぎね」セシリアが静かに言う。「わたしもあなたのことを同じように感じていたんですもの」

もうそろそろ記憶を取り戻したことを打ち明ける潮時ではないかとエドワードは考えた。打ち明けるのが正しい行動だ。紳士になるべくして生きてきたエドワードにはそうすべきだとわかっていた。

「あら！」セシリアが声をあげ、エドワードの意思をすっぱり断ち切った。すばやく立ち上がる。「忘れるところだったわ。トーマスの細密画をまだお見せしてなかったわよね？」

エドワードが答えるまでもなかった。セシリアはすでにその細密画を取りだそうと、たったひとつの手提げ鞄を探っていた。手提げ鞄にしては大きいが、エドワードからすれば、その程度の荷物だけでニューヨークまで航海してきたとは驚かされるばかりだ。

「あったわ」セシリアが小さなカメオ細工を取りだした。もの哀しげな笑みを浮かべてつくづく眺めてから、差しだす。「どうかしら？」

「同じ画家が描いたことだけは間違いないな」エドワードは考えずに口走った。

セシリアが少し驚いて顎を引いた。「もうひとつの絵をずいぶんよく憶えてるのね」

「トーマスがしじゅう見せまわっていたからな」嘘ではない。トーマスはことあるごとにセシリアの細密画を友人たちに見せていた。むろんエドワードがこれだけよく憶えているのはそのせいだけではないのだが。

「そうだったの？」セシリアが嬉しそうに目を輝かせた。「そうだとしたらほんとうに……なんて言ったらいいのかしら。ありがたいことよね。兄がわたしを思いだしてくれていたのなら嬉しいわ」

エドワードはセシリアがこちらを見ていないのは知りながら、うなずいた。セシリアはすでにすべきことに戻り、兄の遺品をていねいに確かめている。エドワードはただぼんやり眺めているだけで、なんとも手持ち無沙汰で落ち着かなかった。いたたまれない。

「あら、これはなんなのかしら」セシリアがつぶやいた。

エドワードはもっとよく見ようと身を乗りだした。

セシリアが小さな財布を取りだし、身をひねってエドワードと向きあった。「鞄にお金を保管してたのかしら？」

エドワードには憶えがなかった。「あけてみるといい」

財布を開くと数枚の金貨が現われ、セシリアは目を丸くした。「なんてこと」言葉をほとばしらせ、思いがけない兄の遺産を手のひらにのせて見つめた。

大金ではない。いずれにしてもエドワードからすればたいした額ではなかったが、自分が意識を回復したときにセシリアがどれほど生活に窮していたかがふいに思いだされた。やせ我慢を隠そうとしていたが、そもそも嘘の上手な女性ではない——いまとなっては上手ではないと思い込んでいたと言うべきなのかもしれないが。会話の端々から一日一食だけにしていたことも窺えた。セシリアがそれまで泊まっていた下宿屋の部屋を考えても窮状はあきらかだった。路上で寝るよりはいくらかましというほどのところだ。病院で兄の親友を見つけていなければセシリアがどうなっていたかと思うと、エドワードは背筋が寒くなった。

つまり出会えたおかげで、互いに助けあえたということだろう。

セシリアはやけに静かに、手のひらの金貨を得体の知れない物のように、じっと眺めている。

困惑している。

「きみのものだ」どうすべきか決めかねているのだろうと見定めてエドワードは言った。

セシリアはうわの空でうなずき、なんとも表現しようのない顔つきで金貨に見入っている。

「手持ちの金と一緒にしておくといい」エドワードはさりげなく勧めた。セシリアの所持金がごくわずかなのは知っていた。いつも用心深く小銭入れにしまっている。その中身を数えているのをこれまでに二度目にしたことがあり、どちらのときもセシリアはエドワードに見られていたのに気づくと、ばつが悪そうにしていた。

「ええ、そうよね」セシリアは低い声で応じ、ぎこちなく立ち上がった。衣裳簞笥の扉を開き、手提げ袋に腕を伸ばした。小銭入れを出そうとしているのだろうが、こちらに背を向けているのでエドワードには何をしているのかはっきりとはわからなかった。

「大丈夫か？」

「ええ」と返ってきたが、どうやら声をかけるのがほんの少し早すぎたらしい。「ただ……」セシリアは半身を返した。「兄がトランクにお金を入れていたとは思わなかったの。つまり……」

エドワードは待ったが、その先を聞くことはできなかった。「つまり、どうだと？」仕方なく先を促した。

セシリアは目をしばたたかせ、さらに一拍おいてから口を開いた。「たいしたことではないわ。思いがけないお金があったというだけ」

それについてはわざわざ言うまでもないほど明白なことのようにエドワードには思えた。

「なんだか……」

今度も待ったが、言葉は途切れ、セシリアは開いたままの旅行鞄のほうを見つめた。その脇の床には数枚のシャツが取りだされ、トーマスの緋色の上着も鞄の片側に垂らしかけられていたが、それ以外は鞄のなかにそっくり残してある。

「疲れたわ」セシリアが唐突に言った。「だから……横になってもいいかしら？」

エドワードは立ち上がった。「もちろん、かまわない」

セシリアはうつむいたが、脇を通り抜けるときにその顔に耐えがたい哀しみが浮かんでいるのがちらりと見えた。ベッドに上がり、膝を抱き寄せ、こちらに背を向けて小さく身を丸めた。

　エドワードはセシリアの背中を見つめた。目に見えて哀しみでこわばっていること以外に読みとれることはなかった。泣いてはいない。いや、こちらから見るかぎり泣いてはいないようなのだが、じっとしているのにも努力が必要だというように呼吸がひくついていた。

　エドワードは手を伸ばしたが、そこからでは届くはずもなかった。それでも、何もせずにいるわけにはいかない。本能がそれを許さなかった。鼓動が高鳴り、空気を深々と胸に取り込んだ。この女性が苦しんでいるというのに、手を伸ばしてなぐさめもしないで放っておけるだろうか。

　だが最後の一歩は踏みださなかった。伸ばした手を脇に戻し、胸のうちの動揺をどうすることもできないまま彫像のごとく立ちつくした。

　はじめて目にしたあの瞬間からもう、セシリアを守りたいと思った。支えがなければまだろくに歩くこともできないくらい弱っていたときですら、セシリアの力になりたいと思っていた。それなのに、いまこそ必要とされているときになって、エドワードは怖気づいた。

　なぜかといえば、もしいまセシリアに身をゆだねられる肩を貸し、ほんとうはそうしたくて仕方のない方法でその責任を引き受けたなら、完全に自分を見失ってしまうからだ。セシリアを愛することに身を捧げるのをどうにかまだ押しとどめているものがなんであれ、それがぷつりと切れてしまうだろう。

そしてこの胸の苦しみにとどめが刺される。

エドワードは聞こえているか試すふうに、そっと静かに名を呼びかけた。

「ひとりにさせてもらったほうがいいと思うの」セシリアが振り返ることなく言った。

「いや、それは違う」エドワードはざらついた声で返し、セシリアの背後に身を横たえて、きつく抱きしめた。

20

お父様は近頃、なおのこと気が短くなっています。じつはわたしもそうなのですけれど。三月は寒くてじめつくものですが、例年にもましてそんな日が続いているのです。お父様は毎日昼寝をします。わたしも同じようになってしまいそうです。

——セシリア・ハーコートが兄トーマスへ宛てたものの届かなかった手紙より

二日後、セシリアに月のものが来た。

予感はしていた。いつも前日にはだるさを覚え、お腹が少し差し込んで、塩気の強いものを食べすぎたような感じになる。

それでもまだ思いすごしかもしれないと自分に言い聞かせていた。疲れていれば、だるさも覚えるだろうと。あまりよく眠れていない。同じベッドの向こう側にエドワードがいて、どうして熟睡できるというの？

お腹の差し込みについては、たぶんこの一週間〈悪魔の頭〉亭で供されるパイを食べつづけていたせいだと考えた。パイの具に苺は入れていないとのことだったが、颯爽と軍服をまとった兵士たちに目が釘づけの十六歳の給仕係が言うことなどあてになるだろうか？　いつパイに苺が一粒紛れ込んでしまってもふしぎはない。種のひとつでも口に入れば、セシリアが不調をきたす可能性はじゅうぶんにあった。

ただし塩気の強いものを食べすぎたのかと問われれば、まったく思いあたらなかった。ここは海に近い。そうだとすれば潮風を吸い込んでいるせいなのかもしれない。

けれど結局、月のものは来た。セシリアは当て布をていねいに洗いながら、身ごもっていないことがわかって胸に走った鋭い痛みの正体はできるだけ考えないようにした。

これでよかった。ほんとうにほっとしている。身ごもっていたら、エドワードを結婚の罠に掛けたことになってしまうところだった。それに頭の大部分ではいつもケントの田園の家《コッテージ》で愛らしい青い瞳の子供たちと暮らす光景を思い描きながらも、それが想像以上に現実離れした夢であることもしだいに思い知らされていた。

偽りの結婚にしてはありえないくらいに甘い新婚の数日を過ごせたのかもしれないが、トーマスの戦死の報を受けて状況は一変した。セシリアは愚かではない。どちらも哀しみに沈んでいるのは承知しているものの、ふたりのあいだにどうしようもないほど気詰りな亀裂が生じた要因がそのせいだけとはとうてい考えられなかった。

エドワードといると、なんでもたやすいことのように思えた。セシリアは生まれてからずっとその時を待っていたかのように、ニューヨークにやって来てほどなく、付き添っていたエドワードがようやく目をあけたとき――いいえ、正確にはそれからすぐにはじめてちゃんと顔を合わせて言葉を交わしたときだ――ほんとうの自分をたしかに見つけた。嘘で繕いつづけた日々だったのだから妙なことなのだけれど、エドワードのそばにいるときがいままで生きてきたなかのどのときより自分に正直にいられる気がした。

誰もがすぐに気づけることではない。たとえば失ってからでなければ。

いまこのときのように。兄の旅行鞄を荷ほどきしたセシリアをエドワードがなぐさめようとしたときにはすでに何かが嚙み合わなくなっていた。エドワードの腕に抱かれてもくつろげなかったのはたぶん、これも偽りだとわかっていたからだ。エドワードは兄を亡くして動揺しているのだと思っていたに違いないけれど、そのときセシリアが胸を引き裂かれる痛みを感じていたのは、兄が遺したお金でリアノン号の乗船券が買えるとわかったからだった。

さらにはこうして、身ごもっていないこともはっきりしたのだから……。

セシリアは窓辺に歩いていき、下枠に腰をもたせかけた。湿気にまとわれたこの地域の気候には一服の清涼剤となるそよ風が、かすかに吹き抜けた。木の葉が揺れている。木々はそう多くはない。ニューヨークのこの辺りはずいぶんと建物がひしめいている。それでもセシリアは片側だけが濃く色づいていたり、裏表で濃淡や色合いが違ったりする葉の茂りを眺めるのが好きだった。

きょうは金曜日。しかも空は果てしなく続く青い絨毯さながらなのだから、リアノン号は今夜、出港する。

乗船しなくてはいけない。

もうニューヨークでやらなくてはならないことは何もない。兄は戦死し、ウェストチェスターの森に埋葬された。墓所を訪れることはできない。危険だし、第一、スタッブズ大佐によれば墓標と呼べるようなものはないという。つまり兄の名も年齢も、トーマス・ハーコートが愛情深い兄や誠実な息子であったことを伝える墓碑もない。

セシリアはガース准将から手紙が届いた、あの忌まわしい日を思い起こした。ほんとうの差出人はスタッブズ大佐だったわけだが、どちらでもさして違いはない。父を亡くした直後で、その手紙を開く前からとうに不安ばかりがつのっていた。あのとき考えていたことは鮮明に憶えている——もし兄が死んだら、愛する人はこの世に誰もいなくなってしまうのだと。

そしてほんとうにトーマスは死んでしまった。つまりはもう愛情を向けられる相手はこの世に誰もいない。

エドワードはいつか記憶を取り戻すだろう。セシリアには確信があった。すでに断片的ながら少しずつよみがえりはじめている。そしてすっかり記憶を取り戻せたなら……。

エドワードに気づかれる前に、みずから真実を明かしたほうがいい。

エドワードにはイングランドでの暮らしがあり、そこに自分が入る余地はない。愛してくれる家族ばかりか、いつか妻となるはずの女性もいる。エドワードと同じように上流階級の名家に生まれついた令嬢だ。その女性——呼び名からして比類なきビリー・ブリジャートンだ——との約束を思いだしたなら、どれほどふたりが結ばれるにふさわしい組みあわせであるかにも、あらためて気づかされるに違いなかった。

セシリアは窓の下枠から腰をおろして立ち、小銭入れをつかむとドアへ向かった。今夜発つなら、やらなければいけないことがたくさんあるし、しかもそのすべてをエドワードが陸軍司令部から戻る前に片づける必要がある。

なによりもまずは乗船券を買わないと。それから荷造りをしなくてはいけないけれど、それについてはたいして時間はかからない。そして最後に、エドワードに手紙をしたためる。

自由の身であることを本人にきちんと伝えなければ。

偽りの妻が去れば、エドワードはこれまでどおりの人生を、本来進むべきだった道を歩んでいける。本人が望んでいた人生を。エドワードはまだ気づいてはいないかもしれないが、心の底ではきっと望んでいるはずのことなのだから、そう気づいたときにセシリアはともかくそばにいたくなかった。心を打ち砕かれるのにも限度がある。エドワードがほかの女性のもとへ帰るべきだと気づいた顔を見なければいけないなんて。

そんな顔を見たらもう二度と立ち直れそうにない。

セシリアはエドワードが部屋の時計代わりにテーブルに置いていた懐中時計に目をくれた。まだ時間はある。エドワードは今朝早く出かけるときに、スタッブズ大佐と会うので夜まで戻れないかもしれないと言っていた。それでももう動きださないと。

これでいいのよとセシリアは自分に言い聞かせ、足早に階段を下りた。正しい行動だ。お金が手に入り、身ごもってはいなかった。あきらかにエドワードとは結ばれる運命になかったということだ。

きょうの目標は、運命を信じること。

ところが宿屋の正面側の広間に下りたところで、慌てたような声に呼びとめられた。

「ロークズビー夫人！」

セシリアは振り返った。どうやら運命とは〈悪魔の頭〉亭の主人のようにいかつい姿をしているらしい。

勘定台の内側から出てきて、緊張した面持ちで近づいてくる。その後ろには優美な装いの婦人が立っていた。

宿屋の主人が脇に退いた。「こちらの奥様がロークズビー大尉とお会いになりたいそうで」

セシリアは恰幅のよい宿屋の主人の後ろになおも半ば隠れてしまっている婦人をよく見ようと首を傾けた。「どのようなご用でしょうか？」膝を曲げて礼儀正しく尋ねた。「ロークズビー大尉の妻です」

いまだにふしぎなほどなめらかに嘘が口をついた。

「ええ」婦人はてきぱきと応じ、宿屋の主人にさがるよう身ぶりで伝えた。

宿屋の主人はすぐさまその場を離れた。

「わたしはトライオン夫人よ」貴婦人が言った。「ロークズビー大尉の教母なの」

セシリアは十二歳のときに教会のキリスト降誕劇で聖母マリア役を担わされたことがあった。友達や近隣住民たちの前で教区牧師の妻に厳格に教え込まれた二十行にもわたる台詞を唱えなければならなかった。ところがいざ口を開いて、結婚してはいないのにどうして子を授かれるのでしょうと問いかけなければいけないところで、凍りついてしまった。口をあけたものの喉が詰まり、舞台の袖から気の毒にもペントホイッスル夫人がいくら台詞をささやきかけてくれても無駄だった。セシリアには耳に入る言葉を頭から口まで伝えることなどとうていできそうになかった。

目下セシリアが結婚したふりをしている夫の教母でかつニューヨーク総督夫人、誉れ高きマーガレット・トライオンの顔をじっと見つめるうちに頭に浮かんだのはそんな記憶だった。

あのとき以上の試練だ。

「トライオン夫人」ようやくどうにか声を絞りだした。膝を曲げて（いつにもまして深く）会釈した。

「あなたがセシリアね」トライオン夫人が言った。

「はい。わたしが……その……」セシリアは言葉に詰まり、半分ほど席が埋まった食堂のテーブルを見まわした。ここは家ではない。つまりここの女主人ではないものの、来客をもてなさなければいけないような思いに駆られた。仕方なくできるかぎり明るい笑みを貼りつけて言った。「お坐りになりませんか？」

トライオン夫人は不愉快そうな顔つきをあきらめたような表情に替えて、小さく顎をしゃくり、セシリアにも部屋のいちばん奥の席に一緒につくよう促した。

「エドワードに会いに来たのよ」腰を落ち着けるなりトライオン夫人は口を開いた。

「はい」セシリアは慎重に応じた。「宿屋の主人から伺いました」

「あの子は具合が悪かった」トライオン夫人が明言した。

「たしかにそうでした。病気というより、怪我のせいだったのですが」

「それで記憶は取り戻したの？」

「いいえ」

トライオン夫人はいぶかしげに目を狭めた。「そこにあなたがつけ入ったということはないのよね？」

「ありません！」セシリアは思わず声を張りあげた。事実ではないからだ。というより、もうすぐそうではないことがはっきりすると言うべきかもしれない。それにエドワードのやさしさと高潔さにつけ入ったという言い方は、火かき棒で突かれたようにセシリアの胸にこたえた。

「わたしにとってとても大切な名づけ子なの」

「わたしにとっても大切な人です」セシリアは穏やかに応じた。

「ええ、そうでしょうとも」

その言いまわしをどう解釈すればよいのかセシリアにはわからなかった。

トライオン夫人は軍人並みにきびきびと手袋をはずしにかかり、途中でわずかに手をとめて言った。「あの子にはケントに結婚を取り決めたお嬢さんがいたのはご存じ？」

セシリアは唾を飲みくだした。「ブリジャートン嬢のことでしょうか？」

トライオン夫人はまっすぐ見据え、一瞬その目に、おそらくはセシリアの率直な返答に対するしぶしぶながらの称賛らしきものが浮かんで消えた。「ええ。正式に婚約していたわけではないのだけれど、望まれていたことだわ」

「承知しています」セシリアは言った。正直に答えておくのが最善だ。

「すばらしい縁談のはずだったのよ」トライオン夫人は世間話といった口ぶりで言い添えた。でもそういった口ぶりを装ったに過ぎない。言葉はよそよそしさを帯び、遠まわしの警告が込められていた――わたしには物事を動かす力があり、それを手放すつもりはないのとでもいうように。

セシリアが疑問を投げかける余地はなかった。

「ブリジャートン家とロークズビー家は代々隣人で友人同士でもある」トライオン夫人が続けた。「エドワードの母親からは再三、ふたつの家族がいつか親戚になることを心から願っているとも聞かされていたし」

セシリアは沈黙を守った。この話題で総督夫人の気分を害さずに自分が口にできる言葉があるとは思えない。

トライオン夫人は両方の手袋をはずし終えて、喉の奥のほうから小さな音を洩らした。ため息というより、残念ながら話題を変えざるをえないわねとでも言わんばかりの鼻息だった。

「それなのに、ええ、そううまくはいかないわけね」

そのままセシリアが気の遠くなりそうなくらい待ちつづけても、トライオン夫人にはいっこうに言葉を継ぐ様子が見えなかった。仕方なく口を開いて問いかけた。「何かわたしにお手伝いできることはありますでしょうか？」

「いいえ」

またも沈黙。トライオン夫人は沈黙を武器代わりに行使しているとしか思えない。

「では……」困り果てて正面扉のほうを身ぶりで示した。この婦人を相手にしているとなぜか自分がどうしようもなく無能に感じられてくる。「わたしは出かけなくてはいけませんので」どうにか告げた。

「わたしもよ」トライオン夫人はさらりと応じ、その口調にふさわしい身ごなしで立ち上がった。

セシリアもあとについて扉口へ向かったが、別れの挨拶をする前にトライオン夫人に先を越された。「セシリア、そうお呼びしてかまわないかしら？」

セシリアは陽光に目を慣れさせせようと狭めた。「もちろんですわ」

「運命のめぐり合わせできょうこうして出会えたからには、あなたの夫の教母として少しばかり助言を与えるのがわたしの務めだという気がするの」

ふたりの視線がかち合った。

「あの子を傷つけないで」たったそれだけとはいえ、痛烈なひと言だった。

「そのようなつもりは毛頭ありません」セシリアは応じた。本心だ。

「ええ、あなたからすればそうでしょうとも。でも、あの子にはもともと結ばれるはずのお相手がいたことはけっして忘れないで」

きついもの言いだが、冷酷な意図から発せられたものではなかった。どうしてなのかはわからないけれどセシリアにはそう確信できた。トライオン夫人の目がどことなくうっすら潤んでいたからなのか、ただの直感に過ぎない可能性もある。

もしかしたらそう思いたいだけなのかもしれない。

そうだとしても、あらためて思いださせてくれるきっかけにはなった。自分はいま正しいことをしようとしているのだと。


エドワードが陸軍司令部でひと通りの報告を終えたときには午後も半ばを過ぎていた。前日にスタッブズ大佐に提出していた報告書だけでは足りないとのことで、トライオン総督から直々にコネティカットでの経緯について詳細な説明を求められた。エドワードは総督と向きあって坐り、これまですでに三度はした話を洩らさず繰り返した。トライオン総督はこの数週間のうちにコネティカット沿岸へ立てつづけに襲撃を仕掛けるつもりだというのだから、あらためて報告させられた話のなかに何か有益な情報が含まれていたということなのだろう。

だが大きな衝撃がもたらされたのは、エドワードがまさに辞去しようとしたときだった。ドア口でスタッブズ大佐に呼びとめられ、上質の紙を折りたたんで封蠟で閉じた手紙を差しだされた。

「ハーコート大尉からだ」スタッブズがぶっきらぼうに言った。「戻れなかったときのためにと私に預けていった」

エドワードはその封書を見おろした。「ぼくに？」啞然となって訊いた。

「お父上に届けたいものはないかと尋ねたんだが、ないとのことだった。いまとなっては、先立たれていたのだから無用の問いかけだったわけだが」スタッブズは疲れたようなしかめ面でため息をつき、片手で頭を掻いた。「いや厳密にはどちらが先に逝ったのかわからないが、いずれにしろさして変わるまい」

「ええ」エドワードはなおも封書の表側にトーマスのやや乱れた字で書かれた自分の名を見つめていた。兵士はみなこのような手紙を書くものだが、たいがい家族宛てだ。

「ひとりで静かに読みたければ、廊下の向かいの執務室を使えばいい」スタッブズが勧めた。「グリーンはきょう一日戻らない。モンビーも出ているから気兼ねはいらん」

「ありがとうございます」エドワードはためらわず答えた。友からの手紙をひとりで静かに読みたかった。遺言を受けとるのは誰にでもそうあることではなく、エドワードも自分がどのような状態になるのか想像がつかなかった。

スタッブズはエドワードを小さな部屋に案内し、よどんでこもった空気を入れ替えるために窓をあけてくれさえした。部屋を出る際に何か声をかけてドアを閉めたが、エドワードはうわの空だった。ただじっと封書を見つめ、深々と息を吸い込んでから、ようやく指を差し入れて封蠟を解いた。

親愛なるエドワード

きみがこの手紙を読んでいるとすれば、ぼくはもうこの世にいない。こうしたことを書いているなんて、ほんとうに妙な気分だ。ぼくはこれまで亡霊など信じてはいなかったが、いまは存在するのだと思えば、なぐさめになる。ぜひきみのところに現われてみたいからな。ロードアイランドでのドイツ人農夫と卵の一件を思い起こせば、それくらいは許されるはずだ。

エドワードは思いだし笑いを浮かべた。あれは退屈な長い一日で、ふたりでオムレツ恋しさにさまよい歩いた末に、太った農夫にドイツ語でわめき立てられ、卵を投げつけられるはめとなった。何日もまともな食事をとれていなかったのだから、のんびり退屈していたどころか、悲劇としか言いようのない顚末だったのに、あれほど腹をかかえて笑ったことはほかに思いだせないくらいだ。トーマスは上着から黄身の汚れを落とすのにまる一日かかったし、エドワードはひと晩じゅう髪から殻のかけらをつまみ取りつづけることとなった。

とはいえどうやら、笑って終われそうだ。なにせぼくはもう情けないくらい感傷的に涙もろくなっていて、おそらくはきみにまで涙をこぼさせることになりそうだからだ。そうなれば当然ながら、ぼくは笑わずにはいられない。きみはいつだって冷静沈着な男だったからな。それでユーモアの才がなければとても付き合いきれなかったぞ。

でもむろん、きみとはうまくやってこられた。真の友情を得られたことをきみに感謝したい。きみは意図してではなく、自然に内側からあふれだすものを与えられる人だ。恥を恐れずに言えば、ぼくは植民地に駐留してからの日々の半分は、頭がおかしくなりそうなくらい怯えていた。ここではいつ死んでもふしぎはない。いつでもきみから助けを得られるとわかっていたことが、どれほどなぐさめになっていたか、言葉では表せられないくらいだ。

エドワードはふっと息を吸い込み、そこまで涙がこぼれかけていたことにいまさらながら気づかされた。トーマスに手紙を書いたならまったく同じ言葉を綴っただろう。だからこそ、この戦争をどうにか乗り切れてこられた。友情、そしてこの命をわが身と同じくらい大切に思ってくれる人が少なくともひとりはいると信じられたおかげで。

そして最後に、いま一度だけ、その友情に甘えさせてほしい。どうかセシリアを気遣ってやってくれ。これで妹はひとりきりになってしまう。父はもう頼りにできない。できれば手紙を書いてやってもらえないだろうか。軍からの連絡だけでなく、ぼくに起こったことを伝えてやってほしいんだ。そしてぜひ機会を見つけて、訪ねてやってくれ。元気でやっているか確かめるために。できることなら、きみの妹さんを引き合わせてもらえたらありがたい。セシリアはきっと喜ぶはずだ。妹が新たな出会いに恵まれて、マトロック・バス以外での暮らしを見出すきっかけを与えられると思えば、少しは安らかに眠りにつけるというものだ。父が天に召されたら、妹があの地にとどまる理由はなくなる。マースウェルの所有権を得る従兄は昔から外面ばかりがいいやつだった。セシリアにあの男の厚意や温情にすがらせることだけはさせたくない。

エドワードも同感だった。ホレスについてはセシリアからじゅうぶん聞かされている。外面ばかりがいいという表現では生易しい。

大きな負担をかけてしまう頼みであるのは承知している。ダービーシャーは地の果てというわけではないが――このニューヨークにいるぼくたちからすれば言わずもがなだが――せっかくイングランドに戻れたところで中部くんだりまで北上しようと思えない気持ちはよくわかる。

そんなことはないが、そうするまでもない。なにしろセシリアはここから五百メートルと離れていない〈悪魔の頭〉亭の十二号室にいるのだと伝えられたなら、トーマスはどれほど驚いただろうか。兄を探して大西洋を渡ってくるとは、まったく大したものだ。エドワードはなんとなく、トーマスもまさかセシリアがそのような行動に出るとは想像できなかったのではないかという気がした。

つまりこれが遺言だ。そして、ありがとう。ぼくが安心して妹の行く末を託せる相手はきみをおいてほかにいない。それにきみもたぶん、この頼みを引き受けるのにやぶさかではないんじゃないか。ぼくがいないときに妹からの手紙をいつもこっそり読んでいただろう。ほんとうに、ぼくが気づいていないとでも思ってたのか？

エドワードはふっと笑いを洩らした。とうにトーマスに気づかれていたとはとても信じられなかった。

きみにぼくが持っていた妹の細密画を形見に贈る。妹もそうしてほしいに決まっている。ぼくにはわかるんだ。

友よ、元気でな。

貴君の真に誠実なる友。

トーマス・ハーコート

長々と手紙を見つめるうち視界がぼやけてきた。トーマスは親友が妹に熱をあげていることに気づいていたそぶりはみじんも見せなかった。いまとなっては癪《しゃく》にさわるくらいに。だがどうやら面白がっていたのはあきらかだ。面白がっていて、それにたぶん……。

期待していたのか？

トーマスは内心で取り持ち役を務めているつもりだったんじゃないのか？　この手紙の文面からはそうとしか読みとれない。トーマスが妹と親友との結婚を望んでいたのだとすれば……。

妹にもそのようなことを書き送っていたんだろうか？　たしかセシリアは兄がふたりの結婚を取りまとめたと話していた。つまり、もし……。

エドワードの顔から血の気が引いた。もし、セシリアがほんとうに結婚したものと信じていたとしたら？　嘘などついてはいなかったのだとしたら？

エドワードは躍起になってその手紙のなかに日付を探したが、見つからなかった。トーマスはいつこれを書いたんだ？　セシリアには代理結婚の手筈を整えられることを伝えたが、花婿となる親友の意向を確かめる前に死んでしまったのだとしたら？

エドワードは立ち上がった。宿屋に戻らなくてはいけない。信じがたいことではあるが、いま考えたとおりだとすれば、じゅうぶんに筋が通る。しかも記憶を取り戻したことを伝える機会をもうすっかり逃していた。ぐずぐず思い悩んでばかりいないで、どういうことなのかをセシリアに率直に尋ねればいいことだ。

それからエドワードは〈悪魔の頭〉亭まで走りこそしなかったが、恐るべき早足で向かった。

「セシリア！」

エドワードはふたりの部屋のドアを必要以上の力を込めて押し開いた。だが宿屋の階段をのぼりきったときにはすでに急激に全身の血が滾り、心臓が飛びださんばかりになっていた。

頭のなかは尋ねたいことだらけで、胸は熱情に満ちあふれ、いつの間にかもうセシリアが何をしたのであれ、かまいはしないと結論づけていた。セシリアが自分を欺いたのだとしても、何かしら事情があってのことに決まっている。セシリアのことはわかっている。よく知っている。この世でほかに二度と見つけられないくらい善良な女性で、一度もはっきりと言葉に出してもらえてはいない気もするが、自分を愛してくれているのは間違いなかった。

こちらがセシリアを愛しているのと同じくらい深く。

「セシリア？」

いないのは一目瞭然ながらも、もう一度呼んだ。なんてことだ。ここでおとなしく待つしかないのだろうか。セシリアはどこかべつのところにいる。なにせ、やれ買い物だ、散歩だと、しじゅうあちこちに出かけている。兄の捜索に決着がついてからその頻度は減ったものの、それでも一日じゅう閉じこもってはいたくないらしかった。

書付が残されているかもしれない。よくあることだ。

エドワードは部屋のなかをざっと見渡し、テーブルの上に至ってよりじっくりと視線をたどらせた。やはりあった。三つ折りにされた紙の端が風に飛ばされないよう空《から》のたらいの下に挟み込まれていた。

セシリアは窓をあけ放しておくのを好む。

エドワードはその紙を広げ、外出先を伝えるだけにしてはあまりに長く書き連ねられた文面にほんの一瞬とまどった。

それから読みはじめた。

親愛なるエドワード

わたしは臆病者です。直接お話しすべきことなのはよく承知しているのですからなおさらに。でも仕方がないのです。最後まできちんとお話しする自信がないばかりか、時間も足りそうにないのですから。

あなたに打ち明けなくてはいけないことがたくさんあって、どこから始めればよいかもわからないくらいです。最も肝要な事実から始めるべきでしょう。わたしたちは結婚していません。

そのような嘘をつき通すつもりなどありませんでした。誓って、きっかけはほんとうにまったく悪気のない事情からだったのです。あなたが病院にいると耳にして、わたしは見舞わなければと出向いたのですが、あなたのような階級、ご身分の方には家族以外の面会を許可できないと追い返されてしまいました。いったいどうしてしまったのか、自分がそれほど軽はずみな行動をとるとは思ってもいなかったのに、ともかく大胆にもせっかくニューヨークまでやって来たにもかかわらずです。とても悔《くや》しかった。ただお手伝いをしたいだけでしたのに。それで、考えるよりも先に、あなたの妻だと叫んでいました。いまにして振り返っても、どうして誰もがその言葉を信じたのかわかりません。

あなたが目を覚ましたら、真実を打ち明けようと心に決めていました。ところが、まったく計算外のことばかりが起こったのです。いいえ、計算していたわけではないので、妙なことでも言うべきなのでしょう。目覚めたあなたは記憶を失っていました。そのうえどういうわけか、わたしのことを知っているようだったのです。どうしてあなたはすぐにわたしのことがわかったのか、いまだにわかりません。あなたが記憶を取り戻したら――必ずその日が来ますから、自信を持ってください――わたしたちに面識がなかったことも思いだすでしょう。顔を合わせたことは一度もなかった。兄があなたにわたしの細密画を見せていたのは知っていますが、なにしろ似ているとはとても言えない絵なのですもの。あなたが目をあけたとき、わたしが誰かに気づいたのがあの絵のおかげのはずもありません。

お医者様やスタッブズ大佐の前で、あなたに真実を打ち明けるわけにはいきませんでした。そんなことをしたら、わたしはとどまることを許されなかったでしょうし、あなたにはまだ看病人が必要だと思ったのです。さらにその晩には、あることをはっきりと思い知らされもしました。ロークズビー夫人として兄を探すほうが、ただのハーコート嬢としてよりも、陸軍からはるかに手助けを得られるのだと。

わたしはあなたを利用しました。あなたのお名前を。心からお詫びします。ですが正直に申しあげるなら、たとえ命尽きる日まで後ろめたさをかかえて生きなくてはならないとしても、自分のしたことを悔いることはできません。トーマスをどうしても見つけなければいけなかった。兄はわたしにとってただひとりの身内だったのです。

でもその兄ももういないのですから、わたしがニューヨークにとどまる理由もなくなりました。わたしたちは結婚していないのですから、わたしはダービーシャーへ帰るのが当然かつ最善だと思います。ホレスに嫁ぐつもりはありません。自分を貶めることにほかなりませんもの。向こうを発つ前に銀食器を庭に埋めてきました。母の物でしたので、限嗣相続財産には含まれません。買い取り手を探します。わたしの今後の暮らしについてはご心配なさらぬよう。

エドワード、あなたは本物の紳士です。わたしの知る誰より高潔な方です。わたしがもしニューヨークにとどまれば、あなたはわたしを穢したのだから結婚すると言い張ることでしょう。あなたにそのような責任を負わせるわけにはいきません。あなたにはなんの落ち度もなかったのですから。あなたは結婚していると思い込んでいて、夫として当然の振る舞いをしただけのこと。わたしが浅知恵をめぐらせた罰をあなたが負うのは間違っています。あなたにはイングランドに帰って送るべき人生があり、そこにわたしは含まれていません。

今回のことはあなただけの胸にとどめておいていただけたらというのが、たったひとつのお願いです。いつかわたしにも嫁げる日が訪れたら、ここで起こったことはお相手の男性に打ち明けます。隠して嫁ぐことはできません。でもそれまでは、あなたのただの友人のひとりとして過ごしていけたなら幸いです。

セシリア・ハーコート

追伸：ともに過ごしたひと時の結果として生じうることについてのご心配は不要です。

エドワードは部屋の真ん中で呆然と立ちつくした。これはいったいどういうことなんだ？　セシリアはいったいどういうつもりで――

読み終えたばかりの手紙に急いでまた目を走らせ、気になった箇所を探した。見つけた。やはりセシリアは直接話す時間は足りそうにないと書いていた。

エドワードは血の気が失せた。

リアノン号。港に停泊していた船だ。今夜、出港する。

セシリアはあの船の乗船券を入手した。そうに違いない。

エドワードは部屋の時計代わりにテーブルに置いていた懐中時計を確かめた。まだ時間はある。たっぷりとは言えないが、間に合うだろう。

間に合わせなければならない。わが人生がそれ如何《いかん》に懸かっている。

21

トーマスお兄様、もうずいぶん長く便りをいただけていません。なかなか手紙が届かない理由は幾通りも考えられるので、案じるべきではないと知りながら、そうせずにはいられないのです。お兄様との手紙のやりとりを暦に記録しているのはご存じだったかしら？　わたしの手紙が船に乗るまでに一週間、大西洋を渡るのに五週間、さらにお兄様の手もとに届くのにまた一週間かかります。それからお兄様の返信が船に乗るまでに一週間、大西洋を渡るのに三週間（そうよね？　東への船旅のほうが速く着くとお兄様が話していたのを聞いたおぼえがあるので）、さらに一週間かかってわたしの手もとに届くのです。簡単な疑問をひとつ解決するのにも三カ月かかるなんて！

でも考えてみれば、簡単な疑問などというものはないのかもしれません。たとえあったとしても、解答は簡単なはずがないのですから。

——セシリア・ハーコートが兄トーマスへ宛てた（届かなかった）手紙より

リアノン号はレディ・ミランダ号ととてもよく似た船で、セシリアは予約した船室まで難なくたどり着けた。数時間前に乗船券を購入した際に、ニューヨークの名士の家で家庭教師をしていて帰郷する女性、ミス・アレシア・フィンチと同室だと伝えられていた。このような船旅ではまったく知らない相手と同室になるのはけっしてめずらしいことではない。セシリアは行きの船でもやはりそうだったので、同室となった女性とすっかり親しくなり、ニューヨークに着いたときには波止場で名残を惜しんで別れた。

ミス・フィンチはアイルランド人なのか、それとも自分と同じようにどこかの港で乗り換えざるをえなくても、ともかくイギリス諸島へいちばん先に向かう船に乗ることにしただけなのだろうかと、セシリアは思いめぐらせた。コークからはどのように帰ればいいのかまだよくわからないものの、一大決心をして大西洋を渡ってきたときに比べればたいした問題には感じられない。コークからリヴァプール行きの船が出ているかもしれないし、そうではなかったとしても、ダブリンまで行けばそこから船で帰れるだろう。

なにしろひとりでダービーシャーからニューヨークまで来たんだもの。それを思えば、なんでもできる気がした。自分は逞しい。それだけの能力もある。

泣きながらでも。

いいえ、泣くのはもうやめないと。

セシリアは予約した船室の前の狭い通路で足をとめ、息を吸い込んだ。啜り泣きだけはどうにかとめられた。これでもう、ことさら人目を引く心配もなく振る舞えるはずだ。それでも感情を抑え込めたと思うたび、胸がひくついてくるし、なにげなく息を吸い込んだだけでもむせたような声が出て、するとたちまち目頭が熱くなり、そうなるともう――

だめ。そういうことはもう考えないようにしないと。

きょうの目標は、人前で泣かないこと。

セシリアはため息をついた。もっとべつの目標が必要だ。

もう前へ進みださなければ。息を吸って気持ちを奮い立たせ、片手で目をぬぐい、船室のドアの取っ手を押しさげた。

鍵が掛かっていた。

セシリアは束の間唖然として、目をしばたたいた。それから、同室となった女性が先に入ったのだろうと考えて、ノックした。女性がひとりなら鍵を掛けておくのは賢明だ。自分が先に入っていたらやはり同じようにしていただろう。

しばし待ち、もう一度ノックすると、ようやくドアが開いたが、少しだけだった。ほっそりした中年女性が顔を覗かせた。細い隙間はその身体にほぼ占められ、背後の船室はほとんど見通せない。寝台が上段と下段にそれぞれひとつずつあり、床には旅行鞄《トランク》が開かれたままだ。ひとつだけのテーブルの上には角灯《ランタン》が灯されている。荷ほどきをしていたらしい。「何かご用かしら？」ミス・フィンチが尋ねた。

セシリアは親しみやすい笑みをこしらえた。「わたしたちはこちらで同室となったようですわ」

ミス・フィンチは険のある顔つきでじっと見返してから言った。「お間違えのようね」

そんな。予想外の返答だった。セシリアはミス・フィンチの腰幅ぶんだけ開かれているドアの表側をあらためて見やった。木面に「8」とくすんだ真鍮の表示が打ちつけられている。

「船室番号８」セシリアは言った。「ミス・フィンチでいらっしゃいますわね。わたしたちは同室ですわ」愛想よく振る舞う気力を保つのも容易ではなかったが、努力しなければいけないのはわかっているので、ていねいに膝を曲げて挨拶した。「ミス・セシリア・ハーコートです。はじめまして」

年嵩《としかさ》の女性は唇をぴたりと引き結んだ。「どなたかと同室となるようなお部屋ではないわ」

セシリアはまず上段の寝台を見やり、それから下段に目を移した。どう見ても二人用だ。

「個室を指定されたのですか？」二倍の料金を払ってもそうする人々がいると聞いたことがある。

「同室者はいないと言われましたもの」

質問の答えになっていない。とはいえ、ますます気分が沈みかけても憤りは呑み込んだ。これほど狭い船室でこの女性と三週間以上もともに過ごさなくてはならない。だからセシリアはできるだけ笑みに近しいものを貼りつけて言った。「きょうの午後に乗船券を購入したばかりなんです」

ミス・フィンチは身を引いて不満をあらわにした。「いったいどのような女性が出港日当日に大西洋を渡る旅券を購入するのかしら」

セシリアは奥歯を噛みしめた。「わたしのような女性ですわ。予定が急に変わったんです。そうしたら運よく、ちょうどまもなく発つ船があったので」

ふんと鼻で笑われた。これをどう解釈すべきかはわからないが、褒めてくれたのではないことは確かだ。それでもミス・フィンチはようやく一歩さがって、セシリアが小さな船室に入るのを許した。

「見てのとおり」ミス・フィンチが言う。「下の寝台で荷ほどきをしていたところなの」

「喜んで上の寝台を使わせていただきます」

ミス・フィンチはまたも、先ほどよりいくらか大きく鼻息を吐いた。「船酔いしたら、部屋の外に出てらしてね。匂いがこもるのは我慢ならないから」

セシリアは礼儀を保とうとする気力が萎えはじめた。「わかりました。あなたにも同じようにしていただけるなら」

「いびきをかかない方ならいいのだけれど」

「かいていたとしても、いままでどなたにも指摘されたことはありませんわ」

ミス・フィンチが口をあけたが、セシリアは機先を制した。「あなたならきっとご指摘くださいますわね」

ミス・フィンチはまた口をあけたが、セシリアはさらに言いつのった。「そのときには感謝申しあげますわ。心得ておくべきことに違いありませんもの。そう思われません？」

ミス・フィンチは怯んだ。「まったく口の達者な方だこと」

「それと、そこに立っていられては通れませんわ」そこはとても狭い船室で、セシリアはまだ完全に入りきれていなかった。旅行鞄を床に広げられていては、なかに入ることすら至難の業だ。

「わたくしの部屋ですもの」ミス・フィンチが言う。「わたしたちの部屋ですわ」セシリアは唸るように続けた。「ですから、わたしも入れるようにトランクをどかしていただけないでしょうか」

「ええ！」ミス・フィンチは旅行鞄をばたんと閉めて、寝台の下に押し込んだ。「あなたがトランクをどこに置くのか知らないけれど、まさかわたくしをさしおいて床を陣どるつもりではないでしょうね」

セシリアが持っているのはトランクではなく、大きめの手提げ鞄ひとつだけだったが、そんなことにわざわざ言及するまでもないように思えた。

「あなたの荷物はそれだけ？」

どうやらミス・フィンチのほうが言及したがっているのだとすればなおさらに。

セシリアは気を落ち着かせようと息を吸い込んだ。「先ほども申しあげたように、急遽、発つことになったので。トランクにきちんと荷造りするほどの時間がなかったんです」

ミス・フィンチは骨ばった鼻の上から眺めおろし、またも呆れたふうな鼻息を立てた。セシリアはできるかぎり甲板に出て過ごそうと決意した。

寝台の足もとには小さなテーブルが据えつけられ、その下にセシリアの鞄ならじゅうぶん入る空間があった。寝床のそばに置いておきたい物だけを取りだしてから、上がって自分の寝台を見ておこうとミス・フィンチの脇をすり抜けた。

「寝台に上がるときには、わたくしのベッドに足を掛けないで」

セシリアはいったん動きをとめ、心のなかで三つ数えてから口を開いた。「梯子《はしご》にしか足をつきませんので」

「あなたのことは船長に苦情を申し立てておきます」

「お好きなように」セシリアは大げさに手ぶりをつけて応じた。梯子をもう一段上がり、寝台を覗いた。寝具はきちんと整えられていて、頭上の高さはさほどないものの、少なくともミス・フィンチを目にせず寝られる。

「娼婦なの？」

セシリアはすばやく振り返り、梯子から足を踏みはずしかけた。「なんておっしゃったの？」

「娼婦かと訊いてるの」ミス・フィンチは一語一語を嚙んで含めるようにして繰り返した。

「そうでもなければ――」

「いいえ、わたしは娼婦ではありません」目の前の鼻持ちならない女性にはこのひと月の出来事を知られたらまず納得してもらえないのはじゅうぶん知りつつ、セシリアはきっぱり否定した。

「ふしだら女と同じ部屋では寝られないもの」

セシリアは我慢の限界に達した。すっぱりと堪忍袋の緒が切れた。兄の死に直面したときも、スタッブズ大佐が心配し苦悩していた自分に平然と嘘をついていたことを知らされたときも、取り乱しはしなかった。しかも、もうこれ以上には誰も愛せないと思うほどの男性のもとを去り、嫌われたままになるのだろうと思いながらも、どうにかくずおれてしまわないよう我慢して、はるか海を隔てた地へ向かおうとしているというのに、どうしてこんなにとんでもなく不愉快な女性にふしだら女とまで呼ばれなくてはいけないの？

セシリアは梯子をひょいと降りて、ミス・フィンチににじり寄り、その襟をつかんだ。

「あなたが今朝どんな毒を飲み込んだのか知らないけど」沸々《ふつふつ》と吐き捨てた。「もうたくさんだわ。わたしはこの船室の半分の料金をちゃんと払ったんだから、人並み程度の礼儀作法を守ってもらうくらいのことは当然の権利でしょう」

「礼儀作法ですって？　トランクも持っていない女がよく言えたものだこと」

「だからといって、いったいどうだっていうのよ？」

ミス・フィンチは両腕を振り上げ、アイルランド民話の泣き妖精よろしくわめき立てた。

「今度はまた、そんな悪魔まがいのもの言いをして！」

ああ、神よ、どうかお救いください。とうとう地獄に足を踏み入れてしまったらしい。そうに違いないとセシリアは思った。エドワードに嘘をついた罰なのかもしれない。三週間……下手をすればまる一カ月も、この口やかましい女と一緒にいなければならないなんて。

「あなたとの同室は断固拒否します」ミス・フィンチが叫んだ。

「わたしだって、そうすることができたらそれに越したことはないけれど――」

ドアがノックされた。

「きっと船長よ」ミス・フィンチが言った。「あなたの大声が聞こえたのかもしれないわ」

セシリアはげんなりとした目を向けた。「船長がいったいどんなご用でここに来るの？」

その部屋に舷窓はないものの、船がすでに波止場を離れたのはあきらかに感じられていた。船長には女同士のいがみ合いの仲裁よりもやるべきことがあるはずだ。

ドアの木面を指関節で軽く打っていた音が拳骨《げんこつ》を打ちつける音に取って代わられ、続いて大きな声が響いた。「ドアをあけろ！」

セシリアにはすっかり聞き慣れた声だった。

蒼ざめた。まさしく顔から血の気が引いた。呆然と口をあけ、振動するドアのほうを向いた。

「この目ざわりなドアをあけるんだ、セシリア！」

ミス・フィンチが息を呑み、さっと顔を振り向けた。「船長ではないわ」

「ええ……」

「誰なの？　あなたの知りあい？　わたしたちを襲いに来たんだわ。ああ、神様、ああ、どうかお救いください……」ミス・フィンチは驚くほど敏捷にセシリアの後ろに飛びすさり、どんな怪物がドアを突き破ってくると思っているのか、人を盾にして身構えた。

「わたしたちを襲いに来たわけではないわ」セシリアはぼんやりとした声で言った。いま何をすべきかは、つまりミス・フィンチを振り払い、ドアをあけなければいけないことはわかっていた。けれどセシリアは凍りつき、どうしてこのようにけっしてありえないはずのことが起こったのかを考えた。

エドワードがここにいる。船上に。それもすでに波止場を離れた船の上だ。

「なんてこと」思わず低い声が出た。

「まあ、何をいまさら驚いてるの」ミス・フィンチがぴしゃりと咎めた。

この船は動いている。進んでいる。セシリアが甲板を通ったときにすでに船員が係留用の太いロープを引き揚げていた。波止場から離れていくのが身体に感じられたし、船が入江から大西洋へ出ていくときのあの独特な傾きと揺れが続いている。

その船にエドワードが乗っている。そうだとすれば、岸へ泳いで帰るといったことはまず考えられないのだから、つまり仕事を放りだしてきてしまったということになり――

さらにまたドアを叩く、より大きな音がした。

「いますぐこのドアをあけなければ、ぶち破るぞ！」

ミス・フィンチが貞操がどうのこうのと哀れっぽい声を洩らした。

そしてセシリアはついにエドワードの名をぽつりと口にした。

「あの男を知ってるの？」ミス・フィンチが非難がましく尋ねた。

「ええ、あの人はわたしの……」なんだというの？　夫ではない。

「それならまったく、ドアをあけなさい」ミス・フィンチがぐいと突きを食らわせ、セシリアはまんまと不意を討たれて押しだされ、反対側の壁にぶつかった。「ただし、ここに入れてはだめよ」吼《ほ》えるように言う。「殿方を部屋に入れるなんて許しません。外に連れだして、あなたたちで……その……」いやいやながらピアノを弾いているかのように顔の前で指を動かした。「用をすませなさい」結局そう締めくくった。「どこかほかのところで」

「セシリア！」エドワードがわめいた。

「ドアを破られてしまう！」ミス・フィンチが甲走った声をあげた。「急いで！」

「わかってるわ！」船室の奥行きは三メートルもなかったが——つまり急いだところでたいして変わりようがない——セシリアはドアまで歩を進めて錠前の差し金に手をかけた。

そこで固まった。

「どうしてぐずぐずしているの？」ミス・フィンチがきつい声で訊いた。

「わからない」セシリアはつぶやいた。

エドワードがここにいる。自分を追ってきた。いったいなんのために？

「セシリア！」

セシリアはドアを開き、そのほんの束の間、時がとまった。ドア口でまたドアを叩こうとこぶしを上げたまま立っているエドワードの姿に魅入られた。帽子はかぶっておらず、髪がずいぶんとぼさぼさに乱れている。

なんだか……荒々しい。

「軍服を着てるのね」愚にもつかない言葉が口をついた。

「きみは」エドワードが指を突きつけた。「大変なことをしてるんだぞ」

ミス・フィンチが嬉々としてはずんだ声を発した。「この人は逮捕されるのかしら？」

エドワードが煩わしそうにセシリアから一瞬だけ目を離し、「なんだと？」といぶかしげに吐き捨てた。

「逮捕しに来たのよね？」ミス・フィンチはそそくさとセシリアの背後にまわった。「この人を逮――」

セシリアは肘でミス・フィンチの脇を突いた。本人の身のためだ。ここで娼婦とでも罵られようものなら、エドワードがどのような行動に出るかわからない。

早くもいらだたしげにミス・フィンチにちらりと目をくれた。「そこにいるのは誰だ？」強い口調で訊く。

「あなたこそ、どなたなの？」ミス・フィンチがすかさず言い返した。

エドワードがセシリアのほうに頭を傾けた。「彼女の夫だ」

セシリアは否定しようと口を開いた。「いいえ、あなたは――」

「もうすぐそうなる」エドワードが唸り声で遮った。

「きわめて不測の事態だわ」ミス・フィンチが鼻を鳴らした。

セシリアは顔を振り向けた。「さがっていていただけませんか？」きつく低い声で言った。

「いいでしょう！」ミス・フィンチはむっとして応じた。これ見よがしにほんの三歩を小刻みにさがって自分の寝台に行き着いた。

エドワードが年嵩の婦人のほうに小さく首をかしげた。「きみの友人か？」

「いいえ」セシリアは力強く否定した。

「そんなはずがないでしょう」ミス・フィンチも重ねて言った。

セシリアはミス・フィンチにちらりと呆れた眼差しを向けてからエドワードに向き直った。

「わたしの手紙は読んだ？」

「もちろん、きみの手紙は読んだとも。そうでなければここに駆けつけてやしない」

「どの船に乗るかなんて書いては――」

「突きとめるのはさほどむずかしいことじゃなかった」

「でもあなたは――あなたには任務が――」セシリアは言葉を探した。エドワードは大英帝国の陸軍将校だ。このまま去ってただですまされるわけがない。きっと軍法会議にかけられてしまう。ああ、まさか絞首刑になったらどうするの？　任務を離れたくらいで将校を絞首刑にはしないわよね？　それにロークズビー家のような名家の出なのだから。

「スタッブズ大佐に断わりを入れるだけの時間はあった」エドワードはぶっきらぼうに言った。「どうにかな」

「わたし――なんて言ったらいいかわからないわ」

エドワードがセシリアの二の腕をつかんだ。「ひとつ聞きたい」とても低い声だった。

セシリアは息を詰めた。

するとエドワードがそのやりとりを興味津々に傍観していたミス・フィンチをセシリアの肩越しに見やった。「少しふたりだけにさせてもらえませんか？」歯の隙間から言葉を発した。

「ここはわたくしの船室よ」ミス・フィンチが言う。「ふたりだけになりたいのなら、どこかべつの場所を探すことね」

「もう、どこまでわからず屋なのかしら」セシリアは思わずこぼし、腹立たしい女性を振り返った。「いくら心の冷酷な人でも、わたしと――」出かかった言葉が喉につかえて唾を飲みくだし、エドワードのほうに頭を傾けて示してから、どうにか続けた。「この人に、少しだけ時間をくれる程度のやさしさは掘り起こせるはずだわ」

「あなたたちは結婚しているの？」ミス・フィンチがとりすまして尋ねた。

「いいえ」セシリアは否定したが、まったく同時にエドワードに「そうだ」と言われては、こちらの言いぶんに聞く耳を持たせる取っかかりにもならなかった。

ミス・フィンチが敏捷な目つきでふたりを交互に見やった。唇を引き結び、眉を不穏な弓形に吊り上げた。「船長を呼んでくるわ」と告げた。

「どうぞ」エドワードがミス・フィンチをドアの向こうへほとんど押しだすようにして言った。

ミス・フィンチは甲高い声を洩らしてよろけながら通路に出たが、たとえ文句を発しようとしたのだとしても、顔の前でエドワードにドアを閉められ、遮られた。

さらに鍵が掛けられた。

22

お兄様を探しに行きます。

――セシリア・ハーコートが兄トーマス宛てに書いたが送られなかった手紙より

エドワードは機嫌がよくなかった。

それまで暮らしていた場所を引き払い、海を渡るならば、おおむね誰でも三時間では足りないだろう。案の定、旅行鞄に荷造りをしてニューヨークを発つための正式な許可を得るだけで精いっぱいだった。

どうにか波止場にたどり着いたときには、リアノン号の乗組員が出港の準備に入っていた。エドワードは文字どおり、ぎりぎりで船に飛び乗った。大佐が急ぎ書いてくれた指令書を船長代理の面前に突きつけなければ、寝台を確保するどころか、力ずくで船から降ろされていただろう。

あるいはこうして乗れたところで、甲板の隅をあてがわれるだけなのかもしれないが。船長代理からは余分のハンモックがあるかすらわからないと言われた。

かまいはしない。たいした広さは必要ない。いまあるものといえば、身に着けている衣類とポケットに入れた数ポンドくらいのもので……。

しかも忍耐があったはずのところには大きな暗い穴が空いている。

だからセシリアの船室のドアが開いたなら……。

その姿を目にして、ほっとするのが当然だと誰もが思われるかもしれない。この想いの深さ、きょうの午後はずっと動揺に急き立てられていたことを考えれば、あの海の泡のごとき美しい色の瞳が驚きに大きく見開かれるのを目にして、安堵でへたり込んでしまうものと思われたとしても無理はない。

だがそれは違う。

エドワードはただセシリアの首につかみかかるまいとこらえていた。

「どうしてここにいるの？」エドワードが目ざわりなミス・フィンチをどうにか船室の外に押しだすや、セシリアは静かな声でそう訊いた。

束の間エドワードは見つめ返すことしかできなかった。「本気でそんなことを訊いてるのか」

「わたしは――」

「きみはぼくを置き去りにした」

セシリアがかぶりを振った。「あなたを自由にしたんだわ」

エドワードは鼻先で笑った。「ぼくを一年以上も囚われの身にしておきながらか」

「なんですって？」その驚きは声以上に身ぶりに表れていたが、エドワードは説明しようとは思わなかった。向きを変え、荒い息遣いで髪を片手で掻き上げた。なんとまったく、帽子もかぶらずに来てしまった。いったいどうしたらこうなるんだ？　帽子をかぶるのを忘れていたのか？　それとも船まで駆けてくるあいだに風に飛ばされたんだろうか？

自分にこんな仕打ちをした女性にそこまで気持ちを乱されていたというのか。旅行鞄をちゃんと船に積み込めたのかすらあやしいものだ。そうでなかったとすれば、下着の替えも持たずに一カ月近くも航海する船に飛び乗ったことになる。

「エドワード？」背後からセシリアのためらいがちな低い声がした。

「妊娠してるのか？」

「どうして？」

エドワードは向き直り、先ほど以上にはっきりとした口調で繰り返した。「きみは、妊娠、してるのか」

「してないわ！」セシリアは尋常ではないほどにかぶりを振った。「そうではないと書いたでしょう」

「それでも――」言葉が途切れた。エドワードは自重した。

「なんて言おうとしたの？」

それでも、信じていいのかわからないじゃないか。エドワードはそう言いかけたのだった。本心というわけではない。セシリアは信じられる。少なくともそのことについては。いや、そのことについてはなおさらに。とっさにその言葉を疑ってかかれとけしかけたのは、エドワードの肩に隠れて突っかかりたくてうずうずしている邪悪な心にほかならなかった。セシリアを傷つけるために。

なぜならセシリアに傷つけられたからだ。嘘をつかれたからではない――そうすることになってしまった経緯はわからなくもない。だがセシリアは信じる気持ちに欠けていた。自分を信じてくれてはいなかった。どうして逃げ去るのが正しいことなどと思ったんだ？　こんなにも大切に想っている気持ちがどうしてセシリアにはわからない？

「身ごもってはいないの」セシリアはつぶやくようにとても低い声で早口に言った。「誓うわ。こういったことに嘘はつかない」

「そうなのか？」エドワードの邪悪な心はどうやらまだ引きさがるつもりはなさそうだった。

「誓うわ」セシリアは繰り返した。「あなたにそんなことはしません」

「でも、こんなことはするんだよな？」

「こんなこと？」セシリアがおうむ返しに訊いた。

エドワードはなおも煮えくり返りながら詰め寄った。「ぼくのもとから去った。ひと言もなく」

「手紙を書いたでしょう！」

「この大陸を離れる前にな」

「だってわたし――」

「きみは逃げた」

「違うわ！」セシリアが声を張りあげた。「違う、そうじゃないの。わたしは――」

「きみは船に乗っている」エドワードはわめき立てた。「それこそが逃げたということなんだ」

「あなたのためだったんだもの！」

あまりに大きな泣きださんばかりの哀しみに満ちた声に、エドワードは思わず黙り込んだ。セシリアは両腕を脇にぴんとおろし、こぶしを痛ましいほどきつく握りしめていて、いまにも砕けてしまいそうに見えた。

「あなたのためだったんだもの」先ほどより静かな声で繰り返した。

エドワードは首を振った。「それならまずは、ぼくが望んでいることなのかどうかをきちんと尋ねるべきだったんだ」

「わたしがとどまれば」セシリアはゆっくりと嚙んで含めるように、どうにかしてわかってもらおうとしているのがよくわかる口調で続けた。「あなたはわたしと結婚すると言い張ったでしょう」

「そのとおりだとも」

「わたしがこうしたくてしたと思う？」セシリアはほとんど叫ぶように言葉を連ねた。「わたしが心から望んで、あなたがいないあいだにこっそり去ったとでも？　わたしはあなたがすべきことをしなくてもいいようにしてあげたんじゃないの！」

「自分の言ってることがわかってるのか」エドワードはきつく言い放った。「ぼくがすべきことをしなくてもいいようにしてやっただと？　どうしてぼくがほんとうはそうしたくないなんて勝手に決めつけるんだ？　ぼくのことがそんなにわからないのか？」

「エドワード、わたしは――」

「それが正しいことだとするならば」エドワードは語気鋭く続けた。「すべきことを喜んでする」

「エドワード、お願い、わたしの言うことを信じて。記憶を取り戻したら、あなたにもきっと理解してもら――」

「記憶なら何日も前に戻ってる」エドワードは遮って告げた。

セシリアが凍りついた。

それを見て、少しばかり溜飲を下げないでいられるほど立派な男ではない。

「どういうこと？」ようやくセシリアが口を開いた。

「記憶ならもう――」

「言ってくれなかったわよね？」気味悪いくらい穏やかな声だ。

「トーマスのことがわかったばかりで」

「言ってくれなかったわよね？」

「きみは哀しみに暮れていて――」

セシリアが肩をぶってきた。「どういうつもりで黙ってたの？」

「頭にきてたんだ！」エドワードは声を荒らげた。「きみはぼくが黙っていたことを咎められる立場なのか？」

セシリアは自分の身体を抱きしめるようにして、よろりとあとずさった。苦悩の深さは目に見えてわかるほどだったが、エドワードは我慢できずに近づいて、人差し指でぐいと鎖骨を突いた。「ぼくは頭に血がのぼって、ほとんどまともに考えられなかった。だが、すべきことをするという点では、きみがお兄さんを亡くして哀しんでいるのだから、問いつめるのはもう数日待つのがせめてものやさしさだと思った」

目を大きく見開いて唇をわななかせ、こわばっているのに頼りなげでもあるセシリアの姿は、エドワードが何年も前に父と銃猟に出かけたときに撃ちそこねた鹿と重なって見えた。父か自分のどちらかが小枝を踏んでしまい、鹿は大きな耳をぴんとそばだててこちらを向いた。それでも動かなかった。永遠に終わりそうもないほどにそのいっときは長く感じられ、いつしかエドワードは鹿がみずからの生涯を見つめ直しているかのような不可思議な感慨に囚われた。

撃たずに終わった。そうしようという気になれなかった。

そしていまも……。

肩に隠れていた邪悪な心はすごすごと引きさがっていった。

「きみはとどまるべきだったんだ」エドワードは静かに言った。「ぼくに真実を話すべきだった」

「怖かったの」

エドワードは唖然とした。「ぼくがか？」

「違うわ！」セシリアはうつむいたが、そのか細い声はエドワードにも届いた。「自分自身が」

だがどういう意味なのかをエドワードが問いかけるより先に、セシリアは喉をひくつかせて唾を飲み込み、言葉を継いだ。「あなたはわたしと結婚しなくていいの」

そんなことが可能だとセシリアがいまだ思っていることがエドワードには信じられなかった。「おい、しなくていいだと？」

「あなたに無理強いはしたくないの」セシリアがまくしたてるように続けた。「そうしなければいけない理由は何もないんだから」

「何もない？」ふたりのあいだの距離はとうに詰まっていたので、エドワードは一歩だけ踏みだしたが、それでようやくセシリアの目のなかに見えるものに気づいた。

哀しみ。見るに堪えないほど切なげなその表情にエドワードは打ちのめされた。

「あなたにはほかに愛してる人がいるんだもの」セシリアがささやきかけるように言った。

待ってくれ……なんの話だ？

ややあって、エドワードはいまの言葉を声に出していなかったことに気づいた。セシリアは頭がどうかしてしまったのか？「なんのことを言ってるんだ？」

「ビリー・ブリジャートンよ。あなたが結婚することになっている女性。あなたはまだ思いだせていないのかもしれないけど――」

「ビリーを愛してなどいない」エドワードは遮って断言した。髪を掻き上げてから、壁を向き、いらだたしさに悪態をついた。なんとまったく、それでこんなことになったというのか？　故郷の幼なじみのせいで？

そのうちにセシリアが言った――じつにこの期に及んで、こう訊いたのだ。「そうなの？」

「当然だ」エドワードは語気鋭く返した。「ビリーと結婚する気などさらさらない」

「いいえ、そんなことはないはずよ」セシリアが言う。「まだ完全に記憶を取り戻せていないのでしょうけど、あなたは手紙にもそういったことを書いていたわ。ともかく兄はそう書いてきていたし、あなたの教母からも――」

「なんだと？」エドワードはすばやく向き直った。「いつマーガレットおばと話したんだ？」

「きょうよ。だけどわたし――」

「きみを訪ねて来たのか？」なんともしや、あの教母がどのような形であれセシリアを咎めるようなことをしたのなら……。

「いいえ。まったくの偶然だったの。あなたを訪ねていらして、わたしはちょうど乗船券を買いに出かけるところで――」

エドワードは唸り声を洩らした。

セシリアは一歩あとずさった。いや、あとずさろうとしたと言うほうが正しい。すでに寝台の端にまで追いつめられていたことを忘れていたらしい。

「少しでもお相手しなくては失礼だと思ったのよ」セシリアが言う。「ほんとうのところ、宿屋でいかにも女主人らしくもてなすのはとても気恥ずかしかった」

　エドワードはまだ黙りこくっていたが、思いがけずだんだんと口もとがほころんできた。

「まったく、そんな場面ならぜひとも目にしたかった」

　セシリアが横目遣いにじろりと見やった。「いまだからこそ愉快に思えるんだわ」

「ごもっとも」

「恐ろしかった」

「いつものことだ」

「わたしの教母は教区にいた変わり者のおばあさんだったの」セシリアがぼそりと言った。「わたしの誕生日には毎年、靴下を編んでくれたわ」

　エドワードはそれを聞いて考えた。「あのマーガレット・トライオンが靴下を編んだことが一度もないのはまず間違いないだろう」

　セシリアは喉の奥からくぐもった小さな音を鳴らしてから言った。「その気にさえなれば、ずば抜けた才能を発揮しそうだけど」

　エドワードはいまや瞳にも笑みを湛えてうなずいた。「そうだろうな」セシリアを軽く突いて寝台に坐らせてから、自分も並んで腰をおろした。「むろん、ぼくはきみと結婚するつもりだ」と切りだした。「そのつもりがないと思われていたとは心外だ」

「もちろん、あなたがわたしと結婚すると言うはずなのはわかってたわ」セシリアが応じた。「だからこそ、わたしは去ったの。あなたがそうしなくてもいいように」

「そんなばかげた――」

セシリアがエドワードの肩に手をおいて言葉をとどめた。「ほんとうは結婚していないとわかっていたら、あなたはけっしてわたしをベッドに誘いはしなかった」

エドワードは否定しなかった。

セシリアは哀しげに首を振った。「あなたは間違った思い込みから、わたしとベッドをともにした」

エドワードは笑うまいと本気で努力したが、何秒と我慢できずに笑いでベッドが小刻みに揺れはじめた。

「笑ってるの?」セシリアが訊いた。

そう問いかけられたせいで新たに可笑しさがこみあげてきて、エドワードは腹をかかえてうなずいた。「間違った思い込みから、わたしとベッドをともにした」くっくっと笑いだした。

セシリアが不満げに眉根を寄せた。「だって、そうでしょう」

「そうかもしれないが、だからどうだというんだ?」エドワードはやさしくからかうふうに肘でセシリアの脇を突いた。「ぼくたちは結婚するんだ」

「でも、ビリー――」

エドワードはセシリアの両肩をつかんだ。「もう一度だけ言う、ビリーとは結婚したくない。ぼくが結婚したいのはきみだ」

「でも――」

「まだわからないのか、きみを愛している。もう何年も前から」

少しばかりうぬぼれが過ぎるかもしれないが、たしかにいまセシリアがどきんと胸を鳴らした音が聞こえた。「あなたはわたしを知らなかったじゃない」セシリアが低い声で言った。「知ってたんだ」エドワードはセシリアの手を取り、口もとに引き寄せた。「知ってたなんてもんじゃない――」気持ちを落ち着けようといったん間をおいた。「きみの手紙をいったい何度読んだと思う？」

セシリアは首を横に振った。

「どの手紙も……いいかい、セシリア、ぼくにとってどれほど大事なものだったか、きみにはわからないだろう。自分宛てに書かれたものでもないのに――」

「あなたに書いたの」セシリアが柔らかな声で言った。

エドワードはじっと動かず、だがセシリアの瞳を見据えたまま、目の表情だけで説明を求めた。

「兄に手紙を書くときにはいつも、あなたのことを考えてたわ。そのたび――」セシリアは唾を飲み込んだ。船室内の明かりはほの暗く、頬の赤みがわかるはずもなかったが、セシリアの顔がだんだんピンクがかっていくのがふしぎと見てとれた。「自分を叱りながら」

エドワードはセシリアの頬に触れた。「どうして笑ってるんだ？」

「笑ってないわ。わたしは――いいえ、笑ってるのかもしれないけど、そうだとしたら恥ずかしいからよ。会ったこともない男性に恋い焦がれるなんて、ばかみたいって思ってたんだもの」

「ぼくよりましだ」エドワードは上着のポケットに手を入れた。「白状しよう」

セシリアはエドワードが手のひらを開くのをじっと見つめた。そこには細密画が、それも自分の細密画がのっていた。息を呑み、とっさにエドワードの目を見た。「でも……どうして？」

「盗んだ」エドワードはあっさり打ち明けた。「スタッブズ大佐にトーマスのトランクの中身を確かめるようにと言われたときに」トーマス本人も持っていてくれるよう望んでいたことはまたあとで話せばいい。さしあたってその点はさほど重要ではない。そもそもそんなこととは知る前にポケットにくすねたのだから。

セシリアは自分の細密画とエドワードの顔に視線を行きつ戻りつさせていた。

エドワードはその頬に触れ、視線を上げさせた。「当然ながら、これまで盗みなどしたことはなかった」

「ええ」セシリアは呆気にとられた口ぶりでぽつりと言った。「あなたがそんなことをするところは想像がつかないもの」

「だけどこれは――」エドワードは細密画をセシリアの手のひらにしっかりとのせた。「これだけはそうせずにはいられなかった」

「ただの細密画よ」

「ぼくが愛する女性の」

「あなたがわたしを愛してる」セシリアがつぶやき、エドワードは信じてもらうためにはいったい何度その言葉を繰り返さなければならないのだろうかと考えた。「あなたがわたしを愛してる」

「狂おしいほどに」エドワードは請け合った。

セシリアは自分の手のひらの細密画を見おろした。「わたしに似てないわ」

「知ってる」エドワードは認めて、ふるえる手を伸ばした。セシリアの顔にかかった髪の房を耳の後ろにかけてやり、大きな手のひらで頬を包み込む。「きみはもっとずっと美しい」

ささやいた。

「わたしはあなたに嘘をついたのよ」

「かまわない」

「そんなことはないでしょう」

「きみはぼくを傷つけようとしたのか？」

「いいえ、もちろんそんなつもりはなかったわ。わたしはただ——」

「ぼくを騙そうと——」

「まさか！」

エドワードは肩をすくめた。「さっきも言ったように、かまわない」

一瞬、セシリアは反論をやめるかに見えた。だがすぐにまた唇を開き、小さく息を吸ったので、エドワードはもう無駄なやりとりは終わらせる頃合いだと見定めた。

だからキスをした。

ただし存分に長くとはいかなかった。どんなにそのまま押し倒してしまいたくても、まだここではっきりさせておかなければならない、より重要なことがある。「当然、きみからも同じ言葉を返してもらえるだろうか」

セシリアは笑みを浮かべた。いや、にっこり笑った。「わたしもあなたを愛してるわ」

そのほんのひと言で、エドワードの心のなかで取り散らかっていたものすべてが然るべきところに収まった。「結婚してくれるかい？　今度こそほんとうに」

セシリアはうなずいた。それからもう一度、先ほどよりすばやくうなずいた。「ええ」と言う。「ええ、もちろんだわ！」

すると何事も行動第一のエドワードは立ち上がり、セシリアの手をつかんで同じように立たせた。「ここが船上とは好都合だ」

セシリアが困惑して言葉にならない声を洩らしたのも束の間、心ならずも聞きおぼえたばかりの金切り声に掻き消された。

「きみの友人か？」エドワードは面白がるふうに眉を吊り上げた。

「友人じゃないわ」セシリアは即座に否定した。

「このなかにいますわ」ミス・フィンチの軋んだような声がした。「船室番号8に」

ドアが軽くノックされ、深みのある男性の声が続いた。「船長のウルヴァートンです。何か、お困りではありませんか？」

エドワードはドアをあけた。「失礼しました、船長」

船長は知りあいと気づいて嬉しそうに顔を輝かせた。「ロークズビー大尉！」声をはずませた。「乗船されていたとは知らなかった」

ミス・フィンチがぽかんと口をあけた。「ご存じなの？」

「イートン校の同窓ですから」船長が言った。

「そういうことなのね」セシリアはぼんやりとつぶやいた。

「彼女を襲おうとしていたのよ」ミス・フィンチがセシリアのほうに指を振り向けて言った。

「ロークズビー大尉が？」船長は疑念をあらわに訊き返した。

「ええ、わたしも襲われかけたのだもの」ミス・フィンチが憤然と鼻息を吐いた。

「そんなばかな」セシリアはふっと笑った。

「元気そうだな、ケネス」エドワードは手を伸ばし、懐かしそうに船長と握手した。「ここで結婚式を挙げさせてもらえないだろうか」

ウルヴァートン船長がにやりと笑った。「いますぐにか？」

「できるだけ早く」

「それで法的に認められるの？」セシリアは問いかけた。

エドワードがじろりと目を向けた。「いまさらきみが難癖をつけるのか？」

「ぼくの船にいるかぎり認められるとも」ウルヴァートン船長が言う。「陸に上がってからまたあらためて執り行なうことをお勧めするが」

「ミス・フィンチに立会人になっていただきましょうよ」セシリアは笑わないよう、あからさまに唇をすぼめてみせた。

「どうしてそんな、いえ……」ミス・フィンチは慌ただしく七回は続けて瞬きをした。「光栄なことなのよね」

「もうひとり、航海長にも立ち会わせよう」ウルヴァートン船長が提案した。「こういったことが好きな男だから」それから、友愛の情がはっきりと見てとれる顔つきでエドワードを見やった。「もちろん、ぼくの船室を使ってくれ。ぼくはどこにでも寝床を見つけられる」

エドワードは友人に十二分に感謝を伝え、一行は船室を出て、船長が結婚式の舞台背景としてこれ以上にふさわしいところはないと勧める甲板へ上がっていった。

だが帆の下に立ち、乗組員たちも祝福しようと集まってきたところで、エドワードが船長のほうを向いて言った。「始める前にひとつ質問が……」

ウルヴァートン船長はいかにも愉快げな身ぶりで友人に先の言葉を促した。

「まずは花嫁にキスをしてもいいだろうか？」

エピローグ

セシリア・ロークズビーは緊張していた。

もとい、どうしようもなく緊張していた。

あと五分ほどで、夫エドワードの家族と対面する。

れっきとした貴族の一家と。

そのうちの誰もエドワードが結婚したことを知らない。

それもいまではふたりは法的に認められた、まぎれもない夫婦だ。船が着いたアイルランドのコークを管轄する国教会の主教は結婚特別許可証の発行を簡略化していて、船上結婚式を挙げたふたりにはそれ以上法的に求められる挙式は不要とのことだった。あとは書き入れるだけの許可証が主教により大量に準備されていて、ウルヴァートン船長と地元の副牧師を立会人として、即座にふたりの結婚は正式に認められた。

そこからエドワードとセシリアはケントへ直行することにした。エドワードの家族は少しでも早くその目でぶじを確かめたいはずで、かたやセシリアにはダービーシャーで待つ家族はいない。地所マースウェルに戻って荷物を整理してからホレスへ屋敷を引き渡すのに急ぐ必要はなかった。トーマスの死亡を確かめられなければ、従兄は何も行動を起こしようがない。それにこのイングランドで目下トーマスの死亡を事実として報告できるのはセシリアとエドワードだけだ。

ホレスには辛抱を学ぶ、ちょうどよい機会になるだろう。

そうしていよいよ、ロークズビー家が代々受け継いできたクレイク館の車道の入口にやって来た。セシリアはエドワードからだいぶ詳しく聞かされていたので、大きな屋敷であるのはわかっていたが、角を折れるなり息を呑まずにはいられなかった。

エドワードに手を握られた。

「なんて大きいの」

エドワードは馬車の車輪が回転するごとにみるみる大きくなっていく屋敷を窓の向こうに見据えたまま、気もそぞろに笑みを浮かべた。

セシリアは夫もまた緊張していることに気づいていた。先ほどから絶えず太腿に指を打ちつけていたり、下唇を噛んではちらりと白い歯を覗かせたりといったしぐさから感じとれた。大きくて逞しい、頼れる夫が緊張している。

そう思うとなおさら愛おしさがこみあげた。

馬車が停まり、エドワードは手助けを待たずに軽やかに飛び降りた。セシリアもしっかりと地面に降ろすと、自分の肘をとらせて屋敷へ導いていった。

「まだ誰も出てこないとはめずらしいな」つぶやいた。

「きっとどなたも車道を見てらっしゃらなかったのよ」

エドワードは首を振った。「いつもなら――」

玄関扉がいきなり開き、従僕が現われた。

「ご用でしょうか？」従僕が言った。エドワードを知らないのだから雇われてまだまもないのだろうとセシリアは察した。

「みんな、家のなかかな？」エドワードが尋ねた。

「さようです。どちらさまとお伝えいたしましょう？」

「エドワードだ。エドワードが帰ったと伝えてくれ」

従僕の目が大きく見開かれた。何が起こったのかがわかる程度には雇われて日が経っていたらしく、駆け込むも同然に屋敷のなかに戻っていった。セシリアは笑みをこらえた。まだ緊張している。もとい、まだほんとうにとても緊張しているけれど、いまのやりとりはなんだか愉快にすら感じられ、気分がいくらか浮き立ってきた。

「なかで待たせていただいたほうがいいかしら？」

エドワードがうなずき、ふたりは広々とした玄関広間に入った。従者ひとり見当たらず、がらんとしていたのだが――

「エドワード！」

甲高く、それもいつ涙があふれだしてもふしぎはないくらい喜んでいるのが間違いなしの女性の声が響き渡った。

「エドワード、エドワード、エドワード！　ああ、もう、ほんとうに、あなただなんて信じられない！」

まさしく飛ぶように階段を駆け下りてくる濃い栗色の髪の女性にセシリアは眉を上げた。そしてその女性が最後の六段を一足飛びに下りきったとき、男物のズボンを穿いていることに気づいた。

「エドワード！」もうひと声あげると、女性はエドワードの腕のなかに飛び込んできて、セシリアも思わず目頭が熱くなるほど激しく、いとおしげに抱きしめた。

「ああ、エドワード」女性はまたも名を呼んで、本物なのかを確かめるようにエドワードの頬に触れた。「みんなもうすっかりあきらめかけてたんだから」

「ビリー？」エドワードが言った。

ビリー？　ビリー・ブリジャートンなの？　セシリアはたちまち消沈した。ああ、なんてこと。恐ろしい事態になりかねない。この女性はきっとまだエドワードと結婚するつもりでいるのに違いないからだ。正式に取り決められていたわけではなく、ビリーも自分と同じくらい結婚するつもりなどさらさらないとエドワードは言っていたけれど、そうしたことには概して鈍い男性ならではの解釈ではないかとセシリアは憶測していた。生まれながらに許婚だと言い聞かされてきたのならなおのこと、エドワードとの結婚を望まない女性がこの世にいるなんて、とても考えられないでしょう？

「とても元気そうじゃないか」エドワードは妹にするようなしぐさでビリーの頬に口づけた。

「だけど、ここでいったい何をしてるんだ？」

ビリーはそう言われて笑い声を立てた。目を潤ませながらの泣き笑いといったふうだったが、喜びがその話しぶり全体から滲みでていた。「知らないのね。当然知るわけないわ」

「何をだ？」

そのとき、また新たな声が加わった。男性の声だ。

「ぼくと結婚したんだ」

エドワードはくるりと振り返った。「ジョージ兄さん？」

エドワードのお兄様。そうに違いない。髪はまったく同じ褐色とは言えないものの、目は、きらきらと輝くような青い瞳は……ロークズビー家の特徴なのだろう。

「ビリーと結婚したのか？」エドワードはなおも……いいえ、率直に言って、衝撃を受けているという言葉くらいでは足りないほど呆気にとられていた。

「そうだ」ジョージのほうはよけいに得意げに見えたが、セシリアがじっくりとその表情を読みとる間もなく、弟をがっしりと抱きしめた。

「でも……でも……」

セシリアは興味深く見つめた。笑みをこらえきれなかった。こちらでもまたべつの物語があったのだろう。それにビリー・ブリジャートンにはほかに愛する人がいることがわかって、ちょっぴりほっとせずにはいられなかった。

「でも、嫌いあってたじゃないか」エドワードは疑問を投げかけた。

「愛しあえないほどではなかったということね」ビリーが言う。

「どうなってるんだよ。兄さんとビリーが？」エドワードはふたりを交互に見やった。「ほんとうなのか？」

「結婚式のことはまだはっきり憶えている」ジョージがとぼけた調子で返した。セシリアのほうに頭を傾ける。「紹介してくれないか？」

エドワードはセシリアの手を取り、引き寄せた。「妻だ」いかにも誇らしげに告げた。「セシリア・ロークズビー」

「旧姓はハーコート？」ビリーが訊いた。「わたしたちに手紙を書いてくださった方ね！ああ、どうもありがとう。ほんとうに」

ビリーが腕をまわしてきつく抱きしめてきて、セシリアはそのひくつく喉からこぼれでる声を聞いた。「ほんとうに、ほんとうにありがとう。おかげでわたしたちがどれだけ救われたことか」

「母上と父上は村に出かけている」ジョージが言った。「一時間とかからずに帰ってくるだろう」

エドワードは鷹揚な笑みを浮かべた。「それはよかった。それでほかのみんなは？」

「ニコラスは学校よ」ビリーが言った。「それとメアリーはもちろんいまは嫁ぎ先にいるわ」

「アンドルーは？」

アンドルー。ロークズビー家の三男だ。海軍に入隊しているのだとセシリアはエドワードから聞かされていた。「ここにいるのか？」エドワードが訊いた。

ジョージが洩らした声をセシリアはどう解釈すべきかわからなかった。含み笑いと言えないこともない……きまり悪そうなあきらめと呼ぶほうが近しいものも多分にほのめかされてさえいなければ。

「あなたが話す？　それともわたしが話しましょうか？」ビリーが言った。

ジョージが息を吸い込んだ。「じつはまあ、話せば長くなるんだが……」

訳者あとがき

ジュリア・クインの代表作、〈ブリジャートン子爵家〉シリーズから少し時代をさかのぼり、同家と隣家マンストン伯爵家の人々の恋物語を描く新シリーズの第二作をお届けします。

前作『恋のはじまりは屋根の上で』の男性主人公ジョージの弟で、大英帝国の陸軍大尉としてアメリカ独立戦争に従軍中に行方不明となっていたマンストン伯爵家次男エドワードが発見され、ニューヨークの病院で目覚めるところから物語は始まります。

昏睡状態からどうにか意識を回復したエドワードでしたが、頭部を強打していたため、ここ三カ月ほどの記憶が欠落していました。どのような任務に就いていたのかすら思いだせないというのに、なんとそばで献身的に看病してくれているのは、すでに自分と結婚式を挙げた妻なのだと知らされます。その女性セシリアは、エドワードの入隊時からの親友トーマスの妹でした。

かたやセシリアは兄が負傷したとの知らせを受けてイングランドからはるばる大西洋を渡ってきたものの、ニューヨークに着いてみればその姿は見つからず、知りあいが誰一人いない土地でようやく見つけた兄の親友エドワードをせめても看病するため、妻と偽らざるをえない状況に追い込まれていたのでした。エドワードが意識を回復したらすぐにも真実を打ち明けるつもりだったのですが、周囲の人々のみならず記憶が欠落しているエドワード本人までもが、ふたりは夫婦なのだとなぜかすんなり信じ込んでしまったらしく、おかげで兄トーマスの捜索についても、マンストン伯爵家子息の夫人の頼みならばと、うってかわって陸軍高官の助力を得られることに。

こうして、セシリアは嘘が露呈するのを恐れて薄氷の上にいるような心地で妻を演じながら、いっぽうのエドワードは失った記憶と体力の回復に懸命に努めつつ、前線とさほど離れていないニューヨークの街で、ともにトーマスを探す日々が始まり……。

お相手がいくら魅力的な女性とはいえ、会った記憶すらないのに結婚したと言われてとりあえず信じてしまうとは、にわかには理解しがたい設定だと思われるかもしれません。けれどもセシリアとエドワードにはニューヨークで対面する以前に、じつはもう互いに信頼できる友人だと思えるほど、トーマスを介した手紙で一年以上もやりとりをしていた経緯があったのです。

ふたりがニューヨークで偽りの新婚夫婦として（といってもエドワードのほうはほんとうに結婚しているものと信じているわけですが）トーマスを探すなかで起きる出来事とともに、それまでの兄妹の往復書簡や、そこに同封されたセシリアとエドワードのやりとりが折々に差し挟まれる形式で物語は進みます。

海を越えて交わす文字のみから相手を知ろうとしていた歳月と、対面してからの日々の両方で時を追うごとに心を通わせていくさまが、古風かつ書き手の人柄を鮮やかに浮かびあがらせる手紙によって巧みに表現されています。主人公のふたりが、手紙で培った信頼と、ともに過ごすようになってからの葛藤や想いをどのように結実させるのかをぜひご堪能ください。いかにもジュリア・クインらしい、本でこそ楽しめる物語づくりへのこだわりが伝わってくる一作です。

著者曰く、特定の誰かをモデルに登場人物を創造することはめったにないそうですが、今作では書きはじめた頃にたまたま観ていたテレビドラマで女優エレノア・トムリンソンの瞳に惹かれ、セシリアの瞳を同じ色に設定したと公式ホームページで明かしています。日本では映画『ジャックと天空の巨人』のイザベル姫として、ご記憶の方もいらっしゃるのでは。

この新シリーズも前シリーズと同様にイングランド貴族を主人公とする連作ですが、物語の舞台はアメリカ独立戦争の只中にさかのぼり、英国軍に占拠されたニューヨークの街並み、そこから臨む沖合にひしめく囚人船、ニューポートにいまも現存するアメリカ最古のシナゴーグの様相など、取材に基づく史実を織り交ぜて、時代背景を色濃く反映させているのもまた今作の特徴です。

エドワードの教母として登場するニューヨーク総督夫人マーガレット・トライオンも実在した人物で、いささか男っぽいところもある、相当に個性的な女性だったとの記録も残っています。

いつもながら著者はホームページ上で本作のサウンドトラックを作成していますので、付記されたコメントとともに曲目をご紹介しておきます。

〝Cecilia and the Satellite〟アンドリュー・マクマホン・イン・ザ・ウィルダネス
本作の女性主人公セシリアの名前を決めかねていたときに聴いた曲。マクマホンが娘に贈った歌だけれど、恋人に捧げてもとてもすてきなラブソングだと思う。

〝Cheap Thrills〟シーア
お気に入りの曲。もう何度聴いたかわからないくらいだけれど（しかもいまもまだ聴いている）やはり大好き。いつも立ち上がってダンスしたい気分にさせてくれる。この本を書いているときにも何度聴いたことか。

〝Stay〟オインゴ・ボインゴ
オインゴ・ボインゴの大ファンで、この曲は昔からのお気に入り。ダニー・エルフマンが「行くの、行かないで。もう一日一緒に過ごしませんか？」と歌うところが、エドワードが本心ではとどまってほしいと望みながらセシリアに婚姻の撤回を提案する場面に重なる。

〝American Tune〟〝アメリカの歌〟ポール・サイモン
昔からずっと好きな曲のひとつ。歌詞に心を揺さぶられ、メロディが耳から離れない。本作『偽りの結婚は恋のはじまり』*The Girl With the Make-Believe Husband* はいわば、わたしが書いた〝アメリカの歌〟。

昨年夏には、アメリカの敏腕女性プロデューサー、ションダ・ライムズが動画配信サービス最大手のネットフリックス（Netflix）と長期契約を結び、新作企画の一本として、ジュリア・クインの『ブリジャートン・シリーズ』をドラマ映像化する〝ブリジャートン・プロジェクト〟を始動させたことが発表されました。また、この二月には、ジュリア・クインがこれまでの著作でたびたび登場させてきた作中作『バターワース嬢といかれた男爵』を妹で漫画家のヴァイオレット・チャールズとともにグラフィックノベル化することもあきらかにしています。どちらについても随時、著者自身が情報を発信していくとのことですが、いまから待ち遠しくて仕方ありません。

二〇一九年二月　村山美雪

偽りの結婚は恋のはじまり

2019年4月17日　初版第一刷発行

著 ………………………………… ジュリア・クイン
訳 ……………………………………… 村山美雪
カバーデザイン …………………… 小関加奈子
編集協力 ………………… アトリエ・ロマンス

発行人 ……………………………… 後藤明信
発行所 …………………… 株式会社竹書房
〒102-0072 東京都千代田区飯田橋2-7-3
電話：03-3264-1576（代表）
03-3234-6383（編集）
http://www.takeshobo.co.jp
印刷所 …………………… 凸版印刷株式会社

定価はカバーに表示してあります。
乱丁・落丁の場合には当社までお問い合わせください。
ISBN978-4-8019-1839-9 C0197
Printed in Japan